Philipp Gurt

Graubündner Schatten

Landjäger Caminada
und der Fräuleinmörder

Roman

Kampa

Für den Blick hinter die Verlagskulissen:
www.kampaverlag.ch/newsletter

Hegibachstrasse 2, CH-8032 Zürich
info@kampaverlag.ch
www.kampaverlag.ch
GPSR-Kontakt: Schöffling & Co. Verlagsbuchhandlung GmbH,
Kaiserstraße 79, D-60329 Frankfurt am Main
info@schoeffling.de

Covergestaltung: Lara Flues, Kampa Verlag
Covermotiv: © Natasza Fiedotjew / Trevillion Images
Satz: Tristan Walkhoefer, Leipzig
Gesetzt aus der Stempel Garamond LT / 1. Auflage 2025
Druck und Bindung: Friedrich Pustet, Regensburg
Auch als E-Book erhältlich
ISBN 978 3 311 12118 3

Für Daniel Kampa, meinen Verleger.
Danke.

Prolog

Das junge Fräulein stand unmittelbar am Abgrund, der sich felsengezackt unter ihr auftat. Es war, als ziehe er alles, was ihm zu nahe kam, geradezu soghaft an. Es schien sogar so, als rufe er auf sonderbare Weise mit flehender tiefer Stimme zu dem Fräulein hoch.

»Hör, mein wundes, wunderbares Herz. Alles wird bald gut sein und die schmerzhafte Wahrheit vergessen. Du bist nur noch einen letzten Schritt von deinem Frieden entfernt! Hörst du? Frieden, ewiger Frieden. Sag, fühlst du ihn denn nicht bereits? Schließe jetzt deine treuen, schönen Augen und mache den entscheidenden Schritt, und sogleich wirst du den Wind in deinen Haaren wehen fühlen, wirst leicht und sanft wie der Himmel sein, der dich dann umschließt … nur ein Schritt, dann folgt dein Frieden.«

Hier oben wehte der Aprilwind frischer als im Tal, aus dem sie gekommen war. Warm war es dort unten gewesen, dort, wo die Obstbäume sich weiß bauschten und Stecknadelköpfen gleich die blühenden Weiden punkteten, in denen emsig die Bienen summten. Dort, wo der muntere Bach gespeist vom alten Schnee sein Liedchen plätscherte. Von dort war sie gekommen, um ihrer Hölle nun zu entrinnen.

Auf der ihr gegenüberliegenden Bergseite, die sanfter war und erst weiter unten in den Schlund abfiel, sah sie mit ihrem starren Blick den Frühling in seinem ersten Erwachen, so wie Wochen zuvor im Tal. Es kam ihr deshalb so vor, als wäre sie beim Hochsteigen auf den Berg in der

Zeit zurückgegangen, dahin, wo alles noch in Ordnung war. Hier oben waren die Alpweiden nämlich noch bedeckt mit dem letzten Kleid des Winters, das er so lange getragen hatte, dass es nun löchrig und zerfleddert war wie das Kleid einer vergessenen Braut.

Sie aber trug ihren schönen blutroten Mantel, das schönste Kleidungsstück, das sie besaß, und das einzige, in dem sie sich bisher etwas geschützt gefühlt hatte, bis vor Kurzem.

Sie war erst vor einigen Augenblicken mit wohlgesetzten Schritten und starrem Blick unmittelbar an die Kante des Abgrundes getreten, als wäre dort die Welt für sie zu Ende. Für einen Moment hatte sie dabei in den Schlund gestarrt, dahin, wo tief unter ihr der scharfe Fels einen schmalen Blick auf den Bergbach freigab, der tosend und schäumend im Schatten des Bergriesen das Schmelzwasser bis zum Rhein führte, hinein in die milde Sonne, hinein in den Frühling im Tal.

Nur langsam hob sie ihren leeren Blick, denn das junge Fräulein wollte nach dem letzten Schritt nicht in den dunklen Abgrund blicken, sondern auf die lieblichen Hänge auf der schräg gegenüberliegenden Talseite, bis der erlösende Frieden sie beschützen würde.

Sterben war schwer, doch ihr Leben weiterzuleben war ungleich schwerer. Hier und heute würde sie deshalb ihrem jungen Leben ein Ende setzen, zu furchtbar war das, was man ihr angetan hatte, zu furchtbar waren all die Lügen.

Er! Sie! Die anderen!

Er, der sein wahres Wesen, wie ihr nun allzu schmerzhaft klar war, gut vor der Welt zu verbergen wusste, war an allem schuld. Alle Welt konnte ihn sehen wie die Wolken am Himmel, und doch war er gänzlich unfassbar in seiner Grausamkeit!

Anfangs hatte sie noch geglaubt, ihm rechtzeitig entkommen zu sein, doch nachdem sich ihr erster Schrecken in blanke Verzweiflung verwandelt hatte und sie langsam wieder zu denken vermochte, hatte sie begriffen, dass dies ja gar nicht mehr möglich war.

Und all die anderen?

Die Widerhaken ihrer Lügen, ihrer Abscheulichkeiten, die sie wie ein Räuber in der Nacht hilflos schlafend im Bett überfallen hatten, waren mehr, als sie ertragen konnte. Deshalb musste es heute endlich enden!

Der Wind wirbelte ihr langes blondbraunes Haar auf und verdeckte damit ihr Gesicht, das vom Leid gezeichnet war. Das Fräulein blickte durch die wehenden Strähnen ins nahe Ende und atmete tief ein, um bereit zu sein für den Schritt, das Fallen in die erlösende Ewigkeit. Sie hoffte bloß, dass irgendjemand ihn und sie alle vor einen Richter bringen würde. Doch für sie war es zu spät!

1

Vier Tage später

Carmen Weber musste noch vier lange Kilometer auf der alten Landstraße von Trimmis nach Chur gehen, und es wurde bereits zusehends dunkel.

»Aber lieber das, als nur einen Moment länger mit dem Sauhund in seinem Automobil zu sitzen, das ist schon mal in Stein gemeißelt«, murmelte sie aufgebracht. Außerdem kam sie wahrscheinlich zu spät. »Gopfriedli nomol«, schimpfte sie auch deswegen vor sich hin. »Aber ganz selbst schuld, du bist ja auch eine blöde Baba.« Sie schlug sich mit der flachen Hand gegen die Stirn und lief zackigen Schrittes weiter mit Blick auf die lange Gerade vor sich, die sich weiter vorne zwischen dichtem Tannenwald in die Länge zog.

»Was bildet sich der Kerl überhaupt ein?«, raunte das junge Fräulein noch immer wutentbrannt vor sich hin und ärgerte sich über ihre schönen roten Schuhe. Zum Tanzen waren sie ja passend gewesen und vor allem sauschön, aber für diese alte Landstraße, die so löchrig war wie Emmentaler Käse?

Darum zog sie die Schuhe nun kurzerhand aus und lief barfuß weiter. Ansonsten war sie auffallend gut gekleidet, trug ein rotes, weiß gepunktetes Kleid und ein helles Strickjäckchen darüber, und nun je einen Schuh links und rechts in der Hand. In diesem Aufzug passte sie rein gar nicht auf diese einsame Landstraße. Aber wer hätte auch gedacht, dass sie heute würde heimlaufen müssen? Sie zuletzt. Immerhin ließ die Wut sie schneller voranschreiten.

Es war Dienstag, der 7. April 1953. Endlich blieb es nun abends länger hell, doch es war mittlerweile 20:20 Uhr, und das Licht schwand immer schneller. Der Schnee lag nur noch weiter oben in den Bergen und schimmerte in der Dämmerung mattweiß wie die Obstbäume, die sie zuvor bei Trimmis in den Feldern gesehen hatte. Dass in diesem Moment zahlreiche Vögel ihr Abendlied von den Bäumen zwitscherten, die die Straße in diesem Abschnitt zu beiden Seiten dicht flankierten, passte zum Frühlingserwachen im Tal. Doch davon nahm das adrette Fräulein nur am Rande Notiz. Carmen Weber wusste nur zu gut, dass sie sich beeilen musste, denn der Vater würde arg schimpfen, falls sie nicht vor ihm zu Hause wäre. Und der Mutter wollte sie den ganzen Ärger ebenfalls ersparen.

»Das wird mir ja sonst ein großes Donnerwetter geben«, murmelte sie vor sich hin und konnte sich noch immer kaum beruhigen. Sie wusste auch: Die Mutter würde schweigen, schweigen müssen, und später unter vier Augen zu ihr sagen, dass sie dem Ältesten, so nannten sie den Vater, halt keinen Grund dazu hätte geben sollen – sie wisse ja, wie er sein konnte.

Das Tanzen war das Beste an diesem Abend gewesen. Denn sobald Carmen Musik hörte, begannen sich ihre Beine wie von selbst zu bewegen. Niemand hatte solch einen Rhythmus im Blut wie sie, und keine konnte sich auf der Tanzfläche so bewegen wie sie. Die Freude, die sie dabei empfand, sprudelte nur so aus ihr heraus, als hätte jemand eine Champagnerflasche geöffnet. Heute hatte eine junge Musikgruppe im Tanzlokal Lupf dis Bei in der Nähe des Untervazer Bahnhöflis aufgespielt, sodass die jungen

Leute von überall hergekommen waren. Aber nicht nur deswegen war sie heute nach Untervaz gekommen. Sie hatte ihn treffen wollen, aber sie war doch tatsächlich versetzt worden! Vielleicht weil Geduld nicht jedermanns Sache war. Und überhaupt, sie war ja wirklich bloß ein paar Minuten zu spät gewesen und das auch nur, weil sie beim Tanzen alles um sich herum vergessen konnte.

Vom Tanzen mal abgesehen war der Abend ein einziger Reinfall gewesen. Hätte sie doch bloß auf ihr Bauchgefühl gehört und wäre ihrem Verstand gefolgt, dann wäre sie jetzt schon längst mit dem Zug am Bahnhof Chur angekommen und somit bald zu Hause.

Doch jetzt noch eine glaubhafte Ausrede für den Vater parat zu haben, in dem Aufzug, in dem sie steckte, war etwa so sinnvoll, wie in einem fahrenden Zug entgegen der Fahrtrichtung zu laufen, um nicht in dieselbe Richtung reisen zu müssen.

Aber ein Funken Hoffnung blieb, und der trieb ihre schlanken Beine vorwärts; vielleicht hatte sie ja etwas Glück, und der Älteste war noch nicht daheim. Manchmal verhockte er nämlich dienstags im alten Zollhaus am Obertor in Chur mit seinesgleichen nach dem Jassen beim einen oder anderen Zweier Roten. Deshalb öffneten sie am Mittwoch immer erst um 8:30 Uhr ihr Modegeschäft in der Altstadt.

Kein Mensch war an diesem Abend auf der Landstraße unterwegs, erst zwei Autos waren laut lärmend hinter ihr aufgetaucht, die gelben Scheinwerfer wie zwei Augen, die sie aus der Dunkelheit anstarrten. Sie wusste, sie durfte nicht per Anhalter mit einem der Autos nach Chur fahren. Ihr Vater war in Chur und Umgebung nämlich bekannt wie ein roter Hund, und die Leute redeten. Sie hatte sich deshalb beide Male am Straßenrand versteckt, als die Wagen an ihr vorbeifuhren. Das war im Halbdunkeln auch gar nicht schwer gewesen. Außerdem war der erste Wagen der von diesem Sauhund gewesen, vielleicht hatte er nach ihr gesucht. Sie hatte ihm wohl doch Angst eingejagt. Immerhin! Er konnte ja nicht wissen, dass sie ihn nicht anzeigen konnte.

So eilte sie weiter barfüßig Richtung Chur, das sich bald hinter dem Wald in der Senke zeigen müsste. Die letzten Bäume scharten sich zu ihren Seiten schwarz und dicht an die Landstraße, als hätten sie keinen Anstand und wollten jedermann zu nahe treten. Doch hinter der langen Geraden vor ihr würden sich gleich nach der Biegung die Felder von Chur-Masans öffnen, die fast allesamt zum Waisenhausgut gehörten.

Es wurde langsam kühler und dunkler. Carmen sah nur noch Umrisse, als verschlucke der Wald nebst der Wärme auch das letzte Licht. Der Sternenhimmel über ihr war dafür glasklar, ein Käuzchen schrie verloren in die Nacht, als hätte es Angst!

Später an jenem Abend …

Der Hutmacher und Schneider Fridolin Weber verhockte an diesem Dienstagabend im alten Zollhaus so lange wie niemals zuvor, als wollte er seiner Tochter noch etwas Zeit geben. Es war eine gar gesellige Runde gewesen, und er hatte einen angenehmen kleinen Schwips. Er wäre sogar noch länger geblieben, doch seine Frau Elisabeth hatte ihn im Zollhaus angerufen. Unerhört, dachte er im ersten Moment, als der Wirt ihn an den Apparat rief. Es erdreisteten sich nämlich nur wenige Frauen, ihren Mann vom Stammtisch ans Telefon zu zitieren, das hinter dem großen Buffet an der Wand hing. Jeder Angerufene wurde hier von Gelächter und Spott auf seinem

Gang begleitet: »Wir wussten ja längst, wer die Hosen bei euch zu Hause anhat …« oder »Beeil dich, das Wallholz wartet …«.

Und so erging es zum ersten Mal auch dem Fridolin, weswegen ihm die Schamesröte in den Kopf stieg. Doch gleichzeitig dachte er besorgt, dass etwas passiert sein musste. Elisabeth würde es sonst im Leben nicht wagen, ihn hier zu stören.

Als er dann von ihr am Telefon vernahm, dass Carmen noch immer nicht zu Hause sei, kramte er einen Fünfliber aus seinem Geldseckel, legte ihn dem Wirt auf einen Bierdeckel auf der Bar und nahm seinen Tschopa vom Haken beim Eingang und seinen Hut von der Ablage. Draußen setzte er sich sofort auf seinen Drahtesel und fuhr los, wenn zu Beginn auch leicht schwankend. Die Nachricht und die kühle Aprilluft hatten ihn schnell hellwach gemacht.

Nur Minuten später kam er angefahren, erreichte die Felder unterhalb des Bahnhofs, dort, wo die Stadtbehörden Ende der dreißiger Jahre eine einfache Reihenhaussiedlung mit Vorgärten in die Weiden gebaut hatten, sodass jeder sich zu einem guten Teil selbst versorgen konnte.

Bekannt war Fridolin Weber in der Stadt, weil er die auffallendsten Hüte weit und breit besaß, die sonst niemand zu tragen wagte. Sein Übername war entsprechend »der Pfau«. Vor allem die kunterbunten Farben fanden die meisten schlichtweg scheußlich und eines Mannes nicht würdig. Aber Fridolin störte sich nie daran, denn seine Kundschaft wusste, dass er für sie immer das beste Auge hatte, auch wenn sein eigener Geschmack so gut in eine Kleinstadt in den Bergen passte wie ein herumhurender Pfarrer in ein Bergdorf.

Fridolin war vor einem Monat 50 geworden. Und wie all die Jahre zuvor trug er auch an diesem Dienstagabend seine runde Nickelbrille. Sein nach oben gekringelter und gut gezwirnter Schnurrbart war nur eines seiner Markenzeichen, und nicht das auffälligste. Ordentlich war er von Haus aus und pünktlich wie eine Schweizer Uhr. Seinen Laden öffnete er immer mit den Glockenschlägen der nahen Martinskirche.

»Ja, wo ist denn das Donnersmaitli heute Abend bloß hin?«, fragte er, ohne seine Frau wie üblich zuerst zu begrüßen, als er das einfache Haus betrat.

Elisabeth war sichtlich aufgekratzt, wusste ihm nichts dazu zu sagen, außer: »Sie ist einfach nicht zum Znacht gekommen. Schau doch, ihr Teller steht noch dort, und das Essen ist auch noch auf dem Herd, wie auch deines.«

»Und da rufst du erst so spät im Zollhaus an …?«, sagte Fridolin und legte seinen hellblauen Hut ab, der von einem gelben Band umfasst wurde.

Seine Frau entgegnete entschuldigend: »Fridolin, ich habe doch die ganze Zeit gedacht und gehofft, dass sie jeden Moment nach Hause kommt, und so rann mir die Zeit wie Sand durch die Finger, und außerdem wollte ich dich keinesfalls im Zollhaus stören …«

»Frau! Da hast du aber schlecht gedacht …« Er lief neben dem Esstisch hin und her. »Sie wird mir ja wohl nicht eine unschickliche Herrenbekanntschaft gemacht haben und im Rausch einer Liebelei die Nacht bei irgendeinem Strolch verbringen, oder?«, sagte Fridolin vor sich hin, ohne dass er eine Antwort erwartet hätte. »Ein uneheliches Kind! Stell dir das mal vor!«

»Oder es ist ihr was Schlimmes passiert?«, wandte Elisabeth ängstlich ein.

»Jetzt hör aber auf, Lisbeth. Wir wollen doch nicht

gleich den Teufel an die Wand malen. Carmen ist ein gar hübsches Fräulein und mit ihren 22 Jahren ein wahrer Blickfang für viele, außerdem ist es Frühling. Da spinnen sie doch allesamt, die Jungen und die Alten.«

»Eben …«

Nun sah Fridolin die Angst in Elisabeths Augen, und er begriff, was er soeben gesagt hatte.

»Fridolin, hör doch bitte. Sollen wir nicht gescheiter die Landjäger rufen?«

»Ja, was denkst du dir denn dabei, ha? Was bitte schön sollen die denn tun? Auf ihren Drahteseln durchs Städtli fahren und laut nach ihr rufen?« Er schüttelte den Kopf. »Papperlapapp. Und übrigens: Sollte ihr tatsächlich was geschehen sein, dann ist es jetzt sowieso schon zu spät. Ich glaube, aus ihr ist ein Donnersmaitli geworden.« Er blieb vor seiner Frau stehen, blickte sie ernst an. »Ist dir denn nicht aufgefallen, dass sie vor ein, zwei Wochen mal ganz anders war? Für einige Tage wirkte sie so beglückt.« Er mochte nicht aussprechen, was er mit beglückt meinte, denn über so was sprach man im Hause Weber nicht.

»Doch, Fridolin, eben drum. Aber mir berichtet sie doch auch nicht mehr darüber. Du weißt ja, wie die Jungen heute sind. Ist nicht mehr so wie zu unserer Zeit, wo man den Vater und die Mutter nach der ersten Bekanntschaft sogleich vorgestellt hat und sie um Erlaubnis bat, bevor man sich dann richtig traf.«

Fridolin ließ die Luft lautstark rhythmisch aus geblähten Wangen entweichen. »Also, wir warten und wollen hoffen, dass sie sich besinnt und den Heimweg von alleine findet. Vielleicht hat sie vor einem Donnerwetter Angst und hofft, dass ich längst schlafe, wenn sie heimkommt. Aber da ist sie bei mir falsch gewickelt.«

Die beiden setzten sich an den Küchentisch, auf dem die

Neue Bündner Zeitung lag und eine kleine Vase mit Frühlingsblumen stand. Die Pendeluhr teilte die Zeit …

Die beiden harrten mehr oder weniger stillschweigend die ganze Nacht am Tisch aus, ehe Fridolin um kurz vor 7 Uhr einen schwarzen Malzkaffee trank und Elisabeth ihn wiederholt bekniete, dass sich die Landjäger nun doch endlich der Sache annehmen sollten.

Fridolin erhob sich träge, ging mit müden Schritten zur Garderobe, nahm einen seiner Hüte von der übergroßen Hutablage und fuhr auf seinem Drahtesel den sanft ansteigenden Weg hoch in die Altstadt, während die Martinskirche von Weitem ihr Geläut ertönen ließ. Die Sonne beschien bereits den hinter ihm thronenden Calanda, dessen schwindelerregende Gipfelregionen orangegelb den Morgen begrüßten.

Um kurz nach 7 Uhr betrat der Hutmacher an jenem Mittwochmorgen das Landjägerkorps im alten Karlihof und gab in der Wachstube die Vermisstenanzeige auf.

Walter Caminada, der soeben seinen Dienst angetreten hatte, wurde in die Wachstube gerufen. Er kannte den Hutmacher schon lange.

Caminada erfuhr von Weber, dass das Fräulein Tochter gestern um 17 Uhr den Laden ihres Vaters verlassen hatte und nach Hause gegangen sei. Später habe sie, ohne irgendwem etwas zu sagen, das Elternhaus verlassen, Ziel unbekannt. Seither sei sie verschwunden.

Der Vater konnte auch nicht sagen, welche Kleidung seine Tochter trug, denn nach der Arbeit zog sie sich stets zu Hause um, damit die gute Kleidung, die sie im Laden trug, geschont wurde.

»Ja, Carmen ist nach der Arbeit zu Hause angekommen«,

erklärte der sichtlich übermüdete Fridolin. »Lisbeth hat im Garten gearbeitet und hat sie gehört, als sie ankam. Als Lisbeth dann später zurück ins Haus ging, um das Abendbrot vorzubereiten, da hatte sie erst gedacht, Carmen wäre im Zimmer am Lesen. Doch als sie später nachschaute und sie nirgends im Haus fand, dachte sie, Carmen wäre zu ihrer Freundin gegangen, das tut sie manchmal. Sie hoffte den ganzen Abend, sie käme jeden Moment heim, und rief mich daher erst sauspät im Zollhaus an …« Er schüttelte den Kopf, als könnte er noch immer nicht glauben, dass seine Frau so viel Zeit hatte verstreichen lassen.

Caminada fand, dass der Hutmacher einen erstaunlich gefassten Eindruck machte, ja sogar kühl wirkte, aber das mochte auch seine insgesamt reservierte Art sein, die man aufgrund seines extravaganten Auftretens gar nicht vermutete, oder es lag am Schrecken, oder an beidem in einem. Caminada versprach ihm, dass sie sich sofort um den Fall kümmern werden. Gleich beim Morgenrapport würden alle Landjäger samt dem Major Ferdinand Fässler informiert.

Leutnant Peter Marugg erschien um kurz vor 8 Uhr und rechtzeitig zum Morgenrapport, wo als Erstes der Fall des verschwundenen Fräulein Weber besprochen wurde, der Dringlichkeit wegen, wie Major Fässler betonte. Auch Marugg kannte Fridolin Weber, denn er kaufte seine Anzüge und Hüte vorzugsweise in dessen Modegeschäft, stets dem neusten Schrei entsprechend.

Caminada hatte zuvor mit Fridolin Weber vereinbart, dass dieser umgehend im Kommando anrufen solle, falls die Gesuchte doch noch zu Hause auftauchte. Es wäre nicht das erste Mal, dass sich ein solcher Fall von alleine löste. Möglicherweise hatte Carmen tatsächlich den Tanzbären über Nacht rausgelassen und machte sich nun erst im Laufe des Morgens auf den Heimweg. Ein Plätzli zum Schlafen bekamen schöne Fräuleins schließlich zuhauf angeboten. Die Strafe zu Hause würde ja nicht größer, wenn noch ein paar Stündli angehängt wurden, also wieso nicht gleich so richtig auf den Putz hauen, sodass es sich wenigstens lohnte? Und vom schönen und werten Fräulein Weber war ja allgemein bekannt, dass sie ein gar großes Tanzfüdli war. Deshalb beschloss Kommandant Fässler, noch bis 9 Uhr abzuwarten. Zudem konnte Fridolin Weber überhaupt keine Suchrichtung angeben, da Carmen das Elternhaus wortlos und mit unbekanntem Ziel verlassen hatte. In der Zwischenzeit würden sie also rumtelefonieren, um herauszufinden, wo gestern Abend etwas los gewesen war. Da immer mehr Junge nun die Automobile ihrer Väter am Abend fahren durften, zog es die Ausgehfreudigen auch weit ins Umland, an Unterhaltungsabende, von denen sonst niemand wusste.

Dass Carmen möglicherweise gestern Abend mal etwas heftiger auf den Putz gehauen hatte, passte für Landjäger Caminada ins Bild, das er von der Familie Weber hatte. Er wusste nämlich, dass der Hutmacher ein sehr strenger Vater war, anständig zwar, aber absolut unnachgiebig, wie man hörte, und päpstlicher als der Papst. Es waren meist genau die Zöglinge solcher Väter, die zu solchen Ausbrüchen neigten. Hinzu kam, dass die Mütter oft mehr über ihre Kinder wussten als die strengen Väter und stillschweigend ein Auge zudrückten, sodass es der Herr Vater nicht zu wissen bekam. Wenn es dann doch einmal Ärger gab, trauten sie sich nicht, ihren Mund zu öffnen, um den Nachwuchs in Schutz zu nehmen.

Genau aus diesem Grund fuhren Caminada und Marugg, nachdem sie bis um 9 Uhr keinen Anruf von den Webers erhalten hatten, zu ihnen nach Hause. Der Hutmacher, das hatte er ihnen bereits bei der Vermisstenmeldung mitgeteilt, hatte pünktlich um 8:30 Uhr sein Geschäft öffnen müssen. Zu Hause rumzuhocken würde ihn nur noch mehr zunderobsi bringen, hatte er erklärt.

Caminada hatte ihm gesagt, dass er durchaus verstehen könne, dass tatenloses Warten einen völlig durcheinanderbringen konnte, und sie sich umgehend bei ihm im Modegeschäft melden würden, sobald sich ihrerseits etwas ergab. Er sagte nicht, dass Fridolin und seine Frau sich doch zu Hause gegenseitig eine Stütze hätten sein können. Das ging ihn nichts an.

Die Sonne war längst den Calanda heruntergestiegen und hatte das schmale Churer Rheintal mit ihrem Licht erobert, als die beiden Ermittler unterhalb des Bahnhofs durch die Wiesen und Matten fuhren, die vom Morgentau glänzten. Noch war die Luft angenehm kühl. Doch es würde auch heute wieder ein besonders warmer Apriltag werden, wie schon die Tage zuvor.

»Grüazi wohl, Frau Weber«, grüßte Caminada auf der Türschwelle Elisabeth Weber, die alleine zu Hause war, und nahm seinen Hut vom Pölli. Sein Hut war schlicht und dunkel und unterschied sich völlig von denen, die auf der Hutablage beim Eingang aufgereiht waren. Marugg stand neben Caminada, drehte seinen Hut mit beiden Händen an der Krempe und blickte auf Frau Weber, die sehr bedrückt wirkte.

Caminada ergriff das Wort: »Sie haben noch immer nichts von Ihrer Tochter gehört?«

Frau Weber schüttelte den Kopf. Sie hatte ihre Hände in der geblümten Schürze vergraben und war blass im Gesicht.

»Sagen Sie, wollen Sie uns nicht kurz reinbitten?«, fragte Caminada.

»Ach, äxgüsi, wie unhöflich von mir …«, murmelte die 48-Jährige und ließ sie eintreten, indem sie vorausging und neben dem Esstisch stehen blieb.

Caminada blickte sie freundlich, aber bestimmt an. »Frau Weber, alle im Städtli wissen doch, dass der Fridolin jeden Dienstag im alten Zollhaus beim Jassen am Stammtisch hockt …« Er blickte sie vielsagend an und hob die Augenbrauen. »Ich bin mir deshalb fast ganz sicher, dass es kein Zufall war, dass Carmen ausgerechnet gestern Abend ausging, und ich kann mir vorstellen, dass Sie als ihre Mutter mehr dazu wissen …« Er hob sogleich die rechte Hand, als würde er schwören. »Wir beide hier«, er blickte auf Marugg, »müssen nicht in die Akten schreiben, wie wir in Erfahrung brachten, wohin denn das Fräulein Tochter gestern ausgegangen ist. Sie verstehen sicher …« Er blickte sie einen Moment fragend an, dann hob er den Zeigefinger der Rechten. »Schauen Sie, wir möchten auf keinen Fall wertvolle Zeit vergeuden, weil wir so rein gar keine Ahnung haben, wo wir mit der Suche anfangen sollen.«

Elisabeth Weber schwieg. Sie hielt ihren Kopf leicht gesenkt. Caminada wollte auf keinen Fall, dass sie sich wegen des Verschwindens womöglich schuldig fühlte. Doch dies tat sie, das sah man ihr an.

»Losend Sie mir jetzt ganz genau zu, Frau Weber. Ich oder, besser gesagt, wir beide sind uns ganz sicher, dass Sie nur das Beste fürs Töchterlein wollten und selbstverständlich nicht damit rechnen konnten, dass sie nicht mehr nach Hause kommt. Und außerdem kann man so junge Fräuleins ja auch nicht zu Hause anbinden. Die Zeiten haben sich geändert. Wir leben in den Fünfzigern, alles wird moderner. Sogar das Fernsehen wird es in wenigen Jahren wohl in vielen Stuben geben. Verstehen Sie? Wir können die Zeit nicht aufhalten, und junge Menschen zieht es hinaus ins Leben.«

»Ach, Herr Landjäger Caminada, hätte ich es ihr doch gestern bloß verboten«, kam leise die Antwort von Frau Weber, die noch immer ihren Blick nicht heben wollte.

»Grämen Sie sich doch bitte nicht, gute Frau.« Caminada legte ihr seine schwere Hand auf die Schulter. »Sagen Sie uns lieber, wohin denn Carmen gestern ging.«

»Ach, nur nach Untervaz, mit dem Zug. Tanzen. Im Lupf dis Bei.« Sie zuckte mit den Schultern. »Der Fridolin lässt sie doch keinen einzigen Schritt aus dem Haus, obwohl Carmen immer fleißig ist im Geschäft und auch mir hilft, wo sie nur kann. So ein braves Maitli. Da muss sie doch einmal im Monat die paar Stündli raus dürfen. Sie ist ja immer eine ganz Anständige gewesen und kam immer pünktlich wieder nach Hause.«

»Ganz recht. Sagen Sie, hat sie sich mit jemandem dort verabredet? Fuhr sie alleine mit dem Zug dahin?«

»Sie hat gesagt, dass sie verabredet sei. Und ich weiß, dass sie vor ein, zwei Wochen schon einen jungen Herrn getroffen hatte. Das hat sie mir offen und ehrlich erzählt. Musste sie ja auch, denn sie war ein paar Tage deswegen ganz aus dem Häuschen. Sogar Fridolin hatte bemerkt, dass sie zunderobsi war.« Jetzt erst hob sie ihren Blick. »Deshalb habe ich mit ihr gesprochen, sie nach dem Grund gefragt. Sie müssen wissen, Carmen erzählte mir schon so manches Geheimnis.« Sie nahm einen hörbaren Atemzug, seufzte gequält.

»Gab sie eine Beschreibung von dem Herrn? Das Ganze hört sich ja nach einem ernsthaften Verehrer an. Gut möglich, dass sie mit ihm verabredet war«, kommentierte Caminada.

»Ja, das habe ich mir ehrlich gesagt auch gedacht. Aber wie er aussieht, weiß ich nicht. Nur dass er ein freundlicher und hübscher junger Mann sei und sehr gebildet. Ein Anwalt, hat sie gesagt.« Frau Weber nickte anerkennend. »Ach, da kommt mir in den Sinn, dass sie erwähnt hatte, dass der junge Mann Max hieß. Ja, genau, Max. Da bin ich mir ziemlich sicher.«

»Das ist doch schon mal was«, lobte Caminada, und Marugg notierte alles in sein berühmtes schwarzes Notizbüchlein.

»Und was trug das werte Fräulein gestern Abend?«, fragte Caminada weiter.

»Das kann ich Ihnen ganz genau sagen, denn sie hat sich das Kleid nach einem der neusten Schnittmuster aus Amerika selbst geschneidert. Wie fast alles, was sie trägt.« Stolz schwang für einen Moment in ihrer Stimme. »Es war sanft rot und übersät mit weißen Punkten und reichte ihr knapp über die Knie. An der Taille war es der Mode entsprechend sehr eng geschnitten, mit einem schmalen roten Gurt aus glänzendem roten Leder. Der Ausschnitt hoch gehalten, aber kantig und zur Seite hin offen bis zur Mitte der Schultern, die Ärmel schräg abstehend. Und aus demselben Stoff trug sie das passende Haarband.« Sie lächelte einen Moment. »Dazu die neuen roten Schuhe, für die sie lange gespart hatte. Sie sah richtig flott aus.«

»Das glauben wir Ihnen sofort.« Caminada versuchte, Frau Weber mit einem Lächeln aufzumuntern. »Carmen ist immer gut angezogen. Kein Wunder, als Tochter des begehrtesten Modemachers in Chur.«

Elisabeth Webers Stimme wurde wieder dunkler, wurde schwer, als sie sagte: »Wir hatten wie immer abgemacht, dass sie spätestens um 21 Uhr wieder zu Hause sein muss.

Bis jetzt hatte sie sich immer brav daran gehalten. Sie hätte mit dem Zug, der von Landquart kommt, um kurz nach 20:45 Uhr am Bahnhof ankommen sollen. Eben damit der Fridolin es nicht erfährt. Der ist noch nie vor 21 Uhr zurück gewesen, vor 21:30 Uhr auch nur sehr selten. Und er … er ist halt wirklich streng. Er macht schon ein Riesentheater, wenn sie mal zu spät aus der Stadt oder aus dem Kino heimkommt, in das er sie auch nur lässt, wenn ihre Freundinnen sie danach heimbegleiten.«

»Das wissen wir, und offen gesagt weiß es das halbe Städtchen«, versuchte Caminada sie weiter zu beruhigen. »Er bewacht sein Fräulein Tochter wie ein Einäugiger seinen Augapfel. Aber Sie haben uns weitergeholfen. Sehr sogar. Jetzt wissen wir, wo wir anfangen müssen.«

»Wissen Sie, Landjäger Caminada, ich vertraue Carmen. Die ist nicht so eine. Und sie hat mir versichert, dass dieser Max ein ganz anständiger junger Mann sei. Eben sogar ein Anwalt, aber keiner von hier. Ich meine, irgendwie muss man ja jemanden mal kennenlernen. Hätte mein Vater sich damals wegen Fridolin so verhalten, wie dieser sich heute verhält, wäre ich wohl im Kloster gelandet. Außerdem kennt Carmen viele Leute im Untervazer Tanzlokal, das unweit neben dem Bahnhöfli steht. Im Lupf dis Bei hat es deshalb immer mehr als genug Anstandswauwaus, die ein Auge auf sie haben.«

Caminada wollte sie über diesen Irrglauben nicht aufklären. Diesem hockten die meisten Eltern auf. Dass es mit den Anstandswauwaus nicht weit her war, wusste er aus Erfahrung, weil er hin und wieder die Beizen und Tanzlokale kontrollieren musste, um sicherzustellen, dass die Polizeistunde eingehalten wurde. Und da trieben sich die braven Fräuleins und ehrenwerten jungen Herren halt oft noch draußen rum und tranken Alkohol, rauchten und fanden zueinander. Wo ein Wille und die Sehnsucht ist, findet sich auch ein Gebüsch, sagten die einen dazu.

Als er vor wenigen Wochen mit seiner Frau Menga mit Blick auf ihr eigenes Töchterlein etwas sorgenvoll darüber geredet hatte, da hatte sie herzhaft gelacht und gemeint: »Walti, junge Fräuleins haben es eigentlich immer faustdick hinter den Ohren, oder glaubst du, ich hätte damals in St. Moritz immer brav meinen Eltern gehorcht? Und was ist mit dir? Hast denn du nicht auch heimlich mit jungen Fräuleins getanzt und einen Schwatz gemacht, von dem die Eltern nichts wissen durften? Eben! Schmusen und schmusen lassen und den Kindern frühzeitig Anstand beibringen und ihnen klarmachen, wo die Grenzen sind. Also, gewöhn dich ja rechtzeitig daran, dass unsere süße kleine Lena irgendwann ein großes Fräulein sein wird und das Tanzbein schwingen oder mit ihren Freundinnen ins Kino gehen will. Da werden viele, viele junge Männer sein, die nach ihr schauen werden. Die kommt nämlich ganz nach uns.« Sie hatte gelacht und ihm einen Kuss gegeben.

Sie hatte ja recht, wusste er, doch er hatte sich damals ertappt gefühlt, weil auch in ihm ein kleiner Fridolin steckte, aber eben nur ein ganz kleiner. Die sechsjährige Lena war halt sein ganzer Stolz, und er als Landjäger sah Dinge, die niemand sehen sollte oder wollte. Aber noch war seine Tochter erst gerade in die erste Klasse der Primarschule eingetreten und glücklich, wenn sie hin und wieder am Abend auf Esel Leo durch die Weiden reiten durfte und mit den Kindern aus der Nachbarschaft Hütten im Wald bauen konnte.

Über diese Gedanken sagte er hier und jetzt natürlich nichts. Elisabeth Weber hatte es bestimmt nur gut gemeint, und noch war nicht klar, was überhaupt passiert war. Außerdem war das Fräulein doch schon 22 Jahre alt und damit vom Gesetz her seit zwei Jahren volljährig, wenngleich die Eltern in diesem Alter noch immer einen großen Einfluss ausübten, besonders, wenn sie, wie die allermeisten, noch gemeinsam unter einem Dach hausten.

»Also, Frau Weber, wir lügen Ihren Mann nicht an, aber wir werden ihm sagen, dass wir den Hinweis zum Tanzlokal von jemandem zugesteckt bekommen haben, der nicht namentlich genannt werden will. Er wird sich dann womöglich denken, dass es bestimmt jemand gewesen sei, der gestern ebenfalls im Tanzlokal war, einer der jungen Leute. Und wir beide, Kollege Marugg und ich, wir werden uns sofort gezielt auf die Suche nach Carmen machen und melden uns unverzüglich, sobald wir mehr in Erfahrung gebracht haben. Und wie gesagt: Es tut uns sehr leid, dass Ihre Tochter verschwunden ist. Wir werden unser Möglichstes tun!«

Er wollte und konnte nicht sagen, dass er bei der Sache ein ungutes Gefühl im Ranzen hatte, ein ganz ungutes Gefühl.

2

Die beiden Ermittler verließen das einfache Haus der Webers um kurz vor 9:30 Uhr. Der Krieg und die ersten Nachkriegsjahre hatten bestimmt auch am Geldbeutel der Webers genagt, doch wie es schien, ging es auch in dieser Familie diesbezüglich wieder aufwärts. Neue Möbel und einer dieser modernen Kochherde standen im Haus. Durch eine offen stehende Tür hatte man auch ins kleine Badezimmer linsen können: Badewanne, Waschbecken, WC. Alles nigelnagelneu. Seit zwei Jahren wurden in Chur keine neuen Wohnungen ohne eine Nasszelle mehr gebaut. Die Zeiten, in denen man sich das WC mit den Nachbarn teilen musste und sich in der Küche am Schüttstein wusch, auch die Haare, waren in diesen Neubauten vorbei. Doch hier, im Fall der Webers, hatte die Moderne auch im alten Gemäuer Einzug gehalten.

Draußen vor dem Reihenhaus, von dem es 30 weitere in zwei Reihen gab, startete der Landjäger sein Pfüpfli. Der kleine Hilfsmotor machte wie immer einen Heidenlärm für wenig Kraft. Caminada drückte seinen Hut fester auf seinen Pölli und wurde das ungute Gefühl nicht los, dass da was gar Arges mit Carmen Weber geschehen sein musste. So wie die Mutter über ihre verschwundene Tochter sprach, wäre Carmen niemals über Nacht weggeblieben, war also kein Donnersmaitli, bei der man nie wissen konnte, was sie so trieb. Caminada versuchte, die dunklen Gedanken von sich zu schieben, um sich nicht selbst in den Ermittlungen, die nun anstanden, zu bremsen. Er trat in die Pedale und gab zeitgleich Gas. Marugg folgte ihm auf seinem Fahrrad.

Der Weg nach Untervaz war zu weit, um mit ihren beiden Vehikeln dahin zu fahren, seit sie einen Wagen besaßen. Sie entschlossen sich daher, zurück auf das Landjägerkommando zu fahren, um dort den alten Chevy zu holen. Zuvor mussten sie aber Major Ferdinand Fässler und Fräulein Rosemarie noch berichten, was sie von Elisabeth Weber erfahren hatten. Caminada wusste, weiter durfte der Kreis aber nicht gezogen werden, um diese Aussage unter dem Deckel zu halten. Leider gab es immer wieder Landjäger, die nicht auf ihrer Schnorra hocken konnten, und in einer geselligen Bierrunde mal da und dort kleine und große Geheimnisse aus dem Landjägeralltag ausplauderten.

Caminada setzte sich um 10:10 Uhr direkt hinters Steuer, denn mittlerweile hatte er endlich einen Führerschein, durfte nun ganz offiziell fahren. Aber das mit der Fahrprüfung war eine spezielle Steißgeburt gewesen, anders, als er erwartet hatte …

Es war letzten Herbst gewesen, als er vom Kommandanten vernommen hatte, dass die theoretische Prüfung nun endlich auch in Chur abgelegt werden konnte, und zwar auch mündlich, das war für den Landjäger entscheidend gewesen. Eine praktische Prüfung gab es nicht. Warum auch? Wer nicht fahren konnte, sollte sich halt nicht hinters Steuer klemmen. Fräulein Rosemarie meldete Caminada umgehend zur mündlichen Prüfung an, und so war er der Allererste im Kanton Graubünden, der sich dieser zu stellen hatte. Fahren hatte er ja längst gelernt.

Nachdem er erfahren hatte, dass er die Prüfung zu seinem Glück würde mündlich ablegen können, da sagte er am Mittagstisch zu Menga, dass er den Führerschein sozusagen jetzt schon im Sack habe – ohne das Schriftliche, das ihm wegen seiner ausgeprägten Lese- und Schreibschwäche schon zweimal ein Bein gestellt hatte. Um die mündliche Prüfung zu bestehen, brauche es gewiss bloß gesunden Menschenverstand, und den hielt er sich zugute. Er sagte deshalb: »Jo Herrgottsack nomol, Menga, das wird ja wohl keine Hexerei sein.«

Menga war da zurückhaltender, zog ihre Augenbrauen hoch und meinte: »Mein Lieber, sagst nicht du hin und wieder gerne, dass man das Fell eines Bären nicht aufteilen solle, solange er noch im Wald herumläuft?« Sie nickte vielsagend. »Du bist doch sonst nicht so voreilig und nimmst es lieber patschifig.«

»Menga, weißt du, wie lange ich schon Auto fahre? Seit wir den ersten Göppel, diesen himmeltruurigen Chevy bekommen haben. Glaub mir, man braucht weiß Gott keinen Doktortitel, um zu verstehen, wie man sich auf der Straße zu benehmen hat. Und gell, meine Liebe, das meine ich nicht, weil du einen Doktortitel hast.«

Sie lachte herzhaft. »Also dann …«, sagte sie gelassen, und Caminada dachte, dass er sich nach der Prüfung endlich nicht mehr diese Sprüche von den drei Beamten der Verkehrspolizei würde anhören müssen und sich dann auch nicht mehr mit einer Villiger-Krummen aus der Affäre zu ziehen brauchte.

Guten Mutes stand er deshalb am Prüfungstag pünktlich vor der Tür des Verkehrsamtes bereit. Er kannte den Beamten, bei dem er zur mündlichen Prüfung antreten musste, sogar persönlich und gab diesem während einer Viertelstunde lang und breit Auskunft; beispielsweise, wie man vorgehen musste, wenn man betrunken mit dem Wagen noch nach Hause müsse. Caminada wusste die Antwort: »Auf kürzestem Weg und dabei langsam und vorsichtig fahren.« Die Antwort war logisch und deshalb richtig. Wie auch seine Antwort auf die Frage, wie man es mit der Geschwindigkeit beim Fahren zu halten habe: »Sobald mehr als drei Häuser nebeneinander stehen, muss die Geschwindigkeit entsprechend gesundem Menschenverstand angepasst werden, wie auch wenn sich Passanten auf der Straße befinden oder Tiere. Achtsamkeit ist das A und O.«

Der Beamte erklärte Caminada, dass er innert Kürze Bescheid bekäme. Er müsse seine Notizen noch von einem Kollegen überprüfen lassen. Das fand Caminada eher kschpässig, aber die Mühlen der Bürokratie mahlten manchmal eben sehr langsam. Das garantierte aber noch lange nicht, dass dabei auch was Gescheites rauskam.

Am liebsten wäre Caminada sogar mit dem Chevy zur Prüfung vorgefahren, aber das Gebäude lag nur gerade 200 Meter vom Landjägerkorps entfernt.

Kaum betrat Caminada nach der Prüfung die Wachstube, blickte er in betretene Gesichter. Auch der Major stand da und schien auf ihn gewartet zu haben. Er zog nachdenklich an seiner Pfeife.

»Tut mir wirklich saumäßig leid für dich, Walter«, sagte er. »Leider haben wir nicht das Ergebnis erhalten, welches du dir erhofft hast. Du bist durchgefallen. Zu viele Fehler. Genauer gesagt zwei zu viel. Sie haben soeben angerufen!«

»Ja Herrgottsack und Stärnasiach nomol! Das kann doch nicht so schwer sein! Himmelherrgott, die sollen mir das aber ganz präzis erklären, was ich falsch gemacht habe«, brummte Caminada und sah, dass auch Fräulein Rosemarie eine betretene Miene schnitt. Jetzt stand er schon wieder saudumm da, wie ein Esel vor dem Berg. Doch diesmal war es nicht das Lesen und Schreiben, das ihm im Weg gestanden hatte. Er verstand die Welt nicht mehr.

»Das werden sie, Walter, das werden sie, denn ich erwarte ja auch, dass du, als mein bester Landjäger notabene, bald endlich einen Führerschein im Sack hast.« Fässler ergänzte resigniert: »Aber nun gut, das war's wohl für eine ganze Weile hinter dem Steuer. Die Prüfung darf nur alle sechs Monate wiederholt werden, und wenn man dreimal versagt, muss man sogar zum Idiotentest oben in der Nervenheilanstalt. Aber so weit wird es ja wohl hoffentlich nicht kommen, oder?«

»Jo Stärnachaib nomol, ich will mich bestimmt nicht deswegen zum Calöri machen.« Caminada wusste, die Verkehrspolizei würde das noch heute in Erfahrung bringen und nur auf ihn warten. Das hieß: für ein paar Tage wieder auf das Velotöffli. Außerdem hatte er noch einen Gang vor sich, der ihm nicht passte. Menga hatte ihn ja ermahnt, doch er war auf dem hohen Ross gehockt. Von wegen, da braucht man keinen Doktortitel …!

Am Mittag fuhr er also mit dem Velotöffli nach Hause, mit schlechter Laune im Gepäck. Menga hatte extra Schmorbraten gemacht, dazu Stampfkartoffeln, um das Ereignis zu feiern, da er ja so zuversichtlich gewesen war.

Caminada begrüßte zuerst Lena, herzte sie länger als sonst und fragte sie allerlei zum heutigen Morgen in der Schule, ehe er Menga begrüßte und sich sofort nach dem Händewaschen an den Tisch setzte, während Menga den Schmorbraten aufschnitt.

»Und?« Sie blickte ihn neugierig an und reichte ihm ein großes Stück. »Hast du den Führerausweis schon erhalten? Habe gedacht, du kommst vielleicht sogar gleich mit dem Auto.«

»Also, irgendwie, wie soll ich es sagen, muss wohl der

Wurm drin gewesen sein.« Er schüttelte den Kopf. »Ich habe den Führerschein nicht erhalten. Durchgefallen!«

»Heimatland noch mal, Walter! Das ist aber eine Überraschung. Und du warst dir doch sooo sicher. Wie kommt's?«

»Papa, hast du zu wenig gelernt?«, meldete sich Lena keck zu Wort.

»Ach Pfiffadeckel, Lena. Ich habe auf alles eine Antwort gewusst.«

»Aber halt die falsche«, kicherte Lena. »Geht mir manchmal auch so in der Schule. Meine Antworten passen dann halt auch nicht auf die Fragen, aber sie wären richtig.«

»So, so, so …«, brummte Caminada und musste lächeln ob dem Vorwitz seiner Kleinen.

Menga zuckte mit den Schultern. »Nun gut, die Welt geht davon auch nicht unter. Essen wir den Schmorbraten trotzdem. Ach, Walter. Lena hat dir noch eine schöne Karte gebastelt zur Feier des Tages. Ich hoffe, du freust dich trotzdem.«

Caminada strich Lena übers schöne dunkle und lange Haar. Sie ähnelte sehr ihrer Mutter. »Das ist aber lieb. Und ich alter Gaggalari habe nicht mal bestanden. Aber ich freu mich trotzdem.«

Er faltete die Karte auseinander und las, was darin stand. »Du hast bestanden, Papa! Mama und ich haben dich nur auf den Arm genommen!«

Caminada blickte erst Menga an, dann seine kichernde Tochter, die beide Hände vor ihren Mund hielt. Er wusste gar nicht, wie ihm geschah. Er kniff seine Tochter in die Wange. »Du kleines Luuswiibli, du.« Lena lachte aus voller Wonne, während er Menga anstarrte und sagte: »Und du hast bestimmt das Fräulein Rosemarie angestiftet …

ach, ich hatte noch gedacht, irgendwas ist im Busch, aber darauf wäre ich im Leben nie gekommen.«

Menga konnte sich vor Lachen kaum mehr halten. Sie stand auf, trat an seinen Stuhl, beugte sich zu ihm und umarmte ihn liebevoll von hinten. »Ab jetzt kann dir die Verkehrspolizei den Buckel runterrutschen, mein Lieber, und du kannst deine Villiger-Krummen nur noch an die verschenken, die sie auch wirklich verdient haben.«

Das war nun einige Monate her, ein langer Winter lag dazwischen. Deshalb hockte sich Caminada nun mit gutem Gewissen hinters Steuer des Chevys und lenkte das schwere Gefährt aus dem Städtchen hinaus auf die Landstraße. Der Wagen hatte beim Starten einmal mehr gemuckt, doch jetzt schnurrte der Motor, und der Wagen lief ziemlich rund.

Caminada und Marugg folgten der Straße Richtung Trimmis, überquerten dahinter in den weitläufigen Weiden den Rhein. Der kleine Bahnhof Untervaz lag nicht etwa im Dörfchen Untervaz selbst, wie man meinen könnte, sondern weit außerhalb in direkter Nähe zum Rhein und nahe der Landstraße. Dies hatte Vorteile für die umliegenden Dörfer, für die der Bahnhof so innert nur einer halben Stunde gut zu Fuß erreichbar war.

Das Tanzlokal Lupf dis Bei lag nur zwei Fußminuten von dem schmucken kleinen Bahnhofshäuschen entfernt, das gänzlich aus Holz gebaut war und dessen Fenstersimse wie die aller Bahnhöfe in den warmen Monaten üppig mit schönen Blumenkisten geschmückt waren.

Caminada parkte auf dem gekiesten Parkplatz auf der Gebäuderückseite. »Hoffentlich kriegen wir den huara Klapf wieder zum Laufen«, murrte Caminada, als er den Zündschlüssel abzog. Er steuerte den Eingang auf der

Vorderseite mit dem kleinen Vordach an, vor dem eine Kreidetafel stand, auf der das Mittagsmenu angeboten wurde. »Gehacktes mit Hörnli – drei Franken und fünfzig Rappen.«

Tagsüber war das Lokal vor allem eine kleine gutbürgerliche Beiz, in der es einfache Gerichte zu günstigen Preisen gab. Vor allem Tagelöhner, die in dem großen Säge- und dem Kieswerk in der nahen Umgebung krampften, kamen mittags auf ihren Fahrrädern hierher, um etwas Währschaftes für wenig Geld auf den Teller zu bekommen.

Die Wirtin hieß Lisalotte. Umgangssprachlich nannte man sie auch die Flotte Lotte. Sie war schon 60 und seit Ewigkeiten geschieden, sodass sie behauptete, dass ihre Ehe längst verjährt sei und sie somit wieder als ledig gelte. Sie wirtete schon so lange alleine, dass sich auch kaum jemand mehr an ihren Mann erinnern konnte, den dicken Heini, der immer für einen Spaß zu haben gewesen war und dessen pausbackiges Gesicht, immer wenn er lachte, fürzündrot wurde.

Noch war die Beiz gähnend leer. Auf einem Plattenspieler drehte eine Platte. Rudi Schurickes »Dreh' dich noch einmal um, eh' wir auseinander geh'n«, ertönte, sodass der Schmalz nur so triefte, fand Caminada und gab Marugg einen feinen Ellenbogenstoß in die Rippen, denn der mochte überhaupt gar keine Liebesschnulzen. Auch Caminada war beschwingte Volksmusik viel lieber, deshalb spielte er auch mit großer Hingabe seit einigen Monaten Schwyzerörgeli.

»Jaja, das Fräulein Carmen war hier«, sagte die Flotte Lotte mit dem üppigen Hüftgold und dem goldenen Schmuck ums Handgelenk und um ihren Hals. Sie hatte braun gegerbte Haut, als wäre es das Ende eines langen Sommers. »Hätte mich ja auch gewundert, wenn sie nicht gekommen wäre. Gestern spielten nämlich die Gebrüder Oswald auf, da war was los, das kann ich euch sagen. Aber Landjäger Caminada, warum wollt ihr beide das überhaupt wissen? Ist was passiert?« Ihr abgelebtes Gesicht zeigte Sorge. Sie fühlte sich, wie es schien, irgendwie verantwortlich dafür, dass ihre Gäste wieder gut nach Hause kamen.

»Das können wir noch nicht genau sagen. Aber vielleicht weißt du, mit wem sie hier war? Sie hatte eine Verabredung.«

»Also ist doch etwas passiert?«

Caminada wusste, dass sie zwischen den Zeilen lesen konnte, was er gerade gesagt hatte. Dennoch hielt er sich weiter bedeckt und antwortete: »Genaueres können wir noch nicht sagen, aber es gibt tatsächlich etwas, das wir dringend klären müssen.«

»Hört sich nicht gut an. Aber zu deiner Frage, Walter. Sie ist alleine gekommen, wenn ich das richtig gesehen habe. Vielleicht war ihre Begleitung ja schon hier. Jedenfalls fiel mir keiner aus der Gruppe junger Leute, mit denen Carmen sich den ganzen Abend umgeben hatte, besonders auf.«

»Alleine an einem Tanzabend? Ein Fräulein?« Caminada zeigte seine Zweifel.

»Bevor wir auseinander geh…, bevor wir auseinander geh…, bevor wir auseinander geh…, bevor wir auseinander geh…« Die Platte hatte einen Sprung. Lisalotte ging hin und tippte mit der Fingerkuppe ihres rechten Zeigefingers auf den Plattenspieler, damit die Nadel eine Rille weitersprang, doch sie sprang zurück. »Dreh' dich noch einmal um, bevor wir auseinander geh'n …«

»Ja, Landjäger Caminada. Das gibt's häufiger, als man denkt. Vor allem die jungen Fräuleins, die zu Hause nichts sagen dürfen, gar nicht hier sein dürften … als wäre das Lupf dis Bei das Tor zu Sodom und Gomorra und hieße Spreiz deine Beine. Und«, betonte sie, »wärt nicht ihr beide es, die mich hier nach Carmen fragen, ich hätte glatt keine Ahnung, von wem ihr sprecht. Ihr versteht?«

Caminada, der seinen Hut aufbehalten hatte, fasste zusammen: »Carmen mag tatsächlich alleine gekommen sein. Ihre Mutter behauptet aber, sie hätte eine Art Rendezvous gehabt. Sagt dir der Name Max etwas? Gut aussehend, soll Anwalt sein?«

»Ach, Walter, das mit dem Rendezvous wird doch heute nicht mehr so gehandhabt wie damals, als du und ich noch jung waren. Heute trifft man sich inmitten von anderen. So geht das heute. Aber nochmals, wer ihr Verehrer gewesen sein soll, weiß ich wirklich nicht, ich habe nichts Derartiges bemerkt, aber auch nicht die ganze Zeit alle angestarrt. Und von einem Anwalt weiß ich nichts. Es waren gestern über 100 Nasen hier, und die kamen von weiß der Kuckuck woher. Ich sage euch, das mit den Autos, das wird irgendwann noch mehr zunehmen. Früher kamen sie mit dem Zug aus Chur oder Landquart oder auf den Velos aus den umliegenden Käffern, aber gestern standen bestimmt 25 Automobile auf dem Platz hinter dem Haus.« Sie betonte es nochmals: »25!«

»Das glauben wir dir aufs Wort. Aber sag, ist gestern sonst etwas Besonderes vorgefallen? Irgendwas?«

Lisalotte schüttelte den Kopf. »Höchstens, dass Carmen wie immer tanzte, als gäbe es kein Morgen mehr, mal mit dem, mal mit dem, so wie all die Jungen, von denen man glauben könnte, sie würden den Rest der Woche sozusagen zu Hause weggesperrt. Aber Carmen trank wie immer nicht viel, und irgendwann war sie dann verschwunden. Wann sie gegangen ist, weiß ich nicht genau, denn meist zahlen die Herrschaften nach so einem flotten Tanzabend gerne für die hübschen Maitli.« Und schon wieder wiederholte sich das Stück auf der Schallplatte. »Bevor wir auseinander geh…, bevor wir auseinander geh…, bevor wir auseinander geh…«

Diesmal hob die Wirtin die Nadel an und führte den Arm des Plattenspielers zurück, bevor sie wieder vor Caminada und Marugg trat.

»Hmm, Lisalotte, somit weißt du also auch nicht, mit wem, falls überhaupt, Carmen abgezottelt ist«, stellte Caminada fest. Marugg, der neben ihm stand, kritzelte wie immer Notizen.

Die Wirtin schüttelte den Kopf. »Äba nit, so gern ich es auch wissen würde. Und auch wenn ich Carmen hätte rausgehen sehen, heißt das noch lange nicht, dass sie sich auf den Nachhauseweg gemacht hat. Die Jungen hocken doch am liebsten im Halbdunkeln, oder noch lieber, wenn es stockfinster ist, draußen zusammen und holen sich hin und wieder ein Getränk an der Bar. Die Musik hören sie auch draußen, da ich extra das hintere Fenster offen stehen lasse.« Sie deutete auf das Fenster, das zur Gebäuderückseite zeigte. »Ihr wisst sicher: Im Dunkeln ist gut Munkeln, denn dann wird es spannender … aber dann heißt es wieder, dass die moderne Tanzmusik den Jungen nur den Kopf verdrehe.«

Marugg machte wie immer eine gute Figur in seiner schicken Kleidung, der schwarzen Hornbrille und dem kecken Schnurrbart. Er fragte nach den Namen der Gäste und schrieb alle auf, die Lisalotte mit Vor- und Nachnamen kannte, oder von denen sie wusste, wo sie zu finden waren.

Obwohl weit über 100 Tanzfreudige am gestrigen Dienstag im Lupf dis Bei waren, standen nur gerade zwölf Namen auf der Liste. Einer aber machte beide Ermittler sofort stutzig, ohne dass sie es sich anmerken ließen. Klaus Nold! Der war alles andere als ein Unbekannter. Er war der Sohn einer reichen Bauunternehmerfamilie, zu der auch ein Anwalt, ein Richter und ein einflussreiches Treuhandunternehmen in Chur gehörten. Und der junge Nold war polizeilich bekannt! Er war gegenüber Fräuleins schon mehrfach unanständig geworden, doch hatte das Geld seiner Familie die Zeuginnen immer zum Schweigen gebracht.

3

Caminada und Marugg verabschiedeten sich von der Wirtin und blieben draußen vor der Beiz stehen. Normalerweise standen erst im Sommer im kleinen Garten ein paar Tische mit Sonnenschirmen, aber wegen der außergewöhnlichen Aprilwärme hatte Lotte sie in diesem Jahr schon früher rausgestellt. Nur der rostige Grill schien noch auf sein Erwachen zu warten. Aber in den großen Töpfen aus Beton blühten schon bunte Blumen und schmückten so den Eingang.

»Carmen war also gestern Abend hier«, hielt Caminada fest und ließ seinen Blick kurz umherschweifen. »Jetzt müssen wir aber rausfinden, wie es mit ihr dann weiterging. Zum Bahnhof sind es ja nur zwei Gehminuten.« Er blickte in die Richtung, dann zu Marugg, der sich aus seiner Blechdose ein Pfefferminzzückerli in den Mund steckte und zu Walter sagte:

»Sie soll ja gemäß ihrer Mutter mit dem Zug gekommen sein. Gehen wir mal davon aus, dass Carmen ihr die Wahrheit gesagt hat. Obwohl immer mehr junge Herren das Automobil des Herrn Vater fahren dürfen, und deshalb möglicherweise einer dieser Kavaliere sie damit heimfahren wollte, gehen wir dennoch am besten zuerst den Weg bis zum Bahnhof ab, nehmen diesen in Augenschein und danach auch das nahe Rheinufer.«

Er sagte nicht, dass sie in Gebüschen oder hinter Sträuchern oder beim alten Bahnhofsschuppen möglicherweise die Leiche finden könnten, oder genauso gut am Rhein.

Es wäre leider nicht das erste Mal, dass sie am Rheinufer einen schauderhaften Fund machen würden. Das war auch Caminada sehr bewusst.

Beim Bahnhof angekommen, nahmen sie als Erstes den alten Güterschuppen in Augenschein. Im Innern lagen viele Zigarettenstummel am Boden, den Filtern nach zu urteilen von verschiedenen Marken und somit wohl von unterschiedlichen Leuten geraucht. Es war ja im weiten Umkreis bekannt, dass nach dem Tanz die einen ihre ersten oder weitere Erfahrungen mit dem anderen Geschlecht genau hier suchten und fanden. Nicht wenige nannten deshalb das Lupf dis Bei schlichtweg den Sauladen, oder noch schlimmer die Fuzzastube für Anfänger. Letzteres in Anspielung auf die Fuzzastube im Welschdörfli in Chur, wo das rege Rotlichtnachtleben von den Stadtvätern geduldet war.

Der Schuppen beim Bahnhof jedenfalls war bis auf die Zigarettenstummel und ein paar ausgetrunkene, achtlos liegen gelassene Bierflaschen leer.

Im Anschluss suchten sie das Gebiet rund um den Schuppen ab, danach das von Gesträuch überwucherte Rheinufer. Dafür brauchten sie am längsten. Doch da war nichts.

Es ging gegen Mittag zu, als Marugg innehielt, den Hut vom Kopf nahm und das Schweißband im Innern mit einem Nastuch trocken rieb. »Was meinst du, Walter?«, fragte Peter, dessen Gesicht in der außergewöhnlichen Aprilwärme schon ganz rot war. »Sollen wir eine Zehnerschaft holen und den Suchradius ausweiten?«

Caminada schob sich seinen Hut ein wenig aus der Stirn. Die Aprilsonne hatte ordentlich Kraft, und ein stahlblauer

Himmel spannte sich über die Berge und das Tal. Der Rhein rauschte bedächtig unter ihnen. »Also ich glaube nicht, dass das Fräulein mit dem Zug heimfahren wollte und hier beim Bahnhof wem auch immer in die bösen Griffel geraten ist. Und weißt du, warum?«

Marugg deutete mit einem dezenten Kopfschütteln an, dass er keine Ahnung hatte.

»Auch wenn die Tanzmusik bis draußen zu hören war, so hätte ein Schrei von Carmen aus der Nähe gehört werden müssen. Das hätte der Täter bestimmt nicht riskiert.«

»Walter, was aber, wenn sie gar nicht zum Schreien gekommen ist? Du weißt ja, nicht alle Opfer kommen dazu, noch einen Mucks von sich zu geben. Und bedenke, die Webers wohnen in Chur, und zwar nur einige Fußminuten unterhalb des Bahnhofs. Das wäre für Carmen somit doch der schnellste Weg nach Hause gewesen, um sicher rechtzeitig vor dem Vater zu Hause zu sein. Ich denke daher schon, dass sie den Zug nehmen wollte.«

»Da hast du natürlich auch wieder recht. Aber wenn sie dem Täter hier auf dem Weg zum Bahnhöfli in die Arme gelaufen sein sollte, muss er sie weggebracht haben, sonst hätten wir ihre Leiche doch schon gefunden? Außerdem wäre doch das Risiko, hier während der Tat erwischt zu werden, zu groß gewesen.« Er schüttelte den Kopf. »Ich denke, es ist viel wahrscheinlicher, dass sie in eines der Automobile gestiegen ist. Bei einem Bekannten womöglich. Sie war ja schließlich mit jemandem verabredet, schon vergessen?«

»Stimmt, Walter, daran habe ich nicht mehr gedacht. Das macht Sinn, denn Rücksitzgeschichten machen ja nicht erst seit gestern die Runde im Städtli.« Er deutete auf die Innentasche seines Anzuges. »Vielleicht finden wir ja jemanden auf der Namensliste, der mehr dazu sagen kann als die Wirtin? Und über diese paar Leute finden wir bestimmt auch noch weitere Namen von anderen Gästen heraus. Wie Lisalotte ja betont hatte, kamen die von überall aus der Umgebung hergefahren, mit dem Wagen oder dem Zug. Doch als Erstes schlage ich vor, dass wir Klaus Nold befragen. Der hat ja eine ganz beelendende Vorgeschichte und war gestern bestimmt mit dem Wagen hier.«

»Was aber, wenn sie nicht bei ihm, sondern bei Herrn Unbekannt ins Auto eingestiegen ist? Dann kann das Verbrechen weiß der Kuckuck wo im weiten Umkreis passiert sein«, hielt Caminada fest und fügte hinzu: »Ja, das ist ein verreckter Saich, das mit diesen Autos, die immer mehr und bald von jedermann gefahren werden. Uns gibt das immer mehr zu schaffen. Die Tatorte lassen sich nicht mehr so leicht eingrenzen wie früher. Aber was sage ich da auch zu dir, Peter. Du bist ja der moderne Erkennungsfunktionär. Also, und wir haben, wie du richtig sagst, schon mal einen Verdächtigen, der gestern Abend ganz bestimmt mit dem Auto gekommen ist.«

»Wie gesagt, ein nicht gerade Unbekannter. Aber ein Fräuleinmörder? Also falls Carmen Weber denn tatsächlich umgebracht wurde …«

»Einen Mord würden wir beide ja zwar nicht gleich jedem zutrauen. Aber, Peter, keinem steht es auf der Stirn geschrieben, ob er grundsätzlich dazu fähig ist oder nicht. Somit sind alle verdächtig. Und was den jungen Nold betrifft, da gab's doch schon zweimal Anzeigen in den letzten … ich glaube, drei Jahren, wenn ich mich recht besinne. Er soll sich gegenüber Fräuleins ja gar unanständig aufgeführt haben. Aber verurteilt hat ihn noch kein Richter, obwohl es durchaus Klägerinnen gegeben hatte.«

Marugg ergänzte: »Dem Herrn Vater, dem reichen

Bauunternehmer, und dem Onkel Anwalt, der alles mit großzügigem Schmerzensgeld hintenrum geregelt hat, sei Dank. Monetenzauber, sage ich da nur. Aber sein Ruf ist dennoch ramponiert, und wenn die Sache für die Fräuleins damit abgeschlossen ist, ist das nun mal ihre Sache. Aber eine gerechte Strafe hätte den Nold möglicherweise von weiteren Schandtaten abgehalten. Also zuzutrauen ist es ihm am ehesten von all den Namen, da mir, offen gesagt, die anderen rein gar nichts sagen.«

»Also, Peter, dann fahren wir zurück nach Chur, essen was, bevor wir dem Baugeschäft der Nolds mal einen Besuch abstatten. Der Junior thront ja bereits auf einem der Chefsessel, wie man schon länger hört, und gibt sich gleich wie sein alter Herr.«

Caminada zündete sich, noch bevor sie in den Wagen stiegen, eine Zigarette an, eine schwarze Lasso, und drehte den Zündschlüssel, die Zigarette im Mundwinkel hängend. Heiser versuchte der Motor anzuspringen, doch er verreckte jedes Mal. Erst beim siebten Versuch kam das Gefährt endlich in Gang. »Jo Gopferdeckel, was für ein lahmer Göppel. Da kann ich gleich auf meinem Esel Leo in den Einsatz reiten«, murrte Caminada, der den Chevy hochtourig hielt und nur mit Zwischengas fuhr, während er zurück nach Chur fuhr.

Caminada und Marugg waren nur kurz zu Hause gewesen, hatten etwas gegessen, bevor sie um kurz vor 13:30 Uhr hinunter in die Salvatorenstrasse fuhren.

Das große Areal des Baugeschäftes Nold & Söhne befand sich gleich am Anfang der Straße. Sie parkten auf dem großen gekiesten Vorplatz, auf dem einige Baufahrzeuge abgestellt waren. Das Kies knirschte unter den Rädern, als der schwere Chevy zum Stillstand kam. Sie hielten in unmittelbarer Nähe des alten Patrons, Hans Nold, der mit einigen Bauarbeitern redete.

»Was wollen Sie von meinem Sohn?«, fragte Nold, dessen kräftiger Bauchansatz sein Hemd wölbte. Sein Umgangston war rau wie eine Novemberbise. Die meisten seiner 300 Arbeiter waren Saisonniers aus Italien und Spanien, die auf dem Gelände in einfachsten Baracken hausen mussten, für die er ihnen auch noch gehörig Geld für die Miete abknöpfte. Auch das war längst bekannt. Nur selten reklamierten seine Angestellten im ersten Stock des Landjägerkorps, im Italienerbüro, aber gebracht hatte es bisher nichts, außer dass diejenigen, welche unzufrieden waren, fristlos entlassen wurden. Geld, um sich dagegen zu wehren, hatte hier keiner, auch wenn das Unrecht zum Himmel schrie.

Caminada gab ihm zur Antwort: »Wahrscheinlich bloß eine Kleinigkeit. Wir müssen ihn zum gestrigen Abend befragen. Bringen Sie uns zu ihm, dann werden Sie es ja gleich von ihm selbst hören.«

»So?!« Er verschränkte seine Arme. »Sie wollen ihm bestimmt wieder etwas in die Schuhe schieben. Haben Sie denn nichts Gescheiteres zu tun?«, zündelte der 55-Jährige angriffslustig wie eh und je.

Caminada blieb ruhig, nahm es wie immer patschifig. Es brauchte viel, bis ihm der Kragen platzte, aber wenn, dann gehörig. »Rufen Sie Ihren Sohn hier nach draußen, oder sollen wir lieber drinnen mit ihm reden? Ohne Ihre Bauarbeiter um uns? Sie haben die Wahl.«

Hans Nold winkte verächtlich ab. »Ach, die huara Tschingga und Spaniokel, die verstehen doch sowieso kaum ein Wort Deutsch, außer dass sie vorwärtsmachen und nicht faul herumsitzen sollen. Doch kaum dreht man ihnen den Rücken zu ...« Er scheuchte alle seine Arbeiter mit einer unwirschen Handbewegung vom Platz, als wären sie eine kleine Herde von Tieren.

Das konnte Caminada so nicht stehen lassen. »Und wer macht all die Arbeit für Sie, und das für einen mageren Lohn und ein Bett in einer Ihrer miserablen Unterkünfte, für die ihnen auch noch unanständig viel Geld abgeknöpft wird? Sie rühmen sich doch mehr als genug, dass Ihre Neubauten besonders solide gebaut seien … und das von diesen *Faulenzern*?«

»Jaja, wieder mal der Landjäger Caminada, der Gutmensch, der noch immer weder lesen noch schreiben kann. Der will mir doch was vom Geschäften erzählen.« Nold, der breitbeinig dastand, zog seinen Gürtel etwas hoch. »Es ist doch ganz einfach. Wenn man dem huara Pack nicht sagt, wie der Hase läuft, dann tanzen die einem auf der Nase rum. Das sind Ausländer, so sieht's doch aus, kaum dreht man denen den Rücken zu, machen die keinen Straich mehr.« Er hob den Zeigefinger. »Dass meine Häuser bei der Übergabe so gut dastehen, das hat damit zu tun, dass unsere Vorarbeiter allesamt Schweizer sind, ehrliche Krampfer und Tüpflischiisser in einem. Ohne die geht nichts.«

»Dann würde ich doch an Ihrer Stelle nur noch Schweizer einstellen«, sagte Caminada trocken. »Das ganze *Pack* durch echte Eidgenossen ersetzen, oder passt das dem Geldseckel nicht?«

Caminadas liebe Mutter, die er sehr verehrte, hatte ihm vorgelebt, dass man sowohl Mensch als auch Tier stets mit Anstand begegnen und sich für Schwächere einsetzen soll, wo immer es einem auch möglich ist. Das hatte sie auch getan, wenn Caminadas strenger Vater ihn verprügelt hatte, weil er nicht glauben wollte, dass Walter sich in der Schule beim Lesen und Schreiben sogar besonders angestrengt hatte. Auch wenn Walters Mutter ihn nicht jedes Mal vor körperlicher Gewalt beschützen konnte – wenn sie den Vater aber dabei erwischte, ging sie entschieden mit der großen gusseisernen Bratpfanne dazwischen –, so hatte sie danach immer ihr Wort mutig erhoben und dann jeweils eine Woche nicht mehr mit dem Vater geredet. Dafür hatte sie in dieser Zeit Walterli, wie sie ihn damals nannte, umsorgt, ihm gut zugeredet, die Striemen versorgt und war wiederholt zum Lehrer gegangen, der auf der Seite des Vaters stand. Diesem obergescheiten Gelehrten hatte sie zu erklären versucht, dass sie doch viele Stunden mit Walterli übe, aber etwas mit dem Buben nicht stimmen könne, vielleicht sei es bald die Angst.

Walter wusste damals eines: Seine Mutter hätte sich auch einem tollwütigen Bären entgegengeworfen, um ihre beiden Söhne zu beschützen. Das hätte zwar auch sein Vater getan, gegen alles von außen, aber er konnte Walter nicht vor seinem eigenen Jähzorn bewahren. Nie hatte der Vater, auch später nicht, verstehen wollen, dass da im Kopf von Walter etwas zunderobsi war und es nur deshalb mit dem Lesen und Schreiben nicht klappen wollte.

Als Caminada 14 Jahre alt war und der Vater ihn eines Tages wieder mal verprügeln wollte, als die Mutter im Dorf war, da hatte Walter den dicksten Stock in die Hand genommen und sich dem übermächtigen Vater entschlossen entgegengestellt. »Vater, hör auf damit, oder du wirst mich hier nie wieder sehen.«

Walter war damals schon sehr kräftig, eben wie sein Vater, der Fuhrhalter aus dem kleinen Dorf, das zuhinterst im schmalen Tal lag. Die Kraft rührte auch daher, dass er seinem Vater seit Kindsbeinen immer fleißig geholfen hatte; all die Fuhrwerke mit der Ware zu beladen und diese auszuliefern, war eine Knochenarbeit. Was das Arbeiten betraf, vertraute ihm sein Vater völlig. Schon früh durfte Walter sogar die Gespanne lenken. Caminadas Vater war an sich ja gewiss kein böser Mensch gewesen, ein sehr strenger zwar und einer der außerordentlich hart arbeitete, um seine Familie durch die mageren Jahre zu bringen. Und er war einer, der immer nur das Nötigste sagte. Wenn Caminada an seine Kindheit zurückdachte, konnte er sich auch an einige schöne Momente mit dem Vater erinnern; an Tage, an denen nach der ganzen harten Arbeit der Abend hereinbrach und mit ihm die Dämmerung fortschritt. Die Berge wurden dunkler, das letzte Licht erhob sich aus dem Tal und schwebte über den Bergkämmen. In dieser abendlichen Stille hörte man nur das Schnauben und das Hufgetrampel der Pferde auf der schmalen Bergstraße. Es roch sommerlich nach Alpweiden und Wald. Walter hielt die Zügel des voll beladenen Fuhrwerks ruhig in den Händen, egal wie nah der Abgrund war, und sein Vater vertraute ihm. Wie zum Beweis dafür schloss dieser sogar manchmal die müden Augenlider. Und wenn alles wieder mal so richtig gut war, dann kehrten sie in eine Beiz ein, in der viele Männer mit gebeugten Rücken vor ihren Bieren hockten und den Feierabend genossen. Der Vater spendierte ihm dann ein süßes Güterliwasser und nickte ihm anerkennend zu, während er ihm mit seinem Humpen Bier zuprostete und danach den Schaum von den Lippen leckte.

Sein Vater lehrte ihn vieles, was er jetzt als Landjäger brauchen konnte. Doch im Herzen war die Mutter Caminada immer nähergestanden.

»Ach so, nur noch Schweizer einstellen soll ich?« Nold nickte verächtlich, er wusste aber, dass Caminada recht hatte. Die Einheimischen konnte er gewiss nicht so behandeln, und sie würden niemals unter diesen Bedingungen und für das wenige Geld für ihn arbeiten. Er wechselte deshalb das Thema: »Was wollen Sie denn eigentlich von meinem Junior?«

»Ich erkläre es ein letztes Mal: Wir beide«, Caminada deutete auf Marugg, »müssen wie gesagt mit Ihrem Sohn reden. Er soll uns eine Auskunft über jemanden erteilen. Mehr wollen und können wir Ihnen jetzt nicht sagen. Außerdem ist Ihr Sohn volljährig, also rufen Sie ihn doch her. Oder noch mal die Frage: Wollen wir lieber drinnen reden?« Caminada wusste, dass das dem Patron sicher nicht recht wäre, denn dann hätten alle, die in den Büros arbeiteten, mitgekriegt, dass die Polizei im Hause war. Unsinnigerweise sorgten sich oft gerade diejenigen um ihren guten Ruf, die ihn doch schon längst verloren hatten.

Klaus Nold, genannt Nöldi, kam wenige Minuten später aus dem Gebäude. Er war ein großer, kräftiger und gut aussehender junger Mann Mitte 20, mit einer modernen Frisur, die auch zu seiner Kleidung passte. Er war gelernter Bauzeichner, wie Caminada wusste.

»Die beiden Herren Landjäger haben wie gesagt ein paar Fragen.« Mit diesen Worten trat Nold senior mit seinem Sohn heran.

»So, worum geht's denn?«, fragte Nöldi, ohne sie zu begrüßen. Er reichte den beiden nicht mal seine Hand und trug denselben hochmütigen Blick wie sein alter Herr.

»Zuerst mal Guten Tag, Nöldi.« Caminada blickte ihn streng an. »Es geht um den gestrigen Abend. Wo warst du da?«

»Ich war tanzen, im Lupf dis Bei, und das bis spät. Warum? Ist das neuerdings verboten?«

»Carmen Weber?«

Nun kam etwas Bewegung in die Gesichtszüge des jungen Mannes, und Caminada entging nicht, wie Nöldi für einen kurzen Moment zu seinem Vater schielte, um dessen Reaktion zu erkennen.

»Ja, das ist doch die Tochter vom Pfau, also vom Fridolin Weber.«

»Da erzählst du uns beiden hier aber gar nichts Neues. Also?«

»Also was?«

»Erzähl mir, was gestern Abend los war.« Caminada richtete sich den Hut mit einer kurzen Handbewegung. Seine Gesichtszüge verrieten nur eines: Strenge.

»Ja, was soll denn schon gewesen sein? Über 100 Leute aus dem ganzen Umland waren dort. Sogar aus Ragaz, wie ich erfuhr, wir tanzten und feierten. Aber auf was wollen Sie eigentlich hinaus? Ist denn was passiert?«

»Ja, das ist es!« Caminadas Stimme wurde dunkel.

Der junge Nöldi versuchte unbefangen dreinzublicken, doch das gelang ihm nur mäßig, fand Caminada. »Ja, Landjäger, dann sagen Sie uns doch, um was es geht, statt mir hier Löcher in den Ranzen zu fragen, als wollten Sie beide einen Emmentaler aus mir machen.«

»Carmen Weber ist seit gestern Abend verschwunden! Sie ist nicht nach Hause zurückgekehrt, wird von ihren Eltern schmerzlich vermisst. Und nun suchen wir Zeugen, die irgendwas dazu beitragen können, damit wir herausfinden, was mit ihr nach dem Besuch im Lupf dis Bei geschehen ist. Und da du uns soeben bestätigt hast, was wir schon wussten, nämlich, dass du gestern auch da warst, nun unsere Frage: Weißt du etwas dazu?«

Der Vater mischte sich ein: »Es waren ja über 100 andere Leute dort, wie er soeben gesagt hat. Also warum kommen Sie beide ausgerechnet zu ihm, oder haben Sie alle anderen bereits befragt?«

»Klaus ist tatsächlich der Erste auf unserer Liste, und dafür gibt es gute Gründe«, entgegnete Caminada.

Nöldi fragte: »Wieso ist sie nicht zu Hause angekommen? Ich weiß doch, dass sie auf den Zug gegangen ist. Und der Bahnhof liegt ja nur zwei Minuten zu Fuß vom Tanzlokal entfernt.«

»Und warum weißt du das so genau? Ich meine, dass Carmen den Zug nehmen wollte?«

»Weil wir wie immer in verschiedenen Grüppchen draußen gestanden haben. Drinnen war es ja brechend voll. Wir haben alle miteinander geredet. Die Musik von drinnen haben wir ja auch draußen wunderbar gehört. Die einen haben sogar draußen getanzt. Da war die Carmen auch dabei. Sie hat aber plötzlich gesagt, dass sie zum Zug müsse, er fahre ja gleich los. Da war es noch vor 20 Uhr.«

»Und das weißt du genau?«

»Ja, das weiß ich genau, denn sie tanzt ja immer jeden ersten Dienstag im Monat dort, ansonsten ist das Lokal zum Tanzen ja nur am Freitag und am Samstag offen. Doch da sieht man sie selten. Aber wenn sie jeweils dort war, dann nahm sie immer die spätere Verbindung. Ich glaube, den Zug, der um 20:42 Uhr nach Chur geht. Sie muss doch jedes Mal so früh zu Hause sein, wegen ihres Vaters. Aber gestern war es anders, sie hat gesagt, sie müsse noch früher heim.« Als Caminada keine Reaktion zeigte, redete er weiter: »Die Lichter in der Beiz waren an, und wir hatten es so schön lauschig draußen. Die beste Zeit fing ja gerade erst an, deshalb hat es mich gewundert, dass sie so früh gegangen ist. Aber wie gesagt, man weiß ja, sie muss immer früh zu Hause sein, wegen des strengen Herrn Vaters.«

»So, so«, brummte Caminada. Was Nöldi sagte, hörte sich glaubwürdig an, aber war es auch die Wahrheit? »Sag, hatte sie Streit mit jemandem gehabt?«

»Die Carmen? Nein, warum auch? Wie gesagt, wir alle hatten es wie immer friedlich.« Der junge Mann fuhr sich mit einer lässigen Handbewegung durch sein volles Haar und zündete sich eine Zigarette an, was wegen des leichten Winds, der auf dem Platz wehte, nicht auf Anhieb klappte. »Aber sie ist natürlich wie immer allen aufgefallen.« Er blies den ersten Zug über ihre Köpfe hinweg. »Sie hat getanzt, als wäre es ihr letzter Lebensabend. Man muss wissen, keine kann ihr diesbezüglich das Wasser reichen. Der Blick auf ihre roten Schuhe, die nur so herumwirbelten, kann einen jeden Mann fast stigelisinnig machen.« Er lächelte vielsagend.

»Jo grad derrawäg? Sie hat dich also fast verrückt gemacht?« Caminada wusste zwar, was der Nöldi meinte, Carmens Tanzkünste waren tatsächlich berühmt. Am jährlichen Waldfest oben beim Waldhausstall, an das Jung und Alt gerne ging, da ist sie in den letzten Jahren schon jedermann aufgefallen. Fridolin Weber war an solchen Anlässen ganz stolz auf seine Tochter, aber nur, weil er dabei war und immer ein Auge auf sie haben konnte. Seinem Übernamen entsprechend stolzierte er dabei mit einem seiner bunten Hüte umher. Immer wieder hatte er auch beim letzten Waldfest auf seine schöne Tochter gezeigt, die in ihrem todschicken Kleid mit ihrem modernen Tanz beste Werbung für Webermode abgab und andere Fräuleins erst zu neidischen Zuschauerinnen und später zu Kundinnen in seinem Laden machte.

»Ja, Landjäger Caminada, sie hat mir doch tatsächlich fast as bizali den Grind verdreht, doch ich weiß mich zu benehmen. Aber wissen Sie denn auch, dass sie so ein richtiges Donnersmaitli geworden ist, die ganz gerne allen Herren den Kopf verdreht?«

Carmen Weber war tatsächlich ein gar hübsches Fräulein mit bestimmt vielen Verehrern, und sie hatte frechen Pfiff und wusste auch immer etwas zu sagen, ein Donnersmaitli eben, das stimmte womöglich schon. Aber bestimmt eine mit Anstand, war sich Caminada sicher, denn Peter kannte sie gut, und der verstand was von jungen Fräuleins.

»Hast du nach den letzten Vorfällen denn tatsächlich gelernt, dich zu benehmen?«

»Mein Sohn wurde nie verurteilt«, blaffte Hans Nold ungefragt dazwischen.

»Einen zurecht schlechten Ruf mit Geld und Macht reinzuwaschen, ist, als nähme man Kohleseife und Schmutzwasser zum Spülen«, erwiderte Caminada. »Wir wissen hier ja alle, warum die Klagen der beiden Fräuleins zurückgezogen wurden. Der dicke Geldseckel hat wacker mitgeholfen. Aber nun zurück zu dir.« Caminada drehte sich dem Nöldi wieder zu. »Carmen ging also ganz alleine zum Bahnhof, und das noch vor 20 Uhr?« Er starrte Nöldi einen Moment an, ehe er fragte: »Wollte sie denn tatsächlich keiner der Herren begleiten? Das kommt mir gar spanisch vor.«

»Mich hat sie jedenfalls nicht gefragt, und es war ja noch hell, erst am Dämmern, und der Weg war kurz«, kam prompt die Antwort.

»So? Wen wundert's, dass sie dich nicht gefragt hat«, sagte Caminada und mit Blick auf Marugg fügte er an: »Aber vielleicht hat sie ja jemand Vertrauenswürdigeren gefragt. Peter, zeig ihm doch mal die Namensliste.«

Marugg reichte sie ihm und ließ ihm einen Moment Zeit, ehe er wissen wollte: »Kommen dir weitere Namen in den Sinn von Leuten, die gestern auch dort waren, aber auf dieser Liste noch fehlen? Oder steht einer drauf, der sich gestern Abend länger mit dem Fräulein Weber abgab? Oder siehst du hier den Namen von jemandem, der direkt nach dem Fräulein Weber gegangen ist, zeitgleich verschwand, so quasi ihr hinterher? Denn«, Marugg hob den Zeigefinger, »der nächste Zug von Untervaz nach Chur ging erst um 20:14 Uhr. Und zu Fuß hat man ja keine zwei Minuten bis zum Bahnhof. Da frage ich mich doch, warum Carmen schon vor 20 Uhr losging.«

Nöldi machte ein fragendes Gesicht und las die Namen sorgfältig durch, als wäre ihm daran gelegen, es richtig zu machen. Es schien Caminada so, als müsste Nöldi dabei angestrengt überlegen. Schließlich sagte er, als hätte er die Gedanken des Landjägers gelesen: »Alle kenne ich logischerweise nicht, und wenn ich noch so hirne. Wie gesagt, sind immer viele Leute dort. Auch Auswärtige, die man gar nicht kennt. Leider kann ich zu der Namensliste rein gar nichts sagen.« Er verwarf die Hände. »Weiß der Kuckuck, was mit Carmen passiert ist und warum sie schon so früh ging, weiß ich doch auch nicht. Und ich habe bis jetzt auch gar nicht darüber nachgedacht.«

Caminada nickte wortlos. »Dann nimmt Leutnant Marugg deine Aussage offiziell zu Protokoll. Falls dir doch noch was in den Sinn kommt, ruf sofort auf dem Posten an. Ansonsten komm morgen vorbei und unterschreib deine Aussage bei Fräulein Rosemarie. Hast du das verstanden?«

Die beiden Nolds blickten sich für einen Moment an. Hans Nold wurde sofort grantig. »Wollen Sie damit meinem Junior etwa ein Strickli drehen?«

Nun trat Caminada einen Schritt näher an Hans Nold heran. »Was ist das Wort eines Nolds wert? So wenig, dass er nicht das unterschreiben kann, was er sagt?« Er hob das Kinn. Mit seinen über 1,80 Metern und seinem Ruf als

Landjäger mit viel Schneid und Kraft ließ sich Caminada von niemandem so schnell ins Bockshorn jagen. Hans Nold wurde kleinlaut und sagte keinen Ton mehr. Caminada tippte beim Adieusagen nur an seine Hutkrempe, und Marugg klappte sein Notizbüchlein zu.

Der Chevy war ganz verdreckt, als sie auf dem staubigen Vorplatz der Baufirma Nold wendeten, der Wind trieb eine Staubfahne über den Platz und ihnen beim Wegfahren hinterher. Es war warm geworden, der Duft von blühenden Sträuchern und Obstbäumen lag in der Luft.

»Nun gut«, sagte Caminada und versuchte, in den zweiten Gang zu schalten. Es kroste und klappte nicht, auch mit nochmaligem Zwischengas nicht. Deshalb legte er gleich den dritten ein. »Nöldi ist ja nicht der einzige Name auf der Liste. Dann gehen wir halt wieder mal Klinken putzen. Aber zuerst fragen wir auf dem Posten nach, ob das werte Fräulein Weber den Heimweg in der Zwischenzeit nicht doch noch alleine gefunden hat. Das wäre das Beste für alle.« Und er dachte: Wann endlich bekommen wir diese elenden Funkgeräte, es wäre ja eine so patente Sache, einfach schnell anrufen und nachfragen zu können, statt erst ein Telefon suchen oder hinfahren zu müssen.

Leider hatten Carmens Eltern noch immer nichts von ihrer Tochter gehört, ihre Sorge war mittlerweile in Angst umgeschlagen, und Caminada konnte nicht mit gutem Gewissen behaupten, dass sicher alles noch gut käme, als er mit Elisabeth Weber telefonierte. Er wollte keine falschen Hoffnungen schüren, sagte aber, dass sie weiterhin alles unternehmen würden, um baldmöglichst Licht ins Dunkel zu bringen. Deshalb fuhren sie danach unverzüglich los, um all die Personen auf der Liste zu überprüfen. Doch das würde dauern.

Erst am späten Nachmittag hatten Caminada und Marugg alle bis auf eine Person auf der Liste überprüft. Es waren ausnahmslos junge Leute gewesen, die sie allesamt auf deren Arbeitsstellen hatten aufsuchen müssen. Was hieß, dass sie immer erst in Erfahrung bringen mussten, wo sie arbeiteten.

Hinzu kam, dass sie eine halbe Stunde verloren hatten, weil der Chevy muckte, anscheinend machte der Kühler Probleme. Für April war es mit 23 Grad sehr warm, doch das sollte für ein Automobil noch kein Problem auf so kurzen Fahrten darstellen. Dennoch mussten sie den Kühler zweimal mit einer Flasche Brunnenwasser auffüllen.

Endlich konnten sie auch die letzte Adresse angehen, die Fräulein Rosemarie noch vor dem Mittag über die jeweilige Einwohnerkontrolle telefonisch erhalten hatte. Ihr Weg führte sie zu Fuß zur alten Teppichfabrik hoch, die sich unweit des Landjägerkorps in der Churer Altstadt befand. Ein Ort, den Peter sehr gut kannte. Seine Mutter hatte dort viele Jahre gearbeitet.

Dort angekommen befragten sie die rothaarige Priska Scherrer, die als Stickerin in der Fabrik schaffte. Sie war ganz und gar nicht auf den Mund gefallen, redete wie ein Wasserfall. Sie konnte sich bestens an Carmen Weber erinnern und sogar daran, dass diese tatsächlich bereits um 19:45 Uhr alleine Richtung Bahnhöfli gegangen war. Sie habe sich noch gewundert, warum sie darauf bestanden habe, dass sie keiner der Herren begleiten durfte. »Es schien mir«, sagte Priska, »als ob sie plötzlich schlechte Laune bekommen hätte. Keine Ahnung, warum.«

Die Zeit deckte sich mit der Aussage vom jungen Nold.

Aber Priska brachte noch fast im selben Atemzug einen weiteren Namen ins Spiel, der noch nicht auf der Liste stand: Martin Keller, ein Klempner aus Chur. Priska wunderte sich, dass Nöldi den Namen nicht selbst bereits erwähnt hatte, als sie erfuhr, dass die Landjäger auch ihn, wie alle auf der Liste, nach weiteren Namen gefragt hatten.

»Dass Nöldi Ihnen beiden diesen Namen nicht genannt hat, wundert mich aber ganz gehörig. Der Martin stand am Abend nämlich mit Nöldi draußen. Die beiden taten dabei geheimnisvoll, als ob sie etwas im Schilde führten«, sagte Priska und fuhr mit einer Hand keck durch ihre rote Lockenpracht.

Ihre Aussage ließ Caminada und Marugg hellhörig werden, denn dafür musste es einen Grund geben, und den galt es nun herauszufinden. Über die Firma Wunderlin, in der Martin Keller angestellt war, erfuhren sie die Adresse, an der dieser im Moment am Arbeiten war. Sie machten sich sogleich auf den Weg dahin, denn es war bereits kurz vor Feierabend.

Erst nach einigem Hin und Her fanden sie Keller endlich auf einer Baustelle in Trimmis. Ein Rohrbruch hatte ihn ausrücken lassen. Noch sah es bei ihm gar nicht nach Feierabend aus. Doch den Kerl schien auf den ersten Blick nichts aus der Ruhe bringen zu können.

Keller war ein ruhiger junger Mann mit kräftigem schwarzen Bart. Er trug eine zu große blaue Latzhose, die wirkte, als baumele diese nur an den Schulterriemen um seinen kräftigen Körper. Reden war gewiss nicht seine Stärke, das war bereits nach seiner allerersten Antwort klar. Langsam und bedächtig kamen die Worte. Ein waschechter Brummli, dachte Caminada, weil Keller alles, was er sagte, in seinen Vollbart brummte, dass man die Worte danach eigenhändig aus der haarigen Geschichte fischen und zu einem Satz zusammenfügen musste.

Marugg stellte diesmal die ersten Fragen, wollte von Keller wissen, ob er Carmen Weber am Abend zuvor in Untervaz gesehen habe.

Ein Nicken kam als Antwort.

»Wann zuletzt?«

»Als sie ging.« Keller stand etwas schief in der Gegend, seine Hände tief in den Latzhosen vergraben. Er roch stechend nach Schweiß.

»Geht's noch präziser, oder hast du Muskelkater an deiner Zunge vom vielen Reden gestern Abend?«, zündelte Marugg. »Also, um welche Zeit war das? Oder kannst du sonst noch was dazu sagen?«

»Zeit weiß ich nicht.«

»Und sonst, etwas zum Nöldi vielleicht?« Marugg hatte nicht die Geduld von Caminada, der diese meist erst im richtigen Moment verlor.

»Der Nöldi hat mir nur gesagt, er wolle sie mit seinem neuen Schlitten heimbringen ... aber das sollte niemand merken, sonst gäbe es ein Gerede. Deshalb tat sie so, als ginge sie alleine zum Zug.«

Marugg schrieb eine Zeile fertig, ehe er vom Notizbüchlein aufblickte. »Und warum hat er es dann ausgerechnet dir gesagt, wenn es doch niemand wissen sollte?«

»Ach, der Nöldi ... der tut doch immer so huara wichtig. Ist halt ein richtiger Aufschneider. Und das Fräulein Carmen ist ja nicht so eine, kein leichtes Fräulein, da wollte er halt angeben.«

»Aber hat er Carmen denn auch tatsächlich gefahren? Er musste ihr ja erst hinterherlaufen, da sie alleine Richtung Bahnhöfli ging, korrekt?«

Keller kratzte sich in seinem Bart. »Sie fragen aber viele

Sachen … mmmh, ich glaube schon, das Bahnhöfli kann man ja nicht verfehlen.« Marugg schrieb weiter auf, aber die ganze Sache wunderte ihn: Warum sollte Carmen Weber den Zug sausen lassen, der sie geradewegs nach Chur gebracht hätte? Und warum diese frühe Verbindung? Sie hätte den Zug nehmen können, der fast eine Stunde später abfuhr, um 20:42 Uhr, und wäre um Punkt 21 Uhr zu Hause gewesen. Oder wollte sie gar nie diesen ersten Zug nehmen? Priska Scherrer, die sie in der Teppichfabrik befragt hatten, hatte gemeint, dass Carmen plötzlich schlechte Laune gehabt habe, aber wieso? Wollte sie einfach weg aus der Beiz? Und falls sie tatsächlich bei Nöldi eingestiegen sein sollte, weil sie nicht so lange auf den Zug warten, einfach nur schnell heim wollte … war auf dieser Fahrt etwas vorgefallen? Oder war alles doch ganz anders verlaufen? In den Wagen einsteigen, hatte sie dieser Keller ja nicht gesehen.

»Warst du gestern besoffen?«, kam Marugg unumwunden auf den nächsten Punkt, um Kellers Glaubwürdigkeit, was seine Aussagen zum gestrigen Abend betraf, zu prüfen.

»Ja, schon as bizali. Ist ja gewiss auch ein Sinn der Sache.«

»Wie fest ist ein wenig?«

Nun kratzte Keller sich am wuscheligen Hinterkopf. »Habe zu Hause keinen Durst mehr gehabt und heute Morgen einen gehörigen Brummschädel. Aber auf eigenen Beinen stehen konnte ich wie immer alleweil. Bin mit dem Velo noch heimgefahren.«

»Du glaubst also, dass Nöldi Carmen heimgefahren hat, ja? Aber einsteigen hast du sie ja nicht gesehen. Also, warum bist du dir da so sicher?«

»Ich weiß, dass er ihr hinterher ist, und danach war er eine ganze Weile weg. Darum.«

»Wie lange?«

»Sicher über eine Stunde. Ich war gerade hinten beim Parkplatz am Brunzen, da habe ich gesehen, wie er heranfuhr und wie er wieder ins Lokal ging.«

»Hat er sich danach irgendwie anders verhalten?«

Keller schaute zu seinen Füßen. »Ich will ihn nicht in Teufels Küche bringen und mich selbst erst recht nicht.«

»Aber das würdest du, wenn du uns was verschweigst oder uns von der Polizei anlügst«, konterte Marugg, dessen Herrenduft in der Luft lag, aber sich mit Kellers Schweißgeruch mischte.

»Ich finde das richtige Wort halt gerade nicht«, murkste Keller rum.

»Aufgekratzt?«, schlug der junge Leutnant vor.

»Ja genau! Als wäre was passiert … Und sagen Sie, Herr Landjäger, ist denn was passiert?« Er blickte zu Caminada, der das Wort übernahm:

»Das Fräulein Weber ist seither verschwunden!«

»Verschwunden?!«, kam überraschend schnell die Reaktion von Keller. Und dann: »Der Nöldi ist aber kein Ungrader, wenn auch ein Wiiberi.«

»Dass er ein Weiberheld ist, das ist ja kein Geheimnis, dass er sich dabei nicht immer wie ein Gentleman benimmt, ist ebenso bekannt. Ihn als gradlinig bezeichnen, würde ich nicht.« Caminada bot Keller eine Zigarette an und reichte ihm das Feuerzeug hinterher.

Marugg hatte noch eine Frage: »Wie hat Carmen Weber gestern auf dich gewirkt? Hatte sie zu viel getrunken, wie ging es ihr so im Allgemeinen?«

Als ob er Läuse im zottigen Bart hätte, kratzte Keller sich ausgiebig und paffte dabei zwei Züge. »Ja also, was soll ich jetzt dazu sagen? Hmmm, mich dünkt es, dass Carmen sehr munter gewesen ist. So voller Freude, und sie trinkt ja kaum einen Tropfen Alkohol, müssen Sie beide wissen.«

»Wirkte sie verliebt?«

»Ja stimmt, jetzt, wo Sie es sagen.« Keller blickte Marugg ganz erstaunt an. »Dass Sie einfach so immer die richtigen Worte finden. Das ist ja ganz verrückt.«

»Und sah man auch, wem diese Liebe galt?« Marugg blieb nun dran.

Der Gefragte blickte schräg hoch in den Himmel, als müsse er den Rauch der Zigarette ganz genau beobachten, und Marugg dachte sich: So dümmlich konnte sich keiner stellen, dazu musste man wohl geboren sein.

»Auf jeden Fall keinem von uns gestern. Sie hat mit keinem geschätzelet, aber ihre Augen haben ganz schön gefunkelt wie bei einem richtigen Donnersmaitli.«

»Aber sie hat dennoch keinem direkt schöne Augen gemacht oder war gar ein wenig anhänglich zu jemandem?«

»Nein. Aber gestrahlt hat sie wie ein Maiagück.« Erst dann schien der träge Kerl zu begreifen. Das zumindest zeigte sein plötzlich angespannter Gesichtsausdruck. »Ja, ist ihr denn was Schlimmes passiert?«

»Wir versuchen es herauszufinden. Sie ist wie gesagt verschwunden«, sagte Caminada. »Noch eine Frage: Du hast soeben gesagt, dass sie wie ein Maikäfer gestrahlt habe. Aber jemand hat behauptet, dass Carmen angesäuert wirkte, bevor sie ging. Stimmt das?«

»Ich habe sie nur sehr fröhlich gesehen. Eben wie verliebt.«

»Also dann, danke für deine Auskunft, die wird uns vielleicht sogar ein Stück weiterbringen. Und wir werden dem Nöldi, solange es nicht nötig ist, nicht sagen, von wem wir diese Aussagen haben.« Caminada blickte ihn fragend an. »Du bist ihm ja nichts schuldig, oder?«

Keller schüttelte erst den Kopf, dann verzog er doch noch eine Miene. »Hm, mein Chef bekommt fast alle Aufträge von den Nolds.«

»Du hast nur deine Pflicht als Bürger getan.« Mit Blick auf die Uhr, die Caminada damals von den reichen Schwiegereltern aus St. Moritz zur Hochzeit bekommen hatte, meinte er zu Marugg: »Es ist Zeit, wir müssen los.«

Kurz bevor auch die Letzten in der Baufirma Nold Feierabend machten, fuhr der alte Chevy bereits zum zweiten Mal an diesem Tag auf den gekiesten Vorplatz. Wieder staubte es gehörig, als der schwere Wagen mit knirschenden Reifen zum Stehen kam. Diesmal stand die Sonne nur noch einen Fingerbreit über den Gipfelregionen des Calanda.

Sie mussten den jungen Nöldi gar nicht erst rufen, der kam von ganz alleine aus dem großen Gebäude, in dem sich auch das Magazin und der große Fuhrpark befanden. Wahrscheinlich hatte er sie kommen sehen.

»Schon wieder hier?«, rief er von Weitem und tat so, als wären sie allesamt alte Bekannte.

Caminada winkte ihn zu sich mit den Worten »Und das aus gutem Grund« und rückte seinen Hut zurecht.

Kaum hatte Nöldi die beiden erreicht, ließ Caminada die Katze aus dem Sack: »Es gibt einen Zeugen, der gesehen haben will, wie du gestern Abend mit Carmen Weber in deinem Auto weggefahren und später alleine zum Tanzlokal zurückgekehrt bist. Und das schleckt diesmal keine Geiß weg. Also spuck jetzt ein paar Buchstaben!«

Betreten starrte Nöldi zu Boden, schob mit dem rechten Fuß ein wenig Kies zu einem Häufchen zusammen und schwieg.

»Los, Kerli, warum hast du uns so einen fixfertigen

huara Chabis verzapft? Hast uns wohl für dumm verkaufen wollen. Uns, die Landjäger!«

Nöldi hob seinen Kopf und richtete sich das dunkelbraune Haar mit einer Handbewegung zurecht. »Ja, denk, weil ich hörte, dass Carmen gestern Abend verschwunden sein soll. Oder ist sie in der Zwischenzeit wieder aufgetaucht?«

»Nein, ist sie leider Gottes noch immer nicht. Und das ist ein Grund zu großer Sorge, denn sie hat sich bestimmt nicht auf dem Heimweg verlaufen!«

»Und Sie verdächtigen mich? Wieso sonst wären Sie beide schon wieder hier?«

»Mit deiner Lüge hast du deine Lage kein bisschen besser gemacht. Jetzt bist du nämlich erst recht der einzige Verdächtige. Also, was war gestern Abend in Untervaz tatsächlich los? Und diesmal die Wahrheit auf Anhieb, verstanda?«

»Ja, verstanden. Aber es gibt wirklich nicht viel zu berichten, zumal nichts Großartiges. Ich wollte Carmen doch bloß nach Chur fahren, ein bisschen mit dem neuen Wagen angeben. Und sie hätte sich so das Zugbillet sparen können.«

Caminadas Miene blieb streng. »Du bist dem Fräulein Weber also Richtung Bahnhöfli gefolgt?«

»Ja, mit dem Wagen.«

»Wann war das?«

»Kurz vor 20 Uhr.«

»Aber um diese Zeit musste sie ja noch gar nicht nach Hause«, gab Caminada zu bedenken. »Hat sie dir diesbezüglich irgendetwas gesagt?«

»Also jetzt, wo Sie mich fragen …« Es wirkte so, als ob er nachdenken würde. »Sie meinte, sie habe die Nase voll. Es schien mir, als wäre irgendwas vorgefallen. Vielleicht beim Tanzen. Sie war ja sonst den ganzen Abend ausgelassen wie ein Feuerwerk. Aber irgendwie hatte sie plötzlich genug.« Er hob die Hände zum Zeichen, dass er ahnungs- und schuldlos sei.

Caminada blieb misstrauisch. Wer einmal lügt … Aber er konnte auch nicht ausschließen, dass es diesmal anders war. »Ich hörte, dass sie eine Verabredung hatte. Mit dir?« Er glaubte es zwar nicht, aber man konnte ja nie wissen, wohin die Herzen von jungen Fräuleins so hüpften, und möglicherweise hatte Carmen ihrer Mutter einen Bären aufgebunden, mit dem Namen Max und dass dieser ein Anwalt sei.

»Nein, und sie hat auch nichts dergleichen gesagt. Aber«, Nöldi hob den Finger, »mir fiel auf, dass sie im Verlauf des Abends mehrmals kurz vor die Tür ging. Dachte, es sei vielleicht die Hitze, weil sie wie der Wirbelwind getanzt hatte. Könnte es aber sein, dass sie versetzt worden ist?« Er gab sich sichtlich alle Mühe, die Lüge vom Mittag wiedergutzumachen. »Auch wenn das ja ein riesiger Calöri wäre, so ein Fräulein stehen zu lassen.«

»Und warum ist sie überhaupt in deinen Wagen gestiegen? Sie war ja schon am Bahnhöfli.«

»Ich bin ehrlich, sie hat gemeint, ihre neuen Schuhe brächten sie gleich um und vom Bahnhof Chur sind es doch noch ein paar Meter bis zu ihr nach Hause, und da ist längst nicht der ganze Weg asphaltiert. Ich dürfe sie daher ein Stück weit mitnehmen, wenn ich mich benähme. Ich glaube, sie wollte einfach heim.«

»Ein Stück weit?«

»Ach, Landjäger Caminada, das sagt man doch heute so. Das heißt so viel wie: Du darfst mich nach Hause fahren.«

»Aber das hast du ja nicht, Carmen kam nie zu Hause an!« Caminadas Stimme verfinsterte sich. »Also, was ist passiert? Dein Ruf ist, gerade was junge Damen betrifft, ja nicht der beste. Verzell …« Caminada sah ihn fordernd und ernst an.

Nöldi blickte hilfesuchend zu Marugg, dessen Gesichtszüge neutral blieben. »Ob Sie beide mir das glauben oder nicht … es war so: Ich wollte sie wirklich nach Hause fahren, aber zuvor ein wenig unter vier Augen mit ihr schätzelen. So in der schönen Dämmerung im Frühling, und sie war an dem Abend ja voller Freude gewesen und hatte getanzt wie ein Donnersmaitli. Und da sie plötzlich so niedergeschlagen wirkte, wollte ich sie ein bisschen aufheitern. Deshalb hielt ich unterhalb von Trimmis kurz links an der Landstraße an und wollte ihr ein bisschen näherkommen …« Wieder blickte er zu Boden.

»… Carmen wollte aber nicht«, stellte Caminada trocken fest, und Nöldi nickte schuldbewusst. »Und als sie dich zurückwies, was geschah dann?«

Nöldis Stimme klang schuldbewusst. »Dann habe ich zu ihr gesagt, dass sie gefälligst nach Hause laufen soll. Wegen ihrer blöden roten Schuhe. Daraufhin ist sie wütend ausgestiegen und hat die Autotür gehörig zugeschletzt.«

Caminada schüttelte den Kopf. »Was bist denn du für einer? Ein Fräulein mitten auf einer Landstraße bei Dämmerung am Straßenrand einfach so stehen zu lassen? Hast du keinen Anstand gelernt?« Er konnte es kaum glauben.

Nöldi zuckte bloß mit den Schultern. »Die Nerven gingen halt mit mir durch.«

»Mit mir auch gleich, wenn ich dir so zuhören muss. So, und jetzt rein in den Chevy, und zeig uns ganz präzis, wo du Carmen gestern Abend stehen gelassen hast.« Er setzte sich ans Steuer und wetterte, als er losfuhr: »Und das alles nur, weil du nicht das bekommen hast, was du wolltest, Herrgottsack nomol!«

Caminada rauchte, während er am Steuer saß, seine Villiger-Krumme, die er zwischen den Backenzähnen eingeklemmt hatte, und versuchte, seinen Groll im Zaum zu halten. Seinen Hut behielt er beim Fahren auf. Marugg saß neben ihm, Nöldi hinten auf der großen steinharten Rückbank, er sagte keinen Mucks mehr.

Sie ließen Chur bald hinter sich. Die Berge warfen ihre Schatten auf die Landstraße, die zwischen Feldern hindurch Richtung Trimmis führte. Beim abgelegenen Gehöft Halbmil kamen sie in den Tannenwald, bis Nöldi zwei Kilometer dahinter Caminada bat, nun langsamer zu fahren. Zu ihrer Rechten stand eine Gruppe von Bäumen, wie große Gestalten, die miteinander redeten, und ein paar Sträucher, die aussahen wie deren Kinder.

Caminada fuhr rechts ran und erkannte es sofort; das war eine Stelle, an der öfters Wagen zum Zwecke gemeinsamer Einsamkeit geparkt wurden.

»Hier, genau hier habe ich sie rausgelassen.« Nöldi deutete mit einem Finger auf die Stelle.

»Oder besser gesagt aus dem Wagen geekelt«, korrigierte Caminada, stieg aus dem Wagen und blickte sich um.

Nachdem Marugg neben ihn getreten war, sagte er nachdenklich: »Das ist etwa auf halber Wegstrecke nach Chur.« Nach einem langen Atemzug fügte er an: »Carmen ist wohl Richtung Städtchen gelaufen.« Er schüttelte seinen Kopf. Es wollte ihm einfach nicht in den Grind, wie unflätig man mit so einem Fräulein sein konnte. Er winkte Nöldi aus dem Wagen zu sich.

»In welche Richtung ist das Fräulein Weber gegangen?«

Nöldi deutete erwartungsgemäß Richtung Chur.

Marugg trat einen Schritt näher zu Nöldi. »Ich kann mir gut vorstellen, dass du ihr noch hinterhergefahren bist, sie umstimmen wolltest.«

»Stimmt, erst bin ich Richtung Lupf dis Bei zurückgefahren, habe dann aber kurz davor noch mal gewendet.«

»Und wie hat Carmen reagiert, als sie deinen Wagen kommen sah? Oder war es da schon zu dunkel?«

Er zuckte mit den Schultern. »Ich sah sie nirgends mehr auf der Landstraße, und ich musste auch schon mit Licht fahren. Aber ich hätte sie sehen müssen.«

Marugg rückte seine schwarze Hornbrille zurecht. Er behielt fast immer seine Grundfreundlichkeit bei, weswegen er von so manch einem unterschätzt wurde. »Ich schätze, du warst maximal zehn Minuten später wieder hier, richtig?«

»Ja.«

»Und bis wie weit bist du Richtung Chur gefahren, um Carmen zu suchen?«

»Bis nach Halbmil. So weit wäre sie übrigens in der kurzen Zeit zu Fuß und in ihren schönen roten Schuhen nie und nimmer gekommen. Vielleicht hat sie mich ja kommen sehen und sich versteckt. Oder jemand anderes hat sie mitgenommen, vielleicht jemand, den sie kannte.«

Marugg machte sich eine kurze Notiz. »Kannst du dich erinnern, ob dir andere Fahrzeuge entgegengekommen sind, egal ob du Richtung Untervaz oder Chur gefahren bist?«

»Nur einen Wagen habe ich gesehen. Hier auf der Landstraße ist abends doch kaum was los, obwohl es ja die einzige Straße ist, die Norden und Süden verbindet.«

»Und wohin fuhr der andere Wagen, und wie sah er aus?«

Nöldi gab einen leisen Seufzer von sich. »Sie fragen ja Sachen. Er fuhr Richtung Chur, und ich glaube, es war ein helles, ein graues Fahrzeug. Aber mehr müsste ich erfinden.«

»Sonst jemanden gesehen, einen Landstreicher vielleicht?«, wollte Caminada wissen.

»Nein, die Landstraße wirkte verlassen. Deshalb hat mich ja das schlechte Gewissen zum Umdrehen ermahnt. Aber da war sie leider, wie gesagt, schon verschwunden … Ganz ehrlich, es tat mir plötzlich sehr leid. Es war ein großer Fehler«, sagte Nöldi, doch seine Augen sagten etwas anderes, schien es Caminada.

Der Landjäger brummte: »So, Leutnant Marugg und ich müssen uns hier länger umsehen. Du kennst ja deinen Heimweg.«

»Was? Ich soll von hier aus heimlaufen?«

»Falls du fliegen kannst, soll es mir recht sein«, meinte Caminada. Dem jungen Nold musste jemand mal eine Lektion erteilen.

Der Kerl trottete ungläubig und noch unwilliger davon, blickte dabei mehrmals zurück, als hoffte er, dass Caminada es sich doch noch anders überlegte.

Caminada seinerseits war sich sicher, dass Nöldi versuchen würde, per Autostopp nach Chur zu kommen. Vielleicht hatte Carmen es genauso gemacht und war dabei bei einem Unhold zugestiegen.

Caminada hockte sich hinters Steuer des Chevys, der erst nach dem vierten Startversuch endlich in die Gänge kam. Sie überholten Nöldi schon nach einer Minute am Straßenrand, ehe sie weiter Richtung Halbmil fuhren, dahin, wo der dunkle Tannenwald links und rechts direkt an der Straße stand. Bei Nacht für ein junges Fräulein bestimmt ein kfürchiger Anblick, sinnierte Caminada. Und wenig später, mit dem Blick auf den nun schwindenden Wald und die weitläufigen Felder, die sich plötzlich zu beiden Seiten wieder auftaten, stellte Caminada sich vor, wie das alles bei Dunkelheit auf das Fräulein Weber gewirkt haben musste. Dabei beschlich ihn ein saumäßig ungutes Gefühl. Die Frage, wo sie wohl liegen würde, drängte sich ihm auf.

Caminada und Marugg beschlossen, dass es keinen Sinn machte, nur zu zweit und stichprobenartig den Wald und die Felder abzusuchen, die sie soeben hinter sich gelassen hatten, dafür war das Gebiet zu weitläufig. Und während sie weiter langsam auf der wenig befahrenen Landstraße Richtung Chur fuhren, entschieden sie, einen Suchtrupp auf die Beine zu stellen, jetzt, wo sie den letzten bekannten Aufenthaltsort des Fräuleins Weber ja in Erfahrung gebracht hatten. Unruhe kam in den beiden auf bei der Vorstellung, was bei der Suche womöglich gefunden würde. Caminada blickte auf die Uhr, es war kurz vor 19 Uhr. Carmen Weber war nun seit bald 24 Stunden verschwunden!

4

Um 19:30 Uhr marschierten 15 Mann des Landjägerkorps und fünf des städtischen Polizeiamtes von Chur los Richtung Trimmis. Die einen hatten ihre Fahrräder und Caminada den Chevy am äußersten Stadtrand stehen gelassen. Immerhin hatten sich in den alten Chevy, den Laderaum eingerechnet, sieben Beamte reingemoschtet.

Um ein möglichst breites Gebiet auf einmal absuchen zu können, hatten sie sich in zwei Zehnerketten aufgeteilt und gingen links und rechts der Landstraße entlang. Im Abstand von zehn Metern standen sie zum jeweils nächsten Mann. So konnten sie einen insgesamt 200 Meter breiten Streifen absuchen.

Erst nach einer halben Stunde, als es schon dämmerte, ließen sie die Weiden hinter sich und drangen in den Wald ein. Ihre Taschenlampen brannten bald hell, und ihre kraftvollen Stimmen, anhand derer sie sich orientierten, hallten durch den Tannenwald, ehe sie diesen nach einer Stunde ergebnislos auf der anderen Seite verließen. Dahinter erreichten sie die von Gräben und einem Bach durchzogenen Magerweiden und Felder und kamen schließlich zu der Stelle, an der Fräulein Weber aus Nöldis Wagen gestiegen war.

An dem Ort fanden sich die Männer zu einer Gruppe zusammen. Kein Leichenfund bedeutete zwar Hoffnung, aber sie waren dennoch enttäuscht, dass sie nichts gefunden hatten, denn wenn es um Verschwundene geht, braucht es etwas Handfestes – und zwar möglichst schnell.

Zum aktuellen Zeitpunkt musste man die Aussage des jungen Nöldi schlichtweg als mögliche Wahrheit annehmen, solange sie nichts dagegenhalten konnten. Ob er Carmen tatsächlich hier einfach abgesetzt hatte, blieb fraglich. Es war gut möglich, dass Nöldi die Landjäger mit seiner Aussage auf eine ganz falsche Spur gelenkt hatte, sie hier vergeblich das Gebiet absuchten und er sich daheim ins Fäustchen lachte. Und falls er Carmen tatsächlich entführt oder gar umgebracht haben sollte, verschaffte er sich so wertvolle Zeit. Sie konnten außerdem nicht wissen, ob Nöldi in der Nacht überhaupt hier gewesen war. Es sei denn, jemand hätte seinen Wagen erkannt. Solche Protzschlitten, wie die Nolds sie besaßen, gab es in Chur ja nur eine Handvoll. Spätestens morgen wüssten sowieso alle im Städtchen, dass Carmen verschwunden war, vielleicht meldete sich ja jemand. Doch der auffällige Wagen konnte Nöldi auch als falsches Alibi dienen. Was, wenn er Carmen tatsächlich ganz woanders hingebracht hatte und hier später einfach nur durchgefahren war, in der Hoffnung, dass sein Wagen von jemandem gesehen und erkannt wurde? Suchten sie am gänzlich falschen Ort? Die Sache blieb schwammig.

Die Männer beschlossen deshalb, nun doch gemeinsam einen der beiden Wege von der Landstraße hin zum Tanzlokal abzusuchen. Sie entschieden sich für den kürzeren der beiden und somit für den wahrscheinlicheren. Es war zwar mehr als fraglich, ob Carmen, nachdem sie bei Nöldi ausgestiegen war, zum Bahnhöfli zurücklief, denn sie hätte so insgesamt viel länger gebraucht, um nach Hause zu kommen, denn der Fußweg wäre nicht kürzer gewesen. Doch einen möglichen Grund gab es: Vielleicht war Carmen derart wütend gewesen, dass sie es dem Nöldi im Tanzlokal heimzahlen wollte, auf welche Art auch immer.

Doch so weit war es, und das wussten sie mit Bestimmtheit, ja nicht gekommen.

Sie fanden auch auf diesem Weg keine Spur von Carmen. Auch nicht, als sie zum Ende der Suche den Weg vom Untervazer Bahnhöfli bis zum Lupf dis Bei absuchten. Sie nahmen auch das Rheinufer nochmals unter die Lupe, das Caminada und Marugg bereits am Morgen abgesucht hatten. Müde kehrten sie zurück in die Beiz, die zum Lupf dis Bei gehörte.

An diesem Mittwochabend war nur wenig los, doch immerhin drei Autos standen draußen vor dem Lokal. Ein paar einfache Leute saßen drinnen über ihre Biere gebeugt und rauchten. Der Plattenspieler drehte sich, Musik ertönte. Das träge Gerede verstummte, als die Beamten die Beiz betraten. Die Blicke sammelten sich auf ihnen.

Die Landjäger bekamen allesamt ein gut gefülltes Glas Rotwein von der Wirtin Lisalotte spendiert, die sich zunehmend besorgt über den Fall zeigte. Sie schnitt einen würzigen Salsiz, etwas Käse und einen Laib dunkles Brot auf und brachte es der Mannschaft an den Tisch. Die Männer aßen dankend alles fein säuberlich auf, Landjäger waren bekannt für ihren gesunden Appetit auf deftige Hausmannskost. Gesprochen wurde kaum ein Wort, alle hingen ihren Gedanken nach und qualmten, lauschten der Musik, die Nadel kratzte auf der Schallplatte.

Nur Marugg stand einmal kurz auf, um zu telefonieren. Daraufhin schickte der Major einen Militärlastwagen von der Kaserne in Chur, um seine Männer zurück zu ihren Fahrrädern und dem Chevy zu bringen.

Pünktlich zur Polizeistunde um 23 Uhr verließen sie die Beiz. Die Nachtluft war würzig frisch, der schwarze Himmel übersät von Sternen, als hätte ein himmlischer Sämann sie besonders großzügig verteilt. Leise rauschte der nahe Rhein.

Sie hockten allesamt auf der großen Ladebrücke des Lastwagens, während die Fahrt rumpelnd Richtung Chur ging. Caminada rauchte nachdenklich seine Villiger-Krumme und dachte daran, dass in diesem Moment unter diesem Sternenhimmel irgendwo das arme Fräulein Weber sein musste. Was war passiert? Das fragte er mit großem Mitgefühl, aber auch mit dem unbändigen Willen, es herauszufinden.

Als sie auf der verlassenen Landstraße beim alten Bauerngut Halbmil vorbeifuhren, flankierte der dunkle Tannenwald erneut ihren Weg. Er wirkte beklemmend ruhig, stand verlassen da wie eine Gruppe lebloser Betrachter, als gäbe es darin überhaupt kein Leben, nicht mal eine Waldmaus oder einen Kauz, aber vielleicht eine Tote!

Die beiden Landjäger der Einsatztruppe, die zu Beginn der Suche auf Höhe des Hofes bei Halbmil durchmarschiert waren, hatten kurz die Bauersleut, Herrn und Frau Gmehlin, sowie die Magd und den Knecht befragt, ob sie in der vergangenen Nacht etwas gesehen oder gehört hatten. Die vier hatten aber bloß den Pölli geschüttelt und gemeint, dass sie der Landstraße schon lange keine Beachtung mehr schenkten und keiner von ihnen habe einen Hilferuf oder dergleichen gehört.

Es war kurz nach 23:30 Uhr, als Caminada und Marugg zusammen in der Stube der bedauernswerten Eltern des Fräuleins Weber saßen, und das ohne eine gute Nachricht und auch ohne nur irgendein Lebenszeichen von Carmen gefunden zu haben. Sie wussten nur, dass Carmen zu Fuß unterwegs nach Hause gewesen war, als sie verschwand.

Und selbst dieser Umstand war keine gesicherte Information. Caminada tat es ungern, aber er musste die Eltern, hilflos, wie sie wirkten, sich selbst überlassen und fuhr Marugg mit dem Chevy nach Hause, bevor er schließlich kurz nach Mitternacht den alten Klapf vor dem Schopf seines Hauses parkte. Sie hatten sein Pfüpfli und Maruggs Fahrrad im Kommando gelassen. Für den Fall, dass Caminada in der Nacht noch mal ausrücken musste, wäre er mit dem Wagen besser gerüstet, auch wenn der Chevy nicht mehr so zuverlässig war wie früher.

Menga war noch wach, als Caminada leise ins Haus trat. Er hatte schwaches Licht zwischen den Läden der Stube hindurchschimmern gesehen und gedacht, dass Menga vielleicht noch lesen würde. Oft wartete sie, bis er heimkam.

Ihre Gesichtszüge wurden nach der lieben Begrüßung ernst, als sie hörte, dass sie noch immer keine Spur von Carmen Weber gefunden hatten – Schlimmes war somit zu befürchten, auch wenn Hoffnung nie vergebens war. Doch Caminada machte sich nichts mehr vor; er rechnete damit, dass das Fräulein längst tot war, es sei denn, sie war einem dieser Quäler in die Hände gefallen, aber daran wollte er nicht mal denken.

Er saß mit Menga noch einen Moment am kleinen Tisch in der schmalen Küche, an dem nur zwei Personen Platz fanden und der eigentlich nur für das Rüsten der Lebensmittel gedacht war, gegessen wurde am großen Esstisch in der guten Stube. Ihre Stimmen waren gedämpft, und Caminada hielt Mengas Hand auf der Tischmitte. Seine Familie war ihm das Wichtigste. Er hatte schon so viel gesehen und gehört und wusste daher, wie das Leben, selbst das friedlichste und schönste, urplötzlich von einem brandschwarzen Schatten heimgesucht werden konnte. So hatte er gelernt, sein Glück zu schätzen und es niemals als selbstverständlich zu betrachten. Viele Menschen vergaßen, dass kein Unglück im Leben das größte Glück war.

»Wir werden uns gleich morgen in der Früh noch mal auf die Suche machen«, sagte er. »Aber sie könnte ja weiß Gott wo sein, falls sie tatsächlich bei jemandem in den Wagen gestiegen ist. Hoffen wir, es tut sich rasch etwas in dem Fall.«

Gegen 10 Uhr am nächsten Morgen, es war Donnerstag, wurde die fragliche Wegstrecke zwischen Chur und Untervaz auf Caminadas und Maruggs Anfrage erneut abgesucht. Diesmal im morgendlichen Sonnenschein und mit mehr als 40 Mann, also mit doppelt so vielen Beamten wie am Vorabend. Dafür waren alle Beamten aus Chur und Umgebung bereits um 7 Uhr aufgeboten worden, damit alle rechtzeitig anrücken konnten, auch die, die in den angrenzenden Seitentälern wohnten.

Auf dem kleinen Appellplatz vor dem Landjägerkorps, dort wo die Schweizer-, die Graubünden- und die Churerfahne meist kraftlos an den drei Masten hingen, informierte Fässler seine wackeren Männer, so wie er es liebend gern tat, feurig und in voller Lautstärke. Er schwor die Truppe darauf ein, das Fräulein zu finden!

Diesmal fuhren sie mit zwei Kleinlastern und dem Chevy an den nördlichsten Stadtrand, dorthin, wo oberhalb im Hang das Waisenhaus stand und davon zeugte, dass es das Leben nicht mit allen gleich gut meinte.

Die weitläufigen Weiden und Äcker des Waisenhauses am Rande der Stadt nahm sich der Trupp gleich als Erstes vor. Diesmal suchten sie die Weiden bis zu dem hoch über ihnen liegenden Rand des Fürstenwaldes ab. Dabei nahmen sie jeden Strauch unter die Lupe und jede nicht auf Anhieb einsehbare Senke.

Es dauerte fast eine Stunde, ehe sie den Tannenwald erreichten, der sich 100 Meter vor Halbmil bis zur Landstraße ausbreitete und sich auf der anderen Straßenseite bis hin zu den Bahngleisen zog und direkt bis ans Ufer des Rheins. Diesmal reichte die Suchkette 200 Meter tief in den sanft ansteigenden Wald hinein, und das zu beiden Seiten der Landstraße.

Das Sonnenlicht, das längst über den gezackten Berggipfelkranz im Osten seinen Weg schräg durch den Tannenwald gefunden hatte, hauchte dem Aprilwald eine friedliche Stimmung ein. Obwohl es schon gegen Mittag zuging, wirkte es im Wald so, als wäre der Morgen eben erst erwacht.

Caminada hatte diesmal oberhalb der Straße die äußerste Position der Kette eingenommen und schritt im Gleichschritt mit den anderen voran. Immer wieder ertönten Positionierungsrufe, damit sie die Kette halten konnten, was gar nicht so einfach war.

Das Unterholz knackte unter den schweren geschnürten Bergschuhen der vielen Männer. Die tiefen Stimmen drangen durch den stillen Wald, und der Geruch von Raucherware mischte sich mit dem des Waldes.

Während Caminada konzentriert seinen Abschnitt durchkämmte, entdeckte er plötzlich in einigen Metern Entfernung neben einem bemoosten Baumstrunk etwas Rotes. Es stach ihm regelrecht ins Auge, denn ein einziger Sonnenstrahl fiel direkt darauf, wie ein Fingerzeig des Himmels.

»Halt!«, rief er mit klarer Stimme und hob die Hand,

dass ihn der Kollege unterhalb sehen konnte. Die Stimmen der anderen gaben das Kommando an den jeweils nächsten Mann der Kette weiter. Sie kam zum Stillstand.

Caminada schritt näher an das rote Ding heran, das noch immer im Licht eines Sonnenstrahls direkt neben üppigem Farn lag. Ein unglaublich intensives Farbenspiel im Einheitsgrün des Waldes.

Das rote Ding entpuppte sich als ein Schuh, und wie er befürchtet hatte, gehörte zum Schuh ein Fuß und zum Fuß wiederum das Bein eines Fräuleins!

Um den Fundort nicht zu betreten und damit Spuren zu verwischen, reckte er den Hals. Das Bein gehörte zu Carmen Weber, die schräg verdreht und mit dem Gesicht zu den Baumkronen gerichtet tot auf dem Boden lag. Ihre Bluse war aufgerissen, die eine Brust lag frei. Um ihren Hals trug sie eine rote Schleife, so schön gebunden, als wäre die Tote ein Geschenk für den, der sie finden würde. Ihr Rock war bis zur Mitte der Oberschenkel hochgeschoben worden. Der Anblick gab Caminada einen groben Stich ins Herz, weil er Schreckliches befürchten ließ.

»Leichenfund!«, rief er und wartete darauf, dass Marugg vor Ort kam, der sich weiter unterhalb in den Suchtrupp eingeordnet hatte.

Der junge Leutnant betrat nur zwei Minuten später den Fundort. Noch immer leuchtete der Schuh grell im Sonnenlicht, hob sich im sonst düsteren Wald gespenstisch ab.

Marugg blickte einen Moment auf die Leiche und sagte dann: »Walter, ich habe stark befürchtet, dass sie tot ist, aber noch immer gehofft, dass sie lebt.« Er ging vor der Toten in die Hocke. »Was soll diese rote Schleife um ihren Hals?«

Caminada, der sich mittlerweile eine Villiger-Krumme angezündet hatte, meinte mit trauriger Stimme: »Manchmal glaube ich, es gibt gar keine Hölle, denn all die Teufel leben längst unter uns!«

5

Kilchberg am Zürichsee, Mai 1949

»Los Bürschtli, jetzt gibt's aber ein richtiges Donnerwetter! Das garantiere ich dir.« Alfred Frei baute sich vor seinem 25-jährigen Sohn auf. »Bist du denn nicht mehr ganz gescheit in deinem Oberstübli? Gisela Käch ist genau die Richtige für dich. Wieso will dir das nicht endlich in deinen Grind? Oder glaubst du …«

Sein Sohn unterbrach ihn völlig unerwartet. Das kam so selten vor, dass es selbst ein hundsmiserabler Schreiner an den Fingern einer Hand abzählen konnte. »… Vater, ausgerechnet die Tochter des Schoggifabrikanten, für den du tagein und tagaus buckeln musst, und das für ein paar lausige Fränkli?!«

Vater Frei pfefferte seinem Sohn eine gehörige Ohrfeige über den Mittagstisch hinweg, sodass das Geschirr nur so klapperte. Mutter Margrit stand mit gesenktem Kopf wortlos auf und verließ den kleinen Esstisch, der in einer spartanisch eingerichteten Stube stand, in der es auch jetzt im Frühjahr noch nach dem Ruß des alten Ofens roch.

»Ha? Sag, bist denn du nicht ganz gescheit, Alfred junior?« Der Vater stand wutentbrannt neben dem Tisch, die Hemdsärmel nach hinten gekrempelt, die Fäuste geballt, sodass die Knöchel weiß hervortraten. »Gisela ist alles andere als eine zahnlose Bucklige, und gar viele machen ihr den Hof, und das nicht nur, weil sie der Schwiegersohn vom Herrn Direktor Käch werden wollen. Sie ist das

Beste, was du in deinem ganzen Leben je kriegen kannst, du saudummer Kerl, du!« Es schien, als müsste er seinen Zorn niederringen, um nicht zu explodieren.

Alfred junior, den alle nur Fredy nannten, blickte auf den Teller Suppe, in die das Blut aus seiner Nase gleichmäßig tropfte. Er machte keine Anstalten, etwas dagegen zu tun, und sein Vater redete unbeirrt weiter: »Jo Stärnafüfi noch einmal! Sie ist ein so bildschönes Fräulein, das dir sogar klar gezeigt hat, was sie will. Die ist halt eine richtige Käch! Die hat Pfeffer im Füdli. Aber was tut der feine Herr Sohnemann? Ha?« Er zeigte mit dem Finger auf ihn. »Ja, ja, der lässt sie immer wieder aufs Neue abblitzen, als wäre sie die Schwester des schielenden Geißbocks vom Bauern nebenan.« Dann erhob er seine Stimme noch lauter und schlug mit der Faust auf den Tisch. »Und stellt doch noch immer seine Füße unter meinen Tisch! Meinen! Man könnte ja wirklich glatt meinen, du seist nicht ganz gescheit, wüsste man es nicht besser.« Mit erhobenem Zeigefinger schrie er: »Und eines sage ich dir, die Suppe wird ratzeputz ausgegessen.«

Fredy nahm den Löffel und aß weiter, während das Blut noch immer, wenn nun auch langsamer, aus der Nase in die Minestrone tropfte. Er blickte die roten Kreise an, die immer mehr wurden, als regne es Blut in die Suppe, die nun nach Eisen schmeckte. Wenn ich alles aufesse, dann habe ich keinen einzigen Tropfen Blut verloren, dachte er. Und er dachte auch darüber nach, wie viele Male sie diesen Streit schon geführt hatten. Oder besser gesagt, wie viele Male ihn der Vater deswegen schon beschimpft hatte, während er zuhörte und das Donnerwetter vorüberziehen ließ wie ein Gewitter im Sommer, dagegen konnte man ja schließlich auch nichts tun. Sogar Prügel hatte er mal bekommen, mit dem Stock. Auch das war vorbeigegangen. Er wusste, seinen Vater Alfred umzustimmen, wäre schwieriger, als die Limmat dazu zu bringen, in den Zürichsee zurückzufließen.

Für den Herrn Vater war er, sein Sprössling, doch nichts anderes als der ewige Nichtsnutz, der immer gerade das Gegenteil im Sinn hatte von dem, was er, der Vater, für das Richtige und Beste hielt. Alfred Frei senior hatte vor Jahren bereits durchgesetzt, dass sein Sohn eine kaufmännische Lehre absolvierte, um danach mal was Besonderes zu werden. Er hatte es dabei gewiss nur gut gemeint, denn ihm, dem Kohleschaufler, wurde jeden Monat aufs Neue vor Augen geführt, was er war und was er nicht war – immer am letzten Arbeitstag im Monat, wenn er in die Teppichetage zu gehen hatte, um dort, wo die Schreibmaschinen und die Telefonapparate standen, seinen mageren Lohn abzuholen. Bittstelle nannten die Hilfsarbeiter den Ort abschätzig. Die Leute dort schafften niemals so hart wie er und verdienten dennoch bestimmt ein Vielfaches. Das war schlichtweg ungerecht. Man musste die Herren nur anschauen, die dort in ihren schicken Anzügen und sauberen Hemden mit den Händen in den Taschen vergraben nur am Palavern waren, während die billigen Schreibhilfen die Schreibmaschinen knattern ließen. Frei kam sich dabei immer wie ein Aussätziger vor – in seiner Arbeitskluft, die nach Kohle und Schweiß roch, in seinen schweren brandschwarzen Schuhen, für die er beim Eingang in die Teppichetage Überzieher bekam. Die Anzugherren der Schokoladenfabrik hingegen beachteten ihn kaum, sahen nur abschätzig aus einem Augenwinkel zu ihm hinüber, taten so, als gäbe es ihn nicht, als wäre sein Stand ansteckend. Doch er hatte noch nie einen dieser Anzugträger in den stickigen, heißen, riesigen Heizungskatakomben gesehen, dort, wo die vier Brennkessel brannten, die begierig und herzlos wie Drachen ununterbrochen Kohle fressen mussten, damit die Fabrik fauchen und produzieren konnte. Dafür schaufelte er tagein, tagaus, fütterte die nimmersatten Feuer, um dann einmal im Monat bei Fräulein Schneggli den mageren Lohn dafür zu bekommen, von dem sie sofort einen Teil für die Miete abzog, weil das heruntergekommene Wohnhaus, in dem er mit seiner Familie wohnte, natürlich dem Herrn Direktor Käch gehörte. Herrgott, seine Welt war ungerecht, doch sein Sohn könnte mit der Heirat alles ändern.

Aber sein Sohn, der Fredy, der wollte davon nichts hören und sehen. Der wollte engstirnig ein Verkäufer bleiben. Immerhin musste er ihm zugutehalten, dass er die kaufmännische Lehre abgeschlossen hatte, und zwar mit den besten Noten des Jahrgangs. Doch was hatte er daraus gemacht? Er hatte eine Stelle im Möbelhaus Bernegger in Zürich angenommen. Als Möbelverkäufer! In den Kriegsjahren! Mit seinem Abschlusszeugnis hätte er schnurstracks zur Zürcher Kantonalbank gehen können, aber nein, der dumme Kerl musste es ja wieder mal besser wissen.

Der Krieg war seit vier Jahren vorbei, und Fredys Lohn im Möbelhaus war tatsächlich noch immer so mager wie die alte Irmi, die nebenan wohnte und vom Krebs zerfressen auf den Tod wartete. Noch immer hockten alle auf ihrem Geld, als trauten sie dem Frieden nicht. Aus diesem Grund musste Fredy auch immer noch bei seinen Eltern wohnen, obwohl er lieber gestern als heute ausgezogen wäre, aber ohne Geld gab's keine eigene Wohnung.

Fredy wusste, dass sein Vater ihm nicht sagte, was er wirklich über Gisela, über eine Hochzeit mit ihr dachte. Dass er, wenn er die wunderhübsche Gisela endlich heiraten würde, sofort in die Teppichetage, in eins dieser Büros befördert würde. Als Schwiegersohn des Herrn Direktor hätte Fredy ausgesorgt und somit auch sein Vater als Kohleschaufler ausgedient. Das wusste Fredy ganz genau, denn Gisela hatte es ihm direkt unter die Nase gerieben. Ihr Vater würde es sich nicht leisten können, Alfred senior weiter in den Katakomben der Fabrik die Drachen füttern zu lassen.

Vater Alfred wollte daher unbedingt, dass Fredy Gisela heiratete, doch diesem ging das gehörig gegen den Strich. Gisela hingegen war ganz vernarrt in ihn und wollte Fredy am liebsten gleich auf der Stelle ehelichen, doch ihr Vater, der Herr Direktor, war wiederum ganz entschieden dagegen. Es war verzwickt.

Käch, der keine anderen Kinder außer seiner Tochter hatte, wollte gefälligst einen Studierten zum Schwiegersohn, einen, der später sein Lebenswerk und die Führung der fast 400 Angestellten übernehmen würde. Und mit Bestimmtheit keinen Möbelverkäufer, erst recht nicht den Sohn eines Kohleschauflers. Damit war die Heirat eigentlich vom Tisch. Doch Gisela hatte eine faszinierende Gabe: Sie wusste, wie man Menschen umstimmte, vor allem ihren Vater konnte sie regelrecht um den kleinen Finger wickeln. So hatte Käch der Heirat bereits vor Monaten halbherzig zugestimmt. Der Möbelverkäufer habe sich ja immerhin mit besten Noten zum Kaufmann ausbilden lassen, hörte man ihn sagen.

Fredy gefiel seine Arbeit im Möbelhaus Bernegger sehr. Das Geschäft befand sich inmitten der Stadt Zürich, und er mochte auch die tägliche Zugfahrt, die ihn vom kleinen Bahnhof Kilchberg bis zum Hauptbahnhof führte. All die Menschen in der großen Stadt, das hatte ihm auf Anhieb gefallen. Er mochte die alten Gassen und die Limmat. Außerdem fühlte er sich in einer Stadt von Welt nicht beobachtet. Vom Hauptbahnhof aus nahm er jeden Tag das Velo, ein altes Militärfahrrad, das er dort gut abgeschlossen abgestellt hatte, und radelte die zehn Minuten zum Möbelhaus.

Herr Bernegger, der alte, liebenswerte und wie das Sortiment in die Jahre gekommene Inhaber, war sehr zufrieden mit ihm, sagte, dass niemand so gut mit den Kunden umgehen könne wie Fredy und dass immer mehr Frauen in den Laden kämen, seit er bei ihm arbeite. »Und die kaufen auch ein«, betonte er mit einem vielsagenden Lächeln. Im Laden gab es auch eine Abteilung für Vorhangstoffe und Kissenbezüge sowie Zeitschriften mit den Schnittmustern der neusten Mode, diese Abteilung war bei den Damen besonders beliebt. Fredy Frei beriet sie alle gerne, und tat dies mit seiner natürlichen Gabe fürs Verkaufen.

Als Herr Bernegger Fredy einmal fragte, was aus seiner Sicht einen außerordentlichen Verkäufer ausmache, da hatte Fredy geantwortet, dass man die vier M in sich tragen müsse.

Bernegger, der immer farblose Anzüge und ebensolche Krawatten trug, hob die Augenbrauen. »Die vier M?«

Fredy nickte. »Man muss Menschen mögen.«

Fredy war nun bereits das fünfte Jahr im Möbelhaus angestellt, und jedes Jahr versprach ihm Herr Bernegger, dass der Lohn nun endlich besser werden würde. Zuvor waren ja die Nachkriegsjahre und davor die Kriegsjahre mit all den Rationierungen gewesen, in denen alle unten durch mussten. »Aber nun, in den fünfziger Jahren«, so betonte er es kürzlich zum wiederholten Male und in einem verheißungsvollen Ton, »nun wird es geschwind aufwärtsgehen, und Fredy, du wirst sehen, dass sich in den nächsten Jahren für dich alles zum Besten wenden wird.

Dein Sparschwein wird dann bestimmt Bauchschmerzen kriegen.«

Aber Fredy wusste, dass Herr Bernegger zur aussterbenden Generation gehörte. Es gab seit Neustem ein anderes Möbelhaus ganz in der Nähe, und das war viel moderner. Aber Fredy hegte eine Hoffnung: Herr Bernegger war Witwer und hatte keine Nachkommen. Irgendwann würde die Zeit kommen, in der sich der alte Herr Gedanken zu seiner Nachfolge machen musste, und dann würde Fredy hier alles so machen, wie er es für richtig hielt – den angegrauten Laden entstauben.

Fredy war ja erst 25, und der junge, auffallend attraktive Mann hatte neben seinem guten Aussehen etwas Einzigartiges an sich, das Frauen anzog wie die vollen Blüten die Bienen. Er war in seiner Art zurückhaltend und doch sehr nahbar, wirkte einerseits reif und wiederum bemutterungsbedürftig, dann, wenn scheu ein Lächeln seine Augen und Mundwinkel umspielte, sodass die Damen ihn am liebsten in den Arm genommen hätten, nicht aber ohne gleichzeitig von einer seltsamen Begierde erfasst zu werden.

Doch Fredy hatte sein Herz bereits ein Jahr zuvor an Daniela Sommer verloren, auch wenn diese nur eine Woche vor ihrem ersten Kennenlernen jemand anderen geheiratet hatte. Unwissend verliebte er sich in sie, just in dem Augenblick, als er die Bäckerei betreten hatte. Egal wie viele Herzen junger Frauen ihm seither immer wieder zuflogen, er hatte es damals sofort gefühlt: Seines war nun besetzt, denn auch wenn er sich auf den ersten Blick unglücklich verliebt hatte, so war er doch verliebt.

Daniela Sommer war die Schwiegertochter des Bäckers, der sein Geschäft gleich neben dem Möbelhaus hatte. Schon zuvor hatte Fredy im Chnuschpereggä zweimal die Woche ein Brötchen gekauft, doch seit Daniela im Laden arbeitete, war er jeden Tag da, denn es war meist sie, die ihn gerne bediente.

Erst Monate nach diesem ersten Treffen im Sommer 1948 waren sie für einen kurzen Moment alleine im Laden gewesen. Draußen fiel herbstlicher Regen. »Fredy, ich freue mich jeden Tag erneut darauf, dass du in den Laden kommst«, sagte Daniela, und ihr Blick … ach, er wünschte, dass dieser Moment nie endete. Ihr Blick sagte so viel mehr als Worte, und am Ende folgte dieser langsame Augenaufschlag, den er sofort verstand. Ein Feuersturm wurde in seinem Herzen entfacht und zugleich ein brennender Schmerz, weil der Ring an ihrer linken Hand so golden glänzte.

Egal wie oft er noch in den Laden ging, mehr als dieses verlockende Lächeln, dann, wenn der Schwiegervater gerade nicht neben ihr stand, bekam Fredy nicht von Daniela, und doch war es für ihn jedes Mal die Welt. In Gedanken ging er oft mit ihr spazieren, fragte sie dies und das, schenkte ihr frisch gepflückte Wiesenblumen, nahm sie bei der Hand, und sie gingen gemeinsam über Stock und Stein oder am Seeufer entlang, als gehörten sie zusammen, und das für immer und ewig.

Eines Tages erfuhr Fredy von einem Kunden des Möbelhauses, den er ganz unverfänglich in ein Gespräch über die gute Bäckerei nebenan verwickelt hatte, dass Daniela aus einem sehr strengen und ärmlichen Elternhaus stammte und die Hochzeit mit dem Bäckerssohn von Danielas Vater als gute Partie angesehen worden war, denn nebst der Bäckerei besaßen die Sommers noch vier weitere Geschäfte und belieferten außerdem auch Großkunden. Daniela hingegen, das wusste der Kunde von der Friseurin am Platz, stammte aus einem bescheidenen Haus. Ihr Vater war ein kleiner Beamter und die Mutter eine Fabrikarbeiterin, die meist kränklich zu Hause lag. So die Worte des langjährigen Kunden des Möbelhauses. Die Hochzeit war also arrangiert gewesen.

Fredy Frei kaufte nun erst recht unbeirrt weiterhin seine Brötchen in der Bäckerei Chnuschpereggä, und wenn Daniela ihn anlächelte, mit diesem Lächeln, das sie nur aufsetzte, wenn per Zufall sonst niemand im Laden war, dann verlieh dies seinem Tag einen besonderen Glanz.

Doch vor einigen Wochen hatte sich alles verändert. Daniela war schwanger geworden, der Bauch war nun nicht mehr zu übersehen. Fredys Schmachten musste nun ein Ende finden, mahnte er sich seither. Doch das war einfacher gesagt als getan …

Während die letzten Blutstropfen wie nachlassender Regen aus der Dachrinne in Fredys Suppe tropften, holte ihn die kalte Stimme seines Vaters zurück in die Gegenwart:

»Mach jetzt endlich was Gescheites aus deinem Leben, oder willst du immer das Hanswürstli vom Bernegger bleiben? Der hält sich doch mit aller Kraft am Leben fest, bis alle anderen vor ihm ins Gras gebissen haben. Das Geschäft wird der dir niemals übergeben. Also frage ich dich: Willst du allen Ernstes wirklich ein Hanswürstchen bleiben, das niemals aufsteht und was anpackt?! Begreife es doch endlich. Der Bernegger ist ein alter Gauner, der nutzt dich doch nur aus.« Der Vater redete ohne Luft zu holen weiter: »Weißt du, wie du mir vorkommst? Ha? Du kommst mir vor wie ein Fischer ohne Angel, der am Rande eines staubigen Ackers hockt und auf so viel Regen wartet, damit irgendwann die Forellen beißen.«

Dann folgte Stille.

Leise hörte man Mutter Margrit im Nebenzimmer weinen. Die ärmliche Arbeiterwohnung mit der von den

Kohlefeuerungen der Nachbarhäuser geschwärzten Fassade war sehr ringhörig. Und es gab auf jedem Stockwerk nur ein Gemeinschafts-WC, das schon längst die Spuren der Zeit trug. In den zehn Wohnungen des Hauses lebten ausnahmslos Hilfsarbeiter der Schokoladenfabrik und ihre Familien. Von überallher konnte man sie sehen, die mächtigen Ziegelhausbauten der Schokoladenfabrik mit den vielen übergroßen Fenstern und den rauchenden Schornsteinen, die das Ufer des Zürichsees prägten. Ständig lag ein süßlicher Duft über der Gegend, außer an den Sonntagen. Vor allem im Winter, wenn dichter Nebel lag, vermischte sich dieser Geruch mit dem von verbrannter Kohle.

Mit wässrigen Augen blickte Fredy von seiner Suppe auf. Er legte mit Bedacht den Löffel hin. Er wusste schon länger: Daniela Sommer musste er nun für immer vergessen, denn sie trug das Kind eines anderen unter ihrem Herzen. Aber auch sie war gefangen in ihrer Welt. Was wäre gewesen, wenn sie sich nur früher begegnet wären? Diese Frage hatte sich lange in sein Herz gebohrt, denn er kannte die Antwort längst. Sie stand in ihrem Blick geschrieben, in einer Sprache, die nur er verstand. Er konnte es drehen und wenden, wie er wollte, auch an diesem Mittag am Tisch zu Hause. Ihr gehörte sein Herz, und ihm nicht mal sein eigenes Leben.

Der Vater musste Fredys Aufgeben in diesem Moment im weichen Blick seines Sohnes erkannt haben. Seine Stimme wurde plötzlich versöhnlicher, als er sagte: »Alfred, willst du denn deiner lieben Mutter ewig und einen Tag Kummer bereiten mit deinen Tagträumen von einem eigenen Geschäft? Sag Ja zu Gisela, und du wirst dein gesamtes Leben ausgesorgt haben.« Er blickte ihn eindringlich an und reichte ihm sein Nastuch. »Du sollst es doch mal besser haben als wir hier in diesem zugigen und im Winter kalten Loch mit dem ewig verstopften WC im Flur, weil die Müllers nebenan scheißen wie zehn Holzfäller auf einmal.« Er zog ihm den Teller weg und kippte die Suppe in den Schüttstein, ehe er ihm neue schöpfte. »Ich bin mir sicher, dass du das einzig Richtige tun wirst.«

Zwei Wochen später, Ende Mai 1949, verlobte sich das Paar, und im Oktober desselben Jahres läuteten bereits die Kirchenglocken. Der Herr Direktor Robert Käch führte seine Tochter zum Altar der übervollen Kirche. Draußen lag ein feiner Nebel über dem See, die Blätter waren bunt, die Sonne schien, es roch nach Herbst, so passend, als wäre auch das Wetter an jenem Tag käuflich gewesen.

Schon Wochen vor der Hochzeit hatte Direktor Käch Fredys Eltern Alfred und Margrit Frei von seinem Chauffeur nach Zürich fahren lassen, zu einem Herren- beziehungsweise Damenschneider und auch gleich zu einem Schuhmacher.

Es war kaum zu fassen, was auch der Friseur aus Margrits einfachem Haarschnitt für die Hochzeit gezaubert hatte. Aus der 48-jährigen Hausfrau und Fabrikarbeiterin war eine begehrenswerte Schönheit geworden, die viele Blicke auf sich zog. Ein paar Leute aus dem Ort erkannten sie an dem Tag erst gar nicht wieder, sondern tuschelten, wer denn diese schöne Frau wohl sei. Sie wirkte tatsächlich wie verwandelt.

Auch wenn die Freis auf der großen Feier unter all den Mehrbesseren wie verkleidet wirkten, so sah Fredy zum ersten Mal eine tiefe Zufriedenheit in den Augen seines Vaters.

Am Rande der Feier klopfte ihm der Vater, mit einer teuren Zigarre im Mund, auf die Schulter. »Sohn, meine Brust platzt vor Stolz. Und schau dir nur deine Mutter an. Sie ist die schönste und glücklichste Frau neben deiner Gisela. Uns lacht die Sonne heute aus unseren Allerwertesten, und das erst recht auch noch nach Sonnenuntergang.«

Fredy lächelte und blickte in die illustre Gästeschar. Von Politik und Wirtschaft waren alle zugegen, doch er kannte niemanden.

Seine Gedanken schweiften ab. Er stellte sich in diesem Moment vor, wie Daniela in einem Hochzeitskleid ausgesehen hätte. Dabei huschte ihm ein freudiges Lächeln über seine Lippen. Der Vater sah es und sagte: »Siehst du, mein Junge, so glücklich habe ich dich noch nie gesehen!«

Dieser prächtige Herbsttag wurde für Fredys Eltern zum schönsten Tag im Leben, für ihn war es der Anfang vom Grauen.

Das frisch vermählte Paar zog in die schmucke kleine Villa direkt am See. Fredy hatte seine Stelle längst kündigen müssen, um seine neue Anstellung in der Schokoladenfabrik anzutreten, als Handelsreisender mit erweiterten Vollmachten, die Direktor Käch ihm wichtigtuerisch offenbarte, als bekäme er damit auch ein neues Leben. Sein geschäftstüchtiger Schwiegervater hatte, da er Fredy nun zwangsläufig hatte kennenlernen müssen, schnell erkannt, welches Verkaufstalent der junge Mann besaß, welche Wirkung er auf Menschen ausübte, und plötzlich konnte der alte Käch seine Gisela verstehen. Der junge Fredy war tatsächlich goldwert und dazu auch noch sehr gut aussehend. Nur das mit dem fehlenden akademischen Titel war ein unschöner Tintenklecks auf Papier.

Der Abschied von Daniela in Zürich war für Fredy bereits Ende Sommer gekommen. Draußen war es schwül gewesen, die Stadt schwitzte, als ein feiner Nieselregen sie in tausend Gerüche tauchte. Zuvor war sie fast zwei Wochen wie vom Erdboden verschluckt gewesen. Egal wie oft er in die Bäckerei ging, sie war nie da gewesen, als wäre sie weggezogen.

Er wollte soeben ein weiteres Mal hin zum Chnuschpereggä, als er Daniela unverhofft auf der Straße sah. Ihr Bauch war schon ganz schön groß geworden. Sie trafen sich unter der Markise eines portugiesischen Händlers, der seine Waren dort in einer Seitenstraße verkaufte.

Fredy sah, dass Danielas linkes Auge geschwollen war. Es war überschminkt, doch Blau und Grün drückten durch. Danielas ganze Haltung war für einen Moment so unnahbar wie niemals zuvor, es schien ihm, als hätte sie sich am liebsten verkrochen.

»Geht's dir gut?« Er wollte sie nicht gleich mit einer geforderten Erklärung überfahren.

»Ich bin so schusselig, dumm gefallen. Aber Gottlob geht's mir und dem Kind gut.« Sie lachte gequält. »Aber so kann ich nicht in den Laden stehen.«

Er fühlte, dass da etwas nicht stimmte. Am liebsten hätte er gefragt, nein, es herausgeschrien: »Wer hat dir das angetan?!« Stattdessen sagte er: »Ich wünschte mir, dass es dir immer gut geht, immer!«

Und da kam dieses Lächeln, das ihn schmelzen ließ. Ihre helle Stimme fragte ihn wie durch Nebel: »Sag, lieber Fredy, wie geht's denn dir?«

Er nahm einen langen Atemzug. »Ach, weißt du, Ende Monat habe ich meinen letzten Arbeitstag im Möbelgeschäft«, sagte er und hielt den Augenkontakt zu ihr. »Ich kann danach leider nicht mehr in die Bäckerei kommen. Oder nur noch sehr selten.«

Sie brauchte einen Moment, um zu verstehen. Tränen glitzerten in ihren Augen, als sie sagte: »Fredy, ich werde dennoch darauf hoffen, dich irgendwann mal wiederzusehen. Weißt du, das Leben ist manchmal ganz arg ungerecht. Aber wir müssen dennoch immer das Beste daraus machen.« Sie beugte sich vor und gab ihm einen sanften Kuss auf die Wange. »Mach's gut, liebster Fredy. Wer weiß ... wer kann schon wissen ...«

An jenem Tag trug sie ein schönes rotes Band in den Haaren. Sie öffnete es und machte mit geschickten Handbewegungen eine Schleife daraus. Während sie es Fredy mit einem liebevollen Blick in die Hand drückte, schaute sie ihm eindringlich in die Augen. Dann wandte sie sich abrupt von ihm ab und ging, ohne sich nochmals umzudrehen.

Fredy starrte noch lange in die leere Gasse. Dann konnte er nicht anders, als vor Glück und Trauer gleichzeitig platzend durch die duftenden Straßen der Stadt zu taumeln, getragen von diesem schweren Zauber des Abschieds und dem Wissen um ihre Liebe für ihn, die sie ihm auf diese Art gestanden hatte. Doch die Frage, wer Daniela geschlagen hatte, wahrscheinlich war es ihr Mann gewesen, ließ ihn nicht los. Seine Beine trugen ihn bis ans nahe Ufer des Zürichsees. Einen Schritt vom Wasser entfernt beobachtete er, wie der sanfte Regen über den See wehte, die Wasseroberfläche aufraute. Die Tropfen nässten sein Gesicht und versteckten seine Tränen.

Wieso tat Liebe so weh? Und wieso konnte er ihr nicht beistehen? Sie litt, er litt.

Und da war dieser Kuss gewesen. Dieser sanfte Hauch auf seiner Wange, der mehr sagte als tausend Worte. In diesem Kuss lag ein ganzes nicht gelebtes Leben, sein Leben mit ihr. Er drückte seine Hand an seine Brust, dorthin, wo ihr rotes Band sein Herz berührte.

Erst zwei Stunden später kehrte er klitschnass zurück

ins Möbelgeschäft, erfüllt und gebrochen, aber auch mit den letzten Worten von Daniela im Herzen: »Mach's gut, Fredy, wer weiß schon …«

Ja, wer weiß schon?, sagte er sich.

Was seinen Vater Alfred betraf, so hatte dieser noch vor der Hochzeit, genauer gesagt unmittelbar nach der Verlobung, zum letzten Mal das graue Arbeitsgewand eines Kohleschauflers getragen. Mit dem Herrn Direktor Käch, dem Robert, war er nun per Du. Dieser hatte ihm die Leitung der Hauswarte und Gärtner überlassen, die zusammen die großen Gebäude und den Umschwung in Schuss zu halten hatten.

Wenn Fredy seinem Vater nach der Hochzeit jeweils in der Schokoladenfabrik begegnete, war es ihm, als wäre sein Vater tatsächlich größer geworden. Er schien auch nicht mehr so gebeugt zu gehen. Zweifelsohne ging sein Vater in seiner neuen Arbeit auf. Es musste sich für ihn tatsächlich wie ein neues Leben anfühlen; neue Arbeit und eine neue Wohnung, dort, wo die Mehrbesseren wohnten. Und zu alledem hatte sich Fredys Mutter ebenso verwandelt.

Während Fredy nach der Hochzeit mit Gisela die aufgezwungene Ehe zu leben versuchte, sein neues Leben annahm, so gut er konnte, merkte er nach und nach, in welches Grauen er mit dieser Heirat geraten war, wer Gisela wirklich war, wer die Kächs waren. Wie diese Familie gewissenlos und berechnend Menschen vor ihren Karren spannte, und dies nur, solange diese für sie von Nutzen waren.

Verzweifelt und gefangen in dieser lieblosen Ehe und zerfressen von der unglücklichen Liebe zu Daniela und der Sorge um sie, saß Fredy oft allein am privaten Ufer der schmucken Villa mit dem Namen Seeblick und dachte an den Tag zurück, als in Zürich der warme Regen über den See zu ihm gekommen war. An den Tag ihrer Geschenke. Die rote Schleife trug er, wann immer möglich, heimlich in der Brusttasche seines Hemdes mit sich, den Kuss im Herzen.

War sein Unglück tatsächlich der Preis, den er zu zahlen hatte, damit das Glück seinen Eltern zuteil wurde? Ihr neues Leben war wie ein Pfand in Kächs Hand. Das wusste der Direktor, das wusste Gisela, und das wusste auch er und zwar nur allzu gut!

Es dauerte Monate, bis Fredy begriffen hatte, warum Gisela gerade ihn hatte ehelichen wollen. Sein Vater hatte recht gehabt, als er am Küchentisch sagte: »Sie ist eine richtige Käch, die genau weiß, was sie will und warum!«

Und sie alle waren nun irgendwie gefangen im Käfig der Kächs, auch wenn dieser für Fredys Eltern aus Gold zu sein schien.

6

Donnerstag, 9. April, 11:20 Uhr

Caminada starrte noch immer auf die soeben von ihm entdeckte Leiche von Carmen Weber, auf das rote geflochtene Band um ihren Hals, während Marugg sich an die erkennungsdienstliche Untersuchung des toten Fräuleins machte. Augenfällig waren die kräftig ausgeprägten Würgemale um den Hals der Toten, die teilweise von der etwa zwei Finger breiten roten Schleife überdeckt waren, die die grausige Szenerie noch absurder wirken ließ. Marugg hatte längst alles sorgfältig fotografisch festgehalten: die Leiche und die Umgebung rund um den Fundort. Dies, nachdem Caminada den Befehl erteilt hatte, dass sich alle anderen Beamten zurück ins Städtchen aufmachen sollten. Einzig einen Hilfslandjäger behielten sie noch zurück, falls sie diesen später mit neuen Informationen ans nächste Telefon in der Stadt schicken mussten, denn der Hof in Halbmil war nicht an die Telefonleitung angeschlossen, wie sie mittlerweile wussten.

Wachtmeister Gruber hatten sie vor dem Abmarsch den Auftrag erteilt, dass er umgehend Dr. Bargätzi herschicken solle. Der Hilfslandjäger würde an der Landstraße unten auf ihn warten und ihn durch den Wald zum Fundort der Leiche führen.

Dass das Fräulein mausetot war, stand ja außer Frage. Neben den Würgemalen waren auch die vielen kleinen Einblutungen in den Augäpfeln gut zu erkennen. Außerdem trug die Leiche seitlich am Kopf eine Beule, die aber nicht nach außen geblutet hatte, wie Marugg beim Betasten des Kopfes schnell erkannte. Wahrscheinlich wurde ihr diese mit einem Knüppel zugefügt.

Marugg stemmte seine Hände in die Seiten. »Walter, die Leichenstarre ist kaum mehr ausgeprägt. Wie du ja weißt, tritt diese je nach Temperatur nach sechs bis acht Stunden ein und hält danach bis zu maximal drei Tage lang an.«

»Das passt mir ins Bild, Peter. Es ist stark davon auszugehen, dass ihr Mörder, dem sie am Dienstagabend über den Weg gelaufen sein muss, sie auch sogleich hier irgendwo umgebracht hat«, kommentierte Caminada nachdenklich und wunderte sich noch immer über die Schleife um ihren Hals. Mode konnte dies ja wohl kaum sein, oder doch?

Er dachte aber auch wiederholt an die armen Eltern, die nun bald von dem Verbrechen erfahren mussten. Auch wenn sie es bestimmt bereits befürchtet hatten, so stirbt die Hoffnung doch bekanntlich immer mit der Wahrheit. Und sie, die Landjäger, waren es, die in solchen Fällen die schreckliche Gewissheit über die Türschwelle ins Haus bringen mussten.

»Walter?« Marugg riss ihn aus seinen schweren Gedanken. »Das Fräulein wurde hier tot abgelegt, das ist meine Meinung. Schau, keine Kampfspuren am Boden. Aber wo wurde sie umgebracht?«

»Oder das Fräulein kam mehr oder weniger freiwillig mit dem Täter hier hoch und hat dann mit dem Knüppel eins auf den Pölli gekriegt«, mutmaßte Caminada. »Und dann hat der Täter das bewusstlose Fräulein erwürgt. Aber wie kam sie zu der roten Schleife? Ich frage mich, ob ihr diese erst nach ihrem Tod umgebunden wurde. Sie sitzt so passgenau, die wäre beim Erwürgen doch verrutscht.«

»Muss nicht sein, Walter. Denn falls der Täter sie erst mit

dem Schlag auf den Kopf wehrlos geschlagen hat, konnte er sie danach ohne Gegenwehr erwürgen. Und ich betone noch mal: Wäre sie hier bei Bewusstsein erwürgt worden, würden wir es am Waldboden erkennen, denn die Opfer von solchen Verbrechen wehren sich mit Händen und Füßen. Aber das weißt du ja bestens aus deiner langen Erfahrung. Und noch was: Es wirkt, als hätte der junge Nold nicht gelogen und sie wirklich am Straßenrand rausgelassen. Ihn können wir ja nach der roten Schleife fragen, er wird wissen, ob sie diese im Wagen schon getragen hatte.«

Es war plötzlich mucksmäuschenstill im Wald. Nicht mal die Vögel zwitscherten, als hätte die Natur einen Blick auf das Verbrechen geworfen und würde es nun still beklagen. Der Geruch von Caminadas Villiger-Krummen lag vertraut in der Luft.

Die beiden Männer standen noch einen Moment stillschweigend vor der Leiche, als sie leise das Motorengeräusch eines Wagens vernahmen, der sich von Chur kommend näherte. Dann verstummte der Motor. Wenige Minuten später hörten sie Schritte, das Brechen von dürrem Geäst am Boden.

Dass der werte Herr Dr. Bargätzi mittlerweile 140 Kilo auf die Waage brachte und sich von allerlei Süßspeisen noch mehr angezogen fühlte als jemals zuvor, machte für ihn den Gang durch den sanft ansteigenden Wald nicht einfacher. Wie immer hörte man ihn deshalb so laut schnaufen, dass man das Gefühl hatte, er ersticke gleich.

Etwas breitbeinig und mit offenem Sakko, er trug stets die teuersten Anzüge, stand er dann irgendwann vor den beiden Ermittlern und dem toten Fräulein. Er schob sich seinen eleganten Hut etwas zurück und kratzte sich an der Stirn.

»Ojemine«, sagte er für einen Moment sichtlich betroffen und rang weiter nach Atem. »Das ist ja das werte Fräulein Weber, meine gute Schneiderin, die übrigens auch diesen Anzug gefertigt hat. Ojemine.« Er wischte sich mit dem Handrücken den Schweiß von der Stirn. »Und nun liegt sie mausetot da. Traurig, aber wohl wahr.«

Erst jetzt reichte er Caminada und Marugg die Hand und grüßte sie mit einem »Grüaziwohl, die Herren«. Mit Blick zurück auf das tote Fräulein meinte er nachdenklich: »Wer tut denn auch so was?«

Sie tauschten sich aus, auch über die rote Schleife. Vor allem ging es nun darum, ob es Spuren einer Vergewaltigung gab, und wenn ja, ob diese bei Bewusstsein des Opfers begangen worden war.

Dr. Bargätzi mit seinem schwabbeligen Doppelkinn und den kleinen Augen, in denen das Weiß immer leicht rötlich entzündet schien, untersuchte mit einer starken und großen Lupe noch vor Ort die Fingernägel des Fräuleins und sagte dann: »Schaut her, sie hat sich in jedem Fall noch vor dem Schlag auf den Kopf gewehrt. War somit zu Beginn oder während der Tat bei Bewusstsein. Gegen wen sie kämpfen musste, weiß ich natürlich auch nicht.« Er deutete auf den Nagel des Mittelfingers der rechten Hand. »Seht, leicht blutige Gewebeteilchen. Wahrscheinlich Haut samt Unterhautgewebe. Der Täter muss somit Spuren tragen. Das ist doch schon mal etwas, worauf ihr eure Ermittlungen stützen könnt. Der Täter ist gezeichnet.«

Dr. Bargätzi trug weiße Handschuhe aus Gummi. Er schob Carmens Kleid hoch bis über den Schambereich. »Also die Unterwäsche sitzt nicht mehr richtig. Flecken sehe ich aber auf Anhieb keine. Ich werde der Toten nun rektal die Temperatur messen, aber ich bin mir sehr sicher, dass das Opfer schon seit Dienstagabend hier liegt. Ich sehe es anhand der Livores mortis, der blassblauen Totenflecken, und anhand weiterer Merkmale. Deshalb gehe ich davon aus, dass sich ihre Körpertemperatur mittlerweile der vom Wald angeglichen hat.«

Während er die Tote für das Temperaturmessen in Position brachte, entdeckte er noch etwas. »Schaut her, hier am inneren rechten Oberschenkel sind drei unterschiedlich lange Kratzspuren zu sehen, die wegen des Todes natürlich nicht gerötet wirken, sondern lediglich weißlich aufgeschürft. Aber sie sind unterblutet. Da war jemand vor, ich betone, *vor* ihrem Tod grob zu ihr. Und hier, schaut etwas weiter unterhalb, da findet sich ein dezenter Bluterguss.«

Er maß die Temperatur mit dem Quecksilberthermometer und las in der Zwischenzeit die Außentemperatur im Wald ab. Der Doktor trug die beiden Messwerte in eine Liste ein, die er auf einem Schreibbrett eingeklemmt hatte, und meinte: »Bringt mir das tote Fräulein in meine Leichenhalle. Dort kann ich mich genauer um die Leichenschau kümmern, weitere Untersuchungen vornehmen und euch einen Bericht schreiben.«

In der Zwischenzeit war auch Wachtmeister Gruber mit dem Chevy unten an der Straße angekommen. Er hatte nach der Alarmierung von Dr. Bargätzi noch einige Landjäger zurück ins Städtli gefahren. Carmen Weber verschwand in einem schwarzen Leichensack, und Caminada und Marugg trugen das tote Fräulein auf der Bahre, die sie zuvor aus Dr. Bargätzis Ford geholt hatten, durch den Wald. Gruber und der Hilfslandjäger halfen mit. Sie legten sie in das sorgsam ausgekleidete Automobil des Herrn Doktor, damit das schöne Fahrzeug ja keinen Schaden nahm.

Caminada und Marugg suchten noch bis zur Mittagszeit den Wald rund um den Fundort zu zweit ab, in der

Hoffnung, den Tatort zu finden, falls er denn nicht identisch mit dem Fundort sein sollte. Da das Opfer trotz des Schlags auf den Kopf nicht geblutet hatte, wie Bargätzi festgestellt hatte, konnten sie nicht wissen, ob der Fundort auch gleich der Tatort war.

Sie suchten daher nach verräterischen Spuren am Waldboden: Zigarettenkippen oder dergleichen, alles, was ein Spurenbild hervorbringen könnte. Caminada und Marugg fanden nichts dergleichen, auch keine Stelle, wo ein möglicher Kampf hätte stattfinden können.

Wachtmeister Gruber und der Hilfslandjäger hatten den Chevy für Caminada und Marugg zurückgelassen. Gruber war mit einem Fahrrad im Heckraum des Wagens hergekommen und hatte den Hilfslandjäger auf dem Gepäckträger zurück nach Chur kutschiert. Natürlich wurde deswegen wieder mal im Städtchen über die Landjägerei gelacht, aber sie mussten nun mal mit dem auskommen, was ihnen zur Verfügung stand.

Eigentlich waren Caminada und Marugg nun im Halbmilerwald fertig. Doch der Landjäger wollte dem Bauern Gmehlin noch persönlich einen Besuch abstatten. Es war 12:40 Uhr, die Bauersleut saßen also womöglich noch am Mittagstisch.

Der alte Hof wirkte, als würde sich niemand mehr um ihn kümmern. Es roch stechend nach Schweinegülle, als sie unterhalb der Landstraße in einer Lichtung auf das Haus zugingen.

Bauer Gmehlin war geradewegs vom Mittagstisch aufgestanden, nachdem sie an der Haustür klopften. Murrend legte er die Scheibe dunkles Brot neben seinen Teller Suppe, bevor er zur Tür schritt.

»Ja was gibt's denn?«, fragte er, als er die knarzende Tür

geöffnet hatte und auf der Schwelle stehen geblieben war. »Habt ihr das vermisste Fräulein gefunden?«

Der bärtige Bauer lebte mit seiner Frau, einem jungen Verdingknecht und einer Magd auf dem Hof. Auffallend war Gmehlins Blick aus eisig kalten blauen Augen, die zudem nie zu blinzeln schienen. Er war ein in sich gekehrter Mann, der bisher polizeilich nie aufgefallen und kinderlos geblieben war.

Auch Caminada, der viele Leute im Städtchen kannte, wusste eigentlich kaum was über den Bauern, dessen Hof gerade noch so auf dem Grund und Boden der Stadt Chur stand.

»Wir müssen kurz reinkommen«, gab Caminada zur Antwort.

Gmehlin nickte und ging voraus in die gute Stube, dorthin, wo seine Frau am schweren Holztisch saß und ihre Suppe löffelte. Auf dem Ofenbänkli daneben hockte der etwa Mitte 20-jährige Verdingknecht und tunkte soeben ein Stück Brot in den Napf mit Suppe. Er blickte nur kurz auf und senkte unbeteiligt wieder seinen Blick.

»Grüaziwohl allerseits«, begrüßte Caminada die Runde. Den Hut hielt er dabei in der Hand. Dies war schlichter Anstand, egal wie bescheiden ein Zuhause aussah. Die Bäuerin begrüßte ihn ebenfalls, der Knecht aber saß weiter wortlos über seine Suppe gebeugt. Er wirkte in seiner Art irgendwie geistig zurückgeblieben, fand Caminada, doch er vermochte sich noch kein abschließendes Bild zu machen.

»Die Magd ist in ihrer Kammer am Ruhen, sie hat gehörig Grindweh«, erklärte die Bäuerin auf Caminadas Frage hin. Sie war gertenschlank und verhärmt in ihren mageren Gesichtszügen. Das harte Leben auf dem Hof musste ihr grob zugesetzt haben, dachte Caminada bei ihrem Anblick. Einfach hatte es die Frau sicher nie gehabt, auf so einem Hof gibt es immer mehr Arbeit, als der Tag Stunden hat.

»Nehmt doch gerne auch etwas von der guten Gerstensuppe«, bot sie freundlich an und unterbrach damit seine Gedanken.

Caminada blickte zum Bauern und dann in den Topf, er wollte sicher sein, dass sie niemandem etwas wegaßen. Wohlhabend schienen die Gmehlins nämlich wirklich nicht zu sein, so wie die meisten Bauern auf solch kleinen Gutshöfen. Caminada dachte, dass sie bestimmt jeden Rappen zweimal umdrehen mussten, ehe sie ihn ausgeben konnten.

Zu Mittag hatten Caminada und Marugg noch nicht gegessen, und einer guten Gerstensuppe konnte Caminada nicht so einfach widerstehen. Aber vor allem wollte er nicht unhöflich sein und eine solche Einladung zur Mittagszeit ausschlagen.

Dankend nahmen die beiden die gefüllten Suppenteller und je ein Stück dick geschnittenes dunkles Brot entgegen und aßen mit den Bauersleut zu Mittag. Caminada störte es zwar, dass der Verdingknecht nicht mit am Tisch sitzen durfte, aber er wusste auch, dass diese oft sogar alleine im Stall essen mussten. Hier und jetzt konnte er diesen Umstand nicht ändern, es würde im schlimmsten Fall nur zum Nachteil des Verdingknechts gereichen, kaum hätten sie den Hof verlassen. Gewisse Gepflogenheiten konnte nur ein gesellschaftlicher Wandel herbeiführen, da war er sich sicher.

Caminada befragte die Bauersleut wie nebenbei, ob sie vorgestern, am Dienstagabend, das Fräulein Weber nach 20 Uhr irgendwo in der Nähe ihres Hofes gesehen hätten, vielleicht sogar auf der Landstraße. Dass Carmen um diese Zeit hier in der Nähe unterwegs gewesen sein musste, wussten sie nun ja dank der Aussage vom Nöldi und diesem Martin Keller, dem Klempner. Es konnte aber auch sein, dass Nöldi seine Geschichte mit dem Streit im Wagen und dem Aussteigen von Fräulein Carmen nur erfunden hatte, um sich dem Verdacht zu entziehen. Was, wenn er sie ganz woanders umgebracht und hier im Wald nur abgelegt hatte?

»Wir haben es doch bereits am Dienstagabend den anderen verzapft«, murrte Bauer Gmehlin, dessen Fingernägel Trauerrand trugen. »Wie sollen wir in der Zwischenzeit schlauer geworden sein?«

Caminada versuchte ihn zu besänftigen: »Manchmal kommt dem einen oder anderen erst später noch was in den Sinn.« Und mit Blick in die Runde fügte er an: »Leider haben wir heute Morgen das Fräulein tot oberhalb der Landstraße im Wald gefunden. Sie wurde ermordet! Wir ermitteln daher in einem Mordfall.«

Die Bäuerin bekreuzigte sich eilends, als könne sie damit das Unglück vom Hof fernhalten. Der Verdingknecht starrte weiter regungslos und mit bohrendem Blick auf Caminada, und der Bauer Gmehlin meinte zum eben Gehörten: »Truurigi huara Siacha sind so Lüt.« Er wischte mit dem Brot den Teller aus. Die Bäuerin erhob sich zackig und trug die Suppenschüssel zum Herd. Dabei beobachtete Caminada, wie sie ihr Halstuch hastig richtete, und das mit einem kurzen, argwöhnischen Blick in seine Richtung. Er war sich nicht ganz sicher, aber es sah so aus, als hätte sie dort eine Wunde, einige Kratzer. Diese versuchte sie zu verbergen, schien es ihm.

Er beobachtete sie deshalb weiter aus dem Augenwinkel. Sie aber stand nun mit dem Rücken zu ihm und nestelte weiter an ihrem grauen Halstuch, eines wie Bäuerinnen sie oft trugen. Selbstredend kam in Caminada ein Verdacht auf, wenngleich ein unerhörter, denn Dr. Bargätzi hatte gesagt, dass das Fräulein Weber sich gewehrt, ihren Angreifer gekratzt haben musste. Einen Reim auf diesen Verdacht hinsichtlich der Bäuerin konnte er sich aber unmöglich machen. Die einzige Verbindung vom Opfer zur Bäuerin bestand aus jetziger Sicht darin, dass der Hof direkt unterhalb der Landstraße lag und Carmen möglicherweise deshalb an diesem vorübergegangen war. Aber ein handfestes Motiv war so weit weg wie die Vorstellung, dass Caminada jemals ein Buch lesen würde.

»Wir möchten uns gerne etwas auf dem Hof und in der Umgebung umsehen und auch mit der Magd reden«, sagte Caminada, nachdem er seinen Teller dankend der Bäuerin zum Abräumen hingestreckt hatte. Und sogleich hob er beschwichtigend seine Hand. »Könnte ja sein, dass der Täter sich heimlich vor oder nach der Tat im Stall, der Scheune oder wo auch immer versteckt hat. Vielleicht weiß daher die Magd mehr. Grindweh hin oder her.«

»Froni!«, polterte die Stimme des Bauern durchs Haus. Gleichzeitig klopfte er mit dem Besenstil an die hölzerne Decke. »Froni!«

Caminada hatte sich eine junge, kräftige Magd vorgestellt, doch stattdessen stieg mit langsamen Bewegungen eine alte Frau vorsichtig die steile Treppe herunter. Bestimmt war sie schon 70, verhärmt und zahnlos wie ein Baby.

»Das sind die Herren Landjäger, sie haben nach dir gefragt.«

Froni hob das hohle Horn einer Kuh an ihr Ohr, so schwerhörig war sie. »Ah, die Herren Landjäger«, krächzte sie, und Caminada fragte sich, welche Arbeiten die alte Frau wohl überhaupt noch verrichten konnte. Aber er wusste auch, dass der Schein oft trog, die war möglicherweise zäh wie altes Leder, denn aus bloßer Nächstenliebe würde dieser Bauer sie bestimmt nicht durchfüttern. Für das gab es das Armenasyl.

Von Froni erfuhren sie rein gar nichts. Sie gehe jeden Abend mit den Hühnern schlafen und stehe im Morgengrauen mit diesen wieder auf. Ihre Aufgabe sei es, den Hühner- und Schweinestall sauber zu halten. Dafür bekäme sie Kost und ein Bett, und das seit vielen Jahren schon. Caminada bedankte sich, und sie verschwand wie ein Waldgeist.

Caminada richtete sich an den Bauern: »Und Ihr Knecht?«, fragte er.

Bauer Gmehlin lachte und tippte mit seinem Zeigefinger an seinen eigenen Kopf. »Kurzschluss im Oberstübli. Arbeiten kann er, redet aber selten. Ein bisschen schlauer als eine Kuh ist er zwar, aber viel dümmer als die Magd, und die ist auch nicht sonderlich gescheit, wie Sie jetzt sicher auch wissen.«

»Ihr Knecht hat bestimmt auch einen Namen?«

»Ja, Knecht halt«, sagte Gmehlin.

»Sie sind ja auch nicht *der Bauer*, oder?«

»Res.«

»Gut. Und einen Nachnamen hat er auch?«

Der Bauer musste doch tatsächlich hirnen, bis die Bäuerin für ihn einsprang: »Saluz.«

Caminada wandte sich noch mal dem Knecht zu, der nach vorne gebeugt auf der Ofenbank saß. »Res, weißt du was von dem verschwundenen Fräulein?«, wollte Caminada wissen.

Doch der Knecht gab keine Antwort. Er hob nur den Kopf, als hätte er seinen eigenen Namen seit Ewigkeiten nicht mehr gehört.

»Weißt du was darüber?«

Res Saluz blickte wie durch Caminada hindurch.

»Na gut.« Caminada erhob sich vom Tisch. »Nochmals herzlichen Dank für die gute Mahlzeit. Dann schauen wir uns mal auf dem Hof um.«

Einen Hofhund gab es nicht, dafür einen Schweinestall, in dem für die Tiere nicht sonderlich gut gesorgt wurde, wie Caminada erkannte. Die paar Kühe waren mager, und der Hof schien insgesamt keine Zukunft zu haben, zumal die Gmehlins ja auch keine Nachkommen hatten. Nachdem sie in den kleinen und den größeren Schopf geblickt und den Hof einmal umrundet hatten, gingen sie zurück zum Haus. Als sie sich von den Bauersleut verabschiedeten, deutete Caminada an den Hals der Bäuerin. »Was ist da passiert?«

Die Bäuerin nestelte sofort am Halstuch, wirkte erschrocken, aber winkte ab. »Ach, da hat mich was gestochen, und ich habe daran gekratzt. Das tue ich ständig. Erst recht im Sommer, wenn diese verreckten Bremsen zustechen. Diese elenden Plagegeister.«

Marugg machte einen Schritt nach vorne. »Ach, lassen Sie mich das doch mal sehen, ob es sich entzündet hat, wenn ja, bringe ich Ihnen noch heute was von der Apotheke in Chur vorbei«, sagte er gespielt fürsorglich. Die Bäuerin wurde von ihm überrumpelt, als er sogleich ein wenig am Halstuch zog, um einen Blick auf die Verletzung zu werfen.

»Sie haben recht. Bloß ein Insektenstich. In diesem Jahr ist es auch zeitig warm geworden, und die Viecher sind wirklich überall. Also Adieu miteinander und nichts für ungut.«

Sie gingen zurück zum Wagen. Caminada versuchte den

Chevy zu starten. Wieder brauchte er mehrere Versuche, ehe er ansprang und sie den heruntergekommenen Hof verlassen konnten.

»Da hast du dir aber nicht die Butter vom Brot nehmen lassen«, lobte Caminada seinen Freund Marugg und blickte auf die Felder des Waisenhausgutes. »Also du traust dich ja was, das muss man dir lassen.«

»Eindeutig Kratzer von Fingernägeln! So fest kratzt sich übrigens keiner selbst. Die lügt, die Frau«, sagte Marugg. »Aber ich wollte sie im Glauben lassen, uns erfolgreich getäuscht zu haben.«

»Oha«, sagte Caminada. »Es schien ihr ganz und gar nicht gepasst zu haben, dass wir die Verletzung entdeckt haben.«

Marugg nickte. »Weiß der Kuckuck, was es damit auf sich hat. Wir nehmen es mal so zur Kenntnis. Fräulein Rosemarie soll mehr über die Bauern in Erfahrung bringen, sie ist ja wie ein Habicht. Wenn was da ist, wird sie es finden. Und sie soll auch über die Magd Froni und den Knecht Res Nachforschungen anstellen. Ist ja schon eine kschpässigi kleine Gesellschaft auf dem Hof Halbmil.«

Caminada nickte, und so war es beschlossene Sache.

Nun hatten sie den schwersten Gang vor sich.

Als sie in Chur den Webers die gar schreckliche Nachricht überbrachten – sie hatten den Herrn Pfarrer mitgenommen, der sich um das Seelenheil der Eltern kümmern sollte –, fiel die Mutter auf der Stelle in Ohnmacht. Vater Fridolin hingegen wirkte sehr gefasst. Caminada wusste, dass die Reaktionen der Hinterbliebenen ganz unterschiedlich ausfallen konnten und nicht immer etwas zu bedeuten hatten, aber durchaus etwas bedeuten konnten.

Nicht selten wurde bei Gewaltverbrechen der Täter im näheren Familien- oder Freundeskreis gefunden.

Nachdem sich die Mutter in ihrer Kammer hingelegt hatte, beschrieben sie dem Vater die rote Schleife um Carmens Hals. Zeigen konnten sie sie ihm nicht, denn der Film lag noch im Fotoapparat, und Marugg musste erst noch in die Dunkelkammer damit. Sie fragten den Vater, ob die Schleife möglicherweise aus dem Modegeschäft stammen könnte, was Fridolin Weber als sehr wahrscheinlich wertete. Er erklärte: »Carmen liebte Schleifen über alles, ob im Haar oder auch mal um den Hals, sie flocht auch schöne Schmuckstücke aus einfachen Bändern.«

Als Caminada nach der Verabschiedung mit einem langen Atemzug die Tür des kleinen Hauses hinter sich zugezogen hatte, da wusste er, dass in diesem Haus nun die Trauer eingezogen war und dort wohnen bleiben würde, egal ob sie den Mörder zu fassen kriegten oder nicht. Der Pfarrer war noch bei den Webers geblieben, um ihnen beizustehen.

Caminada und Marugg betraten kurze Zeit später, um 14:30 Uhr, das Landjägerkorps. Die Bestürzung über den schrecklichen Mord war allseits groß. Die Nachricht vom Fund der Leiche hatte mit dem Eintreffen der ersten Landjäger, die in Halbmil im Einsatz gestanden hatten, sofort die Runde gemacht. Sogar der kühle Ferdinand Fässler, der Kommandant im Range des Majors, strich sich aufgebracht über seinen Schnauz. Er fand das Verbrechen unerhört, wie er betonte.

Niemand hatte auch nur einen blassen Schimmer, wer das dem schönen und liebenswerten, allseits geschätzten Fräulein Weber angetan haben konnte. Da musste ein furchtbarer Teufel am Werk gewesen sein.

Bereits Mitte Nachmittag konnte Dr. Bargätzi einen Teil seines Berichts darlegen. Er könne nicht ausschließen, dass das Fräulein einem Lustmörder in die Arme gelaufen sei. Er vermute aber, dass der Angreifer mitten in der Tat von seinem Opfer abgelassen haben musste und dass daher eindeutige Spuren fehlten. Aber es gebe dennoch einen wichtigen Beweis: Druck- und auch Kratzspuren an ihrem inneren rechten Oberschenkel, wie er am Tatort bereits festgestellt hatte.

Caminada mochte sich die Not des armen Fräuleins gar nicht vorstellen, aber er wusste, dass er diesen Gedanken zulassen musste, um dem Täter auf die Spur zu kommen. Diese Informationen von Dr. Bargätzi entlasteten die Bäuerin noch nicht. Sie hatte sich zu verdächtig verhalten und trug eindeutige Kratzspuren, die sie auch noch leugnete.

Da nun klar war, dass der Täter Kratzspuren aufwies, mussten sie als Nächstes den jungen Nöldi dahingehend untersuchen. Falls er keine aufwies, würde ihn das entlasten, andernfalls würde es ihn schwer belasten.

Der Major bestellte daher Caminada und Marugg in sein Arbeitszimmer, da war es Punkt 16 Uhr, wie die Glockenschläge der nahen Martinskirche kundtaten.

»Walter und Peter«, fing er an und paffte seine Pfeife an, »wir haben also nur den jungen Nöldi, der sie zuletzt lebend gesehen und sie idiotischerweise einfach auf der Landstraße ausgesetzt hat. Wenn das denn alles auch so stimmt. Ich schlage vor, ihr bestellt oder holt ihn sofort auf den Posten und vernehmt ihn hier und heute nochmals. Peter, du untersuchst ihn auf Kratzspuren, und nimm ihm Fingerabdrücke auf dem Posten ab.« Fässler blies den aromatischen Rauch seiner Pfeife in die Luft. »Und übrigens, der dicke Otto von der *Bündner Zeitung* war auch schon hier. Morgen erscheint ein Artikel, auch mit einem Zeugenaufruf. Wir werden sehen …«

Der junge Nöldi kam wie erwartet nach dem Anruf von Caminada in Begleitung seines Vaters aufs Kommando. Der alte Nold wusste somit bereits Bescheid. Er wusste auch, dass alles Schimpfen und Drohen seinerseits nichts bewirken würde. Caminada war aus seiner Sicht ein Bluthund, der sich nicht so einfach abschütteln ließ.

Dem jungen Nöldi hockte sichtlich die Angst in den Knochen, als er sich kurz nach 17 Uhr bis auf die Unterhosen vor Caminada und Marugg ausziehen musste. Prompt fanden sie Kratzspuren unterhalb des Hemdkragens hinten am Nacken, und sie waren frisch, sodass sie vom Dienstag stammen konnten. Anschließend wurde auch der Rest seines Körpers auf weitere Verletzungen abgesucht und von Marugg von allen Seiten fotografiert.

Caminada blickte Nöldi streng an. »Du weißt ja mittlerweile, dass Carmen Weber tot ist! Sie wurde ermordet, und du warst der Letzte, mit dem sie nachweislich gesprochen hatte. Sag, Nöldi, trug sie eine rote Schleife um den Hals, als sie in deinem Auto saß?«

Nöldi machte ein verwundertes Gesicht. Er musste mit einer ganz anderen Frage gerechnet haben. »Ja! Auch schon beim Tanzen, das haben bestimmt auch andere bemerkt. Aber wieso ist das wichtig?«

»Wir nehmen das so zu Protokoll.« Caminada hielt sich bedeckt und schaute zu Marugg, der durch seine Hornbrille auf die klobige Schreibmaschine blickte und flink in die Tasten haute, ehe er wieder Nöldi fixierte. »Wichtiger ist doch vielmehr, dass wir gesichert wissen, dass Carmen Weber ihren Angreifer gekratzt haben muss. Also, woher stammen diese Kratzer an deinem Nacken? Und verzell

Gopferdeckel keine Lügengeschichten, verstanden?!« Caminadas Stimme hatte sich schlagartig verändert.

»Ich sage kein Wort mehr dazu, außer dass ich sie nicht umgebracht habe.«

»Deine Kratzer kommen nicht von ungefähr an deinen Nacken, oder? Und so wie sie aussehen, scheinen die mir gut und gerne zwei Tage alt zu sein«, sagte Marugg in seiner ruhigen und freundlichen Art.

Nöldi hatte sich sofort wieder angezogen und hockte jetzt vor Caminada, der ihm nochmals ins Gewissen redete, sich gut zu überlegen, was er nun sagen wollte, doch Nöldi schwieg.

»Du willst also schweigen?« Caminada, der eine qualmende Villiger-Krumme in der rechten Hand hielt, stand auf und trat seitlich an Nöldis Stuhl heran. Er baute sich in seiner ganzen Autorität vor ihm auf. »Dann soll es so sein, Bürschtli. Ich denke im Güggi hast du genügend Zeit zum Nachdenken.«

»Ihr wollt mich ins Gefängnis stecken, in den Sennhof?«, sagte Nöldi entgeistert. »Aber ich bin doch unschuldig!«

»Präzis, ins Güggi, und wie ich höre, kann der stumme Herr ja plötzlich doch sprechen? Also, dann verzell doch am besten mal die Wahrheit«, schlug ihm Caminada vor. »Und sonst lass dir wie gesagt im Sennhof so viel Zeit, wie du brauchst. Es soll heute Abend in den Zellen für die Gefangenen gar feine Hörnli mit Gehacktem geben. Sollen wir gleich eine große Portion mehr bestellen?«

Nöldis Körperhaltung knickte ein. »Es ist einfach schiefgelaufen am Dienstagabend. Ich wollte doch niemals, dass das so endet für sie. Ganz ehrlich. Wie hätte ich es auch bloß ahnen können?«, jammerte er los.

»Also, dann mal langsam, der junge Herr. Was genau ist passiert?« Caminada setzte sich wieder ihm gegenüber hin und reichte ihm eine Zigarette, gab ihm Feuer und bat vor der Tür Fräulein Rosemarie um Kaffee für alle.

»Landjäger Caminada, ehrlich, ich wollte Carmen wirklich nach Hause fahren, aber unterwegs noch kurz halten.« Nöldi blies den Rauch mit dem Sprechen aus und nahm einen Schluck Kaffee.

»Hat auch sie das gewollt, ich meine den kurzen Halt?« Caminada lehnte sich ein wenig zurück, nahm so den Druck aus dem Gespräch.

»Nein, aber ich dachte, sie macht dann schon mit, wenn sie ihre Hemmungen erst mal überwunden hat.«

»Du hast wohl Hemmungen wieder mal mit Ablehnung verwechselt. Wurdest du deshalb aufdringlich? Wäre ja nicht das erste Mal!« Der Landjäger nahm nun seinerseits einen Schluck von der brandschwarzen Brühe, die herb schmeckte, so wie er es mochte.

»Ich wurde ja nie verurteilt! Die Frauen haben die Anzeigen doch allesamt zurückgezogen.«

»Das heißt ja noch lange nicht, dass du keine Schuld auf dich geladen hast. Und diesmal zieht niemand etwas zurück, denn Tote sprechen eine andere Sprache und sind auch ganz und gar unbestechlich. Also?«

Nöldi senkte den Blick. »Ich wollte im Wagen ein wenig näher zu ihr rücken und ... griff ihr an die schönen Tüti.«

»Du hast ihr einfach so an die Brüste gegriffen? Ich wart doch gar kein Paar!«, sagte Caminada vorwurfsvoll.

»Dazu braucht man doch heutzutage auch nicht immer ein Paar zu sein«, rechtfertigte sich Nöldi. »Aber sie wirkten so verlockend ...«

»Aber Stärnasiach nomol, sie muss es trotzdem wollen! Also, sag, hat Carmen das gewollt?«, donnerte Caminadas Stimme über den Tisch.

»Ich dachte, es könnte ihr gefallen. Manchmal muss man

es halt riskieren, weil die Fräuleins so tun, als ob sie sich genierten. Doch Carmen hat sich sofort heftig gewehrt, dabei hat sie mich gekratzt. Da habe ich sie sofort losgelassen. Das ist alles. Ich schwöre, ich habe sie kaum berührt, und schon wurde sie zur Furie. Der Rest stimmt genauso, wie ich es erzählt habe.«

Caminada blickte ihn wortlos an. Diese Stille schien Nöldi nicht auszuhalten, er fügte an: »Ich dachte doch, die macht dann schon mit, wenn ich sie so in Hitze bringe.«

»Bist du so ein verreckter Spinner oder tust du nur so?«, wetterte der Landjäger und schlug die flache Hand auf den Tisch, sodass Nöldi zusammenzuckte, ehe er kleinlaut sagte:

»Aber es hat doch auch schon geklappt. Und von denen hat mich niemand angezeigt ...« Er blickte sich Hilfe suchend um und zog nervös an seiner Zigarette, nippte am Kaffee.

Caminada konnte es kaum fassen. Der Kerl hatte nichts, rein gar nichts aus den letzten Fällen gelernt. »Sie hat sich also gewehrt, und dann hast du sie aus dem Wagen geschmissen?«

»Nein, sie war so wütend, dass sie mir davonlief. So war's.« Er hob die Hände. »Ich hätte sie noch immer nach Hause gefahren. Ich musste euch beide doch beim ersten Mal anlügen, wegen dieser Kratzer, ich wollte doch keine Anzeige riskieren. Und nun ist sie auch noch tot. Da denkt ja wohl jeder, dass ich der Mörder bin, eben wegen der Geschichte im Auto. Ehrlich, ich konnte doch nicht wissen, dass ihr danach was so Schlimmes passieren würde.«

Caminada stand auf und verließ wortlos den Verhörraum. Nicht mal zu Marugg sagte er ein Wort. Nur zwei Minuten später kam er mit zwei kräftigen Landjägern wieder in den Raum, die den Befehl hatten, Nöldi ins Güggi zu sperren. Dieser wurde kreideweiß, kaum hatte er es gehört.

Als der Vater Hans Nold, der in der Wachstube hatte warten müssen, mit dem Anwalt drohte, entgegnete ihm Caminada: »Die ganze Stadt weiß doch, dass er keinen Anstand gegenüber Fräuleins hat und dass Sie es waren, der die letzten Male mit dem großen Geldseckel alles hinterher gerichtet hat. Diesmal aber nicht. Wir werden weiter ermitteln, und sollte der Nöldi tatsächlich unschuldig sein, dann werden wir den Täter erwischen und einsperren. Aber«, betonte er, »dass er Fräulein Weber belästigt hat, führte letzten Endes zu ihrem Tod, denn sie wäre niemals freiwillig in der Dunkelheit durch den Wald nach Hause gelaufen. Sie tat es nur, weil sie sich aus dem Wagen Ihres Sohnes hatte retten müssen.«

»Herrgott, Landjäger Caminada, kein Mensch kommt ins Güggi, nur weil er einer ungefragt mal kurz an die Tüti gegriffen hat. Malt doch deswegen nicht gleich den Tüfel an die Wand«, konterte der alte Nold aufgebracht. »Sonst könnt ihr ja gleich alle Beizen noch heute Abend schließen. Da greift doch jeden Abend irgendein Kerl der Serviertochter an die Geranien oder ans Füdla«, regte sich der alte Nold auf. »Das ist doch nichts Abnormales. Die einen Frauen wollen das doch. Sie zieren sich nur ein bisschen, um ihren Ruf zu wahren.«

Major Fässler trat unerwartet von hinten heran. »Der Untersuchungsrichter, Dr. Brunold, hat soeben am Telefon Untersuchungshaft für Ihren Sohn angeordnet.« Dann zeigte er mit dem Finger zur Tür. »Und jetzt raus hier, Hans Nold, sonst helfen wir nach, und das wäre dann ja auch keine Anzeige wert, denn Raufereien gibt es ja jedes Wochenende in jeder Beiz. Also verschwinde aus *meinem* Kommando!« Sein Schnauz zuckte gefährlich.

Als Fässler, Caminada und Marugg anschließend zusammen mit Fräulein Rosemarie im Arbeitszimmer des Majors hockten, stopfte sich Fässler seine Pfeife besonders gründlich. Es schien ihm gutgetan zu haben, wieder mal mit der Faust auf den Tisch zu schlagen, so wie früher, als er noch mit Caminada draußen bei den Leuten die Fälle klärte. Heimlich trauerte er der guten alten Zeit mit Walter noch immer nach. Sie beide waren es gewesen, die zu den wildesten Schlägereien gerufen wurden, denn wenn die beiden zupackten, wusste danach jeder, wo der Bartli den Most holte, denn da wuchs kein Gras mehr auf der Weide.

»Walter, denkst du, wir haben den Täter?«, fragte er nachdenklich mit ruhiger Stimme und Blick auf seine Pfeife.

»Ich weiß es nicht. Gut möglich, dass wir bis jetzt nur die halbe Wahrheit kennen und Nöldi Carmen in seiner bodenlosen Wut doch noch hinterher ist und sie im Affekt umgebracht hat. Die Nolds sind ja gewissen- und charakterlose Leute. Die Zelle wird den Jungen vielleicht zum Nachdenken bewegen, und wir ermitteln derweil unter Hochdruck weiter. Oder, Peter, was ist deine Meinung?«

»Zuzutrauen ist es ihm alleweil, denn er hat ja beim ersten Mal gelogen, behauptet, sie wäre mit dem Zug heim gefahren. Er hat ja erst beim zweiten Mal zugegeben, dass er sie überhaupt im Auto mitgenommen hatte, nachdem wir mit Keller einen Zeugen gefunden hatten. Wenn er tatsächlich der Mörder wäre, hätte er ja behaupten können, er habe sie bis Chur gefahren, dort aussteigen lassen. Stattdessen hat er uns aber sozusagen selbst in die Nähe der Leiche geführt.«

»Hat er ja auch müssen, Peter. Du vergisst nämlich Folgendes«, sagte Caminada, der selbst auch noch nicht alles durchgedacht hatte, sondern den Nöldi in erster Linie mal im Güggi versorgt haben wollte. »Er hat ja vor diesem Martin Keller damit geprahlt, dass er Carmen nach Hause fahren werde, noch bevor sie überhaupt in sein Auto stieg. Zu diesem Zeitpunkt hatte er, wenn er denn der Mörder war, die Tat deshalb bestimmt noch gar nicht geplant. Falls er tatsächlich später zum Mörder wurde, dann ist, warum auch immer, alles aus dem Ruder gelaufen. Nach der Tat musste er sich deshalb was zurechtlegen. Er hatte womöglich gehofft, dass wir Keller gar nie befragen werden und so auch nicht auf seine Spur kämen. Als wir ihn nämlich zum ersten Mal auf dem Platz vor der Baufirma befragten, erkannte er, dass Keller nicht auf unserer Namensliste stand, die wir ihm dummerweise gezeigt haben. Er log daher, behauptete, dass Carmen mit dem Zug heimgefahren sei. Dennoch musste er sich vorsorglich wegen der Kratzer etwas ausdenken. Falls seine Geschichte tatsächlich gelogen und er Carmens Mörder ist, dann musste er uns eine Erklärung abliefern, wie das Ganze passiert ist, warum Carmen nie zu Hause ankam. Auch mit dem Risiko, dass wir ihre Leiche im Wald finden. Aber eben, wir wissen nicht, was wirklich passiert ist. Noch nicht.«

Fässler paffte den Rauch zur Decke. »Und ich frage mich, was das mit der roten Schleife zu bedeuten hat. Wir haben ja vom Vater und der Mutter erfahren, dass Carmen gerne solche Schleifen trug. Vielleicht spielt diese deshalb aber auch gar keine Rolle, denn sie soll sie ja schon den ganzen Abend getragen haben. Befragt doch Carmens Mutter dazu, die hat ihre Tochter euch doch ganz präzis beschrieben, wie ihr sagtet, aber ohne diese Schleife. Wieso?« Er winkte ab. »Aber gut, schlafen wir mal eine Nacht drüber und setzen uns morgen in aller Früh wieder zusammen und schauen weiter. Oder was meinen Sie, Fräulein Rosemarie?«

Die 50-jährige, spindeldürre Rosemarie, die schlauer war als die meisten Landjäger, meinte: »Dr. Bargätzi vermutet, dass Fräulein Weber vergewaltigt worden ist, der Täter aber damit nicht … fertig geworden ist. Wegen der fehlenden Spermaspuren. Sie trägt aber Kratzer und Druckstellen am Oberschenkel, und zwar auf der rechten Seite wohlgemerkt. Und das schließt einiges aus.«

Fässler nickte, aber man sah ihm an, dass er nicht schlau aus den Worten wurde.

»Dass ihr die im Wagen zugefügt wurden, ist sehr unwahrscheinlich. Das macht keinen Sinn«, fuhr Fräulein Rosemarie fort.

»Warum?«, fragte nun Marugg, der keine Blöße darin sah, ihr nicht folgen zu können.

»Nun, als heute Nachmittag der vorläufige Bericht vom Dr. Bargätzi vom Ausläufer gebracht wurde, las ich diesen, bevor ich ihn an euch weiterreichte. Daraufhin habe ich mich, kaum war der Chevy wieder da, auf den Beifahrersitz gesetzt und mir das Geschehen mal vorgestellt.«

Die drei blickten sie allesamt mit großen Augen an. Fräulein Rosemarie, die so trocken wirkte wie alte Militärguatzli im Sommer, hielt doch immer wieder so manche Überraschung bereit. Sie fuhr unbeeindruckt fort:

»Kommen Sie doch mit, meine Herren. Leutnant Marugg hat doch gesagt, dass jeder Tathergang, wann immer möglich, nachgespielt werden soll, um Fehler oder ein Muster darin zu erkennen. Nicht wahr, Leutnant?«

Er nickte geflissentlich, und die drei folgten ihr wie eine kleine Karawane mit noch immer erstaunten Gesichtern.

Sie stellten sich neben dem Wagen auf, und Fräulein Rosemarie setzte sich ohne Scheu und Hemmungen auf den Beifahrersitz.

»Herr Marugg, setzen Sie sich nun bitte auf den Fahrersitz und stellen Sie sich vor, Sie seien dieser schlimme Unhold und ich ein junges, gar schönes Fräulein.«

Marugg rieb sich die Nase, blickte zu Caminada, der heilfroh war, dass nicht er ausgesucht worden war. Caminada nickte seinem besten Freund daher aufmunternd zu, und Peter zögerte noch einen Moment, ehe er sich hinters Steuer setzte.

»So«, Fräulein Rosemarie drehte sich ihm seitlich zu, »und jetzt stellen Sie sich vor, ich wäre das Fräulein Weber und Sie der grausige Herr Nold.« Ihre Knie zeigten geschlossen zu ihm.

Marugg, der sonst immer einen lockeren Umgang mit allen Frauen pflegte, sah aus, als wäre er beim Zahnarzt Zehnder, der bekannt dafür war, ein richtig grober Kerl zu sein.

»Also, Herr Marugg, was würde ein Fräulein mit ihren Beinen wohl tun, wenn jemand sie dort anzufassen versuchte, wo dieser Jemand doch rein gar nichts verloren hatte?«

Marugg dachte nach, blickte dann raus zu Caminada und Fässler, die vor dem Wagen standen und ihm alles andere als eine Hilfe waren.

»Habe ich es mir doch gedacht. Sie sind ja alles anständige Herren. Folgendes täte jede Frau«, sie klemmte ihre Knie fest zusammen und drehte sie geschlossen seitlich weg zur Beifahrertür. »So, und welches Bein müssten Sie, Herr Marugg, jetzt hart angehen, um meine Blockade zu lösen? Keine Angst, Sie müssen es nicht probieren. Ich zeige nur alles vor.«

Marugg nickte sichtlich erleichtert. »Das linke.«

»Ganz genau, mein rechtes Bein würde dabei unangetastet bleiben, sonst gingen die Beine ja nicht auseinander«, schloss sie ihre Demonstration, stieg aus dem Wagen und ging um das Fahrzeug herum zurück zu den dreien. »Die Druckbeule und die Kratzer an der Innenseite ihres rechten Oberschenkels, die müssen außerhalb des Wagens geschehen sein.«

Da hatte sie wahrlich recht. Die drei waren wieder mal von Fräulein Rosemaries stillem Scharfsinn beeindruckt.

Marugg sagte zum Fräulein, zur guten Seele unter all den Männern: »Was täten wir auch ohne Sie, Fräulein Rosemarie? Sie sind wahrlich unsere beste Landjägerin.«

»Kein Wunder, es gibt ja sonst auch keine«, quittierte diese das Lob trocken.

Caminada entlockte das Ganze nun ein Lächeln und mit Blick zu Rosemarie sagte er: »Prächtig gemacht, liebes Fräulein Rosemarie. Das bringt uns weiter, und wir werden morgen den Nöldi damit konfrontieren.«

Auch der Major nickte zufrieden. »Wir sind auf gutem Weg. Jetzt aber alle ab nach Hause. Morgen wird bestimmt ein anstrengender Tag.«

Fräulein Rosemarie marschierte im zackigen Schritt zurück ins Landjägerkorps, Fässler, Caminada und Marugg hinterher, als folgten sie einem General.

7

Vier Tage zuvor, Sonntag, 5. April 1953

Die gestapelten Holzscheite unter dem Vordach des alten Maiensäß waren furztrocken; gutes Buchenholz, steinhart wie Fels. Lätschige Schneereste lagen wie gemalt in der gegen den Abgrund hin zunehmend abschüssig werdenden Weide, als sei ein Maler zu Werke gegangen. Da ein Pinselstrich, dort ein Klecks. Das Gras war vom Winter ermattet grün gemalt, aber in den Wurzeln mit der erwachenden Kraft des Frühlings beseelt, dessen Licht bis in das alte Maiensäß drang, dorthin, wo die zeitlose Pendeluhr alles in seine getaktete Gleichsamkeit tunkte. Der steinerne Brunnen, der zwischen der alten Hütte aus Holz und dem kleinen Stall stand, plätscherte rege. Unmerklich hatte er gestern irgendwann wieder damit angefangen, so wie er Anfang Winter über Nacht aufgehört hatte.

Vom Süden her wehte träge der Föhn, der den Himmel milchig blau färbte und den Tag wärmte. Die hohen Berggipfel ringsum waren noch immer weiß bedeckt und stellenweise von grauen Felsbändern durchzogen. In den Flanken darunter stand der Tannenwald dunkel, die Laubbäume noch kahl, als wären sie tot, oder als hätte der Frühling nur die im Tal nicht vergessen. Doch hier oben brauchte alles seine Zeit.

Es schien der alten Frau, als löse an diesem Nachmittag die hoffnungsfrohe Wärme der Aprilsonne etwas vom Felsgestein, dem Holz, den Böden und auch vom Wasser in Luft auf und mische es mit dem Wind zu diesem besonderen Geruch, der ihrem Herzen seit Jahrzehnten so vertraut war und sie dennoch schmerzte. Letzteres nur dann, wenn sie an früher zurückdachte, als sie noch ein junges Fräulein gewesen war und ihre Träume zukunftsfroh und bunt gewesen waren wie die vielen Ballone, die sie damals als Kind im Zirkus gesehen hatte. Der Duft, der an diesem Nachmittag in der Luft hing, versprach ihr seit all den Jahren dasselbe: Der Winter ist überstanden, die Tage würden wieder heller. Und seit einigen Jahren lag auch die Hoffnung darin, dass der Herrgott ihr vielleicht noch ein weiteres gutes Jahr schenken möge.

Mit den im Schoß gefalteten Händen, die mehr gearbeitet als geruht hatten, saß das alte Käthy auf ihrer Bank, den krummen Rücken an die sonnengewärmte Holzwand des Maiensäßes gelehnt, ihre Augen freundlich auf dieses träge Erwachen gerichtet. Neben ihr auf der Bank stand ihr Schwyzerörgeli, auf dem sie zuvor länger als sonst gespielt hatte. Ihre Finger, auch wenn sie so alt geworden waren, flitzten noch immer flink und sicher über die Knöpfe, sodass die schönen, lüpfigen Ländlerstücke fehlerfrei erklangen. Ihr Vater hatte ihr einst das Spielen beigebracht, auch er hatte mit einer Inbrunst gespielt, als wäre es ein Lebenselixier, was es ja auch war. Noten hatte er dazu nie gebraucht, und sie kannte auch keine. Bis zu seinem Tod hatte sie mit ihm gespielt, am liebsten im Sommer hier oben, dann, wenn die Gäste, die sie in der kleinen Bergbeiz hier bewirtete, sich ebenfalls daran erheitern konnten. Auch daran hatte sie heute beim Spielen gedacht und wie die Zeit doch zwischen den Fingern wie feinster Sand am Rhein zerrann.

Seit einigen Minuten war nun Stille eingekehrt, die frohe Musik war verklungen. Ihre Gedanken waren mit den Melodien weit in ihrem Leben zurückgereist, jetzt waren sie wieder ruhiger. Schwierige Tage lagen hinter ihr.

Leise ließ der Südwind ein braunes Büschel Gras vor ihr erzittern und bog in einer unverhofften Böe für einen Moment den Strahl des Brunnens, streute ihn und ließ ihn wieder ungehindert fallen, wie von Geisterhand berührt und losgelassen.

Die alte Frau blickte derweil auf ihren treuen Esel, der in der Weide unterhalb graste und den Namen Grauer trug. Ein gutes Tier, ein treues Tier, dachte sie und blickte auch auf die Buche hinter ihm, in die der Blitz vor Jahren eingeschlagen hatte. Sie schloss für einen Moment die runzligen Lider, über denen sich graue Augenbrauen struppig bauschten, denn das Spielen und die Wärme der Frühlingssonne hatten sie müde gemacht. Doch zeitgleich versuchte sie mit all den anderen Sinnen die Welt da draußen in sich hineinzulassen.

»Jaja, der Winter ist nun auch hier oben vorbei«, sagte sie so vor sich hin, als gäbe sie damit den Himmelsboten recht. Dennoch war es wahrscheinlich, dass der Schnee nochmals und nun ungebeten auf Besuch käme, noch ein letztes Mal alles eindecken, zurückerobern wollte. Grad so wie die Faust ihres Vaters früher auf den Tisch donnerte, um allen im Hause zu zeigen, wer hier der Herr und Meister war, obwohl sie alle und er selbst doch längst wussten, dass es der Schnaps war, der die Familie zu regieren versuchte.

Was aber den Schnee betraf: Wer so lange wie das Käthy hier oben hauste, der wusste, dass Aprilschnee bloß die vergebliche Müh des abziehenden Winters war. Aber würde er denn wirklich fallen, wäre es gewiss keine Not.

Die 84-jährige Käthy Brunner fühlte an diesem trägen Sonntagnachmittag angenehm die Sonne auf ihrem Gesicht, auf ihrer Schürze und den nun ruhenden Händen. Sie döste in sich ruhend wie eine alte Katze langsam ein. Die Lider waren plötzlich so schwer, die Zeit verlor dankenswerterweise ihre Klarheit.

Bevor sie die Augen wieder aufschlagen konnte, sah sie für den Bruchteil einer Sekunde durch die geschlossenen Lider einen Schatten vorbeihuschen, gleich so, als wäre ein großer schwarzer Rabe vor die Sonne geflogen.

Es war aber kein Rabe, und das so friedlich ruhende Käthy Brunner war auf der Stelle mausetot!

Sie rutschte seitlich träge und etwas steif über die Bank zu Boden und blieb gekrümmt vor dem gestapelten Holz liegen. Der Stapel war im Laufe des Winters beachtlich geschrumpft – gutes Holz und hart wie Stein.

Da lag sie nun, ohne auch nur irgendeinen Ton von sich gegeben zu haben. Der launige Frühlingswind spielte mit einer grauen Haarsträhne, die unter dem zunehmend blutgetränkten Kopftuch rausschaute, der Brunnen plätscherte, die alte Pendeluhr erklang leise aus dem Innern der alten Stube und schlug verspätet 15 Uhr. Das mit Alpenröslein, Enzian und Edelweiß bemalte Schwyzerörgeli stand noch immer an seinem Platz, als würden Käthys Hände es gleich wieder wundersam zum klingenden Leben erwecken.

8

Vier Tage später, Donnerstagabend, 9. April 1953

Walter Caminada hatte nach diesem herausfordernden Tag zu Hause zu Abend gegessen. Es gab Speck mit Bohnen und dazu Patati. Eigentlich liebte er Kartoffeln über alles, doch an diesem Abend lag das grausame Verbrechen, der Fund der Leiche von Fräulein Carmen Weber, und damit der ereignisreiche Tag noch spürbar in der Luft und schlug ihm auf den Magen. Doch er hatte früh schon gelernt, dass man in guten wie in schlechten Zeiten essen musste, wie sonst hätte er als Bub die Kraft gefunden, die Fuhrwerke mit all der schweren Ware zu beladen.

Nachdem er wie immer mit einem Stück Brot den Teller fein säuberlich ausgewischt und den letzten Schluck Rotwein aus seinem Glas getrunken hatte, setzte er sein Töchterlein auf den Esel Leo und machte mit ihnen und mit Menga einen langen Spaziergang durch die Weiden bis zu den ausgedehnten Wiesen des Waisenhausgutes oberhalb von Masans, sodass das mächtige Gebäude des Waisenhauses in Sichtweite kam. Unterhalb davon sah er weit hinab in Richtung Halbmil und zum Tannenwald des Schreckens.

Lena riss ihn aus seinen Gedanken. »Papa, haben all diese Kinder wirklich gar keine Eltern mehr?«, fragte sie, als sie die Kinder und Jugendlichen draußen vor dem Waisenhaus spielen sah. »Es sind so viele Kinder.«

Caminada stand neben dem Esel und strich seiner Tochter übers Haar. »Aber sie haben immerhin ein rechtes Zuhause in der Not bekommen«, erklärte er ihr die Situation und dachte, dass diese Kinder es im Heim viel besser hatten als die armen Verdingkinder, die mancherorts schlimmer gehalten wurden als ein räudiger Hofhund und ein Leben lang nicht mehr vom Hof loskamen.

Lena nickte, und man hörte vom Wind hochgetragenes lautes Kinderlachen.

Sie drehten um und gingen gemächlich mit Blick aufs Churer Rheintal im Frühlingswind zurück. Auf dem Rückweg paffte Caminada seine Villiger-Krumme, und sie sprachen alle miteinander, grad was jedem so in den Sinn kam. Caminada ging dabei direkt neben Menga, deren weibliche Gangart er überaus mochte. Sie bewegte sich einfach wunderschön. Das war ihm damals sofort aufgefallen, als er sie zum ersten Mal gesehen hatte, obwohl er zuvor gerade von einem Patienten in der Irrenanstalt heftig gebissen worden war, noch dazu hinterrücks. Menga, die an jenem Tag Dienst hatte, musste ihn deshalb kurz ärztlich versorgen. Als sie das Krankenzimmer betrat, in dem er auf einem Schragen saß, da war es sofort um ihn geschehen. Als hätte der Frühling ein dunkles Wintertal betreten, erhellte Menga sein damals schweres Leben. Und als sie nach der Behandlung durch die Tür verschwand, blickte er ihr nach, sah, wie schön sie ging und wie ihr schwarzes, gerades Haar über die Schultern ihres schneeweißen Kittels fiel. Sie hatte nach Bergsommer gerochen, und in ihren Augen hatte er das Leuchten des Engadins gesehen, von wo sie ursprünglich stammte, wie er später erfuhr. Diesen Zauber hatte Menga noch immer, und er fühlte jeden Tag, welches Glück er doch mit ihr und seiner kleinen Familie hatte, ein Glück, das es zu bewahren galt.

Als die kleine Familie an diesem Abend erst in der Dämmerung wieder zu Hause ankam, versorgten sie gemeinsam die sieben Geißlein, die Caminada zusammen mit Esel Leo im Stall gleich neben der Wiese des Hauses hielt. Lena musste wie immer, seit sie in der Schule war, die Hühner zählen, überprüfen, ob alle im Stall waren, und dann die Klappe schließen. 17 waren es, und allen hatte sie einen Namen gegeben, obwohl Caminada seiner Tochter davon abgeraten hatte. Vor drei Wochen hatte nämlich das dicke Trudi als knuspriges Brathuhn auf dem Tisch gelegen.

Der Frühlingsabend war noch mild, als Lena bereits friedlich im Bett schlief und Caminada mit einer Tasse Malzkaffee und Menga mit einem Pfefferminztee, gesüßt mit etwas Honig, gemeinsam auf der hölzernen Veranda saßen. Das Zwitschern der Vögel war mit dem Ende der Dämmerung verstummt. Es duftete nach den umgegrabenen Gartenbeeten und den blühenden Obstbäumen, von denen sie vier im Garten stehen hatten. Caminada hatte sein Schwyzerörgeli mit nach draußen genommen und spielte ein fröhliches Stück nach dem anderen. Als Kind hatte er bis in die Jugendjahre gespielt, doch als er aus dem Bergdorf nach Chur gezogen war, geriet es lange in Vergessenheit. Seit einigen Monaten aber spielte er wieder, und das mit großer Freude, das einst Erlernte kehrte zurück. Caminada versuchte beim Spielen in dieser lauschigen Stimmung das Werk des Bösen, das er heute einmal mehr erblickt hatte, in Schach zu halten, seinen Geist frei von zu viel Zorn auf den Täter zu machen, um ungetrübt seinem berühmten Spürsinn nachgehen zu können. Er durfte dem Täter keine Macht über sich geben, indem er sich von der Wut über das Verbrechen blenden ließ. Er musste das Motiv finden, das war das A und O. Deshalb musste er versuchen, und das war scheußlich, die Welt aus den Augen eines Fräuleinmörders zu sehen, und das immer und immer wieder und so lange, bis sie ihn endlich hatten. In diesem Moment des häuslichen Friedens mit dem fröhlichen Spiel auf dem Schwyzerörgeli tauchte deshalb erneut die Frage auf, warum Fräulein Carmen dieses schöne rote Band um den Hals getragen hatte. Ihre Eltern hatten ja ausgesagt, dass sie sich häufig mit solchen Bändern verschönerte, die Mode halt. Da Frau Weber ihrem Mann Fridolin mittlerweile gebeichtet hatte, dass Carmen mit ihrem Einverständnis ins Lupf dis Bei gegangen war, hatte Caminada Frau Weber angerufen, noch bevor er vom Landjägerkorps nach Hause gefahren war. Frau Weber hatte ihm versichert, dass Carmen ohne rote Schleife um den Hals das Haus verlassen habe. Aber sie betonte nochmals, dass viele junge Fräuleins solche trugen, meist im Haar und auch nicht erst seit gestern. Doch Carmen Weber schienen diese Bänder besonders wichtig gewesen zu sein. Und während die Finger des Landjägers über die Knöpfe seines Schwyzerörgelis sausten, tauchte es wieder auf: das Bild der am Boden liegenden Carmen, das knallige Rot ihrer Schuhe im Sonnenstrahl, inmitten des sonst einfarbigen Morgenwalds, das Bein und dann ihr Gesicht mit den halb offenen Augen, die zu den Baumkronen gerichtet waren – das rote Band um ihren Hals, das die Stelle mit den Würgemalen fast gänzlich überdeckte. Armes Fräulein Weber, dachte er, gar armes Fräulein Weber.

Er setzte zu einem neuen Stück an. Diese Melodie trug ihn hoch in die Berge; er sah lichtdurchflutete Alpweiden, auf denen Kühe im Glockengeläut sömmerten, ein Bergbach purzelte heiter durch eine Flanke, und Schönwetterwolken zogen gemächlich durchs Blau, es roch nach den Bergen, Weiden und Tieren.

Mengas Stimme neben ihm holte ihn zurück. »Ja, Walter,

armes Fräulein Weber.« Er hatte gar nicht gemerkt, dass er dies zuvor hörbar vor sich hin gesagt hatte.

Gegen 21:45 Uhr zog es sie beide ins Haus. Caminada war müde, doch als er später gerade ins Bett geschlüpft war, polterte es um 22:10 Uhr an der Haustür des Landjägers.

»Walter!«, tönte es von einer tiefen Männerstimme, ehe nochmals mit der Faust an die Tür gehämmert wurde.

Caminada zog sich rasch seine braune Hose über und eilte zur Tür. Dabei horchte er, ob sein liebes Töchterlein nicht vom Lärm aufgeschreckt worden war.

Er schloss eilig die Haustür auf. »Jo Herrgottsack, willst du gleich den Tüfel persönlich aufwecken?«, sagte Caminada und blickte dem 60-jährigen Förster Franz Simmen ins weißbärtige Gesicht, der im gelben Licht der kleinen Laterne stand, die neben der Tür angebracht war.

»Walter, den muss ich nicht aufwecken, der war schon gehörig am Werk!«, entgegnete Simmen und schob seinen grünen Försterhut zurecht.

Caminada drehte sich um und sah, dass Menga im Morgenmantel soeben in Lenas Kammer verschwand.

»Ja, was ist denn passiert?« Caminada trat nun vor die Haustür und zog diese hinter sich ins Schloss. »Funktioniert unser Affenkasten nicht, dass du um diese Zeit extra hergekommen bist?«

»Der diensthabende Wachtmeister Sepp Brot im Landjägerkorps wollte dich anrufen, aber es kommt immer nur das Besetztzeichen …«

»Ach so. Jaja, unser Affenkasten spinnt manchmal, wenn Lena nach ihrem Telefonitisspielen den Hörer nicht richtig einhängt.« Er deutete hinter sich. »Hätte dich gewiss reingelassen, aber ich will nicht, dass Lena das hören muss, was du mir bestimmt gleich mitteilen musst. Also, verzell es mir hier und jetzt.« Er sagte nicht, dass heute doch schon genug passiert sei, aber er dachte es.

»Ja, das ist auch nichts Gescheites für die Ohren eines so jungen Fräuleins. Da hast du wahrlich recht. Also, Walter«, er gab einen hörbaren Seufzer von sich, »heute Abend bin ich um 21 Uhr zum Schönegg hochgelaufen, also um Punkt 21 Uhr oben angekommen, um genau zu sein.«

»So spät? Wieso das?«

»Ich habe leider erst heute nach dem Abendessen einen Brief vom Käthy in meiner Post gefunden. Sie schrieb, ich solle dringend zu ihr hochkommen. Meine Frau hatte mir den Brief hingelegt, aber ich habe ihn erst heute unter den alten Zeitungen gesehen. Den Brief muss ich am Samstag schon bekommen haben, sagt Elfi, meine Frau.«

»Um was geht's denn?« Caminada war ein wenig ungeduldig.

Simmens Gesichtsausdruck schien bedrückt. »Um was es geht, hat sie nicht geschrieben. Da stand nur, dass ich so schnell wie möglich zu ihr kommen soll. Was sie mir sagen wollte, weiß ich nicht. Und sie wird es mir auch nie mehr sagen können.«

»So, jetzt verzell aber, was passiert ist.«

»Als ich um 21 Uhr Schönegg erreichte, da lag sie mausetot vor ihrer Hütte!« Er nickte betroffen. »Kannst du dir das vorstellen, Walter, das Käthy mausetot?« Er deutete auf seine Stirn. »Jemand hat ihr mit einem Hammer oder was auch immer den Kopf eingeschlagen. Fürchterlich grusig zum Anschauen. Das arme Käthy … und weiß der Geier, wie lang sie schon dort liegt … so wie es dort gestunken hat. Äxgüsi, dass ich so viel und so Schreckliches erzählen muss, ich weiß ja, wie gerne du das Käthy hattest.«

Es war für Caminada in der Tat eine weitere furchtbare Nachricht an diesem Tag. Seit einigen Monaten spielte er jeden zweiten Samstag mit Käthy Schwyzerörgeli. Sie war eine wahre Meisterin darin. Caminada hatte erst vor einigen Monaten beim jungen Kollegen für fünf Franken im Monat ein Örgeli gemietet, und seither fand er große Freude daran, sich vom Käthy unterrichten zu lassen. Deshalb ging er nun jeden zweiten Samstag hoch zum Schönegg, um von ihr zu lernen. Das waren schöne Tage, denn er nahm manchmal Lena mit, die sich immer auf den berühmten Gugelhopf vom Käthy freute und um die Hütte tollte. Übermorgen wären sie wieder in aller Frühe verabredet gewesen. Und nun diese Meldung!

Caminada, der barfuß war und nur mit einer braunen Hose und einem weißen Unterleibchen bekleidet draußen stand, kratzte sich am Kopf. »Jo Herrgottsack nomol, Franz! Erschlagen sagst du? Das alte Käthy? Ja Gopfriedstutz, wer tut denn auch so was?«

Der Förster nickte. »Tut mir wirklich sehr leid, Walter, dass ich dir dies sagen muss. Und ich frage mich ebenfalls, wer so was Grausiges tut. Schon als ich eben sofort hinunter ins Tal stieg, um euch zu alarmieren, ging mir diese Frage nicht aus dem Kopf.« Er verwarf die Hände. »Ich meldete es daher unverzüglich im Kommando dem diensthabenden Wachtmeister Brot. Der wollte dich wie gesagt sofort per Telefonapparat alarmieren, aber eben … und der Marugg habe ja noch immer keinen, sagte er mir.«

»Jaja, der Leutnant Marugg wartet ja schon so lange auf seinen Telefonapparat, dass unsereiner bald stigelisinnig werden könnte.«

»Deshalb bot ich dem Sepp an, persönlich bei dir zu klopfen, denn er schiebt alleine Dienst in der Wachstube. Er hat mir übrigens das von dem Fräulein Weber verzellt. Dass ihr alle im Einsatz wart und sie tot gefunden habt. Was ist denn heute bloß los?«

»Wie du sagtest, der Tüfel isch los!«, knurrte Caminada und legte dem Förster seine Hand auf die Schulter. »Danke dir, Franz, fürs Herkommen. Aber sag, bist du dir ganz sicher, dass das Käthy tot ist, sogar getötet wurde und nicht einfach nur dumm gefallen ist? Vielleicht war sie nur bewusstlos nach einem Unfall?«

»Walter, ich weiß, es ist schwer zu glauben, aber sie ist wirklich mausetot. Ich habe meine alte Militärtaschenlampe auf sie gerichtet, und da erkannte ich es sofort.« Er rieb sich kurz das Gesicht. »Glaub mir, das sieht man nicht nur, das riecht man auch auf der Stelle.«

»Verstehe. Aber könnte sie denn nicht am Ende bloß saudumm zu Boden gefallen sein? Ein Missgeschick aus Altersschwäche, auch wenn sie noch prächtig zu Fuß war?«

»Mit dem riesigen Loch im Grind?!« Simmen zog die Augenbrauen hoch und schüttelte den Kopf. »Nein. Es sei denn, sie ist auf dem Dach der Hütte herumgelaufen und dabei runtergefallen. Aber in dem Alter tut doch niemand so was. Oder? Ich bin zwar kein Landjäger, aber ich bin mir sicher, dass das Käthy böswillig erschlagen wurde.«

»Ja, das mit dem Loch im Grind hättest du ja gleich sagen können ...«

»Habe ich doch, Walter. Ich habe dir gesagt, dass sie erschlagen worden ist. Aber die Nachricht hat dich im ersten Moment wohl gar mitgenommen. Ich weiß ja, du warst sogar den Winter über immer wieder oben, um mit ihr zu musizieren. Hast den Weg durch den Schnee auf dich genommen und ihr, so hat sie es mir erzählt, öfters mal Lebensmittel hochgetragen, wie ich es ja auch dann und wann getan habe.«

»Du hast recht. Ich habe wohl nicht gut zugehört.« Caminada winkte ab. »Es war seit gestern viel los, eben wegen des Fräulein Weber. Aber einawäg danke fürs Vorbeikommen, und jetzt warte hier einen Moment«, sagte Caminada, verschwand im Haus und kam sogleich wieder. Er drückte dem Förster Simmen eine Villiger-Krumme in die Hand. »Einen Kaffee gibt's halt ein anderes Mal, aber hier wenigstens was zum Rauchen für den Heimweg. Aber noch eine Frage hätte ich: Hast du wirklich überhaupt keine Ahnung, was sie von dir so Dringliches wollte? Hat sie dir schon mal so einen Brief geschickt?«

Simmen steckte den gekrümmten dünnen Zigarillo in den Mund. Caminada gab ihm Feuer, sodass ihre beiden Gesichter kurz im Widerschein unruhig aufflackerten.

»Nein, Walter, sie hat mir überhaupt noch nie geschrieben, aber es hat sich sehr dringlich angehört, und so eine ist sie doch gar nicht. Deshalb bin ich ja heute so spät noch zum Schönegg hoch. Ich kann dir den Brief morgen ins Landjägerkorps bringen.« Er paffte einen kräftigen Zug, die Glut glomm auf.

Caminada nickte. »Tu das bitte. Gib ihn Fräulein Rosemarie. Und noch was: Du hast ja regelmäßig Botengänge für das alte Käthy gemacht, wann hast du sie denn zuletzt gesehen?«

»Das kann ich dir ganz genau sagen. Am Donnerstagnachmittag, also genau vor einer Woche. Da habe ich in Chur ihr Postfach geleert und ein paar Kommissionen gemacht, die sie mir die Woche zuvor aufgetragen hatte. Gemüse wollte sie und vom Speck ihres letzten Schweines, das bei der Metzgerei Ryffel für sie parat liegt.«

»Und war da was anders? Wie war sie so?«

»Alles wunderbar. Sie hat sich gefreut, dass der Frühling kommt. Ich habe sogar schon von weit unten ihr Schwyzerörgeli gehört. Halt so, wie man sie kennt. Wieso sie wohl nur einen Tag danach nach Chur hinunterging, um den Brief abzuschicken …« Er schüttelte den Kopf. »Das ist mir schleierhaft, denn ich hatte nichts vergessen, und sie hatte mir bereits einen Zettel mit den neuen Kommissionen für die Woche darauf geschrieben. Morgen hätte ich alles zu ihr hochbringen sollen.«

»Nochmals danke fürs Vorbeikommen, und ich hoffe, du hast nun trotzdem eine halbwegs ruhige Nacht. Ich werde jetzt gleich mit Marugg zusammen hochgehen. Bring du morgen den Brief aufs Landjägerkommando, und dann reden wir noch mal miteinander, ja?«

Zurück im Haus zog sich der Landjäger sofort an. Menga kam auf ihn zu. »Lena hat gottlob einen gesegneten Schlaf, wie du. Was ist denn passiert?«

»Muss sofort den Marugg holen und hoch zum Schönegg.«

Menga kannte den wunderschönen Flecken selbst sehr gut, der sich auf 1100 Meter oberhalb von Chur befand, denn sie war ebenfalls schon einige Male mit Walter und Lena oben gewesen. »Dort wohnt ja niemand außer dem alten Käthy«, sagte sie und hielt sich dann plötzlich für einen Moment die Hand vor den Mund. »Ja, es ist ihr doch hoffentlich nichts passiert?«

Caminada senkte den Blick. »Ein Mordfall, wie es aussieht.«

»Ein Mord am Käthy? Ist das denn zu glauben …« Menga schien es genau gleich zu gehen wie Caminada zuvor. »Ja, Walti, wer tut denn auch so was?« Sie war fassungslos.

Caminadas Gesichtszüge zeigten Entschlossenheit, während er sein braunes Hemd zuknöpfte. »Das werden wir jetzt rausfinden müssen. Vielleicht ein Raubmord, auch wenn bei ihr gewiss nicht das große Geld zu holen war.« Menga übernahm die obersten beiden Knöpfe und strich ihm danach liebevoll über die Brust, als müsse sie das Hemd glätten, ehe er den Revolver umband und seinen Tschopa anzog, den aus dickerem braunen Stoff, denn die Nächte waren Anfang April sogar im Tal noch kühl. Am Küchentisch griff Caminada nach dem Päcklein Zigaretten, er rauchte nur schwarze Lasso, und steckte es in die Brusttasche, dann zwei Villiger-Krumme in die linke Innentasche seines Tschopas. Jetzt fehlten nur noch die Schuhe und der Hut.

»Also dann«, sagte er und nahm seine geliebte Menga kurz in die Arme. Die wunderschöne Engadinerin, deren langes schwarzes Haar von wenigen grauen Strähnen durchzogen war, blickte ihn aus dunklen Augen liebevoll an. Sie, die studierte Ärztin, die ihrer Zeit weit voraus an drei Tagen der Woche einige Stunden im Kreuzspital und in der Nervenheilanstalt arbeitete, immer dann, wenn Lena in der Schule war, war zusammen mit dem Töchterlein Caminadas großes Glück auf dieser Welt.

»Pass auf dich auf, mein Liebster«, sagte sie, küsste ihn und streichelte dabei über seine Wange. Sie mochte es, dass er immer so gut rasiert war und als einziger Landjäger weit und breit keinen Schnurrbart trug.

»Werde ich doch gewiss, meine Liebe. Ich hoffe, ich bin vor dem Morgen bereits wieder hier.« Er trat in den schmalen Flur und zog die Schuhe an, ehe er seinen Hut von der Ablage angelte. »Aber a kschpässigi Sach ist das Ganze alleweil und himmeltruurig in einem«, sinnierte er. »Wer bringt die so beliebte Schöneggwirtin um? Die gute Seele auf dem Berg, die doch jeder kennt, und die gewiss keinem je auf den Fuß getreten ist. Jeder, der in Chur aufgewachsen ist oder hier wohnt, hat bestimmt schon mal einen Ausflug hoch zu ihr gemacht. Und wie viele verbinden schöne Kindheitserinnerungen mit dem Schönegg, haben dort ihr erstes Güterliwasser getrunken? Wie unsere Lena übrigens ja auch. Also ich weiß nicht …«

Menga gab ihm recht. Sie und Walter waren bereits mehrmals mit Lena am Wochenende hochgelaufen. Bei schönster Aussicht hatten sie den berühmten Gugelhopf gegessen und Kaffee getrunken, und Lena ein unverschämt süßes Güterliwasser, und das schon lange bevor Caminada vom Käthy wieder zum Schwyzerörgelispielen ermuntert wurde.

Menga begleitete Walter zur Tür. Auf der Schwelle blieben die beiden für einen Moment stehen. Sie band sich den Morgenmantel enger, der kühlen Nachtluft wegen. »Mit was fährst du?«

»Mit dem Velopfüpfli erst hinaus zu Marugg, um ihn zu alarmieren. Er wird mit dem Velo mit mir zusammen aufs Landjägerkorps fahren. Dort nehmen wir den Chevy. Mit dem fahren wir hinaus bis zur alten Schafsweide, und von dort gehen wir zu Fuß zum Schönegg hoch.« Er nahm einen langen Atemzug, bevor er anfügte: »Ist ja nicht so weit. Also, bis später, meine Liebe, und schlaf gut.« Er umarmte und küsste sie und sagte nicht, dass sie ja die Leiche irgendwie zur Obduktion ins Kreuzspital bringen mussten, denn der feiste Dr. Bargätzi würde es niemals zu Fuß zum Tatort hoch schaffen. Er würde die Tote dann in seiner Leichenhalle genau in Augenschein nehmen. Aber jetzt mussten sie erst mal los, um die Lage vor Ort beurteilen zu können.

Caminada kontrollierte nochmals, ob er alles dabeihatte, vor allem die Taschenlampe, und ob diese funktionierte. Erst danach schob er das Velotöffli, welches er kurz vor dem Zweiten Weltkrieg gekauft hatte, hinaus auf die Loëstrasse. Erst dort trat er es an, damit der Lärm des kleinen Motors seine Tochter nicht weckte, denn auf dieses Geräusch reagierte sie, da sie es mit seinem Heimkommen verband.

An diesem späten Donnerstagabend waren kaum mehr Leute auf den Straßen unterwegs. Nur ein einziges Automobil kreuzte Caminadas Weg während der kurzen Fahrt nach Ober-Masans. Die wenigen Häuser, die dort meist von einem landwirtschaftlichen Grundstück umfasst waren, gehörten zu Chur, wenngleich sie wie Weiler weit außerhalb des eigentlichen Städtchens zu liegen schienen.

Fünf Minuten später stand der Landjäger vor Maruggs Hof. In den letzten paar Monaten hatte sich so einiges bei dem jungen Leutnant verändert, mal abgesehen davon, dass er noch immer und seit ewig und einem Tag auf die Telefonleitung wartete. Der 35-Jährige würde in wenigen Wochen heiraten, obwohl er seine große Liebe erst seit einigen Monaten kannte. Doch was alles bei dem jungen Leutnant in dieser Zeit geschehen ist, das war schier unglaublich und ging auf keine noch so große Kuhhaut.

Caminada stellte sein Pfüpfli vor dem kleinen Hof ab. Obwohl es unschicklich war, wohnte Marugg hier bereits mit seiner Verlobten unter einem Dach. Immerhin auch mit der zukünftigen Schwiegermutter. Somit waren die Wogen nicht sonderlich hochgegangen und nach Bekanntwerden der Verlobung auch rasch wieder verebbt. Platz genug hätte es ja auf dem nun renovierten Hof alleweil auch für zehn.

Caminada schritt auf die Haustür zu. Der Hof, der von einem großen Garten, mehreren blühenden Obstbäumen und einem großen Nussbaum umsäumt war, lag friedlich da, als ginge ihn all das Böse auf dieser Welt nichts an, als würde die Natur sagen: Macht doch was ihr wollt, Blumen blühen auch im Krieg und auch noch am Tag des Weltuntergangs.

Marugg war eine Nachteule, und so erstaunte es den Landjäger nicht, dass in einem der Fenster noch gelbwarmes Licht brannte, in der Stube, wie er wusste. Da Caminada aber nicht wusste, ob eine oder beide Frauen bereits schliefen, warf er zwei Kieselsteine gegen das Fenster, bis sich einer der Fensterflügel über ihm öffnete und sich die dunkle Silhouette von Marugg abzeichnete.

»Walter?« Marugg reckte sich über den Sims.

»Guata Obig, Peter. Wir müssen schon wieder in den Einsatz«, rief Caminada mit gedämpfter Stimme hoch.

»Es schläft noch niemand«, entgegnete Marugg mit lauter Stimme und machte den Fensterflügel zu, sodass es in der Stille der Nacht laut tschäberte.

Es dauerte auch nur einen kurzen Moment, ehe Caminada den Schlüssel in der Haustür drehen hörte. Anna Süss, Peters 28-jährige Verlobte machte die Tür auf.

»Guata Obig wohl, Walter«, begrüßte sie ihn herzlich.

Caminada nickte und erwiderte herzlich: »Äxgüsi, dass ich stören muss, liebe Anna. Der Dienst am Vaterland ruft deinen Verlobten schon wieder. Wir müssen in den Einsatz, und das geschwindhaft.«

»Ojemine, in dem Fall ist schon wieder was geschehen?« Sie behielt noch immer ihren Blick starr auf Caminada gerichtet, der aber wusste, dass diese schönen schiefergrünblauen Augen rein gar nichts sahen, seit Kindheitstagen blind waren, auch wenn es kaum zu glauben war.

Anna Süss trat einen Schritt zur Seite. »Möchtest du nicht lieber im Flur warten, lieber Walter? Die Luft ist ja noch kühl am Abend, auch wenn sie so gut nach Frühling riecht.«

Caminada trat ein, und Lea Blühdorn, Annas Mutter, kam im selben Moment im Gang auf sie zu. Lea hatte damals vor dem Krieg in Berlin den deutschen Arzt Ulrich Blühdorn geheiratet und war mit ihren Zwillingstöchtern, Anna und Mara, in die damalige Reichshauptstadt umgezogen. Es waren erst glückliche, dann aber vom Schicksal schwer belastete Jahre für die Bergünerin gewesen, wie Caminada längst wusste. Die Wirren des Zweiten Weltkriegs hatten Lea nach viel Leid und Schrecken als Witwe zurückgelassen, und am Ende war ihr leider nur noch eine ihrer Töchter, die Anna, geblieben. Warum diese blind war, hatte bis heute noch kein Arzt erklären können, denn die Augen seien in Ordnung.

»Hoffen wir das Beste«, sagte die mittlerweile 47 Jahre alte Lea, die mit 19 bereits Mutter geworden war und wie ihre Tochter Anna eine besondere Ausstrahlung hatte.

»Ja, das wollen wir doch immer hoffen, wenngleich die Nachricht alles andere als gut klang«, antwortete Caminada und zündete sich eine Villiger-Krumme an, deren aromatischer Duft sich mit dem der kühlen Abendluft mischte, die nach dem Schließen der Haustür noch im Flur lag.

»Der Peter kommt grad«, sagte Anna und hielt ihre schiefergrünblauen Augen weiter auf Caminada gerichtet.

»Ist schon recht, liebe Anna«, entgegnete dieser und dachte, dass Marugg bestimmt wieder elend lang haben würde. Doch er irrte sich diesmal zu seiner Überraschung gewaltig; nach wenigen Zügen von der Villiger-Krummen eilte der junge Leutnant doch tatsächlich bereits die Treppe herunter, und das abmarschbereit!

»Jo potztuusig und stärnafüfi nomol, Peter, brennt's im Haus? So schnell habe ich dich ja noch nie an der Haustür gesehen. Und wie immer geschniegelt und gestriegelt ist der feine Herr. Aber gell, wir müssen zum Schönegg hochlaufen und gehen nicht zum Tanz.« Caminada deutete auf sein eigenes gutes Schuhwerk und seinen warmen Tschopa. »Und die ganze Sache kann je nachdem eine ganze Weile dauern.«

»Ja, Mutter«, sagte Peter trocken und fragte im selben Atemzug: »Ach, zum Schönegg hoch?« Er verzog das Gesicht, und Caminada wusste, warum. Sein Freund mochte es ganz und gar nicht, wenn sie immer mal wieder einen Berg hochtschalpen mussten, wie er dies abschätzig betitelte. Die Berge waren für Marugg höchstens schön zum Anschauen, aber gefälligst von unten. »Ja, Peter, deshalb keine Hochzeitsschuhe, am besten was Rechtes an die Schaichen, auch wenn der Weg hoch gut beieinander und das Wetter mild ist und der Marsch ja kaum ein halbes Stündli dauern wird.« Dann senkte Caminada seine Stimme und erklärte: »Die Schöneggwirtin soll umgebracht worden sein, darum geht's.«

Peter wusste, dass Caminada bei ihr im Schönegg Musikunterricht nahm und mit der alten Frau auch schon länger freundschaftlich verbunden war. »Wieder ein Mord? Ja, was ist denn heute los?« Er legte Caminada eine Hand auf die Schulter. »Das tut mir für dich natürlich sehr leid, mein lieber Freund. Du hast immer so gut von ihr gesprochen. Aber gehen wir doch erst mal schauen, was wirklich passiert ist.«

Caminada nahm einen hörbaren Atemzug. »Danke, Peter. Wir müssen uns tatsächlich erst vergewissern, ob das Käthy nicht doch nur saublöd auf den Grind gefallen ist. Außerdem soll sie, laut dem Förster Franz Simmen, der sie gefunden hat, gar nicht heute ums Leben gekommen sein, sondern möglicherweise schon vor Tagen. Wie lange es her ist, müssen wir ermitteln oder durch den Dr. Bargätzi herausfinden lassen. Aber Genaueres verzell ich dir auf dem Weg hoch zum Schönegg.«

Caminada sagte nicht, dass er sich noch immer wunderte, dass Marugg sich vor jedem Einsatz mit seinem Duftwässerli einsprühte und seinen Oberlippenbart wie immer perfekt getrimmt hatte. Mit seiner modischen schwarzen Hornbrille sah Peter außerdem viel mehr nach einem Anwalt oder so einem studierten Bankheini aus als nach einem Leutnant der Landjägerei.

Marugg herzte Anna ausgiebig vor dem Abschied, die mit ihren Fingern kurz liebevoll über seine Gesichtszüge fuhr, während der Landjäger mit Lea bereits ins Freie trat.

»Wie geht's denn euch dreien?«, fragte er sie. »Bald ist ja Hochzeit.«

»Wir haben uns gut miteinander eingelebt. Mittlerweile findet sich Anna auch allein im Haus zurecht. Alles braucht halt seine Zeit, wir sind auch noch immer sehr traurig, dass Mara nicht mehr da ist … das ist sehr schwer zu begreifen.«

»Das tut mir leid. Immer noch«, sagte Caminada, der das Verbrechen an Mara gemeinsam mit Marugg nach vielen Wirren endlich aufgeklärt hatte. Unfassbar blieb es dennoch.

Marugg trat nach draußen und holte sein Herrenvelo, das an die Wand angelehnt neben der Tür gestanden hatte. »Ich bin bereit«, sagte er.

Caminada löschte die Glut seiner Villiger-Krummen, behielt diese aber mit dem gelben harten Kiel im Mund eingeklemmt, bevor er sein Velotöffli antrat. Der kleine Hilfsmotor knatterte.

Ab ging die Fahrt zurück ins Städtchen, an Caminadas Häuschen vorbei. Menga schien noch immer auf zu sein, es brannte Licht.

Im Landjägerkorps angekommen stellten sie ihre Vehikel im alten Karlihof ab und holten bei Sepp Brot den Schlüssel für den alten Chevy, den sie aber erst noch mittels Kanister mit Benzin befüllen mussten. Immerhin sprang er diesmal auf Anhieb an, sodass Caminada zu Marugg sagte: »Der ist wie du, kommt nachts erst so richtig in Fahrt und ist ein grausiger Morgenmuffel.«

Mit dem klobigen Chevy fuhren sie in wenigen Minuten aus dem Städtli, durch Felder und Äcker bis zum südwestlichen Ende. Dort parkte Caminada am Rand des Feldwegs und marschierte mit Marugg durch die großflächige Schafsweide, um auf den Weg zu kommen, der sich zum Schönegg hochschlängelte.

Dieser Weg führte sie in der mondlosen Nacht abwechselnd durch Weiden und Waldstücke die Flanke des Pizokels hoch. Während sie hochstiegen, berichtete Caminada Marugg genau, was der Förster ihm erzählt hatte. Caminada trug dabei Peters Rucksack, damit sie schneller vorankamen und er das Gejammer nicht hören musste.

Der Berg ruhte bis auf den Schrei eines Käuzchens und das Geräusch eines Rehs, das sich in der Nähe durch das Dickicht schlug. Ihre Augen hatten sich längst an die Dunkelheit gewöhnt, und so war die Nacht zwar noch immer voller Schatten, doch der Weg lag gut erkennbar vor ihnen.

Nach gut einer halben Stunde zeichnete sich über ihnen die Hütte und der Stall vom Schönegg vor dem helleren Himmel ab, in dem die Sterne funkelten. Es war wie im Radio vorausgesagt eine klare und kühle Nacht. Wenige Minuten später erreichten sie die Weide. Erst jetzt schalteten sie die Taschenlampen ein und näherten sich, von den beiden Lichtkegeln geführt, der einfachen, aber standhaften Hütte.

Wie vom Förster Simmen berichtet, fanden sie das Käthy

neben der Bank auf dem Boden liegend vor. Und tatsächlich: Der Geruch, der sie umgab, war stechend süß und faulig in einem. Er hatte sie schon von Weitem erahnen lassen, was sie hier erwartete. Es war ein wirklich trauriger Anblick, der sich den beiden Landjägern bot. Caminada war tief erschüttert. Und wie zum Hohn stand Käthys schönes Schwyzerörgeli auf der Bank, als wartete es nur darauf, dass sie das nächste Lied anstimmte. Im Licht der Lampen kamen die aufgemalten Blumenmotive, die roten Alpenröslein, der tiefdunkelblaue Enzian und das helle Edelweiß, lebendig zur Geltung, samt dem aufgemalten Schriftzug: *Gruß ins Tal*.

Das Bild, das sich Caminada insgesamt bot, musste er erst mal mit einigen tiefen Atemzügen zu erfassen versuchen. Übermorgen hätten sie beide hier auf der Bank gesessen und gemeinsam wunderbare Musik gespielt, und das umgeben von diesem schönen Flecken Erde, und Lena hätte bestimmt wie immer ein großes Stück Gugelhopf gekriegt.

Marugg spürte, was in seinem guten Freund vorging. Er sagte: »Walter, ich werde mir die Leiche kurz anschauen. Breite du doch hier drüben den Leichensack aus.«

Marugg, der im Gegensatz zu Caminada alle Leichen ohne Probleme begutachten und untersuchen konnte, bückte sich kurz zum Käthy hinunter und leuchtete ihr Gesicht mit der Taschenlampe hell aus, ehe er sich sogleich mit den Worten erhob: »Ich würde glatt behaupten, dass sie mit einem harten Gegenstand erschlagen wurde. Ich werde daher als Erstes Fotografien vom Ort des Geschehens anfertigen, und dann können wir alles genauer in Augenschein nehmen. Was meinst du dazu, Walter?«

Der nickte in Gedanken versunken, nahm aus dem großen Rucksack den zusammengefalteten Leichensack und paffte eifrig an seiner Villiger-Krummen, als müsste er den Ort beweihräuchern. »Und was denkst du, wie lange sie schon hier liegt?«, fragte er nun, mit dem Rücken Marugg zugewandt.

»Oha, das ist schwer zu sagen. Ich bin ja nicht der Dr. Bargätzi. Schätze zwei, drei Tage bestimmt. Vielleicht auch länger. Ein Wunder, dass noch kein Wildtier an die Leiche gegangen ist, zum Glück. Vielleicht weil das Käthy direkt am Eingang der Schönegghütte liegt, die wir unbedingt auch noch in Augenschein nehmen sollten.«

Caminada hatte mittlerweile den Leichensack ausgelegt und sich wieder Marugg zugewandt. Im Licht ihrer beiden Taschenlampen war auch dem Landjäger sofort klar geworden, warum der Förster Simmen sich so sicher war, dass das Käthy einem Verbrechen zum Opfer gefallen sein musste, und das nicht erst heute. Außerdem fand Marugg rasch Blutspritzer an der Holzwand hinter der Sitzbank, die eindeutig von einem heftigen Schlag herrührten und nicht von einem Fall auf den Boden.

Marugg fertigte konzentriert Fotografien an, es blitzte einige Male hell, ehe er mit Caminada die Schönegghütte betrat.

Hier oben gab es keinen Strom, die Wirtin hatte das Bier und das Güterliwasser im Sommer stets in dem großen Brunnen zwischen Stall und Hütte kühl gehalten und die wenigen Lebensmittel, die sie für die einfachen Gerichte brauchte, welche sie den Gästen anbot, im Erdkeller hinter dem Haus. Ihre Rösti mit Bündner Bergkäse und Spiegeleiern war berühmt gewesen, genauso wie die feinen Älplerkäsemakkaroni oder die kalten Fleisch- und Käseplättli.

Die Pendeluhr tickte leise, während die beiden im Schein durch die Räume der Hütte schritten. Alles war sehr spartanisch eingerichtet und zweckmäßig angeordnet. Drinnen gab es im Schöneggstübli auch einen großen Tisch, an dem gut und gerne zehn Personen hocken konnten, falls die Leute bei Regen zum Essen einen Unterschlupf brauchten. Gleich daneben stand der große gusseiserne Herd, der schon so viele Jahre hindurch vom Käthy eingefeuert worden war, ja sogar schon, als sie noch ein kleines Mädchen war. Caminada konnte sich gut an das wärmende Feuer, an das Knistern und Knacken der Scheite erinnern, als er hier im Herbst und vor allem im Winter öfters gesessen hatte. Heimelig war es gewesen, wenn die Fensterscheiben mit Eisblumen beschlagen waren und sie in der Wärme gemeinsam musiziert hatten. Lena hatte dann entweder im Schnee gespielt oder mit Farbstiften gemalt.

Er schob seine Gedanken zur Seite. »Hier drin scheint niemand gewesen zu sein. Raubmord kann fast sicher ausgeschlossen werden.«

Sie verließen die Hütte. Marugg, der auch im Innern Fotografien angefertigt hatte, steckte seinen Fotoapparat nun in seinen Rucksack, den Walter hochgetragen hatte.

Als sie wieder vor der Bank und somit dem toten Käthy standen, sagte Caminada: »Peter, ich denke, dass sie, als es passierte, wahrscheinlich hier in der Sonne saß, auf der Bank, wo sie oft zu finden war und immer so wunderbar spielte.« Er deutete auf das Schwyzerörgeli. »Sie hatte gespielt, denn so hat sie es immer danach abgestellt.«

Marugg gab ihm recht. »Und auf den ersten Blick habe ich keine Abwehrverletzungen gesehen, demnach hat sie den Schlag weder erwartet noch kommen sehen. Wie das?«

»Möglicherweise hat sie den Täter gekannt, der für sie plötzlich und ganz unerwartet zuschlug. Außerdem war sie eine alte Frau, da ist man sicher nicht mehr so schnell«, argumentierte Caminada. »Oder sie döste nach dem Spielen in der warmen Sonne, hatte die Augen geschlossen. Das habe ich schon selbst nach dem Aufspielen mit ihr beobachten können. Immer dann, wenn wir danach mit einem Kaffee draußen auf der Bank hockten. Sogar im Winter, wenn die Sonne die Bank wärmte.« Dann wurde seine Stimme wieder entschlossener. »Also, Peter, ich hole jetzt ihren alten Esel aus dem Stall. Auf den packen wir die Leiche und bringen sie so hinunter bis zum Chevy. Danach fahren wir das arme Käthy auf direktem Weg ins Kreuzspital, damit der Bargätzi sich rasch an die Obduktion machen kann. Vielleicht ist er ja sogar noch bei der Arbeit, wegen Fräulein Carmen. Der schafft ja manchmal wie du bis in alle Nacht hinein. Einverstanden?«

Bevor sie gingen, trug Caminada das wertvolle Schwyzerörgeli in die Hütte und schloss die Tür ab, steckte den Schlüssel in den Hosensack.

Zum Glück hatte sich die Leichenstarre längst gelöst, das machte es einfacher, die alte Frau im Leichensack über den Rücken ihres alten Esels zu legen, der danach schön brav von Caminada geführt bis zum Chevy hinuntertrottete. Der Gestank, den sie dabei hinter sich herzogen, war grauenhaft. Aus dem besinnlichen Schönegg war ein Ort des Grauens geworden. Wiederholt ging Caminada die Frage durch den Kopf, aus welchem Grund Käthy so hatte sterben müssen, und wer so etwas hätte tun können. Und da waren noch die Fragen rund um diesen ominösen Brief. Förster Simmen, der oft im Wald hier oben anzutreffen war, war Käthy in den letzten Jahren viele Male behilflich gewesen, da sie nicht mehr so oft hinunter ins Städtli gehen mochte. Dass sie sich mit ihrem Brief an ihn wandte, leuchtete zwar ein, aber warum schrieb sie ihm nicht, was los war?

Unten im Tal angekommen verluden sie das Opfer in die Ladeluke des Automobils. Sie ließen bis zur Abfahrt sämtliche Türen offen, auch die Heckklappe. Caminada musste erst noch den Esel unterbringen, und er wusste auch schon, wo.

Bereits beim Hinuntergehen hatte er sich seine Gedanken darüber gemacht und führte das Tier nun in die nahe Armenanstalt Plankis, die in südlicher Richtung direkt an der Landstraße lag, die Richtung Felsberg führte. Der große Gutshof versorgte die Hilfsbedürftigen mit dem meisten, was sie brauchten. Jeder musste, wo immer er auch konnte, mit anpacken, um hier etwas zu essen zu bekommen.

Caminada brachte das Tier in einen Pferch, wo es auch Wasser gab und tränkte es sogleich. Der alte Hofhund trotte gleichgültig wieder in die Hütte, nachdem er Caminada beschnüffelt hatte. In keinem der alten Gebäude war Licht zu sehen. Gleich in der Früh würde Fräulein Rosemarie einen Hilfslandjäger herschicken und bei der Armenanstalt darum bitten, den Esel so lange zu beherbergen, bis klar war, was mit dem Schönegg und Käthys Nachlass als Gesamtes passieren sollte. Da gab es ja auch noch Hühner und die Kuh. Auch die mussten morgen versorgt werden, und dafür würde Caminada selbst sorgen.

Das alte Kreuzspital, das von Nonnen geführt wurde, lag nur ein paar Steinwürfe von Caminadas Haus entfernt ebenfalls an der Loëstrasse. Rund um das Spital hatten die Nonnen weitläufige Gärten angelegt, mit deren Ernte sie den Kranken und sich selbst gutes Essen angedeihen ließen.

Eine gertenschlanke Nonne hatte Nachtwache und ließ die beiden Landjäger eintreten. Auf einer Bahre trugen

Caminada und Marugg die Tote in die Leichenhalle, legten sie auf einen der drei Tische aus Chrom. Zwei waren somit belegt, denn auf dem ersten ragten die Füße von Carmen Weber unter einem weißen Laken hervor. Hatte der Doktor etwa vergessen, sie in eines der Kühlfächer zu schieben, bevor er ging?, fragten sich die beiden, denn das Licht im Innern der Leichenhalle war aus gewesen, als sie kamen. Nicht nur deshalb riefen sie noch vom Kreuzspital aus Dr. Bargätzi zu Hause an. Der war noch nicht im Näscht, wie sie von ihm hörten. Er sei bloß kurz heimgefahren, um etwas zu essen, sagte er kauend am Telefon. Er wolle sich sogleich wieder in sein Automobil setzen. Ein blauer sauteurer und noch fast brandneuer Ford war es, dessen Lack funkelte wie kleinste Kristalle im Sonnenlicht.

Um kurz nach Mitternacht kam der Herr Doktor dann angeschnauft. Wie eine Dampflok hörte er sich an, als er das steinerne Stiegenhaus erklomm, das klerikal wirkte wie der gesamte Bau. Und wie immer schwitzte er heftig, sodass ihm kleine Rinnsale über das Gesicht und den feisten Hals hinunterliefen. Dabei war es ja noch nicht mal Sommer.

Sein teures Sakko trug er offen, der Wanst wölbte sich weit über den Gurt. Wie er als Arzt einen solchen Raubbau am eigenen Leib betreiben konnte, das war für niemanden zu verstehen. Wie seine Fettleibigkeit zustande gekommen war, hingegen schon, denn er aß am liebsten Nussgipfel und anderes Süßgebäck in rauen Mengen. Seine Schwägerin führte die große Bäckerei-Konditorei am Kornplatz, und wer einmal die Auslage dort gesehen hatte, der konnte nicht widerstehen, den Laden zu betreten. Am wenigsten Dr. Bargätzi.

In dieser Nacht kam der Herr Doktor aber ohne Verpflegung, dafür wie immer gepflegt.

»Käthy, tatsächlich!«, sagte er, als könnte er es nicht glauben. Erst jetzt begrüßte er Caminada und Marugg und blieb wieder vor der Toten stehen. Er blickte die tote Frau eingehend an. »Gut, dass ihr beide sie hergebracht habt. Aber das wird wohl eine kurze Leichenschau, das kann ich jetzt schon sagen. Erschlagen, das sieht ja ein Blinder mit Krückstock, und sie ist sicher schon mindestens drei Tage tot«, sagte er. »Ein trauriger Zufall. Gleich zwei Mordopfer an einem Tag hier in meiner Leichenhalle. Somit haben wir also auch zwei Mörder, die irgendwo frei herumlaufen … außer die Fälle hängen zusammen«, fügte er an. »Aber es ist eure Sache, das herauszufinden.«

Marugg nickte. »Du hast recht, vielleicht hängen die Fälle ja wirklich zusammen.« Der junge Leutnant hatte sich das Du mit dem Bargätzi hart verdienen müssen. Der Doktor glaubte zuvor nämlich lange, dass Marugg, schon des jugendlichen Alters wegen, kein Gescheiter sein konnte. Doch der Leutnant hatte ihn im Verlauf der letzten Fälle eines Besseren belehrt. »Werner, vielleicht lässt sich anhand der Verletzung ja etwas über den Tatgegenstand sagen. Am Tatort war nämlich keine Tatwaffe zu finden gewesen. Mir scheint aber, es muss ein harter, auch teils scharfkantiger Gegenstand verwendet worden sein. Ganz im Gegensatz zu dem, mit welchem das Fräulein Weber niedergeschlagen wurde.«

Dr. Bargätzi wischte sich mit einem Tuch den Schweiß von der Stirn, obwohl es in der Leichenhalle kühl war. Caminada paffte dabei kräftig, denn er mochte den Geruch der Leichenhalle ganz und gar nicht und erst recht nicht den Anblick der beiden Leichen. »Ojemine«, hörte man ihn leise bedauernd sagen.

Dr. Bargätzi hatte von Berufs wegen keinerlei Vorbehalte, wenn es um Leichen ging. Sicherlich bewegten ihn die Schicksale auch, aber nicht in dem Moment der Obduktion, da war er ganz Doktor und Leichenbeschauer aus größter Leidenschaft. Für ihn galt es, die Geheimnisse, welche Leichen womöglich noch für sich behielten, zu lüften, denn Tote sprachen Bände, wenngleich in einer anderen Sprache.

»Meine Herren«, sagte Dr. Bargätzi und entnahm aus einem goldenen Zigarettenetui eine dieser langen, dünnen Zigaretten, von denen Caminada behauptete, man könne genauso gut ein Zehnernötli rollen und qualmen, so sauteuer wie diese Dinger waren. Außerdem schmeckten sie ihm gar nicht, sie waren zu stark parfümiert. Bargätzi bot ihm deshalb aus Erfahrung keine an, und von Marugg wusste er, dass dieser als einziger im Landjägerkorps Nichtraucher war, sich lieber mit diesen Pfefferminzpastillen aus der kleinen Blechdose erfrischte. »Ich werde mich sofort auch hier ans Werk machen.«

»Gut«, sagte Caminada zwischen zwei Zügen und gab zu bedenken: »Zu deiner Information: Am letzten Freitag muss das Käthy noch in Chur gewesen sein, hat einen Brief abgeschickt, und am Donnerstag war der Förster Simmen bei ihr oben, hat ihr Kommissionen gebracht, da war sie noch wohlauf gewesen.«

Bargätzi nickte, trat nochmals an die Tote und betrachtete sie eingehend. »Ich denke, sie ist am Sonntag gestorben. Genauer weiß ich es erst morgen … wirklich ein Wunder, dass sich keine Wildtiere an die Leiche machten. Nirgends Spuren von Fraß. Das finde ich seltsam«, murmelte er.

Dann schritt er zum Nebentisch und zog das weiße Leintuch von dem toten Fräulein Weber zurück. Sie trug einzig noch immer das rote Band mit der Schleife um den Hals. Der entblößte Anblick des Fräuleins betrübte Caminada, aber er wusste, er durfte hier keinesfalls reklamieren, denn es war nun mal die Totenschau.

»Meine Herren«, Bargätzi war nun sichtlich in seinem Element, und das zu so später Stunde, »das Fräulein Weber starb eindeutig und nachweislich durch Erwürgen. Der Schlag hatte sie höchstens für einen Moment wehrlos gemacht, dennoch hatte sie sich irgendwann zu wehren vermocht. Möglicherweise auch noch vor dem Schlag. Das kann ich nicht feststellen, nur dass sie noch gelebt hat, als sie diesen abbekam, sonst hätte es keine Unterblutung gegeben.« Und dann wurde seine Stimme leiser. »Sie war bestimmt ein tapferes Fräulein gewesen. Sie hat mir diesen Anzug geschneidert … ach, das habe ich heute ja schon mal verzellt.«

In diesem Moment schien es Caminada, dass der Doktor, der in seinem Leben als Arzt schon so viel gesehen hatte, für einen Moment innere Einkehr hielt, denn sekundenlang verharrte er wie in Andacht vor dem Opfer, ehe er abrupt die Stille wieder durchbrach: »Also, was die Fälle betrifft, da werde ich morgen«, er blickte auf die Uhr, »es ist ja bereits 0:35 Uhr und somit schon Freitag, also heute in einigen Stunden abschließend was dazu sagen können. Ruft mich nach 10 Uhr an, dann habe ich die beiden Berichte für euch parat. Diese lasse ich euch von einem Ausläufer dann auch gleich aufs Landjägerkorps bringen.«

Caminada und Marugg verließen das Kreuzspital, dessen rundes Eingangsportal wie der Zugang zu einer Kapelle wirkte. Sie traten unter einen Baum davor, der von einer Laterne mattgelb beschienen wurde. Das Schattenmuster, das er warf, wirkte in der Windstille dieser Nacht starr, wie aufgemalt. Das Städtli ruhte.

»Peter, es ist mir ein absolutes Rätsel, was im Schönegg

oben passiert ist und auch was es mit diesem seltsamen Brief auf sich haben könnte. Genauso, ob die Sache im Zusammenhang mit dem Verbrechen an Carmen Weber steht. Man kann zwar Läuse und Flöhe gleichzeitig haben, aber in dem Fall ... ich weiß nicht recht. Nur ein einziges Motiv kommt mir im Fall vom Käthy in den Sinn. Hatte sie vielleicht doch Geld über all die Jahre hinweg dort oben gehortet und es dem Falschen mal erzählt?« Er zuckte mit den Schultern. »Möglich wäre es ja schon, so bescheiden wie sie gelebt hat. Dennoch scheint mir die Hütte vom Täter gar nicht durchsucht worden zu sein, und das sauteure Schwyzerörgeli hat er auch nicht mitgenommen. Vielleicht wusste der Täter aber genau, wo er zu suchen hatte.«

»Vielleicht war der Täter nach dem Mord auch in Eile«, gab Marugg zu bedenken. »Und womöglich kannte er den Wert so eines Musikinstrumentes gar nicht. Ich wüsste es ja auch nicht, hättest du mir nicht davon berichtet.«

»Vielleicht war er wirklich in Eile ...«, brummte Caminada und blies den Rauch seiner Villiger in das junge Blattlaub über ihnen. »Es ist und bleibt eine gar undurchsichtige Sache. Ich schlage deshalb vor, dass wir jetzt ins Näscht gehen, und morgen fahren wir dann bei Tageslicht nochmals hoch und suchen die weitere Umgebung ab.« Er richtete sich seinen Hut, ohne den er kaum jemals anzutreffen war. »Ob es uns weiterbringt, werden wir dann ja sehen.«

»Und vergessen wir nicht: Fräulein Rosemarie wird die Bauersleut samt Knecht und Magd noch auf Aktenkundigkeit überprüfen. Auch wenn ich dir hier und jetzt nicht erklären kann, in welchem Zusammenhang zu den Verbrechen die Bäuerin stehen könnte, so schien sie uns beiden doch irgendwie verdächtig, auch wenn wir nun wissen, dass Nöldi die Kratzer abbekommen hat. Doch warum hat die Bäuerin sich wegen der ihrigen so seltsam verhalten?«

»Da hast du wohl recht. Und auch was den jungen Nold betrifft, wir werden sehen …« Caminada drückte die Zigarette mit der Fußspitze auf dem Boden aus.

9

Chur, Ende November 1938

»Mach dir um mich nicht zu viele Sorgen, mein liebes Rösalirot, gell?« Lina strich ihrer 13-jährigen Tochter liebevoll übers Haar, aber gab ihr beim Gutenachtsagen nicht wie üblich einen Kuss auf die Stirn, sondern einen auf das schöne, lange dunkelblonde Haar. Sie unterdrückte dabei ihren Hustenreiz, der sie seit Wochen plagte und der ihr nun zusammen mit anderen Symptomen zusehends Sorgen bereitete. So große Sorgen, dass sie morgen sogar den Herrn Dr. Bargätzi aufsuchen wollte, egal was es halt kostete. Die Rechnung müssten sie dann halt abstottern. Sie merkte es ja längst selbst, dass sie dünner geworden war, dazu kam immer wieder dieses leichte Fieber. Hoffentlich war es nicht diese verreckte Schwindsucht, dachte sie, als sie mit einem Lächeln auf ihre liebe Tochter blickte. Vieles konnte man irgendwie lösen oder damit leben, aber die Gesundheit stand nun mal über allem.

Rösalirot blickte ihre Mutter aus warmbraunen Augen an. Eigentlich hieß Rösalirot nur Rosa, doch da der Familienname Rot war, wurde irgendwann Rösalirot daraus. Doch niemand vermochte sich zu erinnern, ihr den Namen als Erster gegeben zu haben.

Lina wunderte sich, wie frohgemut ihre Tochter in die Welt blickte, wenn man bedachte, was ihr fehlte. Rösalirot war 1925 gesund zur Welt gekommen, doch in den ersten Lebensjahren wuchs ihr Hals erst auffallend in die

Länge, dann wurde er immer breiter. Als wäre das nicht schon genug, wurde er grässlich schief und danach steif wie ein Baumstrunk. Es sah fürchterlich aus. So ein schönes Gesicht auf einem so grausig langen, dicken Schiefhals. Rösalirot musste sich seither immer mit dem gesamten Körper zur Seite drehen, um zu sehen, was außerhalb ihres Blickfelds lag. Wegen ihres Aussehens hatte sie schon viel an Hänseleien ertragen müssen, damals als kleines Kind und auch heute noch.

Erst im vergangenen Oktober hatte sich alles wieder einmal zugespitzt, als im Grabenschulhaus das jährliche Theater aufgeführt wurde. Diesmal Hänsel und Gretel. Der Lehrer erdreistete sich doch vor der gesamten Klasse, Rösalirot als Hexe vorzuschlagen und dies mit den Worten: »Rösalirot, da musst du ja gar nichts tun, nur ein wenig dein herziges Gesicht verziehen, damit es alle schon wunderbar gruseln wird.« Gelächter brach aus, und für noch mehr Spott und Hohn war gesorgt.

Es war aber nicht etwa Rösalirot gewesen, die sich zu Hause in der ärmlichen Wohnung auf dem Arcasplatz bei ihren Eltern über den Vorfall beklagt hatte, sondern ihr Vater hörte beim Kohleschaufeln davon.

Paul Rot war gewiss ein liebenswerter und ruhiger Mann, doch als er an jenem Tag von der Schmach seiner Tochter hörte, passte er nach der Schule an der Grabenstrasse den Lehrer ab und stellte ihn gleich an Ort und Stelle zur Rede.

Lehrer Ricklin war bekannt dafür, von oben herab auf andere herabzublicken, er war ja schließlich Lehrer und Paul Rot in seinen Augen bloß ein einfacher Kohleschaufler und seine Frau nur eine ungebildete Arbeiterin in der Teigwarenfabrik CADA.

Paul Rot, der an diesem Tag in seiner kohlenschwarzen Arbeitskluft vor dem Lehrer Ricklin stand, der seinerseits einen Hut aufhatte und einen Spazierstock in der Hand hielt, versuchte nach einem langen Atemzug, Ricklin klarzumachen, dass er so was doch nicht vor der gesamten Klasse sagen dürfe, ja überhaupt gar nicht sagen solle. »Das geht doch einfach nicht«, betonte er in seiner gewohnt freundlichen Art, für die er allseits geschätzt wurde. »Erst recht nicht von einem Herrn Lehrer. Rösalirot leidet sowieso schon ganz arg unter ihrem Aussehen.«

Doch Ricklin wollte Paul Rot mit strenger Miene sofort den Mund verbieten und zeigte mit dem Gehstock auf ihn. Da verlor Rot die Fassung. Er pfefferte dem Lehrer eine so gehörige Schwinta ins Gesicht, dass diesem für einen Moment im wahrsten Sinne des Wortes Hören und Sehen verging und er keinen Ton mehr von sich geben konnte.

»Wenn Sie noch einmal so mit dem lieben Rösalirot umspringen, dann werde ich Ihnen erst recht zeigen, wo der Bartli den Most holt, Sie huara Calöri«, schimpfte Paul Rot, drehte sich ab und ging nach Hause.

Der Lehrer war es nicht gewohnt, sich einen fixfertigen Dummkopf nennen zu lassen, geschweige denn eine Ohrfeige zu kassieren, aber er schwieg in dem Moment, denn er hatte Rots Zorn gesehen. Dessen ganze Freundlichkeit und Wärme war unfassbarerweise einer Eiseskälte gewichen, als wäre er plötzlich ein ganz anderer. Doch kaum war Rot verschwunden, ging der Lehrer schnurstracks über den nahen Kornplatz, am städtischen Polizeiamt vorbei und weiter durch die Gassen der Altstadt zum alten Karlihof, wo er sogleich im Landjägerkorps Anzeige erstattete.

»Immerhin«, betonte er aufgebracht, »ist meine gesamte linke Gesichtshälfte ja fürzündrot!« Er wetterte, dass der Gesetzgeber so etwas nicht tolerieren dürfe, nicht wenn es gegen eine Amtsperson wie ihn, einen ehrenwerten Lehrer, gerichtet sei. »Wo kämen wir da nur hin?!«

Man versprach ihm, sich der Sache anzunehmen. »Aber offen gesagt«, meinte Landjäger Luzi, der die Anzeige aufgenommen hatte, später zu seinen Kameraden, »ich hätte dem Sauhund auch mal gerne eine gescheuert. Denn auch zu meinem Jüngsten ist er sehr streng und schlägt ihm zu oft mit dem Stecken auf die Fingerkuppen der linken Hand, wenn der Lappi wieder einmal mit Links geschrieben hat. Beim letzten Mal sogar so fest, dass die Fingerbeeren mehrere Tage lang geschwollen waren.«

Fräulein Rosemarie, die die Unterhaltung mit angehört hatte, meinte mit strenger Miene: »Es ist ja schon recht, dass man freche Kinder hin und wieder züchtigt, aber die einen wissen leider nicht, wie das richtig gemacht wird. Also so was hätte ich mir als Vater ganz bestimmt nicht gefallen lassen, weder die Schläge auf die Finger noch die Beleidigungen.«

Fräulein Rosemarie wusste, dass der Landjäger Luzi ein sehr zurückhaltender Mensch war, der deshalb im Dienst nicht überall eingesetzt werden konnte und daher meistens nur Banalem nachging, wie dem ein oder anderen Velodiebstahl, oder wenn sonst einer mal wieder irgendwo irgendwas gestohlen hatte, und sei es bloß die Zeit von jemandem. Kein Wunder, dass er erst jetzt Dampf ablieߠund kämpferisch sagte: »Also nur damit Sie es wissen: Wir haben uns das auch nicht einfach gefallen lassen. Meine Frau hat dem Lehrer gehörig die Leviten gelesen.«

Eigentlich hatte sich Luzi so aus der zuvor misslichen Lage zu befreien versucht. Er merkte aber sogleich, was er damit gesagt hatte, als das Gelächter der Kameraden losbrach. Denn wenn jemand bei den Luzis zu Hause die Hosen anhatte, dann war das aber ganz sicher seine kräftige Frau Magda, und nur sie.

Nur das dürre Fräulein Rosemarie, das vor Kurzem im

Sommer 35 geworden war, lachte nicht mit, sondern nickte nur. Alle wussten, die ledige und gute Seele im Landjägerkorps hatte mehr Schneid und Mumm in den Knochen als so manches Mannsbild.

Es blieb an jenem Tag im Herbst 1938 bei einer Ermahnung an Paul Rot, denn alle im Städtchen wussten, wie gemein der Lehrer sein konnte, und Rots Leumund war einwandfrei; ein armer Handlanger und Hilfsarbeiter, der als Kohleschaufler seit Jahren sein Geld verdiente und polizeilich nie aufgefallen war.

Doch Ricklin ließ den Vorfall nicht auf sich sitzen und wurde eine Woche später noch mal im Landjägerkorps vorstellig. Diesmal direkt beim Kommandanten Kübler. Er platzte unangemeldet in dessen Arbeitszimmer, verzog seine dünnen Lippen zu einem weißen Strich und forderte, dass man den Kohleschaufler Rot unverzüglich ins Güggi stecke.

Als ihm auch vom Kommandanten kein Gehör geschenkt wurde, im Gegenteil, Kübler verwies ihn sofort in seiner militärischen Art seines Arbeitszimmers, da murmelte der Lehrer Ricklin etwas Unverständliches und zog wieder von dannen. Es schien, als wäre das letzte Wort in der Sache noch nicht gesprochen worden. Caminada sagte noch, dass Wut und Hass ein grausiger Nährboden seien, während er dem Ricklin nachdenklich hinterherblickte, als dieser das Landjägerkorps verließ.

In den Wochen nach diesem Vorfall wurde Rösalirots Mutter zusehends kränker. Wahrscheinlich hatte der frühe Winter, der nass und kalt übers Land gekommen war, alles noch verschlimmert. Als sie im November dann endlich den Herrn Dr. Bargätzi aufsuchte, sagte ihr dieser, dass sie leider die Schwindsucht habe und dass es nicht gut aussähe. Gar nicht gut.

Tuberkulose also!

Die Schwindsucht war gefürchtet fast wie die Pest im Mittelalter. Nur eine gute Kur würde ihr Leben vielleicht noch retten können, hieß es vonseiten des Doktors. Aber eine Kur war teuer, zu teuer für die Rots. Über die Armenbehörde gelang es dem Kohleschaufler aber dennoch, innert nur zwei Wochen einen Platz auf der allgemeinen Abteilung in einem Sanatorium in Davos für seine liebe Frau zu ergattern. Was er nicht wusste, war, dass Dr. Bargätzi hintenherum ein gar gewichtiges Wörtlein gesprochen und persönlich mit dem Kurhausdirektor telefoniert hatte, um dies möglich zu machen. Manchmal überkam es den dicken Mann einfach, und er fühlte sich als Gutmensch dann besser in seiner Haut.

So kam bald der Tag, an dem Paul mit Rösalirot zusammen die Mutter Lina zum Bahnhof Chur bringen musste. Lina war leicht wie ein Vögelein geworden, und die Wangenknochen standen im blassen Gesicht mit den rotgeränderten müden Augen hervor, als er sie in den Zug hob. Die Dampflok begann nur Minuten später zu fauchen. Paul und Rösalirot hielten zu Beginn noch Schritt auf dem Perron mit dem nur träge in Fahrt kommenden Ungetüm und winkten auch dann noch, als sie rennen mussten. Danach schauten sie der roten Laterne am Zugende nach, bis sie verschwand, dann war die Mutter fort.

Lina lehnte sich müde an die Holzbank, blickte nach draußen, sah, wie die Landschaft an ihr vorüberzog. Sie wusste, es könnte ein Abschied ohne Wiedersehen sein, doch so war die Welt nun mal.

Die Fahrt brachte sie bis nach Landquart und mit der Rhätischen Bahn weiter ins Prättigau und dann hoch in die Berge bis nach Davos.

Erst im folgenden April, im Jahr 1939, waren sich die Ärzte sicher, dass Lina überleben würde, die immerhin im Dezember einen fürchterlichen Blutsturz erlitten und nur ganz knapp am Leben geblieben war.

Der Schnee in Davos lag Ende April hoch, ein Tief hatte vor ein paar Tagen einen halben Meter hingeworfen, als kümmere er sich einen Dreck um die Jahreszeit. Doch als Lina einige Tage später bei tiefblauem Himmel und Sonnenschein draußen auf der Holzveranda einen Brief nach Hause schrieb, da liefen die Dachrinnen wegen des schmelzenden Schnees schon wieder gurgelnd über. Ein glückseliges Lächeln umspielte ihre Lippen, als sie den Briefumschlag zuklebte und mit einer Marke versah; in zwei Wochen würde sie mit dem Zug zu Hause in Chur ankommen.

Die Freude war natürlich übergroß, als Paul und Rösalirot mit einem Blumensträußchen auf das Einfahren des Zuges warteten, um endlich die Mutter wieder zu Hause willkommen zu heißen. Sie hatten sie nur ein einziges Mal besuchen können, nach dem Blutsturz, weil die Ärzte dachten, es wäre für die Familie vielleicht an der Zeit, noch rechtzeitig Abschied zu nehmen. Für eine weitere Reise hatte das Geld nicht gereicht.

Endlich hörten sie den heiteren Pfiff des Zuges. Die Bremsen kreischten, ihrer beider Augenpaare klebten an der Tür, die vom Kondukteur aufgestoßen wurde, und dann war sie endlich wieder da!

Lina sah schon auf den ersten Blick wie neugeboren aus. Sie war gebräunt von der Höhensonne und prächtig gut ernährt. Sie wirkte um Jahre jünger, fast wie verwandelt, die eingefallenen Wangen nun rosig weich. Außerdem trug sie einen schicken roten Mantel, den sie, wie sie erzählte, von einer reichen Lungenkranken bekommen habe, die aus Freude über deren Genesung ihr diesen vor der Abfahrt vermacht habe. Das sei dort oben so üblich, dass diejenigen, welche Geld hatten, ihr Wiederaufleben so richtig feierten und ihre Freude mit den anderen teilten.

Lina war voller Freude und erzählte ohne Unterlass von ihrem Kuraufenthalt, während sie langsam hoch zur alten, farblosen Wohnung am Arcas liefen, dahin, wo die Zeit stillgestanden hatte, sich in den letzten Monaten nichts verändert hatte.

Acht Tage nach ihrer Ankunft geschah das Unfassbare! Lina verschwand spurlos, als hätte sich der Boden unter ihren Füßen aufgetan.

Das geschah an einem Montag Ende April. Der Frühling schöpfte aus dem Vollen, die Natur zeigte sich von der heiteren Seite, die Berge, die Chur umschlossen, trugen nur noch weiße Kappen, in den Wiesen blühte es.

Als Rösalirot an jenem Mittag aus dem Grabenschulhaus nach Hause eilte, war die Wohnung leer, und es duftete auch nicht nach Gekochtem wie sonst. Die Haustür war aber unverschlossen gewesen.

Komisch, dachte Rösalirot und begnügte sich mit dem Gedanken, dass die Mutter vielleicht noch schnell in das Lebensmittelgeschäft an der Oberen Gasse gegangen war. Doch als es gegen 12 Uhr zuging, wie die Zeiger der alten Uhr in der Stube zeigten, wusste Rösalirot, dass der Vater gleich mit einem Bärenhunger nach Hause kommen würde, und da der Herd noch immer kalt war, kam Sorge in ihr auf.

Rösalirot verließ hastig die Wohnung, eilte das dunkle hölzerne Stiegenhaus hinunter, in dem es nach Staub und Mäusegift roch, hinaus auf den sonnigen Arcasplatz, auf dem ein Brunnen munter plätscherte. Zur Mittagszeit waren mehr Menschen als gewöhnlich in den Gassen und auf den Plätzen der Altstadt unterwegs. Rösalirot eilte hinunter zum Lebensmittelladen Liesch, doch der hatte bereits geschlossen. Kein Wunder, vor einigen Minuten hatte die Martinskirche bereits 12 Uhr geschlagen.

In der Hoffnung, dass ihre Mutter in der Zwischenzeit nach Hause gekommen war, eilte Rösalirot zurück, die knarzenden Stufen im Stiegenhaus rannte sie in Windeseile hoch und flog fast mit der Tür in die Wohnung – leer!

»Mutter?«, rief sie in die Stille. Nur der leere Tisch, an dem die Familie eigentlich beim Mittagessen hätte sitzen sollen, gab ihr eine Antwort.

Paul Rot kam Minuten später mit dem alten Fahrrad angefahren. Er war fröhlich, Rösalirot hörte ihn pfeifen, als er das knarzende Stiegenhaus hochkam. Sie stand an der Tür, und er musste es ihren Augen sogleich angesehen haben. Sein Pfeifen verstummte mit den letzten Schritten, die er auf sie zukam. »Grüazi, Rösalirot. Ist was passiert?«

Er war genauso ratlos wie seine Tochter, wusste nicht, was er tun sollte, nachdem auch er in jeden Raum einen Blick geworfen hatte, und das waren nur deren drei. Er setzte sich an den leeren Tisch. Sein eben noch so fröhliches Gemüt war nun voller Sorge.

Sie warteten gemeinsam noch eine halbe Stunde, dann nahm Paul Brot, etwas Käse und Butter aus dem mit einem Eisblock gekühlten Holzschrank. Er setzte sich zurück an den Tisch und murmelte: »Der Eismann sollte endlich wieder kommen.«

Beide aßen sie ohne Appetit, aber im Wissen, dass gegessen werden musste. Dabei schwiegen sie, aber horchten auf jedes Geräusch im Stiegenhaus. Doch Lina kam nicht zurück.

Dann, als sie gegessen hatten, legte Paul seiner Tochter die Hand auf die Schulter. »Rösalirot, vielleicht musste die Mutter dringend zum Herrn Doktor. Du weißt ja, wie lange man da manchmal warten muss, gell?« Er sah, dass er sie genauso wenig davon überzeugen konnte wie sich selbst, sagte aber: »Du musst nachher zur Schule, und wenn du zurückkommst, ist sie bestimmt wieder da, oder ich weiß dann sicher wenigstens, was los ist. Ich werde meinen Chef fragen, ob ich im Büro telefonieren kann, ja?«

Als Lina um 17:30 Uhr noch immer nicht zurückgekehrt war, sagte Paul zum Rösalirot: »Los jetzt guat zua, liabs Maitli. Ich laufe schnell rüber zu den Landjägern. Weiß der Kuckuck, wo die Mutter steckt. Einfach nur warten können wir jetzt aber nicht mehr. Und ich frage noch mal im Spital nach. Du wartest hier, gell? Weit kann sie nicht sein, der Hausschlüssel und ihre Handtasche liegen ja hier.« Er strich seiner Tochter liebevoll über den Kopf und schenkte ihr ein aufgesetztes Lächeln.

Doch Rösalirot war bang ums Herz. Sie kannte ihre Mutter, und ihr Bauchgefühl sagte ihr, dass ihr etwas Schlimmes zugestoßen sein musste. Doch was war passiert?

Sie ahnte, es würde ein schwarzer Frühling werden, doch wie schwarz, davon hatte sie damals noch keine Ahnung!

10

Freitagmorgen, 10. April 1953

Am Morgen nach dem Auffinden von Käthy Brunners Leiche, saßen alle Landjäger um kurz nach 8 Uhr mit dem Kommandanten Ferdinand Fässler in dessen Amtsstube zusammen, wo noch immer das Bild von General Guisan hing, als wäre der Zweite Weltkrieg nicht schon seit acht Jahren vorbei und die Welt noch immer dieselbe wie damals. Doch Fässler war ein Militarist durch und durch und ein feuriger Oberst im Dienst des Vaterlandes, ein Eidgenosse des alten Schlags. Er, der seinem nach oben gezwirnten Schnurrbart stets größte Aufmerksamkeit schenkte, rauchte neuerdings wie sein Vorgänger, der pensionierte Major Kübler, Pfeife und stopfte diese ebenso bedächtig, auch jetzt, während sie über die beiden Morde sprachen, die unterschiedlicher nicht hätten sein können. Sie waren sich allesamt einig, dass sich auch die Motive entsprechend unterscheiden mussten.

Raubmord konnte im Fall von Fräulein Carmen ausgeschlossen werden, ein Sexualverbrechen schien naheliegend. Dass Käthy Brunner im Schönegg ermordet worden war, das war für alle unfassbar, und daher kam vorerst nur Raubmord als Motiv infrage, auch wenn sie noch nicht wussten, ob die alte Frau Geld oder besondere Wertgegenstände, neben dem über 1000 Franken teuren Schwyzerörgeli, im Schönegg gehortet hatte.

Um den großen ovalen Tisch scharten sich zehn wackere

Männer und das Fräulein Rosemarie. Sie saß stets Fässler gegenüber am anderen Tischende und schrieb fleißig mit. In der Ecke stand der wuchtige Schreibtisch des Majors, der schräg platziert war und auf dem ein klobiger und bleischwerer Telefonapparat stand.

»Männer«, sagte Fässler mit seiner tiefen Stimme, »wir wissen, dass der Mord am Käthy Brunner wahrscheinlich am Sonntag geschehen sein muss. Der an Carmen Weber am Dienstagabend. Einen Verdächtigen haben wir im Fall des Fräulein Weber zwar im Güggi hocken. Aber ehrlich gesagt, traue ich dem jungen Nold zwar einiges zu, aber einen Mord …? Ich weiß nicht. Die Kratzer reichen einfach nicht als Beweis, außerdem trägt ja auch die Bäuerin in Halbmil welche am Hals, wobei er ja zugegeben hat, dass er seine vom Fräulein Carmen bekommen habe.« Er blickte paffend in die Runde. Sein Blick blieb an Fräulein Rosemarie hängen. »Fräulein Rosemarie ist bereits dabei, die Leumundszeugnisse und polizeilich geführten Akten der Bauersleut und Gehilfen in Halbmil zu durchsuchen und wird uns dann berichten. Das Verhalten der Bäuerin schien Caminada und Marugg zumindest verdächtig.«

Er nahm einen Schluck von seinem Kaffee. Vor jedem Landjäger stand eine große Tasse mit dem brandschwarz gebrühten Malzkaffee. Die beiden Aschenbecher aus geschwärztem Metall, über deren Mitten sich je ein Steinbock erhob, in dem eine Streichholzschachtel ihren Platz gefunden hatte, füllten sich zusehends mit Asche. Rauchschwaden hingen über dem Tisch an der Decke, als wären es die Gedanken der Männer und die von Fräulein Rosemarie.

»So …« Fässler blies den Rauch über den Tisch und blickte diesem nach, bis er sich mit dem Nebel über ihnen verband. Bis auf Fräulein Rosemarie und Peter Marugg qualmten beim Morgenrapport immer alle wie Schornsteine, auch Caminada. Der Major schloss mit den Worten: »Da kann man im Moment ja hirnen, wie man will, was den Fall vom Käthy Brunner betrifft. Die einzige Vermutung ist wie gesagt, dass ein Raubmörder am Werk gewesen sein muss oder ein Spinner, der nur des Tötens willen die arme Frau erschlagen hat. Anderes kommt mir nicht in den Sinn.« Er blickte zu Caminada, von dem ja alle wussten, dass sein Bauchgefühl nicht selten in die richtige Richtung führte.

Caminada hielt seine Villiger-Krumme zwischen den Fingern der rechten Hand. »Wisst ihr, was ich mich frage? Warum hat sie den Franz Simmen so dringend zu sich hochbestellt? Was war da los? Wir wissen ja, dass er für sie Botengänge machte, auch die Post einmal die Woche von Chur zu ihr hochbrachte, weil er sowieso immer irgendwo oben im Wald ist. Aber noch nie hat sie ihm einen Brief aus Chur zukommen lassen, wie er mir sagte. Er wird diesen übrigens noch heute Morgen hierherbringen.« Er hob den Finger. »Dieser Brief bedeutet auch, dass das Käthy am letzten Freitag, also heute vor einer Woche, in Chur war. Mit 84 Jahren kommt aber niemand einfach so hinunter nach Chur, nicht mal das Käthy, auch wenn sie purlimunter und gut zu Fuß war.« Er blickte in die Runde. »Also, was sagt uns das?«

Der kräftige Huber antwortete: »Dass sie wohl etwas Persönliches in Chur zu erledigen hatte.«

Caminada nickte. »Präzis und zudem etwas Dringendes, denn tags zuvor, am Donnerstagnachmittag, hatte ihr der Förster Simmen die Post und allerhand Kommissionen hochgebracht. So hat er es mir gesagt, als er mir gestern Abend von dem Leichenfund berichtete.« Er ließ noch mal seinen wachen, aber auch warmen Blick in die

Runde schweifen, während er an der Villiger-Krummen zog. »Also, etwas muss vorgefallen sein, oder sie hatte was in Chur zu tun, das sie wie gesagt dem Franz nicht sagen wollte. Wobei die es eigentlich sehr gut zusammen hatten. Als ich mit ihr musizierte, da hat sie ihn mehrmals lobend erwähnt.«

Und wieder war es Huber, der etwas sagte: »Vielleicht gerieten die beiden am Donnerstag wegen etwas in Streit? Ich weiß, der Franz ist ja ein ganz stiller, passt in den Wald wie kein Zweiter, aber könnte es nicht sein ...« Es schien, als traue er sich nicht, seinen Verdacht tatsächlich auszusprechen.

»... dass er sie erschlagen hat?«, brummte Fässler. »Wir müssen, wie es Caminada uns immer wieder in Erinnerung ruft, allen alles zutrauen, wenn wir ermitteln. Oder was denkst du, Walter? Wie wirkte er auf dich, als er am Abend bei dir zu Hause den Mord meldete?«

»Etwas vom Schrecken gelähmt, aber es schien mir, dass er sich mehr um mich Gedanken machte, als dass es ihm selbst an die Nieren ging. Eben weil ich mit ihr regelmäßig Schwyzerörgeli gespielt habe.« Mit Blick auf Huber fügte er an: »Huber hat recht, wir müssen auch das im Auge behalten. Lange Botendienste und für jemanden zu sorgen, das kann auch mal Probleme bereiten. Auch wenn ich mir das beim Käthy beim besten Willen nicht vorstellen kann. So eine herzensgute Frau, die für alle ein offenes Ohr und eine ebenso offene Haustür gehabt hat. Doch in dem Zusammenhang kommt mir noch was in den Sinn ...« Er streckte sich nach der Kaffeekanne und goss jedem nach, der ihm die Tasse hinstreckte, ehe er seine füllte. »Das Käthy konnte über ihr Anvertrautes eisern schweigen wie keine Zweite. Etwas, das jede gute Wirtin beherrschen sollte. Sie war das Gegenteil von der Friseurin am Obertor, zu der alle rennen, wenn sie was hintenherum dem ganzen Städtli berichten wollen.«

Ein Schmunzeln ging durch die Reihen, denn alle kannten die redselige Frau, deren Mundwerk ein eigenes Leben zu haben schien, sodass sie dafür bald einen separaten Ausweis benötigte, wie gespottet wurde. »Also«, fuhr Caminada fort, »vielleicht hat jemand ein Geheimnis, das er ihr anvertraut hatte, endgültig mit ihr begraben wollen. Eines, das aus irgendeinem Grund beim Käthy nicht mehr sicher schien, zumindest aus Sicht desjenigen, der es ihr, warum und wann auch immer, ursprünglich anvertraut hatte und sich deshalb nun in Bedrängnis wähnte. Es wäre nicht das erste Mal, dass sich jemand angesoffen bei einer Wirtin um Kopf und Kragen redet und es dann nüchtern, wenn er sich denn überhaupt daran erinnert, grauenhaft bereut. In dem Fall müsste es aber ein brandschwarzes Übel gewesen sein … falls ich denn recht haben sollte.«

Marugg, der sich mit einer Pfefferminzpastille gegen den Rauch wehrte, meinte darauf: »Was meint ihr, wenn wir uns alle in den nächsten Stunden mal da und dort in der Stadt etwas umhören? Fragen, ob jemand das Käthy letzten Freitag hier im Städtli gesehen hat oder vielleicht sogar weiß oder gesehen hat, wohin sie gegangen ist? Man kennt sie ja bestens. Und spätestens morgen weiß jeder über die Fälle Bescheid, wenn es in der *Neuen Bündner Zeitung* steht. Möglicherweise wird sich dann jemand bei uns melden.« Mit Blick auf Caminada fügte er an: »Walter, du könntest durchaus recht haben mit dem Geheimnis, aber ich möchte in dieser Runde noch etwas anderes erwähnen.«

»Und das wäre?« Fässler war für seine Ungeduld bekannt.

»Wir sollten uns Folgendes fragen: Gibt es mögliche Verbindungen zwischen dem Fräulein Weber und der Schöneggwirtin? Vielleicht zwitschert ja diesbezüglich ein Vögelein und bringt uns auf eine Spur. Außerdem wissen wir ja alle, dass nur sehr wenige Täter absolut verschwiegen bleiben nach so einer schweren Tat. Bei den meisten muss es raus, sie vertrauen sich jemandem an, denn der Drang, so was Grauenhaftes loszuwerden, ist nicht selten größer als der Verstand. Ich bin überzeugt, es muss irgendwas zu finden sein.«

»Hört sich in der Theorie gewiss gut an«, brummte Kommandant Fässler. »In beiden Fällen lodert das Kschnorr im Städtchen bestimmt jetzt schon wie ein Waldbrand bei Föhnsturm. Also einverstanden: Zwei Zweiergespanne sollen ins Städtchen gehen und horchen, welche Geschichten so herumgeistern.« Mit dem Zeigefinger deutete er auf Caminada und Marugg. »Ihr beide geht noch mal los, schaut euch den Tatort beim Schönegg ganz präzis nun bei Tageslicht an und durchsucht die Hütte erneut. Ich meine, blickt hinter jedes lose Brett, findet jede tote Maus und dreht jeden Stein vor der Hütte um.«

Marugg war sofort anzusehen, dass er nicht schon wieder den Berg hochtschalpen wollte, als sie nach dem Rapport das Arbeitszimmer verließen. Caminada klopfte ihm lachend auf die Schulter. »Ist ja zum Glück kein Viertausender, mein Freund. Schieb einfach das Fahrrad hoch, dann kannst du wenigstens danach patschifig wieder runterfahren. Außerdem müssen wir uns noch um die verbliebenen Tiere kümmern.«

Für Caminada war es ein trauriger und nachdenklicher Gang an diesem Freitagmorgen, als sie gegen 9 Uhr noch einmal hoch zum Schönegg marschierten, und das in sonnigem Frühlingswetter. Morgen hätte er oben zwei

Stunden lang mit Käthy musiziert. Er hatte sich jedes Mal darauf gefreut, denn wenn er auf seinem Schwyzerörgeli spielte, konnte er alles um sich herum vergessen, und schöne Heimatgefühle kamen in ihm hoch. Und dem Käthy zuzusehen, wie deren alte Finger nur so über die Knöpfe sausten, das war einfach wunderbar.

Kurz bevor sie nach 9:30 Uhr oben beim Schönegg ankamen – Marugg erzählte gerade freudig, dass er nun doch schon bald seinen Telefonapparat bekäme –, blieb Caminada abrupt stehen und hielt ihn am Arm zurück.

»Pssst.« Der Landjäger machte eine Kopfbewegung nach oben zur Hütte, bei der sich eine Gestalt herumtrieb.

Die beiden gingen weiter den Hang hoch, versuchten sich der Person langsam zu nähern, um sie zu befragen. Es handelte sich um einen Mann mit tief ins Gesicht gezogenem Hut, und er schien sie nun bemerkt zu haben. Ohne Vorwarnung setzte er ein Gewehr an, das er außer Sichtweite an die Hüttenwand gelehnt haben musste, und schoss auf sie!

Caminada riss Marugg mit einem kräftigen Griff am Arm samt dessen Drahtesel zu Boden und griff sofort nach seinem Revolver, während die Schüsse krachend über ihre Köpfe hinwegdonnerten. Gezielt feuerte er aus der Deckung heraus zwei Schüsse zur Hütte hoch. Er war der einzige Landjäger, der den durchschlagsstarken alten Revolver nicht gegen die schwächere Ordonanzpistole eingetauscht hatte, und so waren seine Schüsse weit zu hören. Fünf Patronen hatte er in der Trommel und verschoss noch eine, damit der Angreifer seinerseits in Deckung verharren musste. Anschließend wartete er geduckt, aber so, dass er noch zur Hütte hochschauen konnte. Er wusste, der Mann könnte in diesem Moment hinter der Hütte den

Hang hinauffliehen, ohne dass sie ihn dabei sehen könnten. Doch es war schlichtweg zu riskant, sich in dieser Situation auch nur ein wenig zu erheben, denn es bestand die Gefahr, dass der Angreifer mit angelegtem Gewehr nur darauf wartete, um sie zu erschießen.

»Verreckta Chaib«, murrte Caminada leise und feuerte noch einen Schuss ab. »Und wir haben immer noch keinen Funk! Was denken sich denn die Oberen da im Grossen Rat der Graubündner Regierung eigentlich? Sollen wir jetzt Rauchzeichen geben, dass wir Unterstützung brauchen und schnellstmöglich die beiden Wege ins Tal gesperrt werden müssen?!«

Mehrere Minuten lang harrten die beiden stillschweigend aus, ehe Caminada wieder das Wort ergriff: »Peter, du bleibst liegen. Ich schaue vorsichtig nach, was dort oben los ist. Wir können hier nicht ewig ausharren und ins Tal zurückgehen auch nicht, denn auch dann sind wir zwei Zielscheiben auf Beinen.«

»Pass aber saugut auf«, mahnte Peter, der wusste, dass Caminada der beste Schütze der Landjäger war, ruhig und besonnen obendrein. Doch jetzt gäbe er, selbst wenn er sich noch so vorsichtig erhob, ein gutes Ziel ab, falls der Schütze noch immer mit der Waffe im Anschlag über ihnen nur darauf wartete.

Caminada hatte in der Zwischenzeit sein Reservemagazin aus dem Tschopa genommen und damit die Trommel des Revolvers geladen. Wie ein Adler blickte er beim bedachten Aufstehen nach oben zur Hütte, den Lauf seiner Waffe hielt er nach vorne gerichtet. Er wusste, er gab tatsächlich unweigerlich ein Paradeziel ab, da hatte Marugg schon recht. Aber sie konnten sich auch nicht ewig verstecken. Viel wahrscheinlicher war es doch, dass der Schütze sofort geflohen war.

Nachdem Caminada 15 Meter den Hang hochgelaufen war, rief er Marugg zu, dass der sich ebenfalls mit vorgestreckter Waffe auf den Weg nach oben machen solle, denn zu zweit hätten sie einen vielleicht entscheidenden Vorteil.

Marugg schlug das Herz bis zum Hals, als er sich aus der Deckung erhob. Er erreichte Caminada mit schnellen Schritten und bot ihm Rückendeckung, während dieser sich bis an die Hütte heranschlich. Caminada deutete dabei auf die Tür. Sie war aufgebrochen worden. Vorsichtig trat er mit dem Revolver im Anschlag ein, während Marugg draußen die Lage im Auge behielt. Die Sonne tauchte die Szenerie derweil in ihr warmes Morgenlicht, der Tau auf den Matten glitzerte wie blühende Kristallblumen, und Käthys Kuh muhte dumpf im Stall.

In der Schönegghütte herrschte große Unordnung, Schubladen waren aufgerissen worden, und Papiere lagen am Boden verteilt, auch ein Schrank stand offen. Eines war nun gewiss: Der Mann musste hier etwas gesucht haben, aber was? Und hatte er es auch gefunden? Das Schwyzerörgeli war jedenfalls noch genau da, wo Caminada es in der vergangenen Nacht platziert hatte, stellte er überrascht fest. Derjenige, der hier am Werk gewesen war, hatte auf jeden Fall nicht gezögert, auf Caminada und Marugg zu schießen. Es ging hier somit um Leben und Tod, denn der Täter war rücksichtslos vorgegangen. Das hieß zweifellos, dass für den Schützen viel auf dem Spiel stand.

Caminada trat aus der Hütte zurück ins Sonnenlicht. Es roch nach Frühling, nach der erwachenden Alpweide. Der Brunnen plätscherte fröhlich, und die Kuh ließ noch mal ihr lautes Muhen aus dem Stall ertönen, und auch die Hühnerschaar meldete sich.

»Peter, der ist längst über alle Berge«, sagte Caminada und zeigte hoch zum nahen Waldrand. Er wusste, es hatte weder Sinn noch Zweck, dem Kerl zu folgen, denn es war schlichtweg zu riskant. Sie hatten ja soeben erlebt, was geschah, wenn dieser Mann sich in die Enge getrieben fühlte. Und ob sie beide nochmals so viel Glück haben würden, das wollten sie erst gar nicht herausfinden.

»Wem sind wir denn hier soeben auf die Füße getreten?«, fragte Marugg, der noch immer angespannt die Umgebung im Auge behielt. »Hat der Kerl nach der Tat am Sonntag hier etwas liegen gelassen, oder hat er gezielt nach etwas gesucht? Immerhin sind seit dem Mord wahrscheinlich mittlerweile bereits fünf Tage verstrichen.«

»Ich vermute wie du, dass es mit dem Mord zu tun haben muss. Was er aber hier suchte oder vorhatte, davon habe ich keinen blassen Schimmer. Ich stelle mir aber vor, dass er was ganz Bestimmtes gesucht hatte. Wieso aber erst jetzt, nach fünf Tagen … wieso nicht früher?« Caminada hielt seinen Revolver weiter im Anschlag und behielt die Umgebung im Auge. »Ich weiß es nicht. Aber ich schlage vor, dass du, Peter, alles Wichtige hier im Haus zusammenträgst: Papiere, Urkunden, das Gästebuch, einfach alles, von dem du denkst, es könnte wichtig sein. Und ich gehe derweil den Berghang hinter dem Schönegg hoch. Dort liegen ein paar Schneefelder, vielleicht finde ich Spuren von dem Kerl oder sogar noch welche von den letzten Tagen, die nicht dem Förster gehören.«

Caminada schritt vorsichtig mitten durch die Weide. Er wusste, wenn der Angreifer jetzt aus dem Hinterhalt des nahen Waldes auf ihn schoss, würde es sehr gefährlich für ihn. Doch dem musste er sich aussetzen. Außerdem könnte der Mann auch auf dem Weg ins Tal längst irgendwo auf der Lauer liegen.

Caminada ließ sich nicht beirren und wurde rasch fündig. 70 Meter oberhalb der Hütte entdeckte er Fußspuren.

Es handelte sich dabei um frische Abdrücke im lätschigen Schnee, der dort in einer Mulde noch knöcheltief lag.

Marugg kam hinzu, nachdem Caminada ihn mit donnernder Stimme zu sich gerufen hatte, und begutachtete die Spuren. »Die sind wirklich noch ganz frisch. Schau, Walter, die Konturen sind noch nicht weich gerundet. Außerdem ist das Profil noch sehr gut erkennbar.« Der Leutnant und Erkennungsfunktionär fotografierte und vermaß die Abdrücke im weichen Schnee. »Größe 44 bis 46, Männerschuhe, solides Sohlenwerk, leider keine Auffälligkeiten wie ein Merkmal in einer der Sohlen oder ähnliches«, sagte er anschließend. »Aber wenn wir das passende Paar Schuhe dazu finden, könnten wir es problemlos abgleichen, denn es gibt immer Eigenheiten bei einer getragenen Schuhsohle, aufgrund der Gangart des Trägers. So auch hier.«

Weitere Spuren fanden sie keine. Sie gingen daher zurück ins Schönegg und suchten jeden Winkel des Hauses ab. Erst danach machten sie sich auf die Suche nach den Patronenhülsen. Dass Fingerabdrücke darauf zu finden waren, wussten zwar mittlerweile viele Verbrecher, doch da im Affekt geschossen worden war, konnte es gut sein, dass der Täter sofort geflüchtet war, ohne die Hülsen aufzusammeln. Möglicherweise hatte er die Waffe nicht behandschuht geladen. Und außerdem wussten sie beide ziemlich genau, wo der Schütze ungefähr gestanden hatte, zumal beim ersten Schuss, ehe sie sich zur Deckung hingeworfen hatten.

Sie gaben die Suche fast schon auf, als sie immerhin eine einzige Hülse auf dem Boden fanden. Marugg nahm sie vorsichtig mit einem Taschentuch hoch und wickelte sie gleich darin ein, ehe er sie einsteckte.

Caminada hatte zwar den von Marugg gefüllten Rucksack hochgetragen, mit all den Gerätschaften, die er als Erkennungsfunktionär brauchte, dafür hatte Marugg Caminadas fast leeren Rucksack hochgetragen, der nun dazu diente, all das zu transportieren, was sie aus der Hütte mitnehmen wollten. Auch das Schwyzerörgeli musste mit, denn wer sich nur ein wenig damit auskannte, wusste, dass es ein unverschämt gutes und somit teures Musikinstrument war. Caminada wusste, dass Käthy es sich zum 70. Geburtstag hatte bauen lassen. Eine teure Sache, für die sie bestimmt lange hatte sparen müssen.

Während Marugg alles im Rucksack verstaute, hatte Caminada einen Hammer und Nägel gesucht und gefunden und nagelte die aufgebrochene Hüttentür mit ein paar alten Brettern aus dem Stall zu.

Mit einem mulmigen Gefühl im Bauch nahmen die beiden Landjäger den Weg zurück ins Tal unter die Füße, das in der frühlingshaften Sonne herrlich grün unter ihnen schimmerte. Der Rhein floss glitzernd am Fuße des Calanda Richtung Unterland, während Marugg sein Fahrrad ins Tal schob.

Caminada und Marugg wussten nicht, dass sie auf ihrem Weg argwöhnisch beobachtet wurden, dass ein Gewehrlauf auf sie gerichtet war!

11

Kilchberg am Zürichsee, 1949

Fredy Frei musste schon wenige Wochen nach der Hochzeit mit Gisela erkennen, dass es im Hause Käch nur eine Meinung und somit auch nur eine Wahrheit gab, und zwar die der Kächs. Und diese, ihre Wahrheit, verteidigten sie mit allen Mitteln und ohne Rücksicht auf andere. Auch das schöne Lächeln seiner Schwiegermutter Sybille konnte nicht darüber hinwegtäuschen, und so war auch ihm längst gewahr: Würde sie von einer Schlange gebissen, ginge das Tier elendig daran zugrunde. Sie war es nämlich, die mit eiserner Hand die Hausangestellten führte, während Robert Käch dafür sorgte, dass in der Schokoladenfabrik sein Wille geschah.

Wirtschaftlich schien den Kächs jedenfalls die Sonne aus den Hintern zu strahlen. In der riesigen Schokoladenfabrik wurde in den hinter ihnen liegenden Kriegsjahren sogar noch fleißiger produziert, denn sie war zu einem entscheidenden Lieferanten der eidgenössischen Kommission für Kriegsernährung erkoren worden, und so gab es auf jeder Lebensmittelrationierungskarte immer auch ein Märkli, einen Coupon, für eine Tafel Schokolade pro Woche, und das für jeden Eidgenossen. Diese Tafel kam aus Kilchberg. Auch dieser Erfolg war den Kächs nicht aus heiterem Himmel in den Schoß gefallen. Robert Käch war ein hoher Politiker, Mitglied des Nationalrates, und lief so aufgebläht herum, dass man Angst haben musste, die

Hemdknöpfe flögen einem plötzlich wie Geschosse entgegen. So war er denn auch mit gleich mehreren Mitgliedern dieser Kommission für Kriegsernährung befreundet und hatte so alle anderen Schokoladenfabriken ausstechen können.

Als Fredy im Herbst 1949 in die Familie Käch einheiratete, lief es am Anfang zumindest beruflich für ihn wunderbar. Sein Schwiegervater war sichtlich erfreut, dass Fredy tatsächlich als Handelsreisender mit besonderer Vollmacht wichtige neue Kunden dazugewinnen konnte und auch alte in seiner Art so hofierte, dass sie dem Geschäft gewogen blieben. Wie sein Schwiegersohn dies bewerkstelligte, war für den Direktor nicht ganz mit Worten zu erklären, es schien da kein Rezept und keine bestimmte Vorgehensweise zu geben. »Im Blut muss man es haben«, war seine einzige Erklärung für Fredys Erfolg. Und sicherlich half auch die allgemeine Stimmung im Land den Geschäften auf die Sprünge, da der Krieg noch nicht lange zu Ende war und die leidgeplagten Eidgenossen nun endlich freudig in die Zukunft blickten, ein neues Jahrzehnt stand vor der Tür – die Fünfziger!

Trotz dieses Verkaufserfolges auf ganzer Linie war es Käch noch immer nicht ganz recht, einen Ungebildeten, einen Nichtakademiker als Schwiegersohn an Bord seines Golddampfers zu haben. Golddampfer nannte er seine Fabrik wegen der vier riesigen Schornsteine und weil die Fabrik am Ufer des Zürichsees direkt am Wasser stand.

Was Gisela betraf, so trat sie wenige Wochen nach der Hochzeit auch unverblümt in die Fußstapfen ihrer Mutter und ihres Vaters. Fredy wusste ja schon vor der Hochzeit um ihren Ruf, und der war wohl auch der Grund dafür, dass vor ihm noch niemand um Giselas Hand gebeten hatte. Eigentlich hatte er das ja auch nie getan, stattdessen hatte sie, wie für eine Käch typisch, das Heft in die Hand genommen. So schön sie auch war, sie wurde Tag für Tag liebloser, und sie hatte immer etwas am Leben der anderen auszusetzen und immer mehr auch an Fredy. So sehr er sich auch bemühte, sie fand immer etwas.

Im folgenden Jahr fragte er sich im Stillen immer wieder, warum sie ausgerechnet ihn ausgesucht hatte, denn von großen Gefühlen konnte nun wirklich nicht die Rede sein. Außerdem gab es Tage, da kam er von einer Handelsreise zurück, und sie war nicht zu Hause, kehrte erst spät in die Villa am See zurück, ohne auch nur ein Wort darüber zu verlieren, wo sie gewesen war. Er mochte sie auch gar nicht mehr danach fragen. Das letzte Mal, als er sie gefragt hatte, war es zu einem heftigen Streit gekommen, der damit geendet hatte, dass sie ihm das Hochzeitsfoto samt Rahmen an den Kopf warf. Erzürnt war sie gewesen, ja gezittert hatte sie für einen Moment, so dreist fand sie seine Frage.

Immer wenn sie so spät nach Hause kam, meist nach Mitternacht, war sie eine andere. Einmal, da hatte sie sogar Blutflecken auf ihrer Kleidung. Das Kleid, das sie an jenem Abend anhatte, trug sie seither nicht mehr, es verschwand wohin auch immer. Sie hatte am nächsten Tag einen Verband um den Arm und ein Pflaster auf der linken Halsseite. Was geschehen war, darüber verlor sie nie ein Wort, und er fragte nicht nach. Aber sie hatte stark nach Alkohol gerochen.

Fredy musste es sich eingestehen: Auch er konnte ihr nicht das geben, was ihr in einer guten Ehe gehören würde. Wenn sie wirklich ein Herz für sie in seiner Brust gesucht hätte, dann hätte sie dort bloß einen Stein gefunden.

Wenn sie miteinander schliefen, dann schloss er seine Augen und träumte sich fort – hin zu Daniela. Er beherrschte dies mit der Zeit so gut, dass Gisela danach glühte vor Aufregung und ihm ungläubig in seine glänzenden Augen starrte. »Wie machst du das bloß?«, flüsterte sie beseelt. Diese Momente waren auch für ihn wunderbar, denn er hörte Danielas Stimme, die ihn dies fragte, und es waren ihre Augen, die ihn für einen glückseligen Moment anhimmelten.

Fredy sprach, während er mit Gisela beisammenlag, aber nie ein Wort, nur sein Herz flüsterte dauernd Daniela etwas zu, sagte ihr in der Sprache der Liebe, dass sein Herz ihr allein gehörte und dass sich dies auch niemals ändern werde. In derselben Sprache redeten auch seine Hände, die sie liebevoll streichelten.

Wenn er mit Gisela auf diese Weise Zeit verbrachte, dann schien es ihm, als würde sie danach richtig aufblühen. Sie verlor diese Strenge und Unnachgiebigkeit in ihrem Gemüt, als wäre sie aus einer dunklen Tiefe empor ans Licht geschwebt. Das waren angenehme Stunden, und es fühlte sich dann gut an, mit ihr zu reden oder gemeinsam zu essen. Sie lachte dann herzlich und blickte Fredy mit freundlichen Augen an. Doch nach jedem Mal kehrte erneut früher oder später diese Kälte in sie zurück, als könnte der Winter im Hause Käch auch mitten im Sommer jederzeit hereinbrechen.

Eines Abends, es war ein ausgesprochen schwülheißer Augusttag gewesen, lag Gisela mit gespreizten Beinen unter ihm, ihre Blicke waren einander zugewandt. Während Fredy sich fortträumte und alles seinen wunderbaren Lauf nahm, spuckte sie ihm plötzlich ins Gesicht und gab ihm eine schallende Ohrfeige fast zeitgleich hinterher. Er verharrte völlig überrascht in seiner Position, feine Tropfen Blut fielen aus seiner Nase auf ihre Brüste, sprenkelten diese wie rote Sommersprossen, als sie leise sagte: »Wenn ich wüsste, wer sie ist, ich würde sie tatsächlich umbringen!« Gisela schloss wutentbrannt die Augen, weinte einige Tränen des Zorns und Schmerzes, bevor sie befahl: »Und jetzt mach weiter!«

Als sie ihn schließlich von sich stieß, zog er sich an und ging nach draußen zum See. Es war längst stockdunkel. So würde er aber sowieso keinen Schlaf finden. Eine träge Gewitterfront hing über den Glarner Alpen. Nur müdes Donnern und Wetterleuchten war vom Ufer des Zürichsees aus zu hören und zu sehen. Er schmeckte Blut in seinem Mund.

Er wusste, sie beide waren in diesem Käfig eingesperrt. Was immer Gisela bei ihm gesucht, sich von dieser Ehe erhofft hatte, sie hatte es wohl doch nicht gefunden. Zum ersten Mal tat sie ihm so richtig leid.

Und er? Er fühlte sich an jenem Abend einfach nur leer. Er wollte und konnte so nicht mehr weiterleben. Für ihn würde es die Nacht der Entscheidung werden.

Fredy saß gewiss schon eine halbe Stunde fast bewegungslos da, das Gewitter, das sich in der Ferne über den Glarner Alpen zusammenbraute, ließ sich noch Zeit, wie es ihm schien.

Gisela kam für ihn völlig überraschend gegen 2 Uhr im Nachthemd aus der Villa und setzte sich wortlos neben ihn und lehnte plötzlich ihren Kopf an seine Schulter. Sie schwieg.

Zum zweiten Mal fühlte er Mitleid mit ihr, dachte, er müsse ihr etwas sagen, zeigen, dass sie immerhin im Schmerz vereint waren. »Gisela, es tut mir leid, dass ich nicht so bin, wie du es dir gewünscht hast«, sagte er mit leiser Stimme und legte seinen Arm um ihre schmalen Schultern.

Sie antwortete, ohne sich zu bewegen mit Blick auf den

schwarzen Zürichsee: »Hast du es denn noch immer nicht verstanden? Ich wusste doch vom ersten Augenblick, wer du bist. Aber weißt du es?« Sie lehnte weiter ihren Kopf an seine Schulter. Der Himmel glomm vom nahenden Gewitter auf, tauchte sie in flackerndes Licht, als sie ihn mit bedrohlich klingender Stimme fragte: »Kennst du dein furchtbares Geheimnis denn noch immer nicht, Fredylein?«

Erst jetzt stand sie langsam auf und trat vor ihn. Im Wetterleuchten schimmerte ihre Gestalt fast gespenstisch. Als würde die Natur Regie führen, wehten ihre Haare im ersten Luftstoß, der aus dem windstillen Nichts zu kommen schien, verheißungsvoll auf. Sie hob ihr Nachthemd. Sie trug nichts darunter, ihr dunkles Schamhaar hob sich von der hellen Haut ab.

»Knie dich vor mich hin«, befahl sie, während der Wind an Stärke zulegte. Die Blitze kamen näher wie auch das Donnergrollen. Sie griff in sein Haar am Hinterkopf und drückte seine Lippen zwischen ihre Beine. »Und jetzt denk an sie! So, wie du es noch nie zuvor getan hast. Hast du mich verstanden?«

In dem Aufzucken der grellen Blitze, dem böigen Wind und dem aufrauschenden Zürichsee verharrten sie in dieser Stellung. Gisela bewegte nur ihren Kopf mal vor, mal zurück. Ihr glückseliges Seufzen, das überging in ein erfülltes Weinen wurde vom Gewitter fast gänzlich verschluckt. Sie weinte lange, ließ ihn aber nicht los, ihr Körper zuckte leicht ob seiner Liebkosungen. Erst als der warme Regen sich in einen prickelnden Schauer verwandelt hatte und sie beide klitschnass waren, öffnete sie langsam den Griff ihrer Hände, löste seine Lippen von sich und ging mit wehendem Nachthemd zurück in die Villa und ließ ihn alleine zurück.

Kaum war Gisela in der Villa verschwunden, brach über

Fredy die Hölle aus, als hätte jemand die Wolkenberge mit einem riesigen Messer aufgeschlitzt. Der Donner grollte, sodass der Boden erzitterte, der See bäumte sich in den starken Böen zu Abertausenden Wellen auf, als kämpften sie gegeneinander, doch Fredy blieb am Ufer stehen.

Auf einmal schienen ihm der vergangene und der morgige Tag anderen Welten anzugehören. Er wünschte sich hier und jetzt zu sterben, unterzugehen in dieser Naturgewalt, denn was hatte Gisela gesagt? »Weißt du denn, wer du bist?« und »Kennst du dein furchtbares Geheimnis denn noch immer nicht?«.

Was hatte sie damit gemeint? Sie konnte doch unmöglich davon wissen? Niemand konnte davon wissen, denn er hatte es niemandem, absolut niemandem gesagt, und vor allem: Noch hatte er es ja nicht getan!

Fredy stand auf, ging die wenigen Schritte hin zum Wasser. Die Wellen schäumten, umspülten seine Füße, rissen an ihm, während er immer weiter ins Wasser stieg. Als wollte der See ihn auch nicht haben, stießen ihn die Wellen zurück, sodass er sich anstrengen musste, um weiter weg vom Ufer zu kommen, ehe ihm das Wasser bis zum Hals stand und die Wellen über seinem Kopf zusammenschlugen. Er wollte untertauchen, das Wasser einatmen und die Welt verlassen, als ihn plötzlich der Mut verließ. Er wollte zurück ans Ufer, doch nun spielte der schwarze See mit ihm Katz und Maus. Die Wellen schlugen auf ihn ein, er hustete, während er krampfhaft versuchte, zurück ans Ufer zu gelangen, doch der Sog des Wassers war zu stark. Als er auch nach mehreren Minuten keinen Boden unter den Füßen spürte, kam Panik in ihm hoch. Er schrie durch den Sturm um Hilfe, doch die Natur war lauter als er, verschluckte seine Rufe und ihn, es zog ihn unter Wasser, und seine Sinne schwanden zusehends.

Wie er es ans Ufer geschafft hatte, wusste er nicht. Benommen lag er im Sand, als er zu sich kam. Der Regen ergoss sich noch immer in Strömen, doch das Gewitter war weitergezogen. Mit dem Tod vor Augen war ihm klargeworden, dass er leben wollte, und nun musste er endlich den Mut aufbringen, das zu tun, was dafür notwendig war.

Die Kächs aßen auch am nächsten Sonntagabend wie immer alle gemeinsam zu Abend. Der große Tisch in dem noch viel größeren Herrenhaus war mit dem guten Geschirr gedeckt, das den Sonntagen oder wichtigen Gästen vorbehalten war. Die einheitlich gekleideten Bediensteten hatten wie immer alles bereit gemacht, die beiden Köchinnen hatten hervorragend gekocht, und Sybille Käch rührte wie immer keinen Finger, außer wenn es um die Verschönerung ihrer selbst ging. Aber sie hatte ihre Augen und Ohren überall. Niemand war so gut im Kritisieren und dem Aufdecken unwichtiger Unzulänglichkeiten wie sie. Eine angespannte Höflichkeit herrschte daher beim Personal. Und offenkundig genoss es der ehrenwerte Herr Direktor, auch an diesem Abend einige von ihm ausgewählte Angestellte zu demütigen, von denen er wusste, dass sie keine andere Wahl hatten, als es stillschweigend zu ertragen.

Wenn Fredy an diesen Sonntagen mit am Tisch saß, kam er sich wie ein Verräter vor, weil er bei den Demütigungen schwieg. Doch hintenherum steckte er den Betroffenen hin und wieder etwas zu. Er war sich sicher, dass sie wussten, dass auch er mit ihnen im gleichen Gefängnis saß, wenn auch auf eine andere seltsame Art und Weise.

Zwei Jahre zogen ins Land, der Sommer 1951 kam, und Gisela beklagte sich vehement, dass sie noch immer nicht schwanger war. Fredy war ihr im Bett aber weiterhin genauso zu Diensten wie auch sonst im Eheleben. Robert Käch erwartete seinerseits dringend einen Enkel, um die Familiendynastie zu sichern. Er, der Schokoladenkönig vom Zürichsee, wie er mittlerweile genannt werden wollte, würde ja nicht ewig leben. Außerdem wollte er persönlich die Aufgabe übernehmen, seinen Enkel in die Geschäfte einzuführen. Gisela war dafür aus seiner Sicht viel zu faul.

Wenn eine Käch nicht schwanger wurde, war der Sündenbock schnell gefunden. Robert Käch schickte Fredy zum Arzt der Familie. Doch der fand raus, dass diesbezüglich bei Fredy alles in bester Ordnung war, unter dem Mikroskop wimmle es geradezu vor Leben. Er betonte in seinem schriftlichen Bericht an Robert Käch, dass das junge Ehepaar wohl nur noch den richtigen Zeitpunkt für seinen Beischlaf finden müsse.

Als Gisela dieses Schreiben zu Hause zu Gesicht bekam, wollte sie nichts davon wissen. Sie sagte: »Fredylein, der Dr. Rohner, das ist ein fixfertiger Quacksalber, der ist zu alt, und Vater hat ihn umgehend als Hausarzt entlassen. Was denkt der sich bloß? Mehr als meine Beine für dich breit machen, kann ich ja auch nicht.«

»Er hat mir gegenüber aber ebenfalls betont, dass bei mir alles in Ordnung sei«, hielt Fredy dagegen.

Sie winkte ab. »Fredylein, ich spüre doch als Frau genau, was in meinem Körper passiert. Was willst denn du als Mann davon verstehen? Als ob ein Mikroskop alleine alles erklären könnte, was an dir nicht richtig ist. Also, mein Vater wird dich nach Zürich schicken, ins Universitätsspital. Die müssen dir helfen können, denn mir fehlt rein gar nichts. Ich weiß es einfach, und mein Frauenarzt weiß es auch.«

Fredy sagte nichts, denn er wusste aus Erfahrung, dass er an ihrem Thron der Wahrheit auf keinen Fall rütteln durfte, denn dann würde sie angriffig, laut und beleidigend. Ein Bollwerk der Gegenwehr fuhr sie dann auf, fauchte ihn an, dass er ja nur der Sohn eines armen Kohleschauflers sei, sie hingegen habe die besten Schulen besucht und stamme aus einer Familie von Akademikern. Und wenn sie schon mal in Rage kam, ging es meist damit weiter, dass ihr Vater sie ja vor ihm gewarnt habe, dass sie gescheiter ihresgleichen suchen müsse, denn nur wer ihrem Stand angehöre, habe die nötige Weitsicht. Dabei leuchtete ihr schönes Gesicht vor hartherziger Zornesröte, die glühend jeden verbrannte, der ihr zu nahe kam.

Fredy schwieg daher und nickte. »Gut, der Herr Professor soll mich untersuchen. Schaden kann's ja nicht.«

»Gut, Fredylein, gut. Du wirst es ja schon noch erkennen.«

Fredy hatte nur ein einziges Mal mit seiner Mutter über seine Ehe gesprochen, denn auch sie hatte in ihrer Ehe längst gelernt zu schweigen, aber nicht zu leben. So schien es Fredy zumindest. Doch seit seine Eltern in dieser schönen neuen Wohnung lebten, die hell war, mit schicken Möbeln und einem neuen Herd, hatte sich die Mutter verändert. Aus der grauen Maus war längst eine schöne Frau geworden, die nach der Arbeit nicht mehr nur tagein, tagaus in der Wohnung hockte. Reich waren seine Eltern zwar nicht geworden, aber sie gehörten dank Fredys Heirat nun zur Mittelschicht. Und weil es seiner Mutter seit seiner Heirat so viel besser ging, hielt ihn das nur noch mehr gefangen, denn er wollte nicht, dass seine Eltern wieder zurück ins dunkle Loch mussten. Wer einmal dem Elend entfliehen konnte, und sei es nur für einen Augenblick, der würde sich ungleich schwertun, sich wieder mit dem Alten abzufinden.

»Sei klug, mein Sohn«, hatte seine Mutter gesagt und ihm über die Wange gestrichen, als wäre er noch ein kleiner Junge, als er mit ihr über sein Leben gesprochen hatte. »Es gibt auch eine Befreiung im Herzen. Und dazu brauchst du niemanden zu verändern, außer dich selbst. Also tu das, freu dich an allem und geh den Fallen des Lebens aus dem Weg. So wirst du es schön haben. Verstehst du? Tu, was dir guttut, so wie ich es immer schon getan habe, und lass dich dabei nicht erwischen.« Sie lächelte vielsagend.

Das war nicht dieselbe Mutter wie noch vor zwei Jahren. Wie eine etwas eingetrocknete Topfpflanze, die endlich gegossen und auf den Fenstersims ans Licht gestellt worden war, kam sie ihm nun vor.

Fredy nahm sich ihre Worte zu Herzen und plante seine Handelsreisen nun immer etwas länger, interessierte sich dafür, was es an diesen Orten alles Schönes zu sehen gab, und dachte auch hin und wieder über sein dunkles Geheimnis nach. Er wusste, dass es nicht nur beim Nachdenken bleiben würde. Ein Schaudern überkam ihn, als er spürte, dass er es tun würde, nicht heute, aber bald!

12

Chur, Ende April 1939

Rösalirots Augen zeigten große Sorge, als ihre Mutter auch zum Abendbrot nicht nach Hause zurückgekehrt war. »Ja, meinst du, ihr ist am Ende gar was passiert?«, fragte sie den Vater, bevor dieser zu den Landjägern ging, um das Verschwinden zu melden.

Er zuckte mit den Schultern. »Wollen wir doch nicht gleich den Tüfel an die Wand malen. Aber kschpässig ist das Ganze ja schon. Also, warte hier, ich gehe zu den Landjägern.«

Paul Rot meldete das Verschwinden seiner Frau Lina dem diensthabenden Wachtmeister Sepp Brot. Im Spital war sie nämlich auch nicht gewesen, und wo sie sonst sein könnte, davon hatte er nun wirklich keine Ahnung. Auf jeden Fall war sie fort. Sorgen bereitete ihm, dass sie nichts mitgenommen hatte; weder den neuen roten Mantel noch den Geldseckel, geschweige denn den Haustürschlüssel. Es fehlten lediglich ein Paar ihrer Schuhe. Sie hatte ja nur drei Paar.

»Landjäger Brot, es ist, als wäre meine Frau vom Erdboden verschluckt worden. Bitte finden Sie sie!«, sagte Paul immer wieder, bevor er unverrichteter Dinge wieder nach Hause ging.

Zu Hause wartete Rösalirot in der leeren Wohnung auf ihren Vater, der nach über einer Stunde zurückkehrte.

Es wurde langsam dunkel, doch Lina blieb spurlos verschwunden.

Da Lina Rot erst vor etwas mehr als einer Woche aus der Kur in Davos zurückgekommen war, wurde im Landjägerkorps befürchtet, dass sie irgendwo außerhalb des Hauses einen Blutsturz erlitten hatte, obwohl Paul zuvor eindringlich betont hatte, wie gesund, ja geradezu fidel seine Frau aus dem Zug gestiegen sei, als hätte man sie in Davos ausgewechselt.

Nur zehn Minuten nachdem Rot das Landjägerkorps verlassen hatte, rückten zehn Landjäger und drei der städtischen Polizeibeamten aus, um seine Frau zu suchen. Auf Fahrrädern oder zu Fuß durchkämmten sie an jenem Montagabend das Städtli und die nähere Umgebung. Sogar bis hinunter in das Bachbett der Plessur wurde später am Abend mit Lampen gespäht, in der Befürchtung, sie könnte, wie auch immer, über die steinerne Mauerbrüstung gefallen sein. Doch Lina blieb verschwunden, und niemand hatte sie gesehen.

Paul seinerseits ging spät am Abend zusammen mit Rösalirot noch mal zu den Nonnen ins Kreuzspital, das neue Kantonsspital würde ja erst in wenigen Wochen seine Eröffnung feiern. Doch Lina war und blieb unauffindbar.

Die Landjäger konnten auch nicht mehr tun, als gegen Mitternacht, mittlerweile reduziert auf drei Beamte, auf Velos nochmals durch die Gassen der Stadt zu fahren und danach in alle möglichen Richtungen auch über den Stadtrand hinaus.

Niemand schien Lina an jenem Tag gesehen zu haben. Die Letzte war Rösalirot gewesen, die sich um 7:45 Uhr von der Mutter auf der Türschwelle verabschiedet hatte, weil sie in die Schule musste. Rein gar nichts sei an diesem

Morgen ungewöhnlich gewesen, erklärte das Mädchen seinem Vater und den Landjägern wiederholt.

Lina Rot tauchte auch in den nächsten Tagen nicht wieder auf, und niemand konnte ausfindig gemacht werden, der etwas von ihr gesehen oder gehört hätte. Spekulationen tauchten daher auf, dass sie möglicherweise Selbstmord begangen habe. Das habe es auch schon gegeben, wenn jemand Monate in einem schönen Kurhaus weit weg vom Alltag verbracht hatte und dann mir nichts, dir nichts zurück in das alte Leben musste. Da sei schon manch einer von einer grauenhaften Schwermut übermannt worden.

Paul und auch Rösalirot fanden, dass dies blanker Unsinn sei. Beide erklärten wie aus einem Mund, dass Lina viel gelassener gewesen sei in der vergangenen Woche, ja regelrecht freudig darüber, dass die Familie endlich wieder vereint und sie wieder ganz gesund war. Man dürfe überdies nicht vergessen, dass sie vor wenigen Monaten erst ganz knapp dem Tod entronnen war, das ändere doch so einiges. Sie war zufriedener denn je, glücklich über das, was sie hatte, auch wenn es nicht viel war. Kurzum, sie habe das berühmte Blümlein am Straßenrand wieder gesehen.

Das Verschwinden von Lina Rot blieb schlichtweg unfassbar, die Erklärungsversuche waren reine Spekulation. Anzeichen eines Verbrechens fehlten, Zeugen gab es weiterhin keine. Ein großes Rätsel blieb zurück, dass allem Anschein nach nicht zu lösen war, auch nicht für die noch so fleißigen Landjäger.

Es kam eine sehr schwere Zeit auf das erst 13-jährige Rösalirot und ihren Vater zu. Paul kam mit dem spurlosen Verschwinden seiner lieben Frau einfach nicht zurecht.

Wochen nach ihrem Verschwinden begann er, mehr als üblich zu trinken. Die Frage, was mit ihr passiert war, fing an, sein Leben zu bestimmen. Er zerbrach sich offensichtlich seinen Kopf darüber und fraß den Kummer in sich hinein, bis dieser die Oberhand gewann. Deshalb verschwand er immer öfters nach dem Feierabend in den Wirtshäusern des Städtlis und kam, wenn überhaupt, schwankend und zunehmend auch aufgebracht nach Hause, um dort seinen Rausch auszuschlafen. Bald fehlte er immer öfters auf der Arbeit. Zu Anfang hatte man noch Geduld und Verständnis, doch dies änderte sich nach einiger Zeit, und er wurde entlassen.

Rösalirot, deren Schiefhals mit dem Eintritt in die Pubertät noch breiter geworden war, musste alleine mit der Trauer um die verschwundene Mutter zugange kommen, und nun auch noch mit der Sorge um ihren trinkenden Vater. Außerdem begann sie ihr Schiefhals plötzlich furchtbar zu stören. Sie kam sich wie eine Zirkusattraktion vor, für die man Eintritt zahlen musste, um sie dann in einem kleinen Zelt, hinter dunklen schweren Vorhängen wartend, kurz sehen zu dürfen.

Tage vergingen, Wochen und Monate …

An einem Sonntag im folgenden November geschah das Unvermeidliche. Zwei Landjäger rückten in aller Früh aus zum Arcasplatz, sie wurden begleitet von einem braunhaarigen Fräulein von der Vormundschaftsbehörde.

Rösalirot hörte das Klopfen an der Tür. Der Morgen dämmerte erst, und sie dachte im Halbschlaf, dass es vielleicht Mutter sei, denn sie hatte wieder mal von ihr geträumt. Ihr Vater schlief noch seinen Rausch aus, wie sie an seinem lauten Schnarchen aus der Stube hörte – er hatte seit Linas Verschwinden nie wieder im Schlafzimmer geschlafen. Rösalirot konnte ja nicht wissen, dass er am Abend zuvor in der Bierhalle im Suff Stühle und Gläser um sich geworfen hatte, bis man ihn auf die Straße stellte.

Sie ging zur Tür und öffnete. Zwei große, kräftige Landjäger standen wie eine Wand vor ihr. Erst jetzt trat das Fräulein von der Vormundschaftsbehörde hinter den beiden hervor, als diese erkannte, dass einzig Rösalirot an die Tür gekommen war.

»Grüaziwohl, Rösalirot. Ich bin das Fräulein Klucker. Sag, wo ist denn dein Vater? Ist er das etwa, den ich bis hierher schnarchen höre?«

Rösalirot nickte. »Er schläft auf dem Gutschi.«

Das Fräulein blickte sich kurz zu den beiden Landjägern um. »Lassen wir ihn doch in Ruhe auf dem Sofa schlafen. Aber nun zu dir, junges Fräulein.« Sie erklärte, warum sie hergekommen war; dass der Vater die Miete nicht mehr bezahlen könne, dass die Wohnung deswegen gekündigt worden sei und er heute wegen seiner schweren Trunksucht in die Irrenanstalt eingewiesen werden müsse. Für die mittlerweile 14-Jährige bedeute dies, erklärte sie in ruhigem Tonfall weiter, dass sie auf der Stelle mit ihr mitkommen müsse.

»Du wirst an einen guten Ort umplatziert«, sagte Fräulein Klucker zu Rösalirot, die mit fragenden Augen regungslos in der Tür stand. »Ins Waisenhaus in Chur musst du, bis dein Vater wieder recht tut, gell? Und dort bist du nicht allein. Du wirst sehen, es hat dort ganz viele andere Kinder. Dort wirst du es bestimmt gut haben.« Sie lächelte. »Magst du Tiere? Ja? Im Gutsbetrieb des Waisenhauses hat es nämlich Kühe, Pferde, Schweine, Schafe und ganz viele Hühner, dazu große Gärten und Felder. Und keine Angst, da gibt es auch wackere Knechte und Mägde. Ihr müsst denen aber ein bisschen helfen.« Sie legte die Hand auf Rösalirots Schulter. »Also, Maitli, pack deine Siebensachen und komm mit mir mit. Ich warte hier an der Tür. Aber mach geschwind«, sagte das Fräulein, als hätte sie Angst, dass Rösalirot fliehen könnte. »Und lass den Vater schlafen ...«

Rösalirot ging zurück in die farblose Wohnung. Sie hätte den Vater auch dann nicht wecken können, wenn sie es gewollt hätte. Sie kannte diesen Schlaf des Rausches. Für einen Moment blieb sie vor dem Sofa stehen und blickte auf ihn. Sein Mund stand halb offen, Speichel sammelte sich auf dem Kissen. Er hatte einen ungepflegten, zottigen Bart bekommen. Sein Atem stank nach Alkohol, und Schweißgeruch lag in der Luft.

Sie wusste nicht, was sie sagen, wie sie sich fühlen sollte. Er war kaum mehr zu Hause gewesen und wenn, dann nicht so, wie sie ihn vor alledem gekannt hatte. Sogar geschlagen hatte er sie im Suff, wirres Zeug geredet, dass sie schuld sei, dass die Mutter sich was angetan habe wegen des schiefen, grausigen Halses ihrer einzigen Tochter. Dann hatte er plötzlich geweint, war vor ihr auf die Knie gefallen, hatte seinen Kopf an ihre Brust gelegt, als wäre er ein Bub und sie die Mutter. Es tue ihm alles leid, hatte er geschluchzt, dann war er aus der Wohnung gestolpert und drei Tage nicht mehr nach Hause gekommen.

Das Fräulein Klucker war mit einem Einspänner vorgefahren, den sie gelenkt hatte. Es war ein junges Pferd eingespannt, das überschäumte vor Kraft. Es zog den Wagen an diesem frühen Morgen erst hoch zum Waldhausstall und dann weiter die schmale Straße hinunter zum Waisenhaus, das sich prägnant und dunkel mit seinen Stallungen aus dem sonst unbebauten Hang erhob. Das Fräulein Klucker ließ nie einen Zweifel darüber aufkommen, wer die Zügel in den Händen hielt.

Rösalirot wurde an diesem windigen Sonntagmorgen im November 1939 im Waisenhaus Chur Masans eingeliefert. Die Morgendämmerung war noch nicht weit fortgeschritten, als sie das Heim erreichten.

Sie fuhren direkt vor den kleinen überdachten Eingang, der über drei Seiten mit je vier Treppenstufen zu erreichen war. Ein großer Sennenhund bellte heiser und umrundete das Gefährt, doch er schien ein freundlicher Geselle zu sein. Der Geruch von Milch, Polenta, Malzkaffee und Rösti lag in der Luft. Als Rösalirot aus dem Pferdewagen stieg, warfen zwei Knechte misstrauische Blicke zu ihr herüber, bevor sie im Stall verschwanden. Die grauweißen Wolken, die vom Südwind über das Churer Rheintal getrieben wurden, wirkten genauso aufgewühlt wie Rösalirots Herz. Im Gegensatz zu den großen Laubbäumen, von deren Ästen der Wind die gefärbten Blätter holte, zeigte das Mädchen nach außen hin kaum eine Regung, als es mit dem Koffer in der linken Hand das Heim betrat.

Die Tür schloss sich hinter ihr, Glühbirnen erhellten matt einen Flur und den Aufgang zum Treppenhaus, das wie ein dunkles Gewölbe wirkte.

»Morgen kannst du ja bereits mit einigen der anderen Kinder hinunter nach Masans in die Schule gehen. Nicht alle Kinder gehen zur Schule, diejenigen, welche unzumutbar sind, schaffen den ganzen Tag auf dem Waisenhausgut. Doch zu denen gehörst du nicht«, sagte das Fräulein Vormund. Dann trug sie einem der Kinder, die sich neugierig genähert hatten, auf, den Heimleiter zu holen.

Für Rösalirot war alles hier neu und roch ungewohnt. Das Frühstück musste soeben beendet worden sein, denn überall sah und hörte man nun Kinder und das Klappern von Geschirr aus der nahen Küche. Rund um Rösalirot schwirrte daher das Leben. Ganz im Gegensatz zu den letzten Monaten, in denen sie so oft alleine daheim gesessen hatte, in der Stille der leeren Wohnung. Frühstück hatte sie in den letzten Wochen meist keines gekriegt, weil Vater einige der Rationierungsmärkli im Suff verkauft hatte.

Rösalirot hielt mit ihrer linken Hand weiter fest den Griff ihres Koffers umfasst, in dem sie die wenigen Habseligkeiten mitgebracht hatte, die sie besaß. Darunter befand sich auch eine Stoffpuppe, die sie einst von der Mutter zu Weihnachten bekommen hatte, sowie Mutters grellroter Mantel, der ihr aber noch viel zu groß war. Den Blicken der neugierigen Kinder auf ihren Schiefhals hielt sie stand.

Der Gutsverwalter und Heimleiter Herr Fröhlich kam aus dem Stall herbeigeeilt. Er trug schwere Stiefel und roch nach den Schweinen. »Jo, grüaziwohl, Fräulein Klucker.« Er reichte ihr überschwänglich die Hand. »So sehen wir uns auch mal wieder. Und wen haben Sie uns denn diesmal Liebes mitgebracht? Das muss doch das Rösalirot sein, oder?« Herr Fröhlich hatte wilde Locken auf dem runden Kopf, und seine Augen waren warm und von vielen kleinen Lachfalten umspielt.

Rösalirot war es gewohnt, dass jeder, der ihren stämmigen und schiefen Hals zum ersten Mal sah, zwangsläufig große Augen machte und dann trotzdem so tat, als ob bei ihr alles ganz normal sei. So reagierte auch Herr Fröhlich in diesem Moment. Der freundliche Mann sah außerdem eher aus wie ein Bauer und nicht wie ein Heimleiter, dachte sich Rösalirot, wobei sie ja gar nicht wusste, wie ein Heimleiter auszusehen hätte. Auf jeden Fall müsste es jemand mit strengen Gesichtszügen sein, dachte sie, und nicht einer, der so herzlich fröhlich war wie sein Name. Oder war dies nur zur Begrüßung so?

»Herzlich willkommen«, sagte Fröhlich, als hätte er ihre Gedanken gelesen. Er nahm sein blaues rundes Käppi vom Kopf und behielt es in der Hand. »Unser Fräulein Meister, sie ist die Hausmutter hier, wird dir nun deine Kammer zeigen, denn ich muss leider zurück in den Schweinestall. Ist das nicht saudumm?« Er winkte lachend einen jungen Burschen in der Nähe her, der etwas misstrauisch aus braunen Augen auf Rösalirots schiefen Hals starrte. »Köbali, ruf ganz geschwind das Fräulein Meister, ja?«

Wie von einer Hornisse gestochen rannte der Junge los, der etwa im gleichen Alter war wie Rösalirot, während Heimleiter Fröhlich zurück zum Stall ging.

Fräulein Meister kam mit militärisch strengem Schritt auf sie zu. Sie trug einen braunen Rock, der bis zu ihren Knöcheln reichte, schwarze geschnürte Schuhe und eine weiße Bluse, darüber eine dunkle Schürze. Ihr Haar hatte sie zu einem perfekt sitzenden Dutt hochgesteckt, der wiederum unter einer weißen Haube rauslugte. Fräulein Meister war Mitte 40 und hatte schöne, aber strenge Gesichtszüge, fand Rösalirot. Die Augen von Fräulein Meister verrieten ihr auch, dass sie Gehorsam, Sauberkeit und Ordnung erwartete.

Sie führte Rösalirot samt Vormundin hoch in den vierten Stock des langen rechteckigen Gebäudes mit den unzähligen Fenstern. »Hier befinden sich die Schlafräume«, erklärte sie. »Hier schlafen die Mädchen in deinem Alter«, sagte Meister, nachdem sie mitten im Raum stehen geblieben war, in dem es dumpf nach Mäusekot und Rattengift roch. Der gedrungene Schlafsaal befand sich direkt unter dem schweren Holzgiebel, und es standen 21 Betten darin. »Das hier ist deines. Und diese Schublade hier in der Kommode gehört ab sofort dir.« Meister blickte Rösalirot in die Augen. »Maitli, sei reinlich und halte stets Ordnung. Wir dulden hier im Haus kein liederliches Verhalten. Und halt dich von den älteren Buben und den Knechten fern.«

Rösalirot nickte und staunte, wie ordentlich jedes einzelne Bett gemacht war; die schweren, dicken Bettdecken waren alle penibel zusammengefaltet. So etwas konnte sie nicht.

Fräulein Meister nahm ihr den kleinen Koffer aus der Hand und stellte ihn neben das Bett. »Nun bist auch du hier zu Hause. Sei also willkommen.«

Die Vormundin ging, Rösalirot blieb. Sie schaute noch zu, wie der Einspänner in einem Bogen auf dem großen gekiesten Vorplatz von Heim und Stall wendete, während der Sennenhund ihn bellend umkreiste, ehe er aufgab und den Wagen ziehen ließ. Das Kies knirschte unter den Rädern des Wagens, das Pferd wippte mit dem schweren Haupt auf und ab, als es an Rösalirot vorbeitrottete, als wolle es Adieu sagen. In dem Moment stupste der Hund Rösalirot mit seiner feuchten Nase an, er hechelte, als lächle er. Sie blickte in seine warmen braunen Augen. Sie fühlte, dass sie bestimmt gute Freunde werden würden.

Fräulein Meister führte die Neue, wie sie nun eine Weile heißen würde, durchs Heim. Sie zeigte ihr den großen Waschraum und welches Waschbecken sie mit jeweils vier anderen Mädchen zu teilen hatte und betonte, dass auch hier Ordnung gehalten werden müsse.

»Diese Zahnbürste gehört nun dir«, sagte sie, nachdem sie einen Blick in den Mund von Rösalirot geworfen hatte und anerkennend genickt hatte, da die Zähne auf den ersten Blick in Ordnung schienen. Sie wusste, dass Kinder aus sehr armen Familien meist keine Süßigkeiten bekamen, und das war gut für die Zähne.

Im Erdgeschoß blieben sie vor dem Speisesaal stehen. »Wenn die Glocke läutet, dann hat jeder ganz genau sieben Minuten Zeit, um im Speisesaal zu erscheinen. Mit gewaschenen Händen«, betonte sie. »Wer zu spät kommt, der geht mit leerem Magen direkt in den Schweinestall zum Ausmisten. Genauso diejenigen mit ungewaschenen Händen. Habe ich mich klar ausgedrückt?«

Da Rösalirot mit ihrem Steifhals nicht nicken konnte, sagte sie leise: »Ja, Fräulein Meister.«

»Gut, und jetzt bekommst du noch anständige Kleidung, danach was zu essen. Du siehst hungrig aus.«

In den Kellerräumen, dort, wo all die Wäsche gewaschen wurde, wurde auch an diesem Sonntag emsig gearbeitet. Es war warm von der Mangel, durch die unzählige Leintücher gezogen wurden. Gewaschen wurde von Hand in großen Bottichen, in die Mägde und Zöglinge immer wieder große Eimer mit heißem Wasser schütteten, das zuvor auf einem mit Holz eingefeuerten Ofen erhitzt worden war. Als Fräulein Meister mit Rösalirot den Raum betrat, rieb soeben eine Magd mit einer großen Raspel die Kernseife in einen der Bottiche, ehe ein weiterer händischer Waschgang vorgenommen wurde.

Aus einem der vielen Schränke, die feinsäuberlich angeschrieben waren – auch auf den Tablaren im Innern waren Art und Größe der Waren beschriftet –, bezog Rösalirot je zwei Garnituren Arbeitskleidung, Unterröcke, Unterhosen, Röcke, Schürzen und Blusen. Dazu Kleidung für die Schule und sogar einen alten Schulranzen. Sie hatte ihren zu Hause vergessen.

Nachdem sie alles oben im Schlafsaal im vierten Stock

ordentlich in ihre Schublade gelegt hatte, dies unter dem strengen Blick von Fräulein Meister, wurde sie in die große Küche geführt, durfte an einen Tisch neben eine alte Magd sitzen. Ihr wurde Polenta gereicht, eine Schale Milch und ein Stück dunkles Brot mit viel Butter darauf. Rösalirot schmeckte das Essen sehr, sodass die Magd sogar nochmals Polenta nachschöpfte und ihr zulächelte. »Essen ist wichtig, junges Fräulein.«

Als Rösalirot satt war und Fräulein Meister wieder durchs Gebäude folgte, war es plötzlich sehr still im Waisenhaus.

»Wir gehen nun wieder hinunter in den Keller. Dort kannst du dich bis zum Mittagessen nützlich machen.«

»Wo sind denn all die anderen Kinder hin?«, fragte Rösalirot etwas schüchtern.

Fräulein Meister blickte auf die Uhr, die sie an einer Kette um den Hals trug. »Die sind allesamt wie immer am Sonntag in den Gottesdienst gegangen, zu Fuß in die Erlöserkirche. Die werden nach dem Amen eine Dreiviertelstunde brauchen, um durch die Wiesen und Felder wieder hier hochzukommen. Bis dahin sei fleißig. Nächsten Sonntag darfst auch du mit den anderen gehen.«

Rösalirot hatte keine Mühe, anzupacken. In den letzten Monaten war sie die Hausfrau im Hause Rot gewesen, hatte neben der Schule geputzt, gekocht und draußen am Brunnen gewaschen. Auch wenn ihr Schiefhals sie in der Beweglichkeit einschränkte, arbeitete sie hart und ohne zu jammern, und die Mägde lobten sie noch vor dem Mittag für ihren vorbildlichen Fleiß.

Nachdem sich um 12 Uhr das Geläut der Kirchen über dem Tal erhoben hatte, tauchte um 12:35 Uhr eine Karawane von Kindern unterhalb des Waisenhauses auf, die mitten durch die Weiden liefen. Als wären sie auf Pilgerfahrt, bildeten sie eine Kette auf dem Weg zum Mittagessen.

Sogar in den Kellergewölben war die Waisenhausglocke zu hören, die allesamt zum Essen rief. Ding, Dong, Ding, Dong, Ding, Dong hallte es durchs ganze Haus.

Rösalirot verlief sich in dem großen Gebäude, weil das Geläut mal aus der einen, mal aus der anderen Richtung zu kommen schien. Doch sie folgte dann einfach dem Strom der anderen Kinder, die auf die geschlossene Tür des Speisesaals zuströmten, dort stehen blieben und sich einordneten.

Sie stellte sich zuhinterst an. Alle Blicke lagen auf ihr, der Neuen, dem Mädchen mit dem langen, dicken und gar schiefen Hals, der aussah, als wäre er hart wie Holz, dabei war er sehr empfindsam.

Rösalirot hatte sich zuhinterst angestellt, obwohl sie rasch gemerkt hatte, dass die Kinder sich der Größe nach einordneten, die Kleinsten standen am Ende der Schlange. Nur ein Bub schien sich nicht an diese Regel zu halten. Er war einen ganzen Kopf kleiner als das Mädchen direkt hinter ihm, doch er stand fast zuvorderst. Er hatte dunkle Haare und Sommersprossen, und er schien Mühe zu haben, ruhig zu stehen. Seine Arme schlackerten zu beiden Seiten.

Erst als Totenstille im Flur herrschte, ging die Tür auf, und alle strömten hinein an die Tische, als gäbe es nicht für alle genügend Stühle.

Sieben lange Tische standen wie zum Appell in Reih und Glied in dem großen Raum, der komplett aus Holz erbaut war. Rösalirot schaute zu, wie jedes Heimkind an seinen Platz ging. Verloren blieb sie stehen. Auf der Suche nach einem leeren Stuhl fühlte sie wieder alle Blicke auf sich.

Plötzlich griff jemand von hinten an ihre Schulter, sodass sie erschrak. Es war der Heimleiter, Herr Fröhlich.

»Schau mal dort, Rösalirot. Dort hat's doch noch ein wunderbares Plätzli für dich.« Er lächelte sie an und führte sie einige Schritte in die Richtung.

Sie setzte sich, und das Getuschel verstummte für einen Moment, ehe drei Mägde mit weißen Kopftüchern emsig die Suppenschüsseln reintrugen, dazu auf Holzbrettern ganze Brote, die im Waisenhaus gebacken wurden. Dies dank einer Bewilligung des Eidgenössischen Kriegsernährungsamtes aufgrund der Rationierung aller Rohstoffe, als vor wenigen Wochen, am 1. September, der Zweite Weltkrieg ausgebrochen war, als Deutschland Polen überfiel.

Nun wurde geschöpft und jedem eine Scheibe Brot zugeteilt. Dann wurde es, wie auf ein unhörbares Kommando, von einem Moment zum nächsten still.

Der Heimleiter stand von seinem Tisch auf und sagte: »Heute wollen wir das Rösalirot begrüßen. Sie ist heute Morgen zu uns hergekommen. Seid freundlich zu ihr. Sie hat es während ihrer ersten Tage hier besonders nötig, bitte erinnert euch, dass auch ihr einmal neu hier wart.«

Er blickte in die Runde und nahm dann einen großen Laib Brot in die Hand, der vor ihm auf einem Brotbrett gelegen hatte. Mit der anderen griff er nach dem Brotmesser. Er zeichnete mit der Messerspitze ein Kreuz über dem Laib Brot und sagte ehrfürchtig: »Herrgott unser im Himmel, segne unser Brot und lass uns die nicht vergessen, die da hungernd sind in der Welt. Amen!«

Ohne auch nur ein Wort zu sprechen, beugten sich die vielen Kinder über ihre Teller. Es wurde erst die Suppe gelöffelt, dann die Kartoffeln mit Linsen verspeist, und für jedes Kind gab es ein gekochtes Ei. Für den Durst standen Krüge mit Wasser auf den Tischen bereit. Nur das

Klappern vom Besteck war zu hören und hie und da ein Schlürfen.

Ohne ein Vorzeichen klatschte urplötzlich der Heimleiter in die Hände. Sofort brach ein lautes Gerede aus, als hätten die Kinder zuvor alles aufgestaut, um es nun gleichzeitig loszuwerden.

Rösalirot aß weiter und blickte in die Gesichter dieser kunterbunten wilden Horde, in die sie hier geraten war. Das jüngste Kind war vielleicht drei, die ältesten schon groß und stark wie die Knechte. Dass sie bis vor wenigen Stunden noch zu Hause gewesen war, kam ihr unwirklich vor, denn sie befand sich hier nun in einer anderen Welt, in einer anderen Zeit.

Nachdem alle gegessen hatten, stand der Heimleiter auf, und das Gerede verstummte augenblicklich. Er nickte, alle erhoben sich und schoben die Stuhllehnen gerade an die Tischkanten, ehe die meisten Kinder den Speisesaal geordnet verließen. Diejenigen, die zum Küchendienst eingeteilt waren, verschwanden mit den Geschirrwagen durch die Klapptüren neben der großen Durchreiche. Rösalirot bekam einen Lappen in die Hand gedrückt und musste die Tische zusammen mit einem anderen Mädchen wischen und anschließend mit einem Tuch trocken reiben.

Danach hieß es, die Zähne zu putzen. Da es Sonntag war, trafen sich alle anschließend im großen Aufenthaltsraum, in dem auch ein Klavier stand und drei kleine Schaukelpferde, von denen einem ein Auge fehlte. Diese Schaukelpferde wurden sofort von den Kleineren in Beschlag genommen, sie zankten darum, ein Mädchen weinte. Doch niemand griff ein. Der etwa zwölfjährige Bub, der sich beim Anstellen vor dem Speisesaal nicht an die Größenordnung gehalten hatte, setzte sich aufs Klavier. Rösalirot fand sofort Gefallen an dem Jungen, er wirkte einerseits verloren und andererseits völlig unerschrocken. Ihre Blicke trafen sich, er lachte sie an und zeigte mit seinen Fingern an, dass gleich jemand Klavier spielen würde.

Ein Mädchen riss Rösalirot aus dem Moment. Sie war etwas älter als sie. »Du bist heute Morgen gekommen, als wir in der Kirche waren, gell? Warum bist du denn hier? Sind deine Eltern auch tot? Oder einfach davongelaufen?«, sagte sie, ohne Luft zu holen.

»Nein. Meine Mutter ist spurlos verschwunden, und mein Vater ist halt krank.«

»Aha, ein Säufer also. Ich bin Vrenali. Mein Vater hat sich zu Tode gesoffen. Aber nicht wegen des Dursts, denn solch einen Durst kann doch gar niemand auf der Welt haben. Aber keine Angst, du gewöhnst dich schnell an das hier. Wo bist du denn zur Schule gegangen? Und sag, wo schläfst du?«

Rösalirot versuchte, es ihr zu erklären. »Oben im Dach, beim Fenster neben der Kommode.«

»Ach, das ist das Bett direkt neben meinem. Das war bis jetzt leer. Komm mit, ich zeige dir was.«

»Dürfen wir denn hier einfach weg?« Rösalirot zögerte.

»Ja, komm schon. Nur kurz.« Sie sah, dass Rösalirot noch mal den Blickkontakt zu dem Jungen suchte.

»Das ist Felix, der ist frech und laut und schlau. Aber manchmal auch lieb. Also, komm jetzt, der rennt dir nicht weg. Der muss hierbleiben wie du ja nun auch.«

Vrenali zog Rösalirot an der Hand. Beim Eingang vor der großen Steintreppe zogen sie die Finken aus und die Schuhe an. Rösalirot musste ihre einen Moment lang suchen, ehe sie Vrenali hinterher zum Hühnerstall lief, neben dem ein leerer Schopf stand.

Die Tür des Schopfs war stark verwittert. Teilweise konnte man durch die Spalten ins dunkle Innere sehen.

Vrenali ging zielgerichtet voraus und kniete sich in einem Eck, in dem Heu lag, hin. »Schau, das ist meine Katze, die Mitzi.« Vrenali hob das zahme Tier hoch. »Sag, willst du die Mitzi streicheln? Sie ist ein ganz liebes Kätzchen und noch jung. Mitzi hat dich bestimmt gerne. Du musst es nur versuchen, oder hast du etwa Angst vor so einem süßen Schmusekätzchen?« Sie lachte hell. »Die frisst dich nicht.«

Schnell merkte Rösalirot, dass Vrenali ohne Unterlass reden konnte und, wie es den Anschein machte, auch gar nicht auf all ihre Fragen eine Antwort erwartete. Wie sie überhaupt genug Luft bekam, wenn sie so viel redete, war Rösalirot schleierhaft, aber sie war froh, dass jemand die Leere füllte.

Als dieser Novembertag zu Ende ging, es allmählich eindunkelte, fühlte sich Rösalirot sehr weit weg von zu Hause, obwohl sie nur eine 20-minütige Fahrt vom Städtli trennte.

Am Abend gab es Brot, Käse und eine Schüssel Milch, dazu einen Apfel. Anschließend mussten die häuslichen Aufgaben, die jeder hatte, abgearbeitet werden, bevor sich alle um 19:30 Uhr wieder im großen Aufenthaltsraum trafen, eng hineingepfercht.

Eine der Erzieherinnen spielte auf der Handorgel. Es war die sonntägliche Singstunde, wie Rösalirot erfuhr. Sie sangen fröhliche Lieder wie: »Hoch auf dem gelben Wagen«, »As Burabüabli mag i nit« und »Das Wandern ist des Müllers Lust«, und obwohl sich zu Beginn die meisten, vor allem die Buben, lustig über das Singen gemacht hatten, waren auch sie bald eifrig mit dabei. In ihren Augen schien alles für einen Moment vergessen zu sein. Auch Rösalirot wurde bald von dem schönen Gesang mitgerissen, nachdem sie sich erinnerte, wie ihre

Mutter ihr mal gesagt hatte: »Böse Menschen kennen keine Lieder.«

Doch als sie später am Abend ins Bett musste, kroch die Angst mit ihr unter die Decke. Es war stockdunkel im Schlafraum, nur durch die geschlossenen Holzläden sickerte ein wenig Licht. Rösalirot fand keinen Schlaf. Sie hörte, wie die Mäuse kraxelten und raschelten, und vor Mäusen gruselte es ihr schon immer. Vrenali flüsterte noch eine Zeit lang ununterbrochen in die Dunkelheit zu ihr rüber, ehe sie wie auf Knopfdruck einschlief. Rösalirot wusste, sie würden Freundinnen werden.

Lange lag Rösalirot wach, ihre Gedanken jagten durch ihren Kopf auf der Suche nach einem Ort, wo sie zur Ruhe kommen konnten. Sie stellte sich ihren Vater vor, wie er in diesem Moment in der Spinnwinde sitzen musste, als wäre er irre, gefangen in einer dieser grauen Zellen, von denen man immer wieder mal hörte. Und sie fragte sich, wo in diesem Moment ihre Mutter war, was mit ihr geschehen sein mochte. War sie tot? Es war ja bald ein halbes Jahr her. Oder war sie einfach auf und davon? Doch wieso hätte sie dies tun sollen? Rösalirot hatte sie noch nie so glücklich gesehen wie an dem Tag, als sie nach der Kur endlich wieder nach Hause gekommen war. Was war bloß eine Woche später, an diesem Montagmorgen mit ihr geschehen? Niemand verschwindet ohne Grund einfach spurlos, das wusste Rösalirot, und sie hoffte, dass ihre Mutter bald zurückkäme und sie hier rausholte, und dann den Vater aus der Irrenanstalt! Sie könnten noch immer wieder eine Familie werden.

Leise stand sie auf und holte den zauberhaft weichen roten Mantel ihrer Mutter aus der Schublade, der immer noch etwas nach ihr duftete, und kuschelte sich in diesen, damit sie endlich Schlaf fände.

Doch Rösalirot, das neue Waisenhauskind mit dem Schiefhals, konnte in dieser ersten Nacht nicht erahnen, dass all das erst der Anfang von etwas furchtbar Schrecklichem war …

13

Freitag, 10. April 1953

Nachdem Caminada und Marugg die Hütte oben im Schönegg noch vor dem Mittag verlassen hatten, machten sie sich auf den Weg ins Tal. Sie wurden dabei beobachtet, standen abwechselnd im Visier des Gewehrlaufes, aus dem zuvor auf sie geschossen worden war.

Marugg hatte, bevor sie das Schönegg verließen, alles an Papierkram aus der Schublade in der Küche mitgenommen. Es war nicht viel, und er hatte es in seinen Rucksack gesteckt. Caminada seinerseits trug auf dem Weg ins Tal hinunter auch den Koffer mit dem Schwyzerörgeli, auf dem morgen das Käthy mit ihm hätte spielen wollen.

Den Schützen zu verfolgen, wäre sinnlos gewesen, noch dazu sehr gefährlich. Es war sehr wahrscheinlich, dass sie den Mann beim Einbruch ins Schönegg aufgeschreckt hatten. Daher stellte sich die Frage, was er im alten Maiensäß gewollt hatte, ob er das Gesuchte gefunden und auch entwendet hatte. Hatte er zudem etwas mit der Bluttat zu tun, oder war dem Mann einfach zu Ohren gekommen, dass die Wirtin nicht mehr dort war, und er wollte die günstige Gelegenheit nutzen, um im Schönegg einzubrechen? »Wobei«, gab Caminada gegenüber Marugg zu bedenken, »dann hatte er sich im Schönegg etwas Bestimmtes erhofft. Geld oder etwas anderes Wertvolles.« Sie selbst hatten jedenfalls, vom Schwyzerörgeli abgesehen, nichts dergleichen gefunden, und sie hatten die gesamte Hütte auf den Grind gestellt, so wie vom Major befohlen. »Peter, was wusste der Einbrecher, was wir nicht wissen?«

Gegen 13 Uhr kamen sie zurück auf den Posten des Landjägerkorps und deponierten alles, was sie aus der Hütte mitgenommen hatten, bei Fräulein Rosemarie, die eine Inventarliste anlegte. Nur Minuten später saßen sie dann im Amtszimmer des Majors.

»Gopferdeckelsiach nomol, ich höre wohl nicht richtig?!«, wetterte Fässler, und sein Schnauz zuckte. »Jemand hat sich also tatsächlich erdreistet, auf euch beide zu schießen? Auf meine Männer?!« Er schnaubte empört, wie eine ungestüme Dampflok. Die Schüsse waren aus seiner Sicht gleichsam ein Angriff auf seine Ehre. Auf seine Landjäger hatte gefälligst niemand zu schießen.

Er trat ans Fenster und blieb mit dem Rücken Marugg und Caminada zugewandt stehen. »Sausiach, ja ein hinterhältiger Sauhund ist mir das.« Er drehte sich abrupt um und hob den Zeigefinger. »Den will ich hier auf dem Posten sehen, denn wer einmal auf das Gesetz schießt, der wird es wieder tun. Es war gut, dass du im Einsatz warst, Walter, andere hätten da nicht so reagiert.« Fässlers Aufgebrachtheit lag vielleicht auch daran, dass er beim letzten Fall unfassbarerweise zwei gute Männer im Dienst verloren hatte. Sie fielen einem hinterhältigen Verbrechen zum Opfer. Der Fall wurde unter dem Namen Graubündner Morgengrauen ad acta gelegt, nicht so aber die Wunden im Landjägerkorps.

»Wir beide haben uns den Umständen entsprechend gut geschlagen, das ist wohl war«, sagte Caminada und betonte, dass auch Marugg einen kühlen Kopf bewahrt hatte. »Aber, Ferdinand, wir müssen endlich den Grossen Rat überzeugen wegen des Funks. Wir in Graubünden sind einmal mehr die absoluten Hinterwäldler, was das betrifft. Wir hätten sofort um Verstärkung rufen, die Wege, die vom Berg runterführen, sichern lassen können. Sag das mal diesen Krawattenträgern.«

Fässler wusste nur zu gut um die Dringlichkeit, aber das Geld musste erst einmal gesprochen werden, und die Mühlen des Grossen Rats mahlten sogar noch langsamer als die in Bundesbern. Es gab leider noch immer Ewiggestrige, die beim letzten Gesuch argumentiert hatten: »Bis jetzt ist es doch auch ohne gegangen, und Graubünden steht bezüglich Gaunereien ja nicht schlechter da als andere Kantone mit einer sogenannten modernen Kantonspolizei. Außerdem hat Graubünden nicht so viel Geld wie Zürich oder St. Gallen. Allein die vielen Bergstraßen und die Bahnstrecken zu erhalten …«

Fässler kannte das Gejammer all derer, die auf einem Sack Geld hockten, den es zu verteilen galt, den sie aber lieber selbst behalten würden. »Walter, nächstes Jahr soll es ins Budget aufgenommen werden«, gab sich Fässler schon fast kleinlaut. »Auch Fahrzeuge für die Verkehrspolizei und welche für uns sind unter anderem vorgesehen.« Dann wurde er laut: »Ja, Gopferdeckelsiach nomol, es kann ja nicht sein, dass wir mit den Velos, und noch dazu den eigenen, den Verkehrssündern hinterherfahren müssen. Die lachen uns ja aus, denken, wir sollen ihnen den Buckel runterrutschen, und das zu Recht. Da kommt man sich ja vor wie in der Klamottenkiste oder bei Dick und Doof. Nun gut, meine Herren, genug. Aber was jetzt?«

Caminada nickte bedächtig. Er würde erst dann an den Funk und die Fahrzeuge glauben, wenn er sie mit eigenen Augen bestaunen konnte. »Wir haben zwei Opfer, zwei Verbrechen, und es stellt sich nun die Frage, ob wir es auch mit zwei Tätern zu tun haben. Einen Verdächtigen im Fall

Carmen Weber haben wir ja im Moment noch im Güggi hocken, den jungen Nold.« Er rieb sich nachdenklich die Stirn. »Geplant kann der Nöldi den Mord am Fräulein Weber jedenfalls nicht haben. Sonst hätte er doch nicht zuvor diesem, wie heißt er noch mal …«

Marugg half ihm auf die Sprünge: »Martin Keller.«

Caminada hob die Hand zum Dank. »Präzis, diesem Martin Keller unter die Nase gerieben, dass er das Fräulein Weber heimkutschieren will. Also, wenn er es tatsächlich gewesen sein sollte, dann war es ein Mord im Affekt, aus der Situation heraus, die er uns ja erzählt hat. Gut möglich, dass das aber erst die halbe Geschichte war, er das Wesentliche, den Mord, weggelassen hat.«

Marugg wandte ein: »Oder eben, das Fräulein verließ erzürnt den Wagen und lief auf dem Weg durch die Abenddämmerung jemand anderem in die Hände.« Er blickte Caminada und Fässler kurz an. »Wir haben sie ja im Wald oberhalb des Bauernhofs Halbmil gefunden. Wir wissen noch immer nicht mehr über den Knecht, und ich will ja nicht spotten, aber der hat bei mir einen wirren Eindruck hinterlassen, genau wie die alte Magd und erst recht die Bäuerin und der Bauer … seltsame Figuren, alle vier.«

Caminada nickte. »Allesamt. Und recht hast du, Peter: Der Knecht ist mir heute auch schon mal durch den Grind gegeistert. Wir müssen alle vier eingehend befragen, überprüfen, ob sie ein Alibi haben oder nicht doch was gehört oder gesehen haben.« Mit Blick auf Fässler sagte er: »Als wir zuvor die beschlagnahmten Waren bei Fräulein Rosemarie deponiert haben, da meinte sie, sie wisse im Laufe des Nachmittags vielleicht mehr über all die Leute auf Halbmil. Sie warte noch auf die Berichte von einer Einwohnerbehörde. Aber so oder so: Ein Zusammenhang zwischen dem Mord am Fräulein Weber und dem am Käthy?« Er schüttelte den Kopf. »Das macht wiederum gar keinen Sinn.« Er hob die Hände. »Bis wir einen Zusammenhang erkennen, falls es denn einen gibt, schlage ich vor, dass wir die Verbrechen als unabhängig voneinander betrachten, also zwei Motive suchen. Wer weiß, vielleicht hatte das Käthy in all den Jahren tatsächlich Geld irgendwo in der Hütte gehortet. Womöglich viel mehr, als wir ihr zutrauen? Die ging doch kaum jemals ins Städtchen und lebte sparsam wie eine arme Kirchenmaus. Jemand könnte von dem möglicherweise gehorteten Geld erfahren haben. Doch jetzt kommt das große Aber: Hatte der Mörder nach seiner Tat das Geld nicht gefunden, oder ist der Einbrecher, den wir beinahe bei der Hütte erwischt haben und der auf uns geschossen hat, jemand ganz anderes? Oder doch der Täter, der ein weiteres Mal die Hütte nach dem Geld durchsuchen wollte? Zuvor hatte auf jeden Fall niemand so ein Durcheinander in der Hütte hinterlassen. Kam er vielleicht nach der Tat gar nicht dazu? Und wenn ja, wieso nicht?«

Fässler strich sich seinen Schnauz zurecht. »Das mit dem gehorteten Geld wäre ein glaubhaftes Motiv. Und der Rest, hmm …«

»Ich hätte da eine Idee«, brachte sich Marugg ein. »Da das Geld, wenn es denn so gewesen war, bestimmt so gut versteckt war, dass der Täter nach seiner Bluttat nicht befürchten musste, dass es von uns gefunden würde, hielt ihn womöglich im ersten Moment der Anblick der Leiche von der Hütte fern. Jemanden umzubringen ist wohl leichter, als sich danach dem Anblick der Leiche auszusetzen. Vielleicht hat ihn nach dem Niederschlag die Angst oder das Grauen derart gepackt, dass er geflohen ist. Danach ließ er sich Tage Zeit, dachte, er kommt erst wieder, wenn wir schon dort gewesen sind, um dann in aller Ruhe die

Hütte zu durchsuchen. Dass wir ausgerechnet in diesem Moment noch einmal zur Hütte hochmarschiert kamen, konnte er ja nicht wissen. Ich weiß, ist etwas weit hergeholt, aber wir müssen einfach mal drauflos überlegen, uns Möglichkeiten zusammenreimen, oder?«

Fässler spielte noch immer an seinem Schnurrbart rum. »Es stimmt schon, nicht selten staunen die Hinterbliebenen, wenn sie das Haus der alten Tante räumen, die zu Lebzeiten jede Brotkrume gegessen hatte, und sie dann plötzlich viel Geld finden, das über Jahrzehnte zusammengespart worden war, sogar vom Mund weg. Walter, du magst dich bestimmt auch noch daran erinnern …«

»… an Frieda Müller?«, fiel ihm Caminada ins Wort.

»Genau. Warte, ich glaube, ich bekomme den Betrag sogar noch zusammen … 4745,60 Schweizer Franken.«

Caminada lachte. »Präzis. Die hatte seit sie 20 war als fleißige Fabrikarbeiterin gearbeitet, jeden vorigen Rappen zurückgelegt. Am Anfang waren dies nur fünf Rappen pro Tag gewesen, wie aus dem Sparbüchlein zu entnehmen war. Doch das war damals gar nicht so wenig. Meine Mutter hat mir mal erzählt, dass damals, 1880, ein Kilo Brot 40 Rappen gekostet hatte und ein Pfund Kalbs- oder Ochsenfleisch 90 Rappen. Aber Frieda hatte sich das Geld all die Jahre vom Mund abgespart … und für was? Sie hatte das Geld – alles in Münz, und daher war es ein Heidengewicht – unter einem losen Brett im Fußboden unter dem Küchentisch versteckt.«

Fässler schnaubte. »Und wie man im Nachhinein hörte, haben die Nachkommen es aus lauter Dummheit innert Tagen verprasst. In der Fuzzastube im Welschdörfli, bei den Huren. Innert Tagen, meine Herren, innert Tagen!«

»Aber wir haben heute beim Käthy nichts dergleichen gefunden«, sagte Marugg trocken. »Vielleicht hat der

Mann es doch gefunden. Der Schütze stand ja außerhalb der Hütte, und drinnen fanden wir ein großes Durcheinander vor. Was aber auch heißt, dass er keine Ahnung hatte, wo er suchen musste.«

Caminada sagte: »Wir haben nichts gefunden, abgesehen vom Schwyzerörgeli, das vom besten Instrumentenbauer aus Sumiswald kommt und viel, sauviel gekostet hat. Das hat das Käthy sich vor über zehn Jahren gekauft. Das sagt uns, dass zumindest damals Geld da war. Also: Entweder hat der Täter etwas anderes Wertvolles gesucht und gefunden, oder er hat keine Ahnung, was so ein Schwyzerörgeli wert ist. Ich könnte mir jedenfalls kein eigenes leisten.«

»Aha«, brummte Fässler. »Du brauchst also mehr Lohn, obwohl du schon den von einem Leutnant kriegst?«

Caminada lachte. »Funk wäre mir auch recht.«

Fässler murrte: »Also, lange Rede, kurzer Sinn: Zurück zum einzigen Verdächtigen im Fall Fräulein Carmen. Wir haben gegen diesen Nöldi nichts Konkretes in der Hand. Der Untersuchungsrichter musste ihn daher heute Vormittag freilassen. Der alte Nold ist heute Morgen, kaum dass ihr weg wart, gleich mit zwei Anwälten beim Untersuchungsrichteramt aufgefahren und hat mit Anzeigen gedroht und Schadenersatz gefordert ... und da wir keine handfesten Indizien haben, außer seiner Aussage, dass er sie dort abgesetzt hatte ..., was kann man da machen?«

Marugg, der in seinem beigen Anzug eine gute Falle machte, wollte wissen: »Und die Kratzer? Er wird ja wohl nicht behauptet haben, dass er ein böses Büsi zu Hause habe, oder?«

»Er hat gegenüber dem Untersuchungsrichter wiederholt, dass er Carmen im Wagen zu nahe gekommen und es daraufhin ausgeartet sei, dass sie ihn nur deshalb gekratzt habe. Was aber wiederum die Kratzer an Fräulein

Webers Oberschenkel betrifft, die müssen ihr tatsächlich, wie Fräulein Rosemarie ja demonstrierte, außerhalb des Wagens zugefügt worden sein … von Nöldi oder vom eigentlichen Täter. Doch wie das genau passiert ist, entzieht sich unserer Kenntnis.«

»Und hat er noch was zur roten Schleife gesagt«, fragte Caminada.

»Nein«, kam prompt und etwas resigniert die Antwort von Fässler. »Also meine Herren: Liefert mir Beweise. Ermittelt auch zu den Hintergründen beider Opfer, findet heraus, was sie in den letzten Tagen alles gemacht haben, welche Leute sie um sich hatten, das Übliche halt. Eines weiß ich: Das ganze Städtli redet nur noch über die Fälle, es wird also einiges zu hören sein.«

Caminada kam noch etwas in den Sinn. »Der Aufruf in der *Neuen Bündner Zeitung*. Hat sich da noch etwas getan? Ich frage, weil wir ja noch immer nicht wissen, was das Käthy letzten Freitag in Chur gemacht hat.« Er hob die Hand, weil er gleich noch was zu sagen hatte. »Ferdinand, ich weiß ja schon, vom Mord am Käthy steht noch nichts in der Zeitung, aber gib doch dem Journalisten einen Wink für die morgige Ausgabe. Sie muss doch von jemandem gesehen worden sein. Jedermann kennt sie doch. Sie sollen es halt morgen bringen.«

Nach dem Rapport rief Caminada zu Hause an. Er könne jetzt kurz Mittag machen, sagte er zu Menga, aber sie müsse gewiss keine Extrawurst für ihn kochen, denn es sei ja schon fast 13:30 Uhr. Doch sie sagte ihm, dass sie bereits Kartoffelstock mit Hackbraten bereithielte. Das musste sie ihm wirklich nicht zweimal sagen, er nahm seinen Tschopa und seinen Hut.

Als er soeben zur Tür hinauswollte, hielt ihn Fräulein

Rosemarie auf. »Landjäger Caminada, der Notar Freienberg hat sich soeben telefonisch gemeldet. Es geht um das Käthy Brunner.«

»So?«, fragte Caminada.

»Ja. Er habe erst vor einer Stunde von ihrem Tod erfahren und müsse unbedingt mit jemandem von uns sprechen, hat er gesagt.«

»Hat er auch gesagt, um was es geht?«

»Er meinte, es könnte kein Zufall sein, also dieser Mord. Er hat gesagt, dass er nicht vor 14:30 Uhr herkommen könne. Ist das in Ordnung? Ich meine, das ist doch gut, dann gibt's noch Mittagessen für Sie zu Hause, wie ich eben gehört habe.«

»Danke, Fräulein Rosemarie, das haben Sie sehr gut gemacht. Sagen Sie es aber auch noch dem Marugg und dem Kommandanten, ja?«

Der Landjäger setzte sich aufs Velopfüpfli und fuhr gedankenversunken auf schnellstem Weg nach Hause. Seine Neugierde war geweckt: Was hatte Notar Freienberg ihm so Wichtiges zu berichten? Er fühlte, dass langsam etwas Bewegung in die Sache kam.

14

Eine halbe Stunde zuvor

Vrenali saß an diesem Freitag nach dem Mittagessen draußen unter dem Birnbaum, nähte und stickte fleißig ein Muster auf die Decke. Es war viel zu warm für April, und es wäre Sünd und schade gewesen, an einem solchen Tag in der Stube zu versauern. Also hatte sie kurzerhand die mit dem Fuß angetriebene Nähmaschine, eine sauschwere alte Singer, die 1930 gebaut worden war, nach draußen gehievt, unter den Baum vor der alten Villa Clement, die einer Handvoll junger Fräuleins mit Behinderungen ein Zuhause bot. Dabei war Vrenali ganz schön außer Atem gekommen, und der Schweiß perlte auf ihrer Stirn. Doch bald war es geschafft, und sie konnte loslegen.

Sie mochte das Rauschen der Blätter über sich und auch das Lichtschattenspiel, das der Wind anzettelte. Sie arbeitete schon seit 13 Uhr fleißig, denn sie wollte heute zeitig fertig werden, hatte noch was Wichtiges vor. In den kurzen Pausen, in denen sie ihren Augen immer wieder eine Entspannung gönnen musste, ließ sie ihren Blick auf das ihr vertraute Chur unter sich schweifen. Die baufällige Villa Clement stand im Hang über Chur und bot einen freien Blick aufs Tal und den Rhein, der sich als glitzerndes Band am Fuße des Calanda durchs Rheintal zog. Schön fand Vrenali auch die vielen Matten und Äcker, die das Städtchen umschlossen und sich weit in den Süden zogen, hin zu den Hügeln bei Ems, hinter denen sich die Berge der Surselva zeigten. Vrenali sang leise bei der Arbeit, Lieder, die sie damals im Waisenhaus immer gesungen hatten. »Hoch auf dem gelben Wagen sitz ich beim Schwager vorn. Vorwärts die Rosse traben, lustig schmettert das Horn. Berge, Täler und Auen, leuchtendes Ährengold, ich möcht in Ruhe gern schauen; aber der Wagen, der rollt …«

Um das fleißige Fräulein lag der weitläufige Garten, der von allen Bewohnerinnen gehegt und umsorgt wurde, ebenso die Gemüse- und Blumenbeete. Die von Ranken umwucherte Villa bestand aus altem Gemäuer und Holz, eine große, etwas verwitterte Holzveranda erstreckte sich zum Garten hin.

Vier andere Fräuleins und die Hausmutter wohnten auch in der Villa, die der verstorbene Herr Clement der Stadt Chur vor seinem Tod gestiftet hatte. Die Villa war umgeben von einem Rebberg und von sanft abschüssigen Weiden, in denen meist Schafe grasten, darüber erstreckte sich der Wald den Berg hoch. Das nächste Haus befand sich ein paar Steinwürfe weiter unterhalb. Drei der fünf Fräuleins waren ehemalige Waisenhäuslerinnen, die anderen beiden hatten zuvor im Mädchenheim Maria in Chur gewohnt, bis sie zu alt dafür wurden. Nun wurde versucht, wie die Hausmutter es sagte, etwas aus ihnen zu machen, sodass sie einst gute Haushälterinnen oder im besten Fall sogar mal einen Mann finden würden.

Vrenali hegte, was eine mögliche Heirat betraf, keine falschen Hoffnungen. Denn wie hatte es die strenge Hausmutter ihr mal im Zorn gesagt? »Als der Herrgott die Schönheit im Himmel verteilt hat, da muss er dich im Schweinestall übersehen haben, der Teufel aber nicht …«

Liegt nicht im Wein und im Zorn die Wahrheit?, dachte Vrenali damals und schwieg betroffen.

Sie musste ja selbst zugeben: Würde sie vor den Zauberspiegel stehen und fragen »Spieglein, Spieglein an der Wand, wer ist die Hässlichste im ganzen Land?«, sie wüsste die Antwort bereits. Am meisten störte sie, dass sie mit einem Auge stark schielte und dass sie wie ein Bauer ging, ein alter Bauer mit krummen Beinen, und das obwohl sie doch erst Mitte 20 war. Aber sie konnte sehr gut kochen und gewiss anständig haushalten, sodass ein Mann zufrieden mit ihr sein würde. Und was niemand für möglich gehalten hatte; ihre Welt hatte sich, was Männer betraf, erst vor Kurzem völlig unerwartet auf den Kopf gestellt.

Sie arbeitete fleißig weiter bis kurz vor 14 Uhr. Seit nach dem Mittagessen auch die letzte der anderen Fräuleins zur Arbeit gegangen war, war Vrenali alleine hier oben. Die Hausmutter würde erst um 17 Uhr wieder zurückkehren, wie immer am Freitag, wenn sie länger Zimmerstunde hatte. Sie nutzte diese jeweils, um hinunter ins Städtli zu gehen, zu ihrer bedürftigen Schwester.

Das grüne Blätterdach rauschte über ihr, die Nähmaschine ratterte, und Vrenali war so vertieft in ihre Arbeit, dass sie nicht merkte, dass sich ihr von hinten jemand näherte. Sie sang leise: »Hoch auf dem gelben Wagen«, und achtete dabei ganz genau auf die Naht vor sich. Das war anstrengend für ihr schielendes Auge und brauchte Geduld, derweil trat sie fleißig und ausgesprochen gleichmäßig das Pedal, um die Nähmaschine in Schwung zu halten, als ihr jemand plötzlich hinterrücks einen Strick um den Hals legte, an dem zwei Griffe aus Holz fixiert waren, und ihr so kräftig wie nur möglich den Hals zuschnürte.

»... munter die Rößlein traben, zieht es mich hin ...«, der Rest des Lieds blieb ihr im wahrsten Sinne des Wortes im Halse stecken. Sie verstand nicht, was passierte, aber ihre Hände griffen notgedrungen sofort an ihren Hals, sie wollte sich befreien, doch es war zwecklos. Sie wurde nach hinten gezogen, ihre Knie schlugen dabei von unten gegen den Tisch, ihr Blick ging hoch ins junge Laub. Es schien ihr, dass ihr Gesicht aufschwoll, der Druck wurde größer und größer, wie auch die Panik, als es an den Rändern ihrer aufquellenden Augen bereits langsam dunkler wurde. Sie zappelte und brachte nur ein Krächzen heraus, das war alles. Sie trat noch verzweifelt gegen die Tischkante, der Tisch fiel um, die Nähmaschine zu Boden. Die Hausmutter würde schimpfen … es muss wohl alles ein schlechter Traum sein, dachte sie, als die Angst langsam angenehmer Leichtigkeit wich. Es wurde schwarz vor ihren Augen, die Welt wurde leise, und Vrenali fühlte sich losgelöst, frei von Angst, während sie röchelnd starb.

Kurz vor 15 Uhr ertönte ein furchtbarer Schrei, der wie ein schwarzer Vogel des Schicksals seine Flügel ausbreitete und über den Hang hinunter über die Häuser des Städtchens sauste. Die Hausmutter war heute etwas früher zurückgekehrt. Ihrer Schwester ging es nicht sonderlich gut, sie hatte sich hinlegen müssen.

Vrenali lag verdreht unter dem Baum im Garten, ihr schielendes Auge stand halb offen, sie trug das Antlitz des Todes. Eine schöne rote Schleife zierte ihren Hals, und ihr Rock war bis zu den Oberschenkeln hochgeschoben, die Bluse aufgerissen!

Vom Schrei aufgeschreckt kam Frau Kleger vom Herrenhaus unterhalb der Villa Clement hochgeeilt und rannte auf Teufel komm raus mit einem »Um Gottes willen, um Gottes willen …« gleich wieder hinunter ins Haus, um umgehend die Landjäger zu rufen.

Notar Freienberg war beinahe fertig mit dem, was er Caminada und Marugg im Vertrauen berichtete, als Fräulein

Rosemarie um kurz nach 15 Uhr mit eiligen Schritten in die Wachstube platzte. Sie wartete, bis Freienberg zur Tür hinaus war, ehe sich die Aufregung in ihrem Gesicht in Worte verwandelte:

»Ein weiterer Mord, Landjäger Caminada! In der alten Villa Clement. Ein junges Fräulein ist erwürgt worden.«

»Jo Pfiffadeckel, gibt's denn so was?«, wunderte sich der Landjäger, der es kaum glauben konnte. Er hörte zu, wie Fräulein Rosemarie ihm schilderte, was ihr Frau Kleger soeben am Telefon erzählt hatte. Gleichzeitig schwirrte noch die Aussage des Notars durch seinen Kopf, eine Aussage, die ihn aufgerüttelt und einen neuen Verdächtigen ins Spiel gebracht hatte.

Caminada setzte sich sofort mit Marugg in den alten Chevy und fuhr hoch zur Villa Clement. Das andere musste nun warten. Fräulein Rosemarie versuchte derweil, den Dr. Bargätzi zu erreichen, um ihn gleich hinterherzuschicken.

Vor dem Tor der Villa Clement standen Frau Kleger und die Hausmutter mit einem Blick, der den Schrecken bereits ankündigte. Dass der Baum über den beiden ein weiches Lichtschattenmuster über ihre Gesichter legte, wirkte unpassend harmonisch, wie auch das schöne Aprilwetter und der süße Duft nach Flieder.

»Wo ist das tote Fräulein?« Caminadas kräftige, aber warme Stimme ließ die Hausmutter in Bewegung kommen. Sie öffnete das Eisentor und marschierte zügig voran durch den großen Garten, der die Hausbewohnerinnen mit gesundem Essen versorgte.

Dann erlahmten ihre Schritte zusehends, bis sie etwa zehn Meter vor der Leiche stehen blieb. Sie sagte kein Wort, deutete nur auf die Tote, die rücklings unter dem Baum lag, als hätten die Landjäger sie übersehen können. Die beiden Ermittler sahen sofort das rote Band um den Hals des Opfers, genau wie beim Fräulein Weber. Das konnte kein Zufall sein, sie hatten es somit mit einem Serienmörder zu tun, wahrscheinlich einem gestörten Triebtäter.

»Danke. Wir rufen Sie, wenn wir Sie brauchen«, sagte Caminada und entließ die Hausmutter, die sofort in der verwitterten alten Villa verschwand, als zöge ein furchtbares Unwetter auf. Zuvor hatte sie noch ausgesagt, dass sie das Vrenali zuletzt um kurz vor 12:30 Uhr gesehen hatte, bevor sie zu ihrer Schwester in die Stadt ging, da sei alles noch in bester Ordnung gewesen.

Caminada und Marugg zeigte sich dasselbe Bild wie bei Carmen Weber: Vrenalis Arbeitsrock war hochgeschoben worden, die Brüste lagen frei, der Körper wirkte verrenkt, in den Augäpfeln fanden sich viele kleine Einblutungen. Alles deutete auf ein Sexualverbrechen. Und ebenso stach ihnen das rote Band um den Hals ins Auge, das schön gebunden die Würgemale nur zum Teil verdecken konnte.

»Ja Herrschaftszeiten …«, entfuhr es dem Landjäger. »Drei Morde? Welcher Teufel ist hier bloß am Werk?«

Marugg hatte sich sofort zur Toten hinuntergebeugt. »Sie kann noch nicht lange tot sein, sie ist noch ganz warm, aber länger als eine halbe Stunde. Schau, die Totenflecken«, sagte er und erhob sich langsam. »Walter, ich werde als Erstes einige Fotos machen.«

Caminada nickte, trat danach zur Seite und zündete eine Villiger-Krumme an. Die Sonne blendete ihn, er drehte ihr den Rücken zu. Das Gespräch mit dem Notar Freienberg kam ihm in den Sinn: Freienberg hatte sie darüber informiert, dass das alte Käthy am letzten Freitag am Nachmittag ohne Voranmeldung in seine Kanzlei gekommen sei. Die beiden Male, die sie in den Jahren davor schon bei ihm gewesen sei, habe sie sich jeweils frühzeitig angemeldet, dann, wenn sie sowieso in Chur gewesen sei. Es habe ihr diesmal geeilt, habe sie entschuldigend erklärt. Sie hatte ihr Testament abändern wollen. Als er ihr gesagt habe, dass sie doch noch ganz rüstig sei, habe sie in einem seltsamen Tonfall gesagt, dass man nicht alt und krank sein müsse, um zu sterben, manchmal helfe ja der Teufel persönlich nach! Wie genau sie das gemeint hatte, habe sich ihm nicht erschlossen, doch in Anbetracht des Verbrechens habe ihre Aussage nun ein ganz anderes Gewicht erhalten. Und er betonte, dass sie besorgt gewirkt habe. »Es schien mir, als hätte sie was bedrückt«, behauptete er. »Ja, sie schien sich regelrecht gefürchtet zu haben.«

Doch das war noch nicht alles. Freienberg eröffnete ihnen, dass Caminada als Erbe vom Schwyzerörgeli bedacht worden sei. Caminada wusste gar nicht, wie ihm geschah. Er würde erst mal in Ruhe darüber nachdenken müssen. Auch darüber, vor was oder wem Käthy sich gefrüchtet hatte und warum sie ihm gegenüber nichts gesagt hatte. Wie nebenbei sagte Freienberg zum Schluss: »Sie hat am Freitag kurzerhand ihr Testament geändert. Das Schönegg wollte sie erst dem Förster Franz Simmen vermachen und nun nicht mehr. Sie vererbt es stattdessen der Stadt Chur.«

»Der Stadt Chur?«

»Richtig, mit der Bedingung, dass jeweils im Sommer wieder jemand oben wirten soll.«

»Und hat sie gesagt, warum sie den Franz Simmen aus dem Testament streichen wollte?«

Freienberg schüttelte den Kopf. »Nein, gar nichts. Es schien mir nur, dass das alte Fräulein Brunner angespannt wirkte. Ich sehe sie zwar nur sehr selten, aber es war ein deutlicher Unterschied zum letzten Mal vor drei Jahren. Etwas muss passiert sein! Schauen Sie, unangekündigte

Testamentänderungen haben meist mit plötzlich veränderten Lebensumständen zu tun. Meine Herren, so was erkennt man mit den Jahren. Und noch etwas: Sie hatte einige Wertsachen und Dokumente mitgebracht, damit ich diese für sie verwahre.«

Weiter waren sie im Gespräch nicht gekommen, da Fräulein Rosemarie mit der Kunde vom jüngsten Mordfall hereinplatze. Aber das Wichtigste hatten sie erfahren, nämlich, dass der Förster Simmen urplötzlich aus dem Testament gestrichen worden war, und das Käthy Brunner sich vor irgendwas gefürchtet haben musste, arg besorgt war.

Marugg legte den Fotoapparat bald zur Seite. Sie standen wieder im prächtigen Garten der Villa Clement, nachdem sie zuvor kurz in der Villa mit der Hausmutter gesprochen hatten. Es ging um die rote Schleife.

»Ich bin mir ganz sicher, dass Vrenali diese am Mittag noch nicht umgebunden hatte, denn so was hat sie noch nie getragen«, versicherte die noch immer verstört wirkende Frau den beiden Männern.

Nun warteten sie am Tor auf Dr. Bargätzi, der diesmal überraschend schnell vorfuhr und hinter dem Chevy parkte.

Keine zehn Minuten später richtete sich der schwergewichtige Mann von der Leiche auf, sodass es irgendwo in einem seiner Knie furchtbar knackte, als hätte jemand ein Holzscheit zerbrochen. Doch er verzog keine Miene, als er sagte: »Meine Herren, ich bin zwar kein Landjäger wie ihr, aber mein Gefühl sagt mir, dass wir es hier mit demselben Täter zu tun haben, der auch das Fräulein Carmen auf dem Gewissen hat. Ich denke sogar, dass er wollte, dass wir das wissen, wieso sonst diese rote Schleife, die, wie ihr mir sagtet, das Fräulein noch nie getragen hat? So oder so, der Täter hat rücksichtslos ein weiteres böses Werk vollbracht. Es bleibt uns daher ein weiteres Mal nichts anders übrig, als auch diese Tote in meinen Wagen zu laden.«

Caminada ging auch davon aus, dass es sich hier um eine Mordserie handelte, aber noch war es zu früh, um es als gesichert zu betrachten. Ungern half er dabei, die in einen Leichensack gesteckte Tote in den Laderaum von Bargätzis Ford einzuladen.

»Ihr hört von mir«, sagte Dr. Bargätzi und fuhr davon, der Geruch der blaugrauen Abgaswolke blieb einen Moment vor dem Tor in der Luft schweben.

Caminada und Marugg blieben beim Eingangstor stehen, sie wollten die Hausmutter erneut und diesmal eingehender befragen und gingen nochmals zurück in die Villa.

Sie saß bei einer Tasse Tee. Von ihr erfuhren sie, dass alle anderen Fräuleins einer Arbeit außerhalb der Villa nachgingen, nur das Fräulein Vrenali Jakober nicht, denn sie brauche sie hier, zwei Hände alleine kämen nicht mit Haus und Garten zu Werke. Die anderen Fräuleins seien spätestens um 18:30 Uhr zurück, denn um 18:45 Uhr werde immer gemeinsam das Abendbrot gegessen. Daran habe sich eine jede zu halten.

»Wir werden in diesem Fall um 18:30 Uhr wieder hier sein, um die Fräuleins zu befragen«, sagte Caminada zur sich langsam beruhigenden Hausmutter, die zuvor noch ein Pülverlein vom Doktor bekommen hatte, das sie in Wasser aufgelöst getrunken hatte. Zur Beruhigung, wie er ihr gesagt hatte.

Um 16:15 Uhr waren Caminada und Marugg zurück im Landjägerkommando. Sie sprachen sogleich mit Fässler, der ganz unruhig war wegen des neuerlichen Mords. »Alle Augen sind auf uns gerichtet. Es wird jetzt erst recht erwartet, dass wir den Täter schnell finden«, sagte er, der stets bemüht war, gegenüber den Oberen, vor allem gegenüber dem Regierungsrat Cavelty, zu glänzen.

»So wird es sein«, sagte Caminada ruhig. »Doch das soll und wird uns nicht groß beeindrucken. Zaubern können wir ja noch nicht.«

Die Nachricht zum im letzten Moment zu seinen Ungunsten abgeänderten Testament brachte Franz Simmen in Verdacht, auch wenn es nur ein vager Anhaltspunkt war. Die Frage stellte sich aber nun erst recht: Warum hatte Käthy ihm am selben Tag, an dem sie beim Notar war, einen Brief geschrieben? Wollte sie ihm die Nachricht persönlich mitteilen? Und überhaupt: Simmen hatte den Brief noch nicht bei Fräulein Rosemarie abgegeben, obwohl er versprochen hatte, dies gleich heute Morgen zu tun. Jetzt war später Nachmittag. Sie müssten ihn darauf ansprechen.

Als Caminada nach der Unterredung mit Fässler mit Marugg in dessen Büro des Erkennungsdienstes saß, fragte er laut vor sich hin: »Sie hatte ihn also ursprünglich als Erben des Schöneggs eingetragen, wohl als Dank für die guten Dienste, die er ihr zweifellos über die Jahre hinweg hatte angedeihen lassen. Doch warum hat sie ihre Meinung geändert? Lagen die beiden womöglich doch wegen irgendwas im Streit? Und wenn er, Gott bewahre, ihr Mörder sein sollte, war er es denn auch, der auf uns geschossen hat?«

Marugg verschränkte die Arme. »Wir haben doch die eine Hülse mit Fingerabdrücken. Die Abdrücke habe ich sichergestellt, als du beim Mittagessen zu Hause warst. Lass uns also heute noch den Förster Simmen zu all dem befragen, wenn wir ihn denn finden. Dann nehme ich ihm zum Vergleich gleich mal seine Fingerabdrücke ab. Und was den ominösen Brief betrifft … mal schauen, ob da überhaupt was dran ist.«

»Da müssen wir wahrscheinlich bis zum Abend warten«, sagte Caminada, »bis der daheim ist. Der ist doch bestimmt irgendwo im Wald unterwegs. Aber dann holen wir auch gleich den Brief. Vorher müssen wir aber noch mit den Fräuleins in der Villa Clement reden, die unterhalten sich doch sicher jeden Tag miteinander, wenn man schon unter einem Dach haust. Wer weiß, vielleicht hat das Vrenali einem der Fräuleins irgendetwas erzählt, das uns auf eine Spur bringen kann.«

Bevor Caminada und Marugg erneut hoch zur Villa Clement fuhren, schauten sie noch kurz bei Dr. Bargätzi im Kreuzspital vorbei. Er bestätigte die bereits vermutete Todesursache bei Vrenali Jakober: Auch sie war erwürgt worden. Der Unterschied zum Fall von Fräulein Carmen sei, dass das Vrenali keinen Schlag auf den Pölli bekommen habe, erklärte er. Aber die Schleife aus rotem Band sei im selben Stil gebunden worden. Eine versuchte Vergewaltigung liege auf der Hand. Aber auch in diesem Fall müsse der Täter plötzlich von seinem Opfer abgelassen haben.

»Möglicherweise«, gab Dr. Bargätzi zu bedenken, »hat der Täter versucht, sie zuerst bewusstlos zu würgen, um sie in diesem wehrlosen Zustand zu vergewaltigen. Als er aber merkte, dass sie tot war, ließ er von ihr ab. So wie wir es auch im Fall von Fräulein Carmen vermuten.« Er hob kurz den Finger. »Einen Unterschied gibt es aber in den beiden Fällen dennoch. Fräulein Carmen wurde erst wehrlos geschlagen, dann erfolgte der Versuch, sie zu vergewaltigen. Doch sie muss zu sich gekommen sein, hat sich gewehrt, und daraufhin wurde sie vom Täter erwürgt. Daraus ergibt sich für mich ein passendes Bild von ein und demselben Täter.« Er blickte von der Leiche auf zu Caminada und Marugg. »Der Täter wird es wieder tun, denn er hat sein Ziel ja noch nicht erreicht. Wir haben es hier mit einem Triebtäter zu tun, meine Herren. Und das sind die schlimmsten, denn sie werden von einer unheilvollen Macht getrieben! Aber davon versteht ihr beide ja mehr als ich.«

Als die beiden Landjäger direkt danach, es war erst 18 Uhr, in der alten Villa Clement auftauchten, waren bereits alle Fräuleins von ihrer Arbeit zurückgekehrt. Der Schrecken war verständlicherweise bei allen groß gewesen, als sie bei ihrer Rückkehr von der Hausmutter vom Verbrechen erfuhren. Mit angespannten Mienen versammelten sie sich alle um den großen Esstisch im Speiseraum. Nachdem nun der erste Schrecken gewichen und etwas Ruhe eingekehrt war, begann Caminada mit der Befragung.

Als Erstes wollte er wissen, ob es irgendeine Verbindung zwischen den Fräuleins und der ermordeten Carmen Weber gab, oder zu dem alten Käthy Brunner. Doch er und Marugg blickten bloß in stumme, fassungslose Gesichter, als hätten die Fräuleins allesamt die Sprache verloren.

Der Landjäger versuchte es auf einem anderen Weg: »Kann mir jemand etwas übers Vrenali verzellen? War sie in letzter Zeit besonders traurig, oder hatte sie Angst vor etwas? Oder war in den letzten Tagen oder auch Wochen irgendetwas Außergewöhnliches vorgefallen?« Caminada blickte mit seinen klaren, freundlichen Augen in die Runde. Er wusste, so eine schreckliche Nachricht konnte auch redselige Menschen für einen Moment verstummen lassen.

Nur eine hob zaghaft ihren Zeigefinger, als säßen sie in der Schule. Es war Regula Meier, die etwas zu sagen hatte, mit einer Stimme, die so piepsend hell war, dass es einem fast in den Ohren wehtat. »Also, es ist so. Sie hat mir ein

Geheimnis anvertraut. Aber ich habe ihr mein heiliges Ehrenwort geben müssen, es nie und nimmer auch nur jemandem zu erzählen …« Es war an ihrer holprigen Sprache und an ihrer Mimik zu erkennen, dass Regula in ihrer gesamten Entwicklung auf eine besondere Art zurückgeblieben war. Aber sie wirkte freundlich und aufrichtig, fand Caminada. Er hatte da keine Vorbehalte.

»In solch einem Fall, Fräulein Regula«, begann er, »sind unsere Ermittlungen wichtiger als das Versprechen. Ich bin mir zudem ziemlich sicher, dass es dem Vrenali lieber wäre, wenn wir ihren Mörder rasch oder überhaupt erwischen, statt dass das Geheimnis immer bei Ihnen bleibt.« Er schüttelte den Kopf. »Also, haben Sie keine Sorge, wir sind ja von der Polizei, die andern können ja kurz den Essraum verlassen, wenn Ihnen das lieber ist.«

»Nein, sie sollen hierbleiben, bei mir. Also in dem Fall, Herr Landjäger …« Die anderen Fräuleins blickten neugierig auf Regula. »Es ist so, das Vrenali hatte seit Kurzem einen herzensguten Schatz, einen ganz besonderen …« Sie errötete bei den Worten, senkte den Kopf.

»So? Ist ja ein schönes Geheimnis.« Caminada lehnte sich zurück. »Und was weiß man über diesen besonderen Schatz?«

Regula hielt ihren Kopf weiter gesenkt. »Max heißt er …« Sie erinnerte sich daran, wie sie es vor drei Wochen erfahren hatte, und begann, es nachzuerzählen:

»Regula, Regula!«, rief Vrenali aufgeregt, als sie durch den Garten der Villa Clement zur großen Veranda lief. Außer Atem blieb sie stehen. »Regula, komm rasch mit mir mit, ich muss dir dringend was verzellen. Nur für deine Ohren, gell?«, platzte es mit Unterbrüchen aus ihr heraus, weil sie dazwischen immer wieder Luft holen musste.

Von den anderen war sowieso niemand in der Nähe, als die beiden hinter der Villa die Weiden bis zum Waldrand hochgingen. Mit dem Rücken lehnten sie sich an einen Holzstoß, der die gespeicherte Wärme der Nachmittagssonne abstrahlte. Bienen summten in den blühenden Weiden unter ihnen, es roch süß und würzig nach Waldfrühling.

»Ich habe doch tatsächlich einen Schatz gefunden!« Vrenalis Augen glühten wie ihre Wangen, fast wie im Winter, wenn man an eisig kalten Tagen stundenlang draußen gewesen war und später in der Stube am knisternden Feuer hockte.

»Du hast einen Schatz?«, jauchzte Regula vor Überraschung. »Das ist ja wunderprächtig. Einen richtigen Schatz? Aber jetzt verzell mir alles und wage es ja nicht, irgendetwas auszulassen.« Vrenali war nämlich die erste Bewohnerin der Villa Clement, die einen Schatz gefunden hatte.

»Ja, ich sage dir alles. Vergiss aber nicht, dass du mir geschworen hast, es für dich zu behalten. Was auch kommen mag, ja? Ich musste ihm hoch und heilig versprechen, dass es nur sein und mein Geheimnis bleibt!«

Regula nickte aufgeregt. »Ja, ich verspreche es hoch und heilig, ich schwööööööre es. Doch jetzt sag schon.«

Vrenali lachte. »Also, Max heißt er. Ein ganz Schöner ist er, und wir sind uns ganz per Zufall über den Weg gelaufen. Er kommt aus Zürich und ist, wie er mir sagte, geschäftlich immer wieder mal in unserer Gegend, auf der Durchreise ins Engadin, ins noble St. Moritz natürlich, er ist nämlich Anwalt. Er ist so ein gut aussehender Mann, und seine Lippen sind so geschwungen wie die Melodie einer Liebesschnulze …« Sie nahm einen langen Atemzug und legte sich ihre Hände an die Brust, als könne sie es sonst nicht aushalten.

Caminada und Marugg hörten aufmerksam zu. Marugg schrieb bewusst nichts in sein Notizbüchlein, um Regulas Redefluss nicht zu stören …

»Ach, Regula«, schwärmte Vrenali weiter. »Wir haben uns schon zwei Mal getroffen, und beim zweiten Mal …« Vrenalis schielende Augen leuchteten voller glühender Erinnerungen.

Regula hielt sich die Hand vor den Mund, als müsste sie einen Schrei unterdrücken. »Ihr habt doch nicht etwa …?«

Vrenali nickte. »Oh doch, und nicht nur einmal. Und er hat mich dabei mit Liebe überschüttet, hat meinen gesamten Körper …« Sie schüttelte ungläubig den Kopf. »Wie soll ich es nur erklären? Er hat mich wie ein Musikinstrument wunderbar zum Klingen gebracht. Es ist, als käme er vom Himmel, ein Engel nur für mich.« Tränen glänzten in Vrenalis Augen.

»Eher ein ungehöriger Bengel, wie mir scheint«, kicherte Regula und platzte vor Neugierde und fragte Vrenali weiter aus, die nur allzu gerne zu Ende erzählte.

Nachdem Regula Caminada, Marugg und allen anderen im Raum erstaunlich direkt alles berichtet hatte, senkte sie erneut den Kopf. Trotz der zuvor so furchtbaren Nachricht war nun das Erstaunen in den Gesichtern der anderen unschwer zu erkennen. Sie waren von einem Gefühlschaos in das nächste geschleudert worden, wie es schien. Auch die Hausmutter selbst hätte nie mit so einer Geschichte gerechnet, wie Caminada an ihrem Gesichtsausdruck ablesen konnte.

»Und?«, fragte Caminada. »Hat das Vrenali gesagt, wie denn der schöne Max genau aussah?«

»Groß mit dunkelblondem Haar und von guter Statur

sei er, mit freundlichen hellblauen Augen. Das hat sie mir gesagt. Und dass er eine sehr teure Uhr getragen habe. Reich sei er, ein Anwalt eben.« Sie hatte den Blick nun wieder gehoben.

»Und wie alt?«

»35, glaube ich. Sie müssen wissen, ich musste ihr so einiges erst aus der Nase ziehen.«

»Hat er ihr Geschenke gemacht?«

»Ja, aber sie wollte nicht sagen, was für eines. Aber es war bestimmt sauteuer.«

Caminada blickte Regula nachdenklich an und erklärte mit bedachten Worten, dass Vrenali bei ihrer Ermordung eine rote Schleife um den Hals getragen hatte, wie bereits Carmen Weber, über die man ja hinlänglich im Städtchen redete. »Diese rote Schleife … woher könnte die stammen? Hat Vrenali so eine besessen?«

»Kfürchig ist das, ja regelrecht zum Fürchten. Sie hat sicherlich keine solche besessen, oder?«, sagte Regula und blickte die anderen Fräuleins an. Sie verneinten ebenfalls mit einer Kopfbewegung. Regula betonte: »Das Vrenali war ja so fröhlich all die Tage …« Ihre piepsende Stimme wurde leiser. »Aber sagen Sie, glauben Sie, dieser Max könnte der Mörder sein?« Sie hielt die Hand vor den Mund, als könnte sie ihre eigene Frage kaum fassen.

Doch Caminada sagte nichts dazu, er dachte, dass es von der Beschreibung her in diesem Fall jedenfalls nicht der junge Nöldi gewesen sein konnte, der heute noch vor dem Mittag aus dem Güggi entlassen worden war und so theoretisch hier wieder hätte zuschlagen können. Und eine Beschreibung vom Täter von Fräulein Weber hatten sie bisher keine.

Er blickte auf die Fräuleins, die alle irgendein Gebrechen zu haben schienen und bestimmt versuchten, das

Beste aus dem Leben zu machen. Caminada mochte schon immer Menschen, die nicht in die normale Gesellschaft zu passen schienen. Eines dieser Fräuleins, die um den Tisch saßen, kannte er vom Sehen. Es war das stadtbekannte schiefhalsige Rösalirot, das mit seinem Aussehen halt in den Gassen und Straßen auffiel. Dass sie auch hier wohnte, hatte Caminada nicht gewusst, aber er erinnerte sich wieder, dass ihre Mutter vor vielen Jahren, es musste 1939, kurz vor dem Ausbruch des Zweiten Weltkriegs gewesen sein, eines Tages spurlos verschwunden war und nie wieder auftauchte. Dieser Fall blieb bis heute rätselhaft und ungelöst.

Da Rösalirot plötzlich auffallend blass wurde, befürchtete er, sie müsse sich gleich übergeben. Er fragte deshalb nach: »Was ist mit Ihnen, Fräulein Rösalirot? Ist Ihnen schlecht wegen der ganzen Sache, brauchen Sie frische Luft?«

Sie winkte ab. »Ich bekomme es gerade mit der Angst zu tun, Herr Landjäger«, sagte sie mit belegter Stimme, und ihr Blick flackerte unruhig.

»Warum?« Caminada sah, dass sie etwas gar arg beschäftigte.

»Es ist eben so«, sie blickte in die Runde, als suche sie Hilfe bei den anderen, »den Max, den habe ich bereits zwei Mal getroffen, und …«, sie rang sichtlich nach Fassung, »wir wollten uns morgen wieder treffen …«

Ein Raunen ging um den Tisch.

»Und ich sollte ja niemandem was davon erzählen, ich musste es ihm ebenfalls schwören. Genauso wie Vrenali«, schob Rösalirot schnell hinterher, als würde sie es sonst nicht mehr wagen, es zu erzählen.

»Wann hat das denn alles angefangen?« Caminada strahlte wie immer große Ruhe und Autorität aus, sodass sich die Situation leicht beruhigte. »Erzähl uns doch davon.«

Rösalirot nahm einen kurzen, aber hörbaren Atemzug. »Schon vor über einer Wochen war es«, sagte sie leise. Der Schrecken stand ihr regelrecht ins Gesicht geschrieben. »Aber eben, ähm … ob er es wirklich ist … am besten erzähle ich Ihnen von Anfang an, wie es überhaupt dazu gekommen ist … soll ich?«

»Auf jeden Fall, wir hören Ihnen gut zu, Fräulein Rot«, sagte Caminada …

Angefangen hatte alles vor ein paar Wochen, als mit dem Frühling die Wärme ins Churer Rheintal zurückkehrte und die Menschen und Blumen aufblühen ließ. Nur wer einen strengen Winter in einem der abgelegenen Bergdörfer hinter sich gebracht hatte, konnte die Melodie hören, das Versprechen fühlen, das der Frühling mit sich brachte.

An einem dieser ersten milden Nachmittage, die Gipfel der Berge trugen noch dicke Schneehauben, befand sich das 28-jährige Fräulein Rösalirot auf dem Weg zurück in die Wäscherei und Glätterei Saubermann & Söhne in Chur. Sie hatte soeben die gebügelten Hemden in Masans abgeholt, bei der alten Glätterin, die kaum noch etwas sah. Insgesamt 47 Hemden legte Rösalirot sorgfältig in zwei geflochtene Zainen und packte sie hernach auf den Handkarren, ehe sie die Ware mit einem großen Tuch sorgsam bedeckte. Sie wusste nur zu gut: Die Landstraße staubte wegen des trockenen Frühlings grausig, und der Fußmarsch würde gut und gerne eine halbe Stunde dauern. Außerdem waren einige der Wege unterhalb des Bahnhofs noch immer ungeteert.

»Adieu, Stini«, rief Rösalirot der Alten frohgemut zu und zog an der Deichsel des Handkarrens. Sie erntete von

Stini ein gekrächztes, aber dennoch herzliches »Bhüat di Gott, liabs Rösalirot«.

Die Glätterin war zweifellos ein gar kauziges altes Weib, mit ihrer krächzenden Stimme und ihrem leisen irren Gekicher, das ihr immer öfters und von außen gesehen scheinbar grundlos über ihre schrundigen Lippen kam. Wenn sie so lachte, sah man der Glätterin an, dass da irgendetwas in ihrem Oberstübchen vor sich ging, und man fragte sich, was der Alten in diesem Moment wohl in den Sinn gekommen war. Sie aber hielt ihre Gedanken hinter ihrer gefurchten Stirn verborgen.

Was die alte Stini aber beherrschte, und das wie keine andere weit und breit, das war das Glätten. Seit Kindsbeinen tat sie fast nichts anderes als zu glätten, und das mit einer unglaublichen Leidenschaft, ja geradezu Verbundenheit zu dem Tuch. Als wären ihre alten Griffel längst ein Teil des Bügeleisens geworden, hatte sie ein unglaubliches Gespür für Tuch und Stoff. Kaum lag das mit glühender Kohle erhitzte und bleischwere Ungetüm von einem Glätteisen in der Hand der irrwitzigen Alten, glitt es geschmeidig und scheinbar schwerelos über den zu glättenden Stoff. So vollbrachten ihre von Flecken und blauen Adern geprägten Hände wahre Wunder, weshalb die Mehrbesseren in Chur seit jeher ihre Wäsche ausschließlich bei der Stini glätten ließen.

Rösalirot hatte bei ihr deshalb schon viele Male Gebügeltes abgeholt, und noch nie hatte es Beanstandungen gegeben. Wie die Alte das vollbrachte, war ihr schleierhaft, aber noch immer war es für sie etwas Besonderes, der alten Stini zuzusehen, wie sie mit ihren krummen Fingern den Stoff betastete und darüberfuhr, ehe sie zu glätten begann. Seltsam und bewundernswert in einem.

Obwohl Stini hart arbeitete, lebte sie in großer Armut, und niemanden schien dies zu kümmern. Rösalirot war der Ansicht, dass die Alte von ihren Auftraggebern schlichtweg ausgenutzt wurde. Das verlotterte Haus samt Stall lag am äußersten Stadtrand von Chur, in Masans, direkt an der Landstraße, die weiter über Halbmil nach Trimmis führte und auf der jedermann, der nach Chur wollte, fahren musste. Dennoch war die Straße kaum befahren. Automobile von Unterländern oder gar solche mit Nummernschildern aus dem Ausland bekam man nur selten zu Gesicht, obwohl es die einzige Verbindung zwischen Norden und Süden war. Am ehesten sah man noch welche aus dem Kanton St. Gallen, denn Ragaz war nur eine knappe halbe Fahrstunde entfernt. Früher hatte Stini hin und wieder im heruntergewirtschafteten Bauernhof Halbmil als Magd gearbeitet. Nur die große Weide und ein Stück Wald lagen zwischen ihrem Haus und Halbmil, das schaffte sie auch heute noch zu Fuß. Doch als sie zu alt wurde, konnte der Bauer sie nicht mehr gebrauchen, nicht mal mehr für die Kartoffelernte, weil der Stini der Rücken so wehtat. Sie fand keine zusätzliche Arbeit mehr und glättete, außer am Sonntag, der ihr heilig war, zu Hause.

Auch tags zuvor hatte Rösalirot bereits eine Fuhre bei Stini abgeholt, denn sie war Ausläuferin für verschiedene Geschäfte in Chur, es gab also viel zu tun.

Und gestern hatte Rösalirot ihn zum ersten Mal getroffen hatte.

Er saß lässig am Brunnenrand neben dem Gasthaus Schwanen und spritzte ihr etwas Wasser entgegen, als sie den Handwagen hinter sich herzog, und begrüßte sie freundlich mit: »Jo Grüaziwohl, flottes Fräulein.« Der Mann lachte anziehend. »So eilig? Und das an einem solch heiteren Frühlingstag, an dem die Sonne mit dir um die

Wette lacht und genau weiß, dass sie doch nur verlieren kann.«

Sie wandte sich ihm zu. Wegen ihres steifen Halses musste sie sich zur Gänze nach ihm umdrehen. Dabei fiel ihr sofort sein warmes Lächeln auf und seine schönen Zähne. Er strahlte Zuversicht, Stärke und etwas Lausbubenhaftes aus.

Er stand auf und ging einige Schritte neben ihr her, bis Rösalirot stehen blieb. Er war einen Kopf größer als sie. Er stellte sich als Max vor, und sie kamen ins Gespräch.

Max trug eine braune Hose aus gutem Stoff und ein weißes Hemd, dessen oberste zwei Knöpfe er offen trug. Lässig steckte seine linke Hand in der Hosentasche, mit der rechten fuhr er durch sein fülliges dunkles Haar. Was Rösalirot ebenfalls sofort auffiel: Der ungefähr Mitte 30-Jährige roch gut, obwohl er von seinem Verhalten her eher wie ein Vagabund wirkte, wenngleich ein sehr gut angezogener. Außerdem trug er für einen Vagabunden auch zu schöne Schuhe, die noch nicht weit auf der Landstraße gelaufen sein konnten. Ganz im Gegensatz zu den ausgelatschten Schuhen, die Rösalirot trug. Die 28-Jährige stand in ihrem einfachen grauen Arbeitsschurz vor ihm und schämte sich ein wenig dafür. Dies, obwohl ihre Mutter früher oft gesagt hatte: »Los guat zua, Maitli, für seine Arbeit und Kleidung braucht sich gewiss niemand zu schämen, solange man rechtschaffen bleibt!«

Max war kein Schwätzer, obwohl fast nur er sprach, aber er war ein guter Unterhalter, erkannte Rösalirot, und er lachte gerne. Außerdem schien er für alles immer die richtigen Worte zu finden. Seine Lebensfreude war regelrecht ansteckend, und seine dunkelbraunen Augen, die von feinen Lachfältchen umrahmt waren, schimmerten aus seinem gebräunten Gesicht. Sein dunkles Haar verbarg er unter einer Schirmmütze, die er sich, als er vom Brunnen aufgestanden war, aufgesetzt hatte.

Rösalirot war es nicht gewohnt, dass sie von Männern angesprochen wurde, genauer gesagt, war dies noch nie vorgekommen. Die Zeit mit Max schien für sie daher wie im Flug zu vergehen. Doch irgendwann musste sie weiter, sie war bereits viel zu spät dran. Sie spürte längst, dass ihr Herz ihr bis zum Hals schlug, und hoffte flehentlich, er möge ihr nicht ansehen, dass es ihr gleich aus der Brust zu springen drohte. Noch vor dem angedeuteten Handkuss zum Abschied hatte sie Max versprechen müssen, am nächsten Tag zur selben Zeit wiederzukommen.

Den restlichen Tag konnte sie deswegen kaum mehr einen klaren Gedanken fassen, so aufregend war die Zeit mit Max gewesen, denn nie hatte sie jemand auf diese Weise angesprochen. Rösalirot wusste, sie würde es sowieso schwer haben, ja schier unmöglich würde es sein, irgendwann einen Mann zu finden, denn der Herrgott hatte sie nicht gerade mit Schönheit gesegnet. Kein Wunder, wollte ihr Lehrer, der Herr Ricklin, damals, dass sie bei der Theateraufführung die Hexe spielte. Die gesamte Klasse hatte sie ausgelacht, als ob sie nicht schon genug gehänselt worden wäre. Aber sie hatte ihr Bestes gegeben und die Rolle der Hexe so gut gespielt, dass es die kleinen Kinder richtig gruselte, einige weinten sogar. Diese Zeit war aber zum Glück vorbei.

Nach diesem ersten Treffen mit Max ging sie zurück in die Villa Clement, half im Haushalt mit, wie immer. Und sie schwieg, erzählte niemandem von ihm, denn er hatte sie darum gebeten, und sie hatte es ihm versprochen. Ihr Wort zählte etwas. Warum sie ihm das versprechen musste, das hatte er nicht gesagt, aber das spielte für sie auch keine Rolle.

In der kleinen Kammer lag sie später dann die halbe Nacht wach, im Wissen, ihn schon so bald wiederzusehen.

Max!

Ihr Herz wollte sich einfach nicht beruhigen. Sie fühlte noch immer den flüchtigen Kuss auf ihrer Hand und sah seine leuchtenden Augen vor sich, hörte seine Stimme.

Natürlich stellte sich Rösalirot in diesen wachen Nachtstunden immer und immer wieder die Frage, warum so ein schöner Mann ausgerechnet sie derart bezirzt hatte. Geld hatte sie ja keines, und das musste er ihr auf den ersten und zweiten Blick angesehen haben. Sie fand keine Antwort auf die Frage, auch dann nicht, als das Licht des Frühlingsmorgens durch die lottrigen Fensterläden drückte.

Sie verlor bei keiner der anderen Fräuleins auch nur ein Wort über die gestrige Begegnung und versuchte, sich ihre Gefühle nicht anmerken zu lassen.

Sie verrichtete ihre Arbeit, doch die Stunden wollten einfach nicht verstreichen. Als Letztes holte sie die Hemden bei Stini, und dann war es endlich 15 Uhr, und Rösalirot näherte sich dem Brunnen vor dem alten Gasthaus Schwanen. Doch der Platz war leer!

Sie war etwas früher dran als gestern, doch sie fragte sich unwillkürlich, ob er sie vielleicht doch bloß auf den Arm genommen hatte. Ein schlechter Schabernack auf ihre Kosten, wie es auch schon vorgekommen war, nur um sich dann über sie und ihren Schiefhals lustig zu machen. Doch weiter kam sie nicht in Gedanken, denn in dem Moment tauchte er mit einem frisch gepflückten Sträußchen Frühlingsblumen wie aus dem Nichts hinter ihr auf.

Gemeinsam spazierten sie anschließend den sanft ansteigenden Hang Richtung Fürstenwald hoch, zwischen von Natursteinmauern umfassten kleinen Obsthainen hindurch, hin zu einem der kleinen Ställe, der mitten in einem Feld stand. Als das Waisenhaus in Sichtweite kam, sagte sie ihm nicht, dass sie einige Jahre dort gewohnt hatte – und welches Grauen sie dort hatte erleben müssen. Sie schob die dunklen Wolken weg von der Sonne, die heute Max hieß.

Er machte Halt bei dem Stall, der von Obstbäumen umsäumt war. Bienen summten, und es roch nach warmem Holz. Er führte sie hinein, als gingen sie als Brautpaar in eine Kirche. Sie sah, nachdem sich ihre Augen an die schummrige Dunkelheit im Innern gewöhnt hatten, dass er eine große Decke im Heu ausgelegt hatte, darauf ein Korb mit Wein, Käse, Brot und sogar Kuchen.

»Nur für dich«, sagte er.

Die nächsten Stunden erlebte Rösalirot den Himmel auf Erden. Als könnte er ihre Gedanken lesen und jeden Wunsch erahnen, begann er sie so zu lieben, dass sie tatsächlich eins wurden. Er ging dabei mit unglaublicher Zärtlichkeit und Behutsamkeit vor. Sie hatte in ihrem Leben noch nie vor Glück geweint, doch das tat sie nun, und es fühlte sich an, als ob er all das Böse, das sie schon hatte erleben müssen, aus ihr vertriebe.

Als sie beide sich wieder angezogen hatten, bat er sie, sich nochmals hinzulegen, und begann, ihr immer wieder sanft mit den Fingern durch ihr Haar zu streichen, er küsste ihre Stirn und ihren Schiefhals, dessen Liebkosung in ihr wider Erwarten sehr innige Gefühle auslöste. Und immer wieder blickte er sie an. Das alles konnte doch bloß ein schöner Traum sein.

Es war gottlob kein Traum, denn er schien über das Geschehene ebenso glücklich zu sein wie sie, als sie Hand in Hand den Ort ihres Glücks verließen. Bei der Verabschiedung nahm er sie lange in den Arm, sie spürte dabei so viel Liebe, dass es fast schon verstörend schön war.

Als sie danach den Handkarren – es war nach 18 Uhr, und die Sonne versank bereits hinter dem 3000 Meter hohen Calanda – durch das in Masans dünn besiedelte Chur zog, fühlte sie dessen Gewicht gar nicht. Max hatte ihr versprochen, dass sie sich bald wiedersehen würden, am Samstag in einer Woche werde er wieder beim Brunnen auf sie warten.

Rösalirot erzählte den Landjägern nicht alles in diesen Einzelheiten, aber so, dass Caminada und Marugg es verstanden. Und sie erwähnte nochmals: »Morgen, Samstag, wollten wir uns am Nachmittag treffen, wieder draußen am Stadtrand beim Gasthaus Schwanen, um 15 Uhr, denn ich schaffe ja samstags immer nur bis zum Mittag«, sagte sie und betonte dann: »Aber mein Max ist nicht blond wie der vom Vrenali, er ist fast schwarzhaarig.« Es schien, als hofften ihre Augen flehentlich, dass ihr Max, ihr Traum, nicht durch die Ermittlungen in Gefahr käme.

»Danke, Fräulein Rot«, sagte Caminada und blickte in die Runde, doch keine der anderen wusste etwas dazu zu sagen. Und so wandte er sich wieder Rösalirot zu. »Sie gehen morgen um 15 Uhr dahin. Wir werden uns auf die Lauer legen und den Max befragen.« Er sah ihren angstvollen Blick. »Sie brauchen keine Angst zu haben, wir beschützen Sie, und wenn Max nichts auf dem Kerbholz hat, dann hat er auch nichts zu befürchten, und ihr könnt tun und lassen, was euch beliebt.« Nach einer kurzen Pause, in der er seinen Blick über alle schweifen ließ, fuhr er fort: »Beide ermordeten Fräuleins, Vrenali und auch Carmen, hatten sich vor ihrem Tod mit einem Max getroffen. Auch wenn die Beschreibungen von ihm weit auseinander gehen, so ist Rösalirot schon das dritte Fräulein, dem ein Max den Hof macht. Seltsam ist, dass jeder Max verlangte, dass kein Fräulein von ihm erzählen sollte. Auch das Fräulein Weber hat nicht viel zu Hause erzählt, nur dass er Anwalt sei und aus Zürich käme. Das gibt es zu bedenken. Wir begleiten Rösalirot morgen daher schon früher zum Treffpunkt, damit wir sicher vor dem Max dort sind und uns verstecken können. Es braucht sich also niemand zu fürchten oder zu sorgen.« Er blickte auch zur Hausmutter. »Einverstanden?«

Sie nickte.

Es war kurz nach 18:40 Uhr, als Caminada und Marugg wieder in den Chevy stiegen. Marugg brannte etwas auf der Zunge:

»Walter, ich will nicht ungebührlich reden. Aber warum sollte ein so gut aussehender Mann die beiden Fräuleins von der Villa Clement verführt haben? Versteh mich bitte richtig, wo die Liebe hinfällt, gibt's nur Schönheit, aber war das wirkliche Liebe? Warum hat er das getan? Oder ist er nur in den Augen der beiden Frauen so ein toller Hecht?«

»Ich weiß, was du meinst, Peter. Es muss was anderes sein, was diesen Max, wenn es sich denn in allen Fällen um ein und dieselbe Person handeln sollte, dazu getrieben hat, die drei Fräuleins zu verführen. Blond wie in Vrenalis Beschreibung oder doch dunkelhaarig … hmm … vielleicht gibt es ja doch zwei davon.«

»Walter, braun oder dunkelhaarig kann man ja mal in denselben Topf werfen, aber blond und blauäugig ist nun wirklich nicht dasselbe wie dunkelhaarig mit dunklen Augen. Zwei Männer, zwei Maxe? Ich weiß nicht. Und falls es doch ein und derselbe Max war: Carmen Weber passt vom Aussehen her ja ganz und gar nicht zu den beiden Fräuleins aus der Villa Clement, die er ebenfalls verführt hat. Warum also diese Auswahl?«

»Was weiß ich?« Caminada startete den Motor, der sich wieder bitten ließ, und fuhr hinunter ins Städtchen. »Aber jetzt machen wir einen Hausbesuch beim Förster Simmen … irgendwas passt mir an der ganzen Sache nicht, und wir müssen diesen Brief bekommen.«

Marugg blickte ihn von der Seite an. »Walter, ich denke, du magst das jetzt nicht hören, aber könnte es sein, dass vielleicht das alte Käthy selbst Dreck am Stecken hatte und darum umgebracht wurde? Wir müssen unsere Aufmerksamkeit auf alle und alles richten, oder nicht?«

Caminada drehte sich ihm kurz zu, nachdem er einen Gang hochgeschaltet hatte. Die Villiger-Krumme hatte er zwischen den Backenzähnen eingeklemmt. »Hmmm, sicher nicht das Käthy mit ihrem Herz aus Gold.« Er winkte etwas unwirsch ab. »Die ist unschuldiger als ein Marienkäfer.«

Marugg nickte nur vielsagend. »Meinst du, böse Menschen können keine schönen Lieder singen? Ich erinnere mich nur an das, was du mich von meinem allerersten Tag an stets gelehrt hast: Traue allen alles zu, wenn du ermittelst … Deine Worte, weißt du noch?«

»Hmm …«, brummte Caminada und gab Gas. »Aber nicht das Käthy! Nehmen wir uns doch erst mal den Franz Simmen etwas kritischer vor. Da scheint mir was im Busch zu sein.«

15

Kilchberg am Zürichsee, 1952

Fredy tat das, was ihm am meisten lag: Er ging oft auf Handelsreisen. Mit großer Leidenschaft bereitete er jede seiner Reisen vor. Je weiter weg und je länger er fortbleiben durfte, desto besser. Erst recht, als Gisela Monat für Monat nicht schwanger wurde, obwohl er seinen ehelichen Pflichten stets nachkam.

Direktor Käch wünschte sich weiterhin nichts Geringeres als einen Thronfolger und ließ das bei den gemeinsamen Abendessen immer wieder durchblicken. Die Pillen, die der Herr Professor im Zürcher Universitätsspital Fredy verschrieben hatte, schluckte dieser ohne Wenn und Aber. Er fühlte sich danach weder besser noch schlechter. Damit es aber im Bett mit der Gisela weiterhin klappte, die zweifellos in den letzten drei Jahren sogar noch schöner wurde, leider aber nur rein äußerlich, träumte er dabei jedes Mal von einem Leben mit Daniela. Manchmal versank er darin so tief, dass Gisela sich im siebten Himmel wähnte und ihn danach anblickte und sagte: »Du siehst ja so verträumt glückselig aus. Wenn es heute nicht mit der Schwangerschaft klappt, wann dann?« Über den Gewitterabend am See sprachen sie beide nie wieder.

Aber es klappte einfach nicht, und Fredy ging noch häufiger auf Reisen. Doch diese waren noch immer so vom Herrn Direktor Käch gewählt, dass Fredy an den *guten* Tagen mit Gisela im Bett liegen konnte.

Im Sommer 1952 kam der Moment, als seine Handelsreisen plötzlich auch an den Tagen stattfanden, an denen er eigentlich zu Hause seinen ehelichen Pflichten hätte nachkommen sollen, und dies obwohl die Reisen noch immer vom Direktor geplant wurden. Fredy wurde daher misstrauisch und erfuhr von der Köchin, der er in den letzten Jahren immer mal wieder Geld zugesteckt hatte, damit sie ihre beiden unehelichen Kinder durchbringen konnte: »Jemand kommt in *diesen* Tagen in die Villa am See. Ein gut aussehender Mann aus Zürich. Max heißt er, soviel ich weiß. Er soll wahre Wunder bewirken … hört man bis in den Garten … äxgüsi, wenn ich so rede, aber Sie wollten es ja ganz genau wissen, Herr Frei.«

Nun wusste Fredy also, was da hinter seinem Rücken lief. Der Zwang, einen Nachfolger für die Schokoladenfabrik auf die Welt zu stellen, war für die Kächs scheinbar so groß, dass jemand bei Gisela nachhelfen musste, und zwar ein Anwalt aus Zürich. Max Walthert, hieß der Mann, wie er nun erfuhr.

Obwohl Fredy Gisela nicht liebte, versetzte ihm diese Nachricht einen Stich ins Herz und weckte ihn auf. Bis jetzt hatten sie in einer arrangierten Ehe gelebt, in der es Regeln gab, die eingehalten wurden. Es hatte eine gewisse Konstanz gegeben, die einen Rahmen geboten und, wenn auch kein echtes Vertrauen geschaffen, wenigstens einen vertrauten Ablauf vorgegeben hatte. Das war nun weg, und die Frage drängte sich ihm auf, was denn noch bliebe?

Von nun an ging er Gisela aus dem Weg, wo immer er konnte, und ihr schien es nur recht zu sein, als hätten sie eine stumme Übereinkunft getroffen. Fredy wusste, dass sie wusste, dass er es wusste, und bald darauf zog er in ein anderes Zimmer in der Villa.

Als Fredy Wochen später in Schaffhausen in einem Geschäft der Inhaberin die mitgebrachten Schokoladenmuster schmackhaft machte, da landete er mit ihr noch am selben Abend im Bett.

Sie war danach voll des Lobes für ihn, doch er fühlte sich hinterher leer. Er zeigte es aber nicht und überspielte es gekonnt. Es war auch mit dieser Frau nicht anders als mit Gisela, es fehlte das für ihn Entscheidende: die Liebe! Und auch in dieser Liebesnacht hatte er sich hin zu Daniela geträumt, hatte einmal mehr sie geliebt.

Ob er es wahrhaben wollte oder nicht, Daniela fehlte ihm noch immer. So wurde für ihn auch diese neue Liebesnacht zur Enttäuschung. Leer wie die Hände eines schlechten Bettlers fuhr er zurück in die Villa ohne Herz, wie er sie getauft hatte. Er fühlte sich zunehmend elend. So konnte es nicht mehr weitergehen.

Einen Monat später starb sein Vater unvermittelt an einer Kohlenmonoxidvergiftung, und nur Tage später packte Fredy seine Siebensachen und zog bei seiner Mutter ein. Gisela war an jenem Tag in Zürich, bestimmt bei diesem Max.

Da der Vater nach Fredys Verlobung die Stelle in der Schokoladenfabrik bekommen hatte, konnte er sich endlich eine bessere Wohnung leisten, in der die Mutter nun alleine zurückblieb. Sie nahm Fredy mit offenen Armen auf und sagte: »Recht hast du, mein Lieber. Du bist denen nichts schuldig und hast dir schon mehr als genug gefallen lassen. Die werden wir nicht nötig haben, und ich habe ja meine gute Stelle in der Metzgerei.« Sie drückte ihn fest an sich. »Es wird alles gut werden, mein Junge.«

Gleich am nächsten Tag tobte der alte Käch, als er von dem Auszug erfuhr. Er zitierte Fredy in sein imposantes Amtszimmer, wo er hinter seinem massigen Schreibtisch aus poliertem Nussbaum wie ein Regent thronte. Gisela und ihre Mutter waren auch zugegen, als es zur unvermeidlichen Aussprache kam.

Der Direktor erhob sich und schlug mit der Faust auf den Tisch, kaum hatte Fredy sich gesetzt. »Eine Käch verlässt man nicht!«

Er glaubte, er könne noch immer so mit Fredy reden, wie es ihm gefiel, weil Abhängigkeiten bekanntlich stumm machten. Doch Fredy stand seinerseits vom Stuhl auf und trat seitlich hinter den Tisch direkt vor den Herrn Direktor, seinen Schwiegervater. »Nein, Robert, nicht ich bin es, der hier falsch ist! Oder hat es etwas genützt, dass meine werte Gattin sich einen Anwalt ins Bett geholt hat? Wurde sie schwanger?« Er blickte zu Gisela. »Sinnigerweise habt ihr das alles hinter meinem Rücken getan.« Dann wandte er sich wieder Käch zu. »Sie wird aber nicht schwanger werden, und alle wissen es. Denn ich bin gesund, und alles ist richtig an mir. Und auch wenn Gisela möglicherweise nie Kinder kriegen kann, trägt sie dafür keine Schuld – im Gegensatz zu der allgemeinen Boshaftigkeit der Familie Käch!« Käch wollte ihn unterbrechen, doch Fredy ließ ihn nicht. »Noch einen einzigen frechen Ton, und meine Faust fliegt dir ins Gesicht, lieber Ex-Schwiegervater. So süß eure Schokolade auch ist, so verbittert seid ihr allesamt. Ich werde die Scheidung einreichen, und das noch heute. Und ich werde rein gar nichts von euch fordern, nur mein Leben, mein altes Leben will ich zurückhaben, dann bin ich euch endlich los und reicher als ihr alle zusammen!«

Die Münder der drei standen weit offen. Giselas Gesicht zeigte unvermittelt Angst, sie sprang auf. »Aber Fredylein …«

»Ich heiße noch immer Fredy, nicht Fredylein und erst recht nicht Max …«

Beim Hinausgehen knallte er die Tür so fest zu, dass das gerahmte Familienbild, das Vater, Mutter und Tochter Käch zeigte, zu Boden fiel.

Gisela lief Fredy mit kurzen schnellen Schritten hinterher, bekniete ihn, doch er sah in ihren Augen nur den Kummer darüber, die Macht über ihn verloren zu haben.

Fredy kündigte fristlos und fuhr schon am nächsten Tag nach Zürich ins Möbelhaus Bernegger. Der alte Herr stand wie eh und je im Geschäft, das wirkte wie in einem Dornröschenschlaf. Bernegger nahm ihn wieder auf wie einen verlorenen Sohn und versprach ihm nur drei Tage später, dass er das Möbelhaus einst erben werde, wenn Fredy ihm helfe, es wieder aufblühen zu lassen.

Wieder in Zürich wurde Fredy geradezu magisch von der Bäckerei Chnuschpereggä angezogen. Er hoffte und hatte gleichermaßen Angst davor, Daniela darin zu sehen, doch statt ihr stand eine rundliche Frau hinter der Theke und fragte freundlich, was er denn wünsche.

In dem Moment kam Daniela aus der Backstube in den Laden und sagte: »Martha, ich bediene den Herrn, du kannst hinten bitte die Bestellung für Frau Lieberherr rüsten.«

Die Frau ging. Daniela schaute ihr nach und drehte sich dann Fredy mit einem Lächeln zu. Einerseits ging die Sonne in ihm auf, sein Herz polterte, als wollte es aus dem Käfig aus Rippen herausspringen, andererseits sah er, dass Daniela schon wieder, wenn auch kaum mehr ersichtlich, ein blaues Auge hatte.

»Daniela, was kann ich tun?«, fragte er, und sie wusste, was er meinte.

Sie schloss für einen Moment die Augen. »Es ist wunderbar, dass du hier bist. Ein Sonnenscheintag …« Und da war es wieder, ihr Lächeln, das Lächeln einer verwundeten Seele.

Sie hatten kaum Zeit, aus dem Hintergrund kamen Schritte näher. Er sagte schnell zu ihr: »Daniela, mein Herz ist frei, man kann nie wissen …«

Als Fredy den Chnuschpereggä verließ, sah man rein äußerlich einen liebenswerten, gut aussehenden jungen Mann, der bedrückt wirkte. Was man nicht sah, war, dass er nun bereit war, das Verbrechen, das er so lange geschmiedet hatte, um dem Glück auf die Sprünge zu helfen, endlich in die Tat umzusetzen! Es war ein furchtbarer Plan, der in den letzten beiden Jahren wie Wein in einem dunklen Keller gereift war! Und heute war die Zeit dazu gekommen.

16

Chur, Februar 1940

Der erste Winter im Waisenhaus war für Rösalirot noch nicht vorbei. Es war ein dunkler Februartag, als es passierte. Der Schnee lag schwer und dumpf kniehoch auf den Matten. Die Gerippe der vielen Bäume rund ums Waisenhaus waren schwarz, wirkten, als wären sie abgestorben. Der Bergkranz steckte im Wolkengrau, die Schornsteine qualmten seit zwei Wochen ununterbrochen der außergewöhnlichen Kälte wegen, der Geruch von Ruß lag in der Luft.

Rösalirot lag in der großen Scheune und schnappte nach Luft. Ihr Kopf steckte in einem Jutesack, als sie langsam wieder zu sich kam. Erst nach und nach kamen die Erinnerungen zurück, wie das matte Licht, das durch die Ritzen und Spalten im Stall drang. Sie richtete sich nicht auf, blieb einfach liegen. Es war still, es roch nach dem fauligen Heu, das sie mit der Heugabel hätte rausstechen sollen. Sie fühlte einen Schmerz zwischen den Beinen, dumpf und vernichtend, und da war Blut. Da kamen sie wieder angestürmt die Erinnerungen: Jemand hatte sie von hinten gepackt und ihr den Sack über den Kopf gestülpt, sie danach mit übermächtiger Kraft auf den Rücken geworfen. Dabei wurde ihr eine Hand auf Mund und Nase gepresst, bis ihr Sehen und Hören verging. Sie hatte nur noch gespürt, wie ihr der Rock hochgeschoben wurde, dann fiel sie in wehrlose gnädige Ohnmacht …

Rösalirot hatte keine Angst, weiter im Dunkeln zu liegen. Es schien fast, als hege sie die Hoffnung, nach wiederholtem Schließen und Öffnen der Augen die Welt verändert vorzufinden, ohne diese Scham, ohne diesen Schmerz, der ihr Leben verändern würde.

Irgendwann stand sie auf, griff nach der Heugabel und begann, das faulige Heu hinunterzuwerfen, Gabel für Gabel. Sie hätte diese Arbeit nicht allein machen müssen, doch das Vrenali war noch nicht gekommen, und das war gut, sonst wäre es ihr wohl auch so ergangen.

Nachdem sie mit der Arbeit fertig war, ging sie über den schäbigen Vorplatz zurück ins Waisenhaus, ohne auch nur ein Wort über das zu verlieren, wofür es sowieso keine Worte gab.

Es dauerte seine Zeit, bis Rösalirot wirklich verstand, was ihr an diesem fürchterlich grusigen Februartag widerfahren war. Von diesem Tag an weigerte sie sich, alleine den großen Stall zu betreten.

Und noch etwas änderte sich ab jenem Tag. Rösalirot suchte in den Augen all jener, die für ein solches Verbrechen infrage kamen, immerfort nach Anzeichen für die Tat. Doch keiner schien verdächtig genug, nicht mal die wortkargen Knechte, vor denen sie die Hausmutter Fräulein Meister gewarnt hatte. Nur der Heimleiter schien noch freundlicher zu sein als zuvor. »Vielleicht spürt er meinen Kummer«, dachte Rösalirot. Doch über das Geschehene zu sprechen, das blieb ein Ding der Unmöglichkeit.

17

Freitagabend, 10. April 1953

Nachdem Caminada und Marugg die Villa Clement verlassen hatten, fuhren sie hinunter ins Täli, den Talschlitz, aus dem die Plessur rauschte. Ein unwirklicher Ort, in dem das Krematorium, ein Schrottplatz und eine Gerberei eingepfercht waren. Hier hausten allerlei Randständige, aber nicht nur.

In diesem Talschlitz, an einer Stelle, wo jeder Fußbreit dem schmalen Täli abgerungen werden musste, wo nur die Schienen der Arosabahn, der schmale Fluss und eine fahrzeugbreite, schlechte Straße Platz fanden, dort stand das alte Holzhaus vom Förster Simmen.

Den Chevy mussten sie aber 200 Meter weiter vorne bei einem Güterschuppen der Rhätischen Bahn parken und den Rest zu Fuß gehen.

Es war mittlerweile kurz vor 19 Uhr, und Simmen war daheim, nicht aber seine Frau. Der graubärtige Förster mit braun gegerbtem Gesicht öffnete die Tür und war erstaunt.

»Walter?«, sagte er und nickte dann auch Marugg kurz zur Begrüßung zu.

»Grüaziwohl, Franz. Wir müssen mit dir reden.«

»Na dann, nur hereinspaziert. Elfi ist noch auf dem Wochenmarkt am Kornplatz, die Stände am Zusammenräumen«, sagte Simmen und trat aus dem Türrahmen. Und als käme es ihm gleich wieder in den Sinn, schob er nach: »Ach, der Brief vom Käthy! Ich huara Tubel, den habe ich doch glatt vergessen.« Er nahm ihn im Vorbeigehen von einer kleinen Kommode im engen Flur und ging weiter voran in die Stube. In dieser hingen auf engstem Platz zahlreiche Jagdtrophäen an den Wänden. Simmen setzte sich an den Esstisch und bot den beiden einen Stuhl an, dann schob er den Brief samt Umschlag Caminada rüber.

»Es muss der Schrecken gewesen sein, der mich am liebsten alles vergessen ließe«, sagte er.

Caminada schob den Brief zu Marugg rüber. Er konnte damit ja nichts anfangen, aber er begann das Gespräch.

»Also Franz, wie geht's dir denn in der Zwischenzeit?«

»Ach, den Anblick werde ich wohl noch eine ganze Weile mit mir herumtragen müssen.«

Das konnte Caminada gut verstehen, auch ihn verfolgten die Gesichter der Toten, aber immerhin meist nur so lange, bis sie den Fall aufgeklärt hatten. Er sagte: »Alles braucht seine Zeit, Franz. Und wer sich diese Zeit nicht nimmt, den holt das Geschehene früher oder später ein.«

Simmen nickte. »Habt ihr Neuigkeiten?«

»Wie lange kennen wir uns schon?«, gab Caminada zur Antwort.

»Ohalätz, das fängt ja gut an«, meinte der Förster und antwortete: »Seit du mit Anfang 20 aus Samnaun hergekommen bist.«

»Präzis. Also, ich habe von einem Notar vernommen, dass das Käthy dich nur zwei Tage vor ihrem Tod aus ihrem Testament gestrichen hat. Dich plötzlich doch nicht als Erbe vom Schönegg wollte. Was ist passiert?«

Einen Moment lang schwieg Simmen. Dann deutete er mit dem Zeigefinger an seine Brust. »Davon weiß ich ja gar nichts.«

Caminada nickte. »Möglicherweise wollte sie dir das ja sagen, und daher ihr Brief an dich? Sag, wusstest du denn von dem Erbe?«

»Ich weiß nicht, was ich sagen soll. Auch nicht, warum sie mir diesen Brief geschrieben hat. Wie gesagt, ich wollte deshalb unbedingt noch am selben Abend hoch zu ihr.«

»Ich nehme an, sie hat dir zuvor das Schönegg vermachen wollen, weil sie dir lange Zeit vertraut hat. Du warst ihr ja immer zu Diensten«, sagte Caminada, weil er noch keine Antwort auf die Frage von zuvor erhalten hatte, während Marugg fleißig Notizen machte.

»Ja, das kann sein. Aber eben, sie hat nie was dazu gesagt.« Simmen starrte auf Caminada und dann auf Marugg. »Ihr denkt hoffentlich nicht, dass ich sie umgebracht habe, wegen dieses Erbentzuges, von dem ich, wie gesagt, ja gar nichts wusste!«

»Wir suchen noch immer ein Motiv«, sagte Caminada trocken. »Und wir müssen in alle Richtungen ermitteln. Sag, hat sie jemals erwähnt, dass sie Geld oder sonst etwas Wertvolles im Schönegg gehortet hat?«

»Weder über ein mögliches Erbe noch über Geld sprachen wir jemals. Wieso?«

»Gemäß ihrem Notar hat sie letzten Freitag auch eine Schachtel mit Wertgegenständen zu ihm gebracht, zur Aufbewahrung. Sie schien außerdem besorgt zu sein. So sagte es uns zumal der Notar heute Nachmittag. Mehr werden wir noch von ihm hören, die Zeit drängte …«

»Dazu weiß ich auch nichts.« Simmen wirkte auf einmal unruhig, seine Hände verrieten es.

»Nun gut, Franz, wir müssen von allen Personen in ihrem direkten Umfeld, und dazu gehörst du sowieso, Fingerabdrücke nehmen.«

»Warum?«

»Weil wir eine Patronenhülse gefunden haben.«

»Aber ich habe doch nicht auf euch geschossen.«

»Wer sagt denn, dass auf uns zwei geschossen wurde?« Caminadas Stimme wurde ernster.

»Ja, ähm, ja weil, es ist doch so, ihr kommt doch immer zu zweit. Darum. Oder auf wen wurde geschossen?«

»Franz?!« Caminadas Stimme war nun laut. »Hast du irgendwelchen Dreck am Stecken in dieser ganzen Sache?« Er blickte auf den Gewehrschrank. »Warst du etwa heute oben im Schönegg und hast auf uns geschossen?« Er blickte den Förster eindringlich an.

Franz schwieg, es schien ihm die Sprache verschlagen zu haben.

»Franz! Ich betone, wir haben eine Hülse gefunden. Der Schütze hatte nicht alle aufgelesen. Darauf sind Fingerabdrücke, die wir auch mit deinen vergleichen werden. Werden sie übereinstimmen?«

Der Gesichtsausdruck des Försters wurde plötzlich zornig. »Macht doch, was ihr wollt! Ich gebe meine Fingerabdrücke jederzeit ab. Auch von elf Fingern, wenn's denn sein muss!« Dann erhob er seine Stimme. »Ihr kommt einfach daher, in mein Haus, und überfallt mich mit solchen Räubergeschichten! Sagt, geht's denn noch?« Er blickte die beiden Landjäger entrüstet an. »Wer hat euch den Mord gemeldet, wer von dem Brief erzählt? Hätte ich mit der ganzen Sache was zu tun, wäre ich ja schön blöd, euch noch beim Ermitteln zu helfen.«

»Mag sein, Franz«, erwiderte Caminada. »Wir brauchen dennoch von allen, die mit dem Fall irgendwie in Verbindung stehen, die Fingerabdrücke. Das schleckt nun mal keine Geiß weg!«

»Dann werde ich diese gleich morgen in der Früh um Punkt 8 Uhr auf dem Kommando abgeben. Und dann werdet ihr sehen, dass ich nichts damit zu tun habe. Herrgott noch mal!«

»Besser, wir bringen das jetzt gleich hinter uns«, sagte Caminada. »Du kommst mit auf den Posten, und Leutnant Marugg wertet die Abdrücke sofort aus, dann ist die Sache vom Tisch.«

Simmen zuckte mit den Schultern. »Von mir aus. Aber ihr seid gehörig auf dem Holzweg. Doch bevor wir gehen, muss ich noch schiffen. Nicht mal ein Feierabendbier kann man in Ruhe trinken.«

Simmen zog sich Schuhe an und ging nach draußen. Caminada und Marugg warteten vor der Haustür, während Simmen aufs Plumpsklo ging, das sich auf der Rückseite des Hauses im steilen Hang befand.

»Was ist bloß mit dem Franz los?«, sagte Caminada, während sie warteten. »Irgendwas ist da im Busch, auch wenn ich nicht glaube, dass er direkt was mit dem Mord zu tun hat. Die ganze Geschichte passt mir dennoch ganz und gar nicht. Aber er hat schon recht, warum hätte er uns überhaupt was von dem Brief erzählen sollen?«

Marugg schob seine Brille zurecht. »Vielleicht weil er noch nicht weiß, was Käthy wusste, etwas, das sie ihm erst noch persönlich sagen wollte. Vielleicht hat sie etwas über ihn herausgefunden, daher die Enterbung.«

Caminada nickte. »Ist mehr als eine Überlegung wert. Wir werden ihn fragen.«

Zwei Minuten später wurde Caminada ungeduldig. »Der hat doch nicht schon drei Biere gehabt. Wieso dauert das so lange?«

In dem Moment zerriss ein Schuss das Rauschen der nahen Plessur im sonst stillen Täli.

»Herrgottsack!«, entfuhr es Caminada, der sofort zum Plumpsklo eilte und die unscheinbare Holztür, die nur mit einem einfachen Riegel von innen geschlossen werden konnte, auftrat. Drinnen fand er Simmen nach vorne gekippt im engen Kabäuschen, er hatte sich in den Kopf geschossen. Da war nichts mehr zu machen!

Der Förster musste die Waffe bereits unter dem Tschopa getragen haben, als er das Haus verließ, mutmaßte Caminada, bei dem die Bestürzung groß war. Damit hatte nun wirklich niemand rechnen können. Er schickte Marugg sofort los, um in der nur wenige Minuten entfernten Altstadt Verstärkung zu holen, während er vor der Haustür wartete, und das aus gutem Grund. Elfi Simmen würde bald nach Hause kommen, und er musste ihr diese furchtbare Nachricht so schonend wie möglich überbringen.

Während Caminada aufgewühlt wartete, fragte er sich, warum der Förster sich das angetan hatte. Es musste einen aus seiner Sicht furchtbaren Grund dafür geben. War er gar Käthys Mörder?

Eine halbe Stunde später rückten mehrere Landjäger an. Caminada überließ es diesmal anderen, den Toten ins Leichenschauhaus von Dr. Bargätzi zu bringen, denn er sah Elfi schon auf dem Fahrrad kommen.

»Was ist denn passiert?«, fragte sie aufgewühlt, nachdem sie den Drahtesel abgestellt hatte und Caminada und Marugg vor der Tür warten sah. Ihre Gesichter verrieten ihr Ungutes.

Caminada zog sie am Arm beiseite und erklärte ihr mit warmen, aber klaren Worten, was soeben passiert war. Er rechnete damit, dass sie ihm gleich Vorwürfe machen würde, doch sie sagte nur leise:

»Landjäger Caminada, es musste ja früher oder später geschehen. Aber eigentlich befürchte ich das, was heute geschah, schon seit Jahren.«

Caminada war erstaunt. »Wieso, was ist denn passiert? Magst du es uns erzählen?«

Elfi berichtete von schwierigen Ehejahren, die hinter ihnen lägen. Vor Jahren habe sich Franz wie über Nacht verändert, sei noch schweigsamer und schwermütig geworden. Nach außen hin nicht, da habe er es gut versteckt, doch sie habe gemerkt, dass ihn ein großes Leiden plagte. Doch er sei halt noch nie ein Gesprächiger gewesen. Niemals habe sie es geschafft, dass er darüber gesprochen hätte, egal, wie viele Versuche sie zu Beginn gewagt hatte.

»Der Franz hatte von uns soeben erfahren müssen, dass ihm das Käthy das Schönegg doch nicht vererben wollte. Sie hat ihn am letzten Freitag aus ihrem Testament gestrichen. Wieso?«, sagte Caminada.

Elfi schüttelte nur den Kopf. »Seit das Käthy tot ist, ist es mit ihm rasant bergab gegangen, er hat kaum noch gesprochen. Dieser Mord, der hat ihm den Boden genommen, den er sich in den letzten Jahren irgendwie unter die Füße geschaufelt hat. Aber er hat nie ein Wort darüber verloren, dass sie ihm das Schönegg vermachen wollte. Das höre ich gerade zum ersten Mal. Aber er hätte es sicherlich verdient. Er hat viele Jahre gut für die alte Frau gesorgt. Dass sie ihn nun nicht mehr begünstigt haben soll, ist doch seltsam, und dann der Mord an ihr …«

Caminada sah Elfi an, dass ihr die Tragweite des gesamten Geschehens rund um das Käthy mit ganzer Wucht nun bewusst wurde. »Liebe Elfi, leider haben wir einen Verdacht …« Er erklärte das mit den Schüssen. »Wieso er dies getan haben sollte, wissen wir zwar nicht, aber wir würden uns nun trotz allem gerne im Haus umsehen. Können wir in dieser dunklen Stunde jemanden für dich rufen? Den Herrn Pfarrer vielleicht?«

»Nein. Wie gesagt, Franz hat schon länger die Freude am

Leben verloren. Ich hatte früher viel Angst um ihn gehabt, und jetzt ist es doch passiert. Durchsucht ruhig das Haus. Ich bin sicher, dass nicht er es war, der auf euch geschossen hat, warum auch? Ich fahre aber jetzt gleich zu meiner Schwester, werde heute Nacht dort bleiben. Hier, in dem Talschlitz, hält mich nun nichts mehr.«

Als die beiden Landjäger alleine waren, sagte Caminada zu Marugg: »Gehen wir mal davon aus, dass er es war, der auf uns geschossen hat, wahrscheinlich absichtlich nicht getroffen hat. Vielleicht waren es nur Warnschüsse. Er war schließlich ein ausgezeichneter Jäger, der einem Marienkäfer auf 300 Meter eine Augenwimper wegschießen konnte. Also, wenn er der Schütze gewesen war, dann wollte er uns bestimmt nur vertreiben, damit wir ihn nicht dort oben sehen.«

»Walter, ich habe mir noch was anderes überlegt«, entgegnete Marugg, der ein Pfefferminzbonbon im Mund drehte. »Vielleicht war er schuld am Tod vom Käthy, aber nicht ihr Mörder. Vielleicht war das mit dem Käthy doch irgendein Unfall ... ein Unfall mit Todesfolge, und es ging deshalb in den letzten Tagen nur noch abwärts mit ihm, wie Elfi uns soeben berichtet hat.« Er zuckte mit den Schultern. »Keinen blassen Dunst, wie das geschehen sein könnte. Ein Schlag vielleicht, der nicht ihr gegolten hatte. So was?«

Caminada paffte eine neue Villiger-Krumme an. »E kschpässigi Sach. Und wenn es so wäre, warum bringt er sich hier und jetzt um? War er so schwermütig? Doch das schien er schon länger gewesen zu sein, laut Elfi.«

»Auf jeden Fall muss er sich, aus welchem Grund auch immer, in die Enge gedrängt gefühlt haben ... Walter! Irgendetwas war wohl nicht so schön im Schönegg. Außerdem: Sollte Simmen tatsächlich der Schütze gewesen sein, was hat er so Wichtiges in der Hütte gesucht? Ich werde auf jeden Fall gleich nachher die Fingerabdrücke vergleichen.« Marugg hatte diese dem Toten noch vor dessen Abtransport abgenommen.

»Ich hoffe nur, dass er die Antwort nicht ein für alle Mal mit in den Tod genommen hat«, murmelte Caminada.

»Hoffen wir es nicht«, sagte Marugg leise, der spürte, wie nahe das Ganze seinem Freund Caminada ging.

»Weißt du, Peter, dem Franz ging es bestimmt nie ums Geld, als er dem Käthy immer wieder zur Hand ging. Da bin ich mir sicher. Er muss etwas anderes in der Hütte gesucht haben. Doch was?« Caminada sagte nicht, dass ihm in diesem Moment die Worte seiner Frau Menga in den Sinn kamen. Sie hatte ihn an seine eigenen Worte erinnert, daran, dass ein guter Landjäger während der Ermittlungen jedem alles zutrauen und dennoch ein freundliches Menschenbild in sich tragen soll. Eben, weil ein Mensch immer ein Mensch ist und bleibt.

Aber was das alte, liebenswerte Käthy Brunner betraf, die gar lebhaft und stimmungsvoll das Schwyzerörgeli zum Leben erweckte, dass ausgerechnet sie, die alte Frau mit den herzlichen blauen Augen, den braun gegerbten Lachfältchen, dem Gesicht, aus dem das Bergleben strahlte, etwas Böses hätte im Schilde führen können, das konnte er sich einfach nicht vorstellen.

»Komm, Peter, lass uns das Haus durchsuchen, und anschließend gleichst du sofort die Fingerabdrücke ab.« Und mit einem leisen Seufzer sagte er: »Die arme Elfi.«

Es war schon früher Abend, als die beiden um 20:30 Uhr im Büro des Erkennungsdienstes saßen. Marugg lehnte sich im Stuhl zurück, vor ihm lagen die Fingerabdrücke unter einer großen Lupe. »Walter, es ist eindeutig. Franz Simmen hat auf uns geschossen! Lass uns das gleich Fässler mitteilen.« Er nahm die beiden Papiere mit den Abdrücken vom Tisch.

»Also doch«, sagte Fässler und blies die Worte samt dem Rauch von seiner Pfeife in den Raum. Er wirkte ratlos. »Aber was heißt das nun genau?« Er blickte auf Caminada.

»Nur, dass bestätigt ist, dass Simmen auf uns geschossen hat. Ich bin mir aber sicher, dass er dies bloß getan hatte, um uns zu vertreiben und nicht um uns tatsächlich zu schaden«, sagte Caminada. »Aber der Einbruch, der geht folglich mit großer Sicherheit ebenfalls auf seine Kappe. Doch warum er diesen begangen hat, das würde mich mal brennend interessieren.«

Marugg sprach aus, was er schon länger dachte: »Meiner Meinung nach könnte es zu einem von ihm verschuldeten Unfall mit dem Käthy gekommen sein. Wie das genau passierte, kann ich mir ehrlich gesagt im Moment noch nicht recht vorstellen. Und wir können ihn leider auch nicht mehr fragen, was er danach in der Hütte gewollt hatte. Aber wir wissen von seiner Frau Elfi, dass es ihm seit Jahren nicht gut ging. Schwermut …«

»Das hätte ich nicht von ihm gedacht«, sagte Fässler. »Der Simmen war doch immer so ein bodenständiger, ruhiger Mann. Aber der Teufel hat nun mal viele Gesichter und die Schwermut manchmal keines. Aber wie kommen wir nun weiter? Er ist tot, das Käthy ist tot, keine Zeugen …«

»Ich schlage vor«, sagte Caminada, der sich auf seinem Stuhl besser hinsetzte, »dass wir morgen Nachmittag um 15 Uhr diesen sagenhaften Max festnehmen und ihn befragen. Vielleicht kommen wir ja auf diesem Weg irgendwie weiter.«

Marugg hob den Finger. »Aber wir sollten erst noch bei dem Notar Freienberg vorbeigehen, um zu sehen, was das Käthy so kurz vor ihrem Tod alles bei ihm deponiert hat. Vielleicht war ausgerechnet das darunter, was der Simmen so händeringend suchte?«

»Guter Vorschlag.« Der Major stand auf. Die Knöpfe seiner Uniform waren wie immer glänzend poliert. »Für heute ist aber Feierabend. Zwei Tote sind für meinen Geschmack zwei Tote zu viel.«

18

Am nächsten Tag, Samstag, 11. April

Den ganzen Morgen hatte Caminada mit Lena und Menga im Garten verbracht, den Hühnerstall ausgemistet und neues Streu für seine Tiere im Stall verteilt. Lena half ihm brav dabei. Sie hatte gefragt, warum sie heute nicht wie abgemacht ins Schönegg gingen, um oben zu musizieren und mit dem Käthy fein zu Mittag zu essen. Sie hatte sich doch so auf den Gugelhopf gefreut.

Menga übernahm für Walter und erklärte ihr, dass die alte Frau überraschend gestorben sei, 84-jährig, und nun beim Herrgott sei. Die Hintergründe dazu waren aber nicht für die Ohren einer erst Sechsjährigen bestimmt.

Am Morgen hatte um 9 Uhr noch das Fräulein Rosemarie angerufen. Es war im ganzen Übel der sich überschlagenden Ereignisse am Tag zuvor beinahe untergegangen, doch sie hatte die langwierige Überprüfung der Bewohner des Hofs Halbmil abschließen können. Es liege rein gar nichts gegen die vier vor, außer dass der Bauer mal einen Hund totgeschlagen habe, dies aber schon vor Jahren. Aber es war nicht irgendein Hund gewesen, sondern der Jagdhund des alten Gemeindepräsidenten von Trimmis. Der habe im Halbmil gewildert, so stehe es in den Akten. Zum Fall fand sich aber kein Urteil.

Caminada hatte dennoch bereits beschlossen, den Bauersleut noch am heutigen Tag einen Besuch abzustatten, alleine wegen des verdächtigen Verhaltens der Bäuerin, die ihre Kratzer gut zu verbergen versucht hatte. Doch wichtiger war es, zuerst diesen Max zu befragen, wenn er denn um 15 Uhr beim genannten Treffpunkt vor dem Gasthaus Schwanen tatsächlich auftauchen sollte, um Rösalirot zu treffen. Das Wetter war bestens, fast schon frühsommerlich warm und trocken. Die Zeit bis zum Nachmittag gehörte aber nun ganz seiner Familie und seinen Tieren.

Bereits um 14:30 Uhr lagen alle Landjäger rund um das Gasthaus Schwanen auf der Lauer; gut versteckt hinter einer Holzbeige, einem Busch, im Gebäude selbst und vor dem alten Haus von der Stini, welches nur 30 Meter entfernt stand. Es waren die einzigen Gebäude, die so weit außerhalb standen, unterhalb vom Hang des Waisenhauses. Die Landjäger hatten sich somit gut postiert, um in jeder Fluchtrichtung, die dieser Max möglicherweise einschlagen würde, bereitzustehen.

Rösalirot machte ihre Sache gut, ja gar meisterlich. Sie saß in der warmen Sonne am Brunnentrog und blickte frohgemut in die Welt, als wäre alles in bester Ordnung. Ihr schiefer Hals ließ einen beim Anblick dennoch erschaudern. Als wäre sie verhext, sah sie aus, sodass es einem gar leidtun konnte.

Ihr angekündigter Verehrer kam pünktlich zum Glockenschlag, der leise vom nahen Masanserkirchlein zu vernehmen war.

Er war tatsächlich, wie von Rösalirot beschrieben, nicht blond wie der Mann aus Vrenalis Beschreibung, sondern dunkelhaarig, groß und auffallend gut aussehend. Das fand auch Caminada, der sich nun mit Fräulein Rosemarie an der Hand – um nicht aufzufallen – langsam aus dem staubigen Seitenweg vor dem Gasthaus auf die beiden zubewegte, kaum hatten sich die beiden herzlich begrüßt.

Er und Fräulein Rosemarie grüßten das Paar freundlich, sie grüßten zurück. Doch kaum war Caminada an den beiden vorbeigegangen, ließ er blitzartig die Hand vom Fräulein Rosemarie los und nahm den Max von hinten in den Schwitzkasten. Sie konnten sich ja nicht sicher sein, ob er nicht doch der Mörder war, und ein Messer war manchmal schneller gezogen, als einer patschifig sagen konnte.

»Landjäger Caminada mein Name. Wir müssen nur kurz mit Ihnen reden«, sagte Caminada mit lauter Stimme und ließ erst locker, als aus allen Richtungen mehrere Landjäger heranliefen und dem Mann klar sein musste, dass jeder Fluchtversuch töricht gewesen wäre. Dann hörte man den Motor des Chevys näher kommen, und ehe Max sich versah, saß er mit Caminada auf der Rückbank und befand sich auf dem Weg nach Chur.

Fräulein Rosemarie kümmerte sich um Rösalirot, ging mit ihr in den Schwanen und spendierte ihr ein Güterliwasser mit Himbeergeschmack. Caminada hatte versprochen, Max, falls er denn unverdächtig war, rasch wieder laufen zu lassen, sodass der Verabredung mit Rösalirot nichts im Weg stehen würde. Sie solle deshalb ein Stündli im Schwanen warten.

Erst auf der Fahrt fragte Max unsicher: »Was ist denn los?«

Vom Dialekt her eindeutig aus Zürich, ein Bergloser, wie Caminada die Unterländer auch hin und wieder bezeichnete.

»Wir reden gleich auf dem Posten miteinander.« Mehr sagte Caminada nicht.

Im Landjägerkorps saß Marugg bereits im Verhörraum hinter seiner Schreibmaschine, die er wie ein Maschinengewehr zum Rattern bringen konnte. Fässler wollte trotz Wochenende bei dem Verhör zugegen sein. Caminada führte das Gespräch:

»So, als Erstes Ihre Personalien. Ausweis?«

Der Mann gehorchte, holte seinen Ausweis aus seinem modernen Anzug und reichte ihm diesen. Caminada warf einen Blick darauf und gab ihn seinerseits gleich an Marugg weiter.

Dieser nickte. »Sie heißen also Max Walthert, wohnhaft in der Stadt Zürich, an der Bergstrasse 2?«

»Richtig«, gab Walthert zur Antwort und blieb auch höflich, als er fragte: »Ist das in Graubünden neuerdings ein Verbrechen? Ich meine, ein Zürcher zu sein?«

»Pfiffadeckel«, murrte Caminada. »Sie sind hier, weil Sie sich auch mit anderen Fräuleins als Fräulein Rösalirot aus Chur getroffen haben. Stimmt das?«

»Das stimmt ganz genau, Herr Kantonspolizist. Aber auch das ist, soweit ich weiß, kein Verbrechen.«

»Landjäger, in Graubünden gibt's keine Kantonspolizei. Aber Sie haben recht, auch das ist kein Verbrechen. Aber es ist ein Verbrechen passiert, sogar mehrere. Zwei Ihrer möglichen Bekanntschaften wurden ermordet.«

»Was? Ermordet? Wieso? Und wer überhaupt?«, fragte Walthert erstaunt.

»Wieso wissen wir nicht, noch nicht. Aber konkret: Sagen Ihnen die Namen Carmen Weber und Vrenali Jakober etwas?«

»Ja gewiss, ich habe beide in den letzten Wochen mehrmals getroffen«, gab er unumwunden zu. Seine Augen strahlten trotz der angespannten Situation Wärme aus.

»Davon haben wir, wie gesagt, bereits gehört. Sie scheinen außerdem auch jeder die Liebe des Lebens versprochen zu haben«, sagte Caminada.

Walthert lachte. »Nein, Herr Landjäger, so war das nicht. Ich habe zu einer jeden gesagt, dass ich ein Liebesvagabund bin. Mein Herz ist übervoll von Leidenschaft, und den Fräuleins hat mein Geschenk der Liebe auch immer sehr gefallen. Sagen Sie mir, Herr Landjäger, was ist daran falsch? Ich bin ja kein Heiratsschwindler, und nie habe ich etwas von den Fräuleins angenommen oder gar um etwas gebeten.«

»Zwei Ihrer drei Fräuleins sind mittlerweile erwürgt worden. Warum?«

»Das fragen Sie mich?! Dann frage ich zurück: Warum sollte ich so was Schlimmes tun? Ich habe mich auf jede Dame gefreut, als wäre sie die Einzige, und ich habe jeder auch alles geschenkt, als wäre sie die Einzige.«

»Auch das wissen wir«, murrte Caminada, der seine Felle davonschwimmen sah.

Caminada flüsterte Marugg etwas zu, der hinter der Schreibmaschine aufstand, ein Foto holte und es Caminada reichte.

»Herr Walthert, hier sehen Sie eine Farbfotografie von einem roten Band mit Schleife. Diese Schleife war beiden Opfern um den Hals gebunden worden. Haben Sie dieses Band schon einmal gesehen?«

»Ja, bei Carmen. Sie hat sich damit schön gemacht, es in ihr Haar gebunden. Aber woher sie es hat …? Ich habe nicht gefragt. Vielleicht aus dem Modegeschäft ihrer Eltern?«

»Sagen Sie, hatten Sie sich am letzten Dienstag mit Fräulein Carmen im Lupf dis Bei verabredet?«

»Lupf dis Bei? Ich verstehe nicht.«

»Ein Tanzlokal in der Nähe des Untervazer Bahnhöflis. Letzten Dienstagabend.«

»Da war ich in Zürich, gar nicht hier. Nein, ich hatte nichts mehr mit ihr ausgemacht. Wir hatten uns schon etliche Male getroffen. Sie verstehen?«

Caminada wusste von Carmen Webers Mutter, dass das Fräulein sich mit jemandem im Lupf dis Bei verabredet hatte, der sie dann aber, wie es schien, versetzt hatte.

Caminada nickte. Sie hatten nichts in der Hand, und der Mann war Anwalt, also nicht so leicht einzuschüchtern. Mehr Druck zu machen, war also schwierig, da sie nichts Konkretes gegen ihn in der Hand hatten.

Max Walthert redete weiter: »Also, die Herren, ich bitte Sie, mir zu glauben. So schrecklich leid es mir auch tut, das alles zu hören, ich kann nur das sagen: Auch heute hätte ich das Rösalirot getroffen, und wir hätten bestimmt wieder schöne Stunden verbracht, ohne dass ich ihr wehgetan hätte. Im Gegenteil.«

»Warum gerade Rösalirot?«, fragte Marugg.

Max Walthert lehnte sich scheinbar entspannt zurück. »Sehen auch Sie nur diesen Schiefhals? Ich sah den auch, aber nur auf den ersten Blick. Seither sehe ich einzig dieses wundervolle Herz voller Sehnsucht und Leidenschaft, voller Zweifel und Mut. Ein Herz, das geliebt sein will. Also, lassen Sie mir und dem Rösalirot doch noch die gemeinsame Zeit, ich bin nämlich extra den weiten Weg aus Zürich hergereist, nur um sie zu sehen.«

Ach, du meine Güte, dachte Caminada, dieser Schmalzheini tischte ja gar dick auf.

»Wo steht denn Ihr Automobil?«, wollte Marugg wissen. »Wir haben keines in der Nähe des Gasthauses Schwanen gesehen. Oder sind Sie mit dem Zug gekommen?«

Walthert lachte. »Also ihr Graubündner seit mir ja tiffige Leute, das muss man euch lassen. Aber nicht in dem Fall. Mein Wagen steht nämlich fast vor eurer Nase.«

»Wie bitte?« Marugg verstand nicht.

»Geht vor die Tür, dort steht mein Auto mit dem dazugehörigen Zürcher Nummernschild. Es ist aber der Wagen eines Geschäftsfreundes, muss ich hier an dieser Stelle erwähnen, denn mein Auto steht in der Garage Küenzli in Zürich. Aber ich kann Ihnen das Kennzeichen meines Wagens auch noch geben, dann können Sie alles fein säuberlich bei der Kantonspolizei Zürich nachprüfen. Rufen Sie doch an.«

»Ich habe aber keinen solchen Wagen gesehen«, sagte Marugg.

»Ja, der steht gleich ums Eck. Die Herrschaften vom Hotel Drei Könige haben mir erlaubt, dort zu parken, weil sie keinen Parkplatz mehr für mich frei hatten. Ich bin dann zu Fuß hinaus zum Schwanen gelaufen. An solch einem schönen Tag wäre alles andere eine Verschwendung des Frühlings. Vor allem, wenn man schon fast drei Stunden im Wagen gesessen hat.«

Der Major schickte sofort einen Hilfslandjäger raus, um nachzusehen. Sie warteten schweigend einen Moment, ehe er außer Atem zurückkam und vermeldete, dass tatsächlich ein grüner Wagen mit Zürcher Nummernschild ums Eck stehe. Das Kennzeichen hatte er sich notiert.

Caminada gab Marugg einen Wink. Der wusste, was er zu tun hatte. Er verließ den Verhörraum, um draußen im Büro bei Fräulein Rosemarie ungestört die Kantonspolizei Zürich anzurufen. Den Ausweis von Max Walthert trug er bei sich, ebenso den Zettel mit dem Kennzeichen des grünen Wagens und des Wagens, der in Zürich in der Garage stehen sollte.

Marugg erfuhr, dass rein gar nichts gegen den 35-jährigen Max Walthert vorlag. Er besitze den hervorragenden Leumund eines unbescholtenen Bürgers und Stadtzürchers.

Was den grünen Wagen betraf, gehörte dieser, wie von Max Walthert erklärt, einem Geschäftsfreund von ihm. Das zweite Kennzeichen sei tatsächlich auf Max Walthert zugelassen. Nur das mit dem Wagen in der Garage konnte nicht geklärt werden, denn in der Garage Küenzli hob niemand ab. Es war ja auch schon 15:30 Uhr, und solche Betriebe waren am Samstagnachmittag meist geschlossen.

Sie hatten zwar nichts in der Hand, dennoch nahm Marugg noch Max Waltherts Fingerabdrücke und schoss einige Fotos von ihm. Zur Aktenablage, wie er betonte. Walthert schien das alles nicht zu kümmern, er blieb freundlich und die Ruhe selbst.

Caminada hatte noch eine Frage: »Wieso haben Sie den Fräuleins verboten, über Sie zu reden?«

»Ganz einfach, Herr Landjäger. Ich will meinen guten Ruf in Zürich wahren. Daher erfreue ich die Damenwelt hier. In Zürich ginge so was für mich ja gar nicht. Mein Vater ist übrigens Regierungsrat, und ich sitze im Vorstand einer altehrwürdigen Zürcher Zunft. Und wissen Sie, die Fräuleins sollten nicht denken, dass sie nicht einzigartig wären. Denn das sind sie. Verstehen Sie? Diese Fräuleins schätzen die Aufmerksamkeit, die ich ihnen schenke, mehr als alle anderen. Nur deshalb sollten sie es nicht weitererzählen, um das Glück vollends auskosten zu können.«

»Gut, warten Sie hier, wir müssen uns kurz besprechen«, sagte Caminada, bevor er den Verhörraum verließ.

Im Arbeitszimmer des Majors sagte Fässler: »Wir müssen ihn ziehen lassen, wir haben nichts in der Hand. Der scheint mir zwar ein rechter Casanova zu sein, aber kein Ungrader. Und er hat nicht ein einziges Mal die Antwort verweigert. Seine Aussagen sind glaubwürdig. Ich wette meinen Schnurrbart, der ist bestimmt mit einer Zürcherin verlobt und stößt sich hier bei uns in den Bergen die Hörner ab. So sieht's doch aus.«

Es war bereits 16:15 Uhr, als Ferdinand Fässler, Caminada und Marugg noch mal zusammensaßen. Vor wenigen Minuten hatte Max Walthert das Landjägerkorps verlassen, wollte direkt zum Schwanen fahren, seine Angebetete abholen. Fräulein Rosemarie würde danach mit dem Velo gleich zurückkommen.

Fässler strich seinen Schnauz zurecht. »Jetzt stehen wir da wie drei Deppen vor einem Berg voller Fragezeichen.« Er wirkte aufgebracht. »Wir blamieren uns noch auf ganzer Linie.« Caminada schwieg, bis der Major nachhakte. »Und, Walter? Was gedenkst du nun zu tun?«

»Wir wissen mehr, aber es gibt auch weitere Fragen.«

»Und die wären?«

»Wir wissen, wer auf uns geschossen hat, und wir wissen, dass Käthy besorgt war, möglicherweise sogar Angst hatte, vielleicht sogar vor Franz Simmen, auch wenn dies kaum zu glauben ist. Und was den Brief an Franz von ihr betrifft, den wir nun ja haben und der ihre Handschrift trägt, wie Marugg anhand anderer Schriftstücke, die wir aus ihrem Haus mitgenommen haben, feststellen konnte, wissen wir, dass es irgendetwas zwischen ihr und Simmen zu klären gab. Etwas sehr Dringliches. Dazu kommt Simmens Selbstmord, der alles noch verdächtiger macht. Was ich mich aber nun erst recht frage, ist: Warum hat das Vrenali der Regula erzählt, dass ihr Max blond sei und blaue Augen habe, wenn das ja offensichtlich nicht stimmt? Dieser Max Walthert hat ja zugegeben, auch mit Vrenali zusammen gewesen zu sein. Jemand lügt!«

Marugg hatte da eine Idee. »Ich denke, ich weiß warum. Im Unterschied zu Rösalirot hat sie das Versprechen, das sie Max gegeben hat, gebrochen. Es muss sie ganz gehörig in den Fingern gejuckt haben, jemandem von ihrem unglaublichen Glück zu erzählen. Um ihr Versprechen irgendwie doch noch einhalten zu können, hat sie bei ihrer Erzählung den Max blond und blauäugig gemacht. So konnte sie der Regula alles erzählen und musste ihren Max doch nicht preisgeben.«

Caminada nickte anerkennend. »So könnte es tatsächlich gewesen sein. Dann wäre das ja geklärt, denn es macht gehörig Sinn.« Er blickte zu Fässler, der manchmal mit dem teils imaginierten Druck von der Obrigkeit Mühe bekundete und daher froh war, wenn Caminada ruhig blieb. »Ferdinand, wir können hier noch lange palavern. Tatsache ist, wir sind weitergekommen. Mein Ranzen sagt, wir kommen dem Ganzen langsam, aber sicher auf die Spur. Ich schlage vor, dass wir nun nach Halbmil fahren und alle auf dem Hof befragen, aber diesmal getrennt voneinander … besonders dieser Bäuerin sollten wir auf den Zahn fühlen. Die kommt mir gar kschpässig vor. Hätten sich die Ereignisse nicht derart überschlagen, wären wir schon früher ein weiteres Mal dort aufgekreuzt. Aber wie sagt Marugg es immer so treffend? Lieber spät als nie.«

Fässler nickte. »Wenn dem so ist, dann nichts wie los. Holt sie einzeln her, wenn sie bockig tun. Ihr wisst ja, wie solche Eigenbrötler sein können. Verstockt wie ein Stein und mürrisch wie ein alter Hofhund mit grauenhaften Schmerzen im Kreuz. Und was den Herrn Walthert betrifft, wissen wir ja jetzt, wo wir ihn finden können. Aber der scheint mir wirklich unschuldig zu sein und vor allem auf seinen Ruf achtend.«

»Ich weiß nicht … der Vogel ist mir zu bunt«, brummte Caminada, und Marugg gab ihm recht. »Aber ja, wir haben nichts in der Hand. Außerdem wurde das Vrenali beim Arbeiten umgebracht, und es deutet ja nichts darauf hin, dass er dort gewesen ist. Und was Carmen betrifft, diese wollte sich in ihrer Not ja am Dienstagabend von dem jungen Nöldi nach Hause fahren lassen. Aber es scheint schon so, dass sie auf jemanden gewartet hatte und plötzlich frustriert und zu früh nach Hause ging. Wurde sie versetzt und, wenn ja, von wem? Max Walthert behauptet ja, nicht mit ihr verabredet gewesen zu sein. Ist noch jemand im Spiel, den wir noch gar nicht kennen? Fuhr der dem Nöldi hinterher und traf dann auf der Landstraße die nach Chur laufende Carmen?«

»Walter«, sagte Fässler und paffte an seiner Pfeife, »ich weiß schon, wo bei dir und Marugg der Schuh drückt. Walthert hatte nachweislich drei junge Fräuleins getroffen, zwei sind nun tot. Er ist ein Zürcher, und er hat ausgesagt, dass es sich bei allen Fräuleins um Zufallsbekanntschaften gehandelt habe, als er auf der Durchreise ins Engadin jeweils hier vorbeigekommen sei.« Er hob den Finger. »Vergessen wir nicht: Er ist ein Anwalt und suchte diese Bekanntschaften bei uns, um seinen guten Ruf in Zürich nicht zu ramponieren. Wie dem auch sei: Wir wissen ja jetzt, wo wir ihn finden. Also geht hinaus zum Halbmil und bringt mir die Steine zum Reden. Und ja, vielleicht war am Dienstagabend noch jemand im Lupf dis Bei, jemand, der danach zum Verbrecher wurde.«

Als sie sich vom Tisch erhoben, sagte Caminada: »Ferdinand, der Chevy muss mal in die Garage, der muckt schon eine ganze Weile.«

Der Major blickte ihn an. »Ich werde Fräulein Rosemarie sagen, dass sie am Montag der Garage Städeli telefonieren soll.«

Um 17:17 Uhr kamen Walter und Peter beim Gehöft Halbmil an, das an der alten Landstraße lag, mitten im Wald, der zu beiden Seiten stand und nun in der Abendsonne lag.

Es passte dem Bauer Gmehlin hinten und vorne nicht, dass die Schroter, wie er die Landjäger nun offen feindselig betitelte, nun schon zum dritten Mal auf seinem Hof auftauchten. Er wetterte Caminada deshalb an: »Gopferdeckel, fragt einen Blinden, der hat mehr gesehen als wir, fragt einen Tauben, der hat mehr gehört, und fragt einen Stummen, der wird euch mehr verzellen.«

Caminada erklärte ihm, dass eine weitere Befragung unumgänglich sei und es rasch gehen werde. Sie befragten den Bauern selbst sogleich als Erstes. Wie erwartet eine ganz kurze Sache. Er bockte, und so winkte Caminada kurzerhand ab. Falls er nach den anderen Einvernahmen das Gefühl haben würde, den Bauern nochmals unter die Lupe nehmen zu müssen, dann sowieso auf dem Posten. Er wollte erst mal hören, was die anderen zu sagen hatten. Deshalb verwies er den Bauern aus dessen eigenem Haus, als die alte Magd, das Froni, als Nächste an der Reihe war. Das zähe alte Fräulein krächzte, dass sie am Dienstagabend um diese Zeit wohl beim Ofenbänkli geschlafen habe, eigentlich wie jeden Abend. Der Bauer sei auch wie immer um diese Zeit auf dem Kanapee nach einem großen Glas Roten eingenickt.

»Und wo waren der Knecht und die Bäuerin?«, wollte Caminada wissen.

Da schwieg Froni einen Moment und sagte dann: »Die Bäuerin kam wie immer rechtzeitig aus dem Stall, bevor der Bauer schlaftrunken in die Kammer schlurfte.«

Caminada rief deshalb als Nächstes die Bäuerin Gmehlin zu sich, die ebenfalls sofort verneinte, etwas gesehen oder gehört zu haben. Doch diesmal ließ Caminada nicht locker. Er sagte mit ernster Miene: »Wir müssen Sie mit auf den Posten nehmen. Wegen der Kratzer an Ihrem Hals, denn das Fräulein Carmen hat sich noch gewehrt, und Sie waren, wie der Knecht auch, zur Tatzeit nicht im Haus, wie wir nun wissen. Sie haben also kein Alibi.«

Marta bekreuzigte sich mit weit aufgerissenen Augen. »Heilige Maria Mutter Gottes, im Leben nie habe ich was mit dem Fräulein zu tun gehabt. Ich war doch im Stall.«

»Das stimmt nicht.« Caminada wusste das nicht mit Bestimmtheit, aber er wusste eines: Um diese Zeit in der Dämmerung in einem Stall ohne Licht, was gab's da zu tun? Er hatte einen anderen Verdacht.

»Losend Sie jetzt ganz gut zu, Bäuerin Gmehlin: Alles, wirklich alles, was Sie uns jetzt sagen, bleibt unter uns, es sei denn, Sie haben das Fräulein umgebracht!« Er blickte zu Marugg, der nickte und seine dunkle Hornbrille richtete. »Aber wir beide hier, wir werden nicht lockerlassen, bis wir wissen, was hier an dem Abend los war, denn es geht immerhin um einen Mord! Also, was hat es mit den Kratzern auf sich, die sie offensichtlich auch vor dem Bauern zu verbergen versuchen? Also, reden Sie gefälligst.«

Sie senkte den Kopf. »Ich habe das Fräulein an dem Abend gesehen …«

Also doch, Caminada nickte. »Gut. Jetzt sind Sie auf dem richtigen Weg. Weiter?«

Ihr Blick zeigte Sorge, sie stockte.

Caminada blickte sie an. Seine nun wieder warme Stimme füllte die ärmliche Stube. »Losend Sie Frau Gmehlin. Es ist ganz wichtig, dass wir wissen, was an dem Abend geschehen ist. Sie tun das einzig Richtige, wenn sie uns hier und jetzt alles erzählen. Sie wollen ja nicht in Teufelsküche geraten, oder? Also?«

Sie nickte und nahm einen hörbaren Atemzug. »Es ist so: Das Fräulein sprach mit einem jungen Mann. Die beiden waren ganz aufgeregt. Ich dachte, es sei ein Paar, das sich streitet. Ein Automobil stand etwas versteckt hinter dem großen wilden Holunder an der Straße Richtung Chur.« Sie schluckte.

»Was geschah dann?«

»Ich war auf der anderen Seite der Straße im Wald und sah durch die Bäume und Sträucher zur Straße. Ich sah, wie sie wütend erst Richtung Trimmis davonlief. Dann zog sie sich ihre Schuhe an, die sie in den Händen getragen hatte, und stach in den Wald hinein, weil er ihr noch immer folgte, er ging ihr nach …«

»Nur weiter, gute Frau …« Caminada ließ nicht locker.

»Es bleibt ganz bestimmt alles unter uns?«

Caminada nickte. »Ich denke, ich weiß sowieso bereits, warum Sie im Wald waren … Also?«

»Ich bekam plötzlich Angst, sie kämen in unsere Richtung … ich war doch mit dem Knecht, dem Res …«

»Und die Kratzer?«

Sie blickte noch immer zu Boden. »Ich lag doch auf dem Rücken … oh, ist mir das grad grusig peinlich!«

Caminada legte ihr behutsam seine schwere Hand auf die Schulter. »Gute Frau, sorgen Sie sich nicht, wir sind alles Menschen, ich verurteile Sie doch deswegen nicht …«

»Ich versuchte, ihn mit aller Kraft von mir zu stoßen, damit wir auf keinen Fall entdeckt wurden, da hat er mich gekratzt. Ich stand auf, ließ den Rock fallen und rannte Hals über Kopf auf die andere Straßenseite und zurück zum Hof, der Knecht wie der Teufel hinter mir her … wir konnten doch nicht wissen …«

Caminada machte ein langes Hmmm. »Es ist gut, sind

Sie nun damit rausgerückt. Was für ein Auto war es? Und war es ein Nummernschild aus dem Kanton?«

»Es war schon am Dämmern, und ich kenne mich mit solchen Sachen nicht aus, aber die Nummer war einfach zu merken.«

Caminada war erstaunt. »Und die wäre?«

»GR 234«

Caminada blickte Marugg an. Das war die Nummer vom Nöldi. Der hatte also gelogen!

»Und, würden Sie den Mann wiedererkennen, wenn er vor Ihnen stände?«

»Nein, ich war recht weit weg im Wald, lag auf dem Boden und bin nur durch den Streit der beiden auf sie aufmerksam geworden.« Jetzt starrte sie vor sich auf den Küchentisch.

Caminada legte nochmals seine Hand auf ihre Schulter. »Frau Gmehlin. Ihr Mann wird es nicht erfahren. Das Leben hier auf dem Hof, ich stelle es mir nicht einfach vor … gar nicht einfach, auch nicht mit dem Bauern. Sie aber haben uns sehr geholfen. Herzlichen Dank.«

Marugg nickte und sagte mit Blick auf Caminada: »Da der Knecht sowieso kaum d'Schnorra aufmacht, brauchen wir den überhaupt noch zu befragen, Walter? Nicht dass wir hier noch Unruhe reinbringen und der Bauer davon Wind kriegt.«

Caminada nickte und sagte zur Bäuerin: »Sie kommen mit uns jetzt auf den Vorplatz, wo Ihr Mann wartet.«

»Warum?«

»Damit er nichts merken wird, keine Sorge.«

Kaum standen sie draußen in Hörweite des Bauern, brummte Caminada die Bäuerin laut an: »Also Sie sind ja genauso verstockt wie Ihr Mann. Himmeltraurig, dass niemand was gesehen oder gehört haben will. Da brauchen wir den maulfaulen Knecht ja gar nicht erst zu befragen, das ist ja verschwendete Mühe …«

Der Bauer, der seine Hände tief in die Hosentasche vergraben hatte, murrte nur: »Ich habe es ja gesagt.«

Um kurz vor 18 Uhr waren Marugg und Caminada zurück im Landjägerkorps.

Fässler schlug mit der Faust auf den Tisch. »Gopferdeckel, da hat uns der Nold, der Sausiach, aber ganz bös angelogen.« Und dann sagte er mit ernstem Blick auf Caminada und Marugg: »Ich rufe gleich den Untersuchungsrichter an, und ihr holt den Kerli sofort ab. Und Walter, ich sage dir, den kochst du richtig weich im Verhör, ja? Das ist unser Mann, und wer weiß, vielleicht hat er sogar mit dem Fall vom Vrenali etwas zu tun. Wir haben nun zwei Zeugen gegen ihn. Ach, und Walter, wenn ihr den Sauchaib hier auf dem Posten habt, sagt erst kein Wort zu ihm. Wir lassen ihn erst eine Stunde im Verhörraum schmoren, schön vorkochen, du weißt, wie in alten Tagen.«

Caminada rief Menga an, sagte, dass es später werde, er gehe nun schnell ins Zollhaus einen Wurstkäsesalat essen, danach aber müsse er noch jemanden verhaften. Das Kreuzverhör könne leider lange dauern. Sie versprach, die Hühner, die sieben Geißlein und Esel Leo zu versorgen und dann mit Lena noch Eile mit Weile zu spielen. »Pass auf dich auf, mein Lieber«, sagte sie mit ihrer herzlichen Stimme, sodass er sie fast vor sich stehen sah, seine große Liebe aus dem schönen Engadin.

Marugg setzte sich seinerseits aufs Fahrrad und fuhr nach Hause. Er hatte sich verändert, seit ihn Martina verlassen und er Monate später mit der Anna zusammengekommen war. Peter, der sicherlich viele Frauenaugen auf sich wusste, schaute nun nicht mehr nach links und rechts, sondern freute sich, wenn er heim zu seiner Herzensdame konnte, und sei es auch nur für eine Stunde.

Er klingelte mit der Fahrradglocke, als er auf sein renoviertes Haus mit Stall zufuhr. Als er seinen Drahtesel hingestellt hatte und zur Tür ging, trat Anna hinaus. Er hatte sich damals sofort in den Zauber ihrer schiefergraublauen Augen verliebt, die einen seltsamen Glanz trugen. Dass sie nichts sehen konnte, das war bei ihrem Anblick kaum zu glauben gewesen, auch heute noch nicht.

Er nahm sie wortlos fest in den Arm, als wären sie lange getrennt gewesen, und sie wusste sofort, was los war. Der Tod konnte jemandem aufzeigen, wie endlich und kostbar das eigene Leben war. Anna kannte dieses Gefühl nur zu gut, verstand ihn daher auch in diesem Moment. Sie streichelte über sein Gesicht. Die Berührungen mit ihren Fingerspitzen waren derart nah und fein, wie es wohl nur blinde Menschen zu tun vermögen, dachte Marugg ein weiteres Mal.

Minutenlang standen sie da, Herz an Herz, dazu der Geruch des Gartens, der Landschaft, die sie umgab, ehe sie nach seiner Hand griff. »Komm rein, lass uns was essen. Ich habe gekocht und gehofft, dass du noch kommst. Und sonst hätten wir es morgen zum Mittag gewärmt.«

Gemeinsam mit Anna und ihrer Mutter saß Peter am schön gedeckten Tisch. Es war eine so ganz andere Welt als sein Leben im Landjägerkorps. Ein heimisches Gefühl, das ihm früher fremd war, machte sich in ihm breit. Dieser Ort war sein Zuhause geworden, war ihr gemeinsames Zuhause geworden. Mit Blick auf das Gekochte sagte er: »Danke! Es riecht wunderbar.«

19

Caminada und Marugg hatten vereinbart, dass sie sich um 19:15 Uhr wieder im Landjägerkorps treffen würden.

»Ich habe in der Zwischenzeit ein bisschen rumtelefoniert«, sagte Caminada, als Marugg auf dem Beifahrersitz Platz nahm. Caminada hatte rausgefunden, dass im Lupf dis Bei heute schon wieder Tanzabend war, und die Wirtin hatte ihm berichtet, dass der Nöldi bereits dort sei und es schon bald wieder drunter und drüber ginge wie bei einem Käferfest.

Caminada kontrollierte seinen Revolver, der unter dem Tschopa fest im Holster steckte, und richtete seinen Hut. Er zückte eine Villiger-Krumme und drehte den Zündschlüssel. »Dann lass uns doch den Kerli auf den Posten holen.«

Wieder parkten sie den alten Klapf auf dem schäbigen Platz hinter dem Tanzlokal. Es war schon gehörig viel Volk versammelt, wunderte sich Caminada. Swingmusik drang nach draußen, während sie sich durch die vor der Tür stehende Menge einen Weg ins Innere bahnten. Draußen brutzelten auf dem rostigen Grill feine Spieße und Cervelats. Der Duft drang bis ins Innere.

Drinnen spielte die Formation bestehend aus den vier Oswald-Brüdern auf Teufel komm raus. Die Gäste tanzten allesamt so wild, als hätten sie Flöhe, sodass es einem normalen Menschen ja ganz sturm im Grind werden konnte, dachte Caminada, während sein Blick im Gewühl nach dem Nöldi suchte. Diese neue, moderne Art zu Tanzen war im fremd.

Marugg, dem in so einem Geheue ganz wohl war, entdeckte den Nöldi als Erster. Der war soeben mit einem blonden Fräulein am schätzala, sodass die Gletscher vor Süßholzrasplerei bald schmolzen. Caminada trat von hinten an ihn heran und legte dem Kerl seine Hand kraftvoll auf die Schulter.

»Guata Obig, Herr Nold! Wir müssen mit dir reden. Draußen, unter sechs Augen!« Er deutete mit einem Wink zur Tür.

Nöldi versuchte, seinen Schrecken zu überspielen, sagte lachend zu der blonden Schönheit: »Lauf mir ja nicht weg, ich bin gleich zurück.«

Caminada hielt ihn am Oberarm fest, während sie sich durch die Menge schoben. Ein Füdla da, ein Ellenbogen dort. Die Blicke aller wanderten auf sie. Caminada sah man den Landjäger von Weitem an, mit seinem Tschopa und dem Hut, aber vor allem wegen seines durchdringenden Blicks und seines schneidigen, aber einfachen Auftretens. Ein wackerer Landjäger vom alten Schlag eben. Er schob Nöldi erst hin zur Wirtin, damit der seine Zeche bei ihr zahlen konnte, ehe er mit ihm draußen in den Chevy stieg. Caminada nahm hinten neben Nöldi Platz, Marugg fuhr los. Oh Wunder, dachte Caminada, der Karren springt ja an wie ein junges Gemslein.

Während sie den Ort verließen, den Trubel samt Musik und den Duft nach Gebratenem hinter sich ließen, fragte Nöldi zum wiederholten Mal, was denn los sei.

»Wir reden auf dem Posten. Und jetzt sei still«, befahl ihm Caminada und blickte zur Frontscheibe raus; Wolken zogen vom Süden her kommend auf.

Einen Kilometer vor Halbmil blieb der Chevy plötzlich bockstill stehen, als hätte er die Lust auf eine Weiterfahrt verloren. Marugg lenkte ihn gerade noch rechts ran, weg von der Straße. Während nun der junge Erkennungsfunktionär Nöldi auf der Rückbank im Auge behielt, ruckelte Caminada am Vergaser, den Zündkerzen und dem Anlasser, ehe er die Motorhaube wieder zufallen ließ. Da half nichts mehr. »Dann gehen wir eben zu Fuß, machen Autostopp«, murrte Caminada und sie marschierten los.

Erst kurz bevor sie Halbmil erreichten, kam endlich ein Wagen aus der richtigen Richtung. Caminada hielt den Daumen raus. Es war ein Lieferwagen mit Brücke, der mit stotternden Bremsen zum Stillstand kam. Sie alle hockten sich hinten drauf und wurden auf direktem Weg ins Landjägerkorps kutschiert.

Dort angekommen sperrten sie Nöldi kurzerhand in den kleinsten Verhörraum, acht Quadratmeter, ohne Fenster, und ließen ihn bis 21 Uhr darin schmoren, ehe Caminada und Marugg sich ihm gegenüber an den Tisch setzten.

Caminada stellte demonstrativ eine große Tasse Kaffee vor sich hin und einen leeren Aschenbecher, bevor er mit dem Verhör anfing. Nöldi wartete schon angespannt darauf, was nun kommen würde.

»Willst du noch etwas an deiner ersten Aussage ändern, etwas hinzufügen oder gar zurückziehen?«, fragte ihn Caminada unverfänglich.

»Warum sollte ich?«, kam vorsichtig die Antwort.

»Na weil du uns brandschwarz angelogen hast.«

»Ich?« Nöldi deutete entrüstet mit dem Zeigefinger auf sich. »Ich soll euch angelogen haben?« Er schüttelte verneinend den Kopf. »Im Leben nie. Es gibt ja auch keinen Grund dafür.«

»Es gibt sehr wohl einen Grund«, sagte Caminada und lehnte sich etwas vor, stützte die Ellenbogen auf die Tischplatte. »Denselben Grund, aus dem du uns ja auch jetzt ins Gesicht lügst!«

»Nein, glauben Sie mir bitte, Landjäger Caminada. Ich habe die Wahrheit gesagt.«

Caminada wusste, Landjäger und Frauen von untreuen Männern wurden am meisten angelogen. Im Landjägerkorps sollte deshalb ein Beichtstuhl stehen, hatte er mal gesagt.

»Dann sage ich es dir halt direkt ins Gesicht.« Caminada hatte seinen Tschopa ausgezogen, saß dort im Hemd mit den zurückgekrempelten Ärmeln und dem umgeschnallten Revolver und wirkte einschüchternd mit seiner Gestalt. »Es gibt Zeugen, die haben gesehen, dass du am Dienstagabend auf der Landstraße erst mit Carmen in eine hitzige Diskussion, gar einen Streit verwickelt warst und ihr danach erst auf der Landstraße Richtung Trimmis zu Fuß gefolgt bist, danach hinterher in den Wald, als sie vor dir flüchtete!«, donnerte Caminada Nöldi über den Tisch hinweg an. »Deine Autonummer wurde erkannt.«

»Das kann nicht sein. Ich war das nicht. Hochheiliges Ehrenwort!« Er tat brüskiert.

»Du hast uns angelogen! Warum?«

»Ich habe nicht gelogen. Wirklich nicht. Was soll ich denn noch sagen oder tun, damit Sie mir glauben?«

Nöldi blickte auch zu Marugg rüber, der alles fast zeitgleich in die ratternde Schreibmaschine tippte und ganz ruhig sagte:

»Fang am besten mit der Wahrheit an.«

Nöldi blickte plötzlich ganz erstaunt auf, als hätte er soeben eine Erleuchtung gehabt. »Sagen Sie, haben die

Zeugen mich auch als Person erkannt, oder nur meinen Wagen?«

Caminada ließ sich ungern in die Karten blicken. »Was spielt das für eine Rolle?« Aber er wusste, die Frage war berechtigt.

»Wissen Sie was? Es muss jemand meinen Wagen auf dem Parkplatz kurzzeitig gestohlen haben. Es muss dieser Mann gewesen sein, den Ihre Zeugen gesehen haben. Nach der Tat stellte dieser meinen Wagen einfach wieder genau dort ab, wo er ihn entwendet hatte. Das muss die Lösung sein!«

»Ach was?«, tat Caminada erstaunt. Diese Idee war ihm tatsächlich noch nicht gekommen. »Und wie kommt so jemand an deinen Autoschlüssel? Ein Taschendieb auch noch? Sind wir jetzt schon im Märchenland?«

»Der Schlüssel war doch in meinem Sakko, das ich beim Eingang aufgehängt habe.« Nöldi ereiferte sich. »Als ich zurückkam, nachdem ich Carmen nicht gefunden hatte, da habe ich mein Sakko beim Eingang aufgehängt. Jemand muss den Schlüssel aus diesem entwendet haben.«

»Und wer sollte dieser Jemand gewesen sein?«

»Das weiß ich doch nicht. Sind sind doch die Polizei.«

Caminada war bewusst, dass die Bäuerin wegen der Dämmerung den jungen Nold nicht wiedererkennen würde, aber sie hatte seine Stimme gehört. Da käme es auf einen Vergleich an. Außerdem sagte ihm sein Ranzen, dass er dem Kerl nicht ein Wort glauben konnte, weil der doch nur den Hals aus der Schlinge zu ziehen versuchte.

»Weißt du was?«, sagte Caminada und stand auf. »Du brauchst es ja gar nicht mehr zuzugeben. Die Zeugen werden den Richter anhand deiner Stimme davon überzeugen können, und bis zum Prozess gehst du jetzt ab ins Güggi.« Caminada gab mit einem Kopfnicken Marugg ein Zeichen.

»Peter, diese Geschichte stinkt zum Himmel. Ich brauche frische Luft. Die Kollegen sollen ihn in den Sennhof bringen.«

Caminada hatte nicht mal die Tür erreicht, als Nold rief: »Ja, na gut, es stimmt, ich geriet in Streit mit ihr …«

Caminada drehte sich betont langsam um. Er hielt den Tschopa in der Linken. »Das wissen wir ja längst«, sagte er und nahm wieder Platz. »Du hast noch eine Gelegenheit, hier und heute die Wahrheit zu sagen … die letzte Chance.«

»Ganz ehrlich, Landjäger Caminada, es war so … Ich habe tatsächlich gelogen … oder zumindest nicht die ganze Wahrheit erzählt. Es tut mir ja auch wirklich leid. Ich fuhr Carmen wie gesagt nach dem Streit im Wagen hinterher, doch ich sah schon von Weitem, dass sie sich bei Halbmil neben der Straße vor mir versteckte. Da bin ich an ihr vorbeigefahren, bis nach dem Hof, und habe meinen Wagen hinter einem Holunderbusch geparkt. Dann habe ich auf sie gewartet.« Plötzlich legte er seine beiden Handflächen flach auf den Tisch. »Sie dürfen nicht vergessen, sie war schon hässig, als ich ihr beim Bahnhöfli sagte, ich bringe sie nach Hause. Mir scheint, jemand hat sie versetzt, oder sonst was, das Fräuleins gar nicht mögen. Wissen Sie denn, wer das gewesen sein könnte?« Als die beiden ihn zur Antwort bloß stillschweigend anschauten, fuhr er fort: »Doch als sie mich am Straßenrand warten sah, wurde sie sofort fuchsteufelswild, redete von Anzeige und dass alle in der Stadt dann wissen würden, was für ein gruusiga Chaib ich doch wirklich sei.« Er verwarf die Hände, derweil ratterte die Schreibmaschine, was das Zeug hielt. »Ich wollte mich bei ihr entschuldigen, konnte es nicht so stehen lassen. Das ist doch verständlich, oder?«

Wieder blickten die beiden ihn wortlos an.

»Ja, also gut. Deshalb lief ich ihr nach, redete auf sie ein, doch plötzlich floh sie in den Wald. Ich dachte, jetzt muss ich ihr erst recht hinterher, um im Guten auseinanderzugehen. Als ich sie einholte, wollte ich sie beruhigen, doch sie kratzte mich fürchterlich und schlug mit ihrer roten Handtasche auf mich ein, sodass der eine Riemen riss. Sie schrie, wenn ich sie nicht in Ruhe ließe, behaupte sie, ich hätte sie vergewaltigt.« Er zuckte mit den Schultern. »Was hätte ich tun sollen? Ich sagte noch, dass es mir ehrlich leidtat, und lief aus dem Wald zurück zur Straße. Dann fuhr ich mit extra hochgedrehtem Motor zurück Richtung Untervaz, damit sie ja weiß, dass ich weg bin … und dann tauchten plötzlich Sie beide am nächsten Tag auf, mit der Nachricht, dass Carmen nicht nach Hause gekommen sei.« Er senkte seinen Blick auf die Tischplatte, auf seine nun vor ihm liegenden gefalteten Hände, als wollte er gleich beten. »Ich hatte Angst, als sie kamen, und habe deshalb bisher nur die halbe Geschichte erzählt.«

Caminada blickte ihn lange an, unangenehm lange für Nöldi, der nicht mehr wusste, wohin er seinen Blick wenden sollte. Die Schreibmaschine war verstummt.

»Weißt du, was ich glaube, Nöldi?«

Nöldi schüttelte den Kopf.

»Dass du dich deiner Tat langsam mit Worten näherst und dass du noch immer lügst!«

»Sehen Sie, genau darum hätte ich am liebsten nichts gesagt, Herr Landjäger Caminada. Jeder normale Mensch würde mich doch wegen der Sache als Täter sehen … auch die Richter.« Er blickte wieder zu Marugg, der schwieg.

Caminada rückte seinen Stuhl zurecht. »Nöldi, ich denke, es war doch so: Als du Carmen im Streit in den Wald gefolgt bist, haben dich die Angst und der Zorn gleichermaßen gepackt. Du wolltest nicht noch ein drittes Mal wegen so einer leidigen Geschichte mit einem Fräulein deinen Grind hinhalten. Also ist es wie ihm Wahn über dich gekommen, und du hast sie erwürgt, damit sie für immer schweigt. Und wärst du nicht gesehen worden, dann wärst du damit wahrscheinlich sogar durchgekommen. Doch jetzt, mit den Zeugen und deinen Lügen … ich sehe brandschwarz für dich.«

Nöldi schwieg. Das war nicht selten ein Zeichen dafür, dass die Wahrheit ans Licht gekommen war, wusste Caminada und hielt die Stille aus.

»Ich weiß jetzt, ich habe vieles falsch gemacht. Zu vieles …«, sagte Nöldi mit leiser Stimme. »Der Zug ist wohl abgefahren.«

»Nöldi, dann steh jetzt immerhin einmal deinen Mann. Nur einmal! Steh zu dem, was du Grauenhaftes angerichtet hast. Und sag, hast du auch mit dem Tod vom Vrenali etwas zu tun?« Caminada blickte ihn weiter eindringlich an. Ein Motiv dafür sah er nicht. Aber fragen musste er.

»Ich werde meinen Mann stehen, Landjäger Caminada, das werde ich. Aber ich muss zuerst mit meinem Vater und unserem Anwalt sprechen.«

»Das geht in Ordnung. Eine Frage noch: Was hat es mit der roten Schleife um den Hals von Carmen auf sich?«

Nold kratzte sich am Kopf. »Damit habe ich nichts zu tun. Wie schon gesagt, sie hat diese doch schon beim Tanzen getragen. Da bin ich mir ziemlich sicher. Nein, sogar ganz sicher. Also auf jeden Fall hatte sie diese im Wagen an.«

Caminada blies Rauch zur Decke. »Also gut, wir reden weiter, sobald du mit deinem Vater und dem Familienanwalt gesprochen hast. Zwei Landjäger bringen dich jetzt auf direktem Weg in den Sennhof, ins Güggi.«

Die beiden Ermittler saßen danach noch eine Weile in der Wachstube und tranken schwarzen Kaffee, den Fräulein Rosemarie gebrüht hatte, und redeten über das Verhör. Fässler war auch dabei und gab sich nachdenklich darüber.

»Das mit der Carmen hat er ja zwar nicht bestätigt, aber es deutet in die Richtung. Und er hat immer nur das zugegeben, was wir ihm beweisen können, so auch als du ihm gesagt hast, dass er zwar nicht gesehen, aber gehört worden sei. Ich bin mir sicher, dass er im Wald über sie hergefallen ist. Aber warum wollte er nichts zum Fall Vrenali Jakober sagen, als du ihn darauf angesprochen hast?«

»Es ist ja auch sein gutes Recht, erst mit dem Vater und dem Anwalt zu sprechen. Aber wieso er diesen Mord begangen haben sollte, mit wieder einer versuchten Vergewaltigung, das ist mir schleierhaft. Wir werden ihn morgen noch mal dazu vernehmen. Und bevor kein schriftliches Geständnis von ihm vorliegt, ist auch der Fall Carmen Weber für mich noch nicht vom Tisch.«

Marugg stimmte Caminada zu. »Und wir haben noch den Fall vom alten Käthy.«

Caminada nahm einen gehörigen Schluck des pechschwarzen Kaffees. »Es ist doch schon seltsam. Da geht das Käthy nur zwei Tage vor ihrem Tod zum Notar und enterbt den Franz Simmen.« Er nahm noch mal einen Schluck und behielt die Tasse diesmal in der Hand. »Und dann erwischen wir Franz beim Einbruch in das Schönegg, er schießt auf uns, und als wir ihn stellen, bringt er sich auf der Stelle um.« Er schüttelte den Kopf. »Gopferdeckel, was übersehen wir? Es muss mit dem Schönegg und dem Käthy zu tun haben.«

Marugg, der auch heute geschniegelt und gestriegelt dastand, sagte: »Wisst ihr was? In den letzten Tagen haben die Ereignisse Purzelbäume geschlagen. Nutzen wir doch den hoffentlich ruhigeren Sonntag, um alles mal auszubreiten, Verbindungen zu suchen, Abhängigkeiten. Dem sagt man heutzutage Fallbetrachtung.«

Fässler, der ausnahmsweise seinen Schnurrbart in Ruhe ließ, meinte dazu: »Du meinst da diese moderne Methode, die du vor einem Monat in dem Lehrgang in Zürich gelernt hast?«

»Ja, und nächste Woche bin ich Donnerstag und Freitag für den Abschluss dort. Praxis und Theorie bei der Kantonspolizei Zürich, das sind die mit dem Funk und den vielen Polizeiautos.« Er lächelte. »Spürnasen, wie die von Walter, die bleiben unersetzlich, aber es gibt da ganz neue Methoden, die wir nutzen können. Dazu gehört, dass man von jeder Person, die auch nur irgendwie mit dem Fall zu tun hat, eine Art menschlichen Fingerabdruck macht.«

»Ein menschlicher Fingerabdruck?« Fässler verstand nicht.

»Nicht vom Finger, Ferdinand. Sondern vom gesamten Menschen in seiner Art und mit seiner Vergangenheit, seinem Umfeld. Eine Erweiterung zum Leumundszeugnis, das wir ja tagtäglich brauchen, wenn wir jemanden auf dem Posten haben.«

»Du meinst somit auch die Eltern und Geschwister von Verdächtigen, oder deren Chef …?«

»Nicht alle aufs Mal. Zuerst nur die direkt Involvierten, und dann sehen, was dabei rauskommt, danach dann den Kreis schrittweise erweitern.«

»Das tönt nach ganz schön viel Arbeit«, hielt Fässler dagegen.

»Fräulein Rosemarie kann da auch sehr gut helfen. Sie hat das ja bereits mit den Bauersleut in Halbmil gemacht, und somit wissen wir, dass die bisher keinen Dreck am Stecken hatten, was nützlich ist, aber dennoch nichts zu bedeuten hat. Wir suchen ja aber nicht *nichts*, sondern *etwas*. *Nichts* bringt uns hin und wieder dank Ausschlussverfahren zwar auch entscheidend weiter, aber *etwas* zu finden ist aussagekräftiger, gewichtiger. Verstehst du den Unterschied?«

»Ach, Peter, jetzt schnorr nicht so siebengescheit daher. Ich weiß doch, was du meinst.«

»Gut, dann fange ich noch heute Abend damit an. Und zwar mit Franz Simmen und seiner Frau. Ich würde mir erlauben, Elfi Simmen morgen nach dem Frühstück noch mal aufzusuchen, falls mir denn was auffällt, das befragungswürdig ist. Ist das genehm?«

»Dazu kann ich dir schon mal was sagen«, meinte Caminada, der mittlerweile genüsslich eine Zigarette rauchte, »nie hatten wir was mit ihm oder ihr zu tun. Er trank nie mehr, als der Verstand ihm erlaubte. Kinderlos sind sie geblieben. Doch wie seine Frau Elfi sagte, muss Franz sich vor Jahren fast über Nacht verändert haben, was aber anscheinend nur sie mitgekriegt hat. Und noch was, das wir im ganzen Trubel schlichtweg vergessen haben: Laut Frau Weber soll sich ihr wertes Töchterlein ja mit jemandem an dem Abend ihres Todes verabredet gehabt haben. Auch Carmen hat sich ja, wie wir wissen, mit diesem Max eingelassen, aber er hat bei der Einvernahme behauptet, an dem Abend nicht mit ihr verabredet gewesen zu sein. Also, wen wollte sie dann treffen, wer hat sie im Regen stehen lassen? Peter, das müsste auch auf deine Tafel.«

Marugg sagte: »Das stimmt, Walter, dem müssen und werden wir nachgehen. Aber wir müssen uns auch die Frage stellen, wieso die Bindung zwischen Franz Simmen und dem Käthy Brunner so eng war, dass sie ihn ursprünglich als Haupterbe eingesetzt hatte. Und noch wichtiger: Was bewog sie dazu, ihn plötzlich wieder aus dem Testament zu streichen? Am Donnerstag davor war er ja noch bei ihr im Schönegg, brachte die gewünschten Kommissionen hoch. Da schien ja noch alles in Ordnung gewesen zu sein. Oder schwieg sie zu etwas, was sie über ihn wusste?«

»Peter, das Erste liegt aus meiner Sicht auf der Hand. Franz hat wie gesagt über viele Jahre hinweg Botengänge fürs Käthy gemacht und ihr rund um das Schönegg geholfen. Daher die Bindung. Was aber vorgefallen ist, dass sie ihm das Erbe dann doch verwehren wollte, das wäre sehr interessant zu wissen. Dort liegt möglicherweise der Hase im Pfeffer.«

Fräulein Rosemarie, die ebenfalls zu dieser Stunde noch zugegen war, meinte: »Ich habe nun schon zweimal hier drin gehört, dass Herr Simmen sich vor Jahren verändert haben soll. Warum geht dem keiner nach? Das muss doch einen Grund gehabt haben? Ein Ereignis? Etwas gar Gewichtiges?«

Marugg nickte. »Ich werde das gleich angehen und morgen seine Witwe mal genauer dazu befragen. Danke, Fräulein Rosemarie.«

»Ach«, sagte Caminada, »fast hätten wir noch was Wichtiges vergessen.«

»Und das wäre?« Fässler schien etwas müde zu sein.

»Soeben hat uns der Nöldi doch gesagt, dass das Fräulein Carmen ein kleines rotes Handtäschli dabeihatte, das sie ihm sozusagen zur Begrüßung im Wald um die Ohren geschlagen habe. Wir haben aber keines im Wald gefunden.«

Marugg sagte: »Du hast absolut recht. Eine rote Handtasche im Wald, die hätten wir finden müssen. Die Schuhe sind einem ja schon von Weitem ins Auge gestochen.«

Walter gab ihm Antwort: »Das ist unser Fehler, wir hätten präziser bei den Webers nachfragen sollen. Aber die arme Mutter war doch ganz durcheinander.«

Fässler hob die Hand. »Dann liegt es halt noch immer im Wald. Das muss wohl beim Suchen gleich zwei Mal übersehen worden sein. Sucht daher nochmals. Wer weiß, vielleicht gibt's dort noch Hinweise, die uns weiterbringen.« Er blickte auf die Uhr an der Wand. »Es ist schon sauspät. Morgen ist auch noch ein Tag.« An Fräulein Rosemarie, die nie Anzeichen von Müdigkeit zeigte, gerichtet sagte er: »Sie bieten bitte morgen unsere fünf besten Späher auf, die sollen sich am Morgen mit Caminada nochmals auf die Suche nach der Tasche machen. Anhand der Beschreibungen wissen wir ja jetzt ungefähr, wo wir suchen müssen. Und wenn man schon einen verreckten Fliegenpilz findet, dann wohl auch so eine knallrote Handtasche, die wohl zum Halsband gepasst hatte. Und jetzt sehen wir zu, dass wir alle ins Näscht kommen, diesen grauenhaften Tag hinter uns lassen.«

Es war 22:35 Uhr, als Caminada zu Hause ankam.

Wie immer redete er nach solchen Tagen nicht viel, sondern saß lieber, nachdem er einen Blick in Lenas Zimmer geworfen hatte, mit Menga auf der hölzernen Veranda und rauchte eine Villiger-Krumme. Es hatte noch nicht abgekühlt wie in den Tagen zuvor. Eine Schlechtwetterfront drückte dicke Wolken ins Tal, die den Blick auf den Sternenhimmel verwehrten.

Er fühlte es, sie kamen dem Ganzen immer näher, auch wenn er noch keine Ahnung hatte, was wirklich die Lösung aller Fälle war und ob tatsächlich alles irgendwie miteinander verstrickt war.

20

Sonntag, 12. April

Über Nacht hatte Regen eingesetzt. Das Licht war aus dem Tal verschwunden. Es war trüb und der Himmel wolkenverhangen.

Marugg hatte die halbe Nacht noch im Landjägerkommando gesessen, in seinem Büro des Erkennungsdienstes, und hatte versucht, alles, was sie bisher wussten, mit Kreide auf der neuen Wandtafel zu vermerken, die er vor zwei Wochen zu diesem Zwecke erhalten hatte. So hatte es ihm Bättig, der Chef der Kriminalpolizei in Zürich, vorgezeigt. Er freute sich, den erfahrenen Mann nächste Woche wieder zu treffen.

Aus diesen Aufzeichnungen ergaben sich verschiedene Fragen, die er an diesem Sonntag klären wollte. Und deshalb machte er sich, nachdem er bis 9 Uhr geschlafen und danach mit Anna ausgiebig gefrühstückt hatte, direkt auf den Weg zu Frau Simmen.

Leichter Regen fiel, als er mit dem Fahrrad ins Täli fuhr, das im Wolkengrau noch düsterer und enger wirkte als am Tag zuvor. Einige der Schornsteine der lottrigen Häuser qualmten, es roch nach Kohle, und er war neugierig, was ihm Frau Simmen erzählen würde.

Schon eine Stunde zuvor machte sich einer der Landjäger daran, den Notar Freienberg aufzusuchen, um von ihm all die Wertgegenstände, die Käthy so kurz vor ihrem

Tod dort deponiert hatte, zu bekommen. Es hatte wohl ein Missverständnis gegeben, denn eigentlich hatte man der Kanzlei noch am Freitag ausrichten lassen, jemand solle die Ware so schnell wie möglich ins Landjägerkorps bringen. Doch der Mann war nicht aufzufinden, weder zu Hause noch in der Kanzlei.

Und während Marugg ins Täli zu Frau Simmen fuhr, lief Caminada seinerseits durch den regennassen Tannenwald bei Halbmil und versuchte mit seinen Kameraden die Handtasche zu finden. Sie nahmen das Unterholz, Farn und Gesträuch noch genauer unter die Lupe als beim letzten Mal. Die Tasche fanden sie nicht, aber immerhin etwas vom Inhalt. Nach über zwei Stunden hatten sie einen Schminkspiegel, eine alte Eintrittskarte vom Kino Rätia und einen kleinen gelben Zettel in ihrem Besitz. Letzterer bannte Caminadas ganze Aufmerksamkeit.

»Potzblitz!«, sagte er, nachdem ihm ein Hilfslandjäger vorgelesen hatte, was auf dem Zettel geschrieben stand.

Dienstagabend, 19:30 Uhr, vor dem Tanzlokal Lupf dis Bei am Untervazer Bahnhöfli. Ich werde dich mit dem Wagen abholen. Es wird ganz schön werden.

In Liebe, dein Max

»Schon wieder dieser Max. Er hat uns also angelogen«, murrte Caminada. Er hielt den Zettel vorsichtig nur an einer Ecke und packte ihn in ein Couvert, das er für solche Feinheiten mit sich getragen hatte.

Sie suchten noch eine Stunde länger weiter, denn von dort, wo sie den Inhalt von Carmens Handtäschli gefunden hatten, waren es nur noch knapp 200 Meter bis zum Fundort ihrer Leiche.

Es war kurz nach 11 Uhr, als sie zurück ins Kommando

kamen. Caminada wurde bereits von Marugg erwartet. Einmal mehr setzten sie sich im Arbeitszimmer des Majors zusammen. Jeder hatte den anderen etwas zu berichten.

Caminada solle anfangen, meinte Fässler. Dieser erklärte, wie sie beim Suchen vorgegangen waren. Er legte den gefundenen Zettel sorgfältig auf den Tisch und sagte: »Somit wissen wir, dass Carmen mit Max am Dienstagabend verabredet war. Warum hatte er dies verschwiegen? War er also doch dort?«

Marugg las den Zettel und meinte: »Walter, aber er ist ja allem Anschein nach nicht zum Treffen gekommen. Er muss also derjenige sein, der Carmen versetzt hat. Darum war sie so wütend. Doch davon hat er uns gestern ja tatsächlich nichts gesagt. Ich frage mich …« Und während Marugg den Zettel anstarrte, sprang er plötzlich auf, sodass Caminada erst glaubte, dass Marugg von der Tarantel gebissen worden war. Der junge Leutnant eilte aus dem Arbeitszimmer, ließ die Tür offen stehen, lief in sein Büro mit der Kreidetafel, dann zu seinem Schreibtisch.

Zurück im Arbeitszimmer legte er das von Max Walthert unterschriebene Protokoll hin. An Walter gerichtet sagte er: »Du brauchst nicht zu lesen, aber scheint dir das wirklich beide Male dieselbe Schrift zu sein? Kannst du die Muster abgleichen?«

Walter musste passen, er sah nur ein Durcheinander von Buchstaben, sodass Fässler sich der Sache annahm und auch noch Fräulein Rosemarie dazu holte.

Diese sagte kurz und bündig: »Nein, das ist nicht dieselbe Schrift. Die auf dem Zettel scheint mir sowieso die von einer Frau zu sein.« Sie deutete auf die weichen, geschwungenen Züge.

»Von einer Frau?«, murmelte Caminada. »Von welcher Frau denn?«

Fräulein Rosemaries Brillenzwicker saß wieder mal schief auf der Nase. »Herr Walthert musste ja gestern das Protokoll unterschreiben und vermerken: *Ich habe alles gelesen und verstanden*. Wenn ich mir das nun so ansehe, ist das aber mit Bestimmtheit eine andere Schrift als diese hier auf dem Zettel. Es ist aber auch nicht die vom Nöldi, die habe ich noch im Gedächtnis, weil sie so übertrieben geschwungen ist. Ich glaube, jemand anderes hat das Fräulein an dem Abend ins Lupf dis Bei gelockt«, ergänzte Fräulein Rosemarie. »Denn diese Notiz hier auf dem Zettel wurde nicht von Max Walthert verfasst.«

Caminada nickte. »Das würde ja dann heißen, dass derjenige Carmen vielleicht sogar extra in diese Falle gelockt hatte. Geplant. Aber von wem?« Er versank für einen Moment in Gedanken. »Können wir uns sicher sein, dass Fräulein Regula uns nicht angelogen hat, als sie erzählte, dass Vrenalis Max blondhaarig sei mit blauen Augen? Wollte sie uns damit in die Irre führen, oder wollte Vrenali tatsächlich ihren Verehrer schützen und hat mit Absicht die Fakten ein bisschen verdreht? Was wissen wir überhaupt über diese Regula? Wenn tatsächlich eine Frau diesen Zettel geschrieben hat … vielleicht gab es da Eifersucht?« Er blickte zu Marugg, dann zu Fräulein Rosemarie. »Ich schlage vor, dass wir samt Zettel gleich anschließend zur Villa Clement hochfahren für einen Schriftvergleich.«

Fässler nickte. Und zu Marugg gewandt sagte er: »Und was hat sich bei dir getan heute Morgen?«

»Oh, leider nicht allzu viel. Erstens musste ich lange warten, denn Elfi war nicht zu Hause und kam erst kurz bevor ich wieder losmusste. Sie sagte, dass der Franz damals plötzlich wie angeworfen schwermütig wurde und er oben im Schönegg immer mal wieder Lebenstrost von dem Käthy bekommen habe. Sie sei es auch gewesen, die ihm am Anfang, in der schwersten Zeit, häufig ein Ohr geliehen habe. Das habe er ihr, seiner Frau, zwar nicht selbst gesagt, aber immerhin war er zu dieser Zeit fast jeden Tag bei Käthy im Schönegg oben. Aber alles andere, wie etwa die Sache mit dem Erbe, das könne sie sich nicht erklären.«

Caminada murrte leise. »Hat Elfi Simmen sagen können, in welchem Jahr der Franz in die Schwermut gefallen ist?«

Marugg nickte und zückte sein schwarzes Notizbüchlein. »Ja, das hat sie. Das war im Mai 1939, also vor gut 14 Jahren, nur einen Tag nach ihrem Geburtstag. Seither sei er nicht mehr derselbe.«

»Seit Mai 1939, so lange schon? War denn damals irgendwas los bei denen?«

»Nein, Walter, Elfi sagte, sie könne es sich nicht erklären. Zuvor sei es ihm sogar sehr gut gegangen. Im Jahr davor sei er länger krank gewesen, aber er habe sich gut davon erholt.«

Fässler blickte zum Fräulein Rosemarie. »Und, haben Sie was zu berichten?«

»Ja, der Notar Freienberg hat vorher von zu Hause aus angerufen, er werde sich noch heute mit der Ware bei uns melden. Er hat sich entschuldigt, dass er sie nicht eher gebracht habe, aber seine Kanzleisekretärin habe ihm am Freitag leider nicht ausgerichtet, dass wir danach verlangt hatten.«

Fässler nickte: »Gut. Aber wir können nicht tatenlos warten. Der Chevy wurde übrigens heute, trotz Sonntag, von der Garage Städeli abgeschleppt. Caminada und Marugg, ihr beide fahrt jetzt mit den Velos oder dem Töffli zur Villa Clement hoch und befragt die Fräuleins nochmals. Vielleicht gab's da ja wirklich Reibereien wegen Max. Klärt das mit dem Zettel und nehmt diese Regula ein wenig in die Mangel. Kann ja nicht schaden.«

Die Kirchenglocken läuteten das Ende der Messe ein, als Caminada und Marugg das Landjägerkorps verließen. Zehn Minuten später standen sie vor der alten Villa Clement. Der große Garten triefte vor Nässe, das Grün wirkte schwer und träge, die Villa war grau wie der Himmel.

Zuerst suchten sie das Gespräch mit der Hausmutter. Sie sagte aus, dass sich stets alle Fräuleins gut vertragen hätten, vor allem das Rösalirot mit dem Vrenali. Die seien ja im Waisenhaus zusammen aufgewachsen, hätten ähnliche Schicksale, das schweiße halt zusammen. Regula hingegen sei die Verschlossenste von allen. Was in deren Oberstübli los sei, das sei nicht immer zu erkennen. Doch sie fügte noch an: »Deshalb ist es schon ein wenig kschpässig, dass das Vrenali ihr Liebesgeheimnis nicht dem Rösalirot anvertraut hatte, sondern der Regula.«

Caminada schüttelte den Kopf. »Nein, ist es nicht. Ich denke, nachdem ich von der tiefen Verbundenheit der beiden gehört habe, dass das Vrenali es sogar zuerst Rösalirot erzählt hatte, die hielt aber treu zu ihrer besten Freundin und hat es uns nicht verraten. Sie musste außerdem aufgrund der verfälschten Beschreibung davon ausgehen, dass Vrenalis Max und ihr Max zwei verschiedene Männer waren. Sie hielt also ihr Versprechen und erzählte uns nichts von Vrenalis Schatz, das musste sie auch nicht mehr, denn das tat ja die Regula für sie.«

»Oh!«, die Hausmutter zog die Augenbrauen hoch. »So macht es Sinn.«

Marugg legte den Zettel vor ihr auf den Tisch. »Kennen Sie diese Schrift?«

»Oh ja, die kenne ich, die ist vom Rösalirot. So schreibt nur sie!«

Caminada musste einen Moment nachdenken. Wieso würde Rösalirot Carmen so etwas schreiben? Wieso ließ sie Carmen glauben, der Max würde auf sie warten? Er kam dann sinnigerweise nicht, und genau an diesem Schicksalsabend fand Carmen ihren Tod. Und wiederum nur zwei Tage später wird Rösalirots beste Freundin erwürgt. Was war hier faul? Was sah er nicht?

Er entschied, die Fräuleins nun einzeln zu befragen. Deshalb bat er die Hausmutter, den anderen draußen rein gar nichts zu sagen, nur dass sie gleich nacheinander in die Kammer gerufen würden.

»Peter, was, wenn ich dir sage, dass da tatsächlich Eifersucht im Spiel war? Der schöne junge Herr Walthert hat auf zu vielen Hochzeiten auf einmal getanzt, und die beiden Fräuleins hier hatten wahrscheinlich nicht viele andere Verehrer …«

»Sag doch gleich keine. Du weißt ja, wie schwer es solche Menschen haben«, ergänzte Marugg.

»Ein Mann kann so ein Fräulein ganz schön zunderobsi bringen … gell Peter? Und junge Fräuleins auch so manchen Mann, sodass man schon glauben könnte, er wäre ohne Verstand. Da haben wir in jedem Fall Rösalirot und Carmen, die ein und denselben Max an der Angel zu haben glaubten. Vielleicht hat Rösalirot von ihrer Nebenbuhlerin erfahren und ihr darum den Zettel geschrieben, um ihr das Gefühl zu geben, er hätte sie versetzt. Vielleicht wollte sie damit ein bisschen Unruhe zwischen den beiden stiften. Vrenali liebte auch einen Max, aber sie ließ Rösalirot glauben, es sei ein anderer als ihrer. Wieso? Was ich sagen will: Was wissen wir beide denn schon darüber, was die drei jungen Fräuleins sich erhofft, erträumt hatten? Da verguckt man sich in einen wohlhabenden Anwalt aus Zürich mit einem teuren Auto, und dann ist da plötzlich eine Nebenbuhlerin? Oder eben sogar zwei!«

»Möglich. Aber wie hat Rösalirot von Carmen erfahren?«, gab Marugg zu bedenken.

»Das weiß ich nicht, aber lass uns jetzt alle Fräuleins befragen. Vor allem hat uns das Rösalirot einiges zu erklären. Das mit dem Zettel zum Beispiel!«

Deshalb baten sie gleich Rösalirot als Erste zu sich in den kleinen Raum.

»Wie geht's dir?«, fragte Caminada freundlich, nachdem Rösalirot Platz genommen hatte.

»Es muss. Die Beerdigung vom Vrenali soll schon morgen Nachmittag zusammen mit der von Carmen stattfinden. In der Kathedrale sogar. Aber mich graust es.«

»Das ist für alle ein ganz schwerer Gang. Was das Vrenali anbelangt, so hattet ihr es gut miteinander, wie ich hörte?«

»Ja, wir kannten uns schon ganz lange. Wir waren wie Schwestern.«

»Und wie gut kanntest du Carmen?«

»Carmen Weber?«

Caminada nickte.

»Musste regelmäßig als Ausläuferin in das Modegeschäft. Von dort kenne ich sie. Wieso fragen Sie?«

Caminada legte wortlos den Zettel vor Rösalirot hin und sah sofort eine Reaktion. Deshalb sagte er: »Bevor wir jetzt noch deine Fingerabdrücke abnehmen, um zu beweisen, dass du das geschrieben hast, gib uns lieber eine ehrliche Antwort. Wir müssen doch rausfinden, was wirklich passiert ist.«

Rösalirot hielt die Hände vors Gesicht und fing leise an zu weinen. Caminada war das natürlich nicht recht, aber er sagte:

»Ja, Fräulein Rot, wo drückt denn jetzt der Schuh?«

Schluchzend sagte Rösalirot: »Diese Carmen, so schön sie ist, die hat mir den Max ausgespannt. Deshalb wollte ich ihr vorgaukeln, dass er sie nochmals treffen wollte. Doch er würde nicht kommen, und sie würde sich dann versetzt fühlen, die Sache mit ihm vielleicht sogar beenden. So wollte ich es ihr heimzahlen.« Die Tränen rannen ihr über die Wangen wie der Regen über die Fensterscheiben. »Das Vrenali hat mich auf die Idee gebracht, weil doch auch sie verliebt war, auch in einen Max, und es ihr so furchtbar leidgetan hatte, dass ich von der Carmen so hintergangen wurde.«

»Du hast sie nach Untervaz gelockt, und danach tauchte sie nie mehr zu Hause auf, wurde stattdessen tot im Wald bei Halbmil gefunden«, hielt Caminada fest.

Rösalirot schluchzte immer lauter. Mit heiserer Stimme sagte sie: »Das weiß ich doch, Herr Landjäger, das weiß ich doch. Aber ich habe sie ja nicht umgebracht. Sicher nicht! Das wollte ich doch nicht. Ich wollte nur, dass sie die Finger vom Max lässt …«, der Rest wurde unverständlich in den Tränen erstickt.

»Das wissen wir ja«, sagte Caminada, der immer aufpassen musste, dass er, wenn Fräuleins herzhaft schluchzten, nicht von Mitleid geblendet wurde.

Marugg sprang für ihn in die Bresche, freundlich wie immer sagte er: »Wir haben uns gedacht, dass Vrenali dir von ihrem Max erzählt hat, weil ihr ja so gute Freundinnen wart. Wie sah er denn ihr zufolge aus?«

»Der war blond und blauäugig.« Ihre Augen begannen zu leuchten. »Nein, das Vrenali hatte einen anderen Max als ich, und so freuten wir uns füreinander. Ich wollte wie gesagt nur Carmen verscheuchen … und Vrenali half mir dabei.« Sie zog die Nase hoch.

In dem Moment klopfte es an der Tür. Die Hausmutter stand draußen. »Entschuldigung, jemand ist hier für die Herren Landjäger. Es sei dringend. Eine Frau.«

Sie baten Rösalirot, kurz zu warten. Die Neugierde trieb Caminada vor die Tür. Draußen stand zu seiner Überraschung Fräulein Rosemarie im Nieselregen.

Sie kam wie immer direkt zur Sache: »Frau Meierhans, das ist die von der Hutmacherei, ist soeben nach dem Kirchgang bei uns vorbeigekommen. Sie hat nach der Predigt vor der Kirche noch mit anderen geredet, auch über die Verbrechen, so wie es sich halt in so einem Städtli gehört. Und sie hatte eine Beobachtung gemacht, die ich Ihnen beiden dringlich weitergeben wollte.«

»Und die wäre?« Caminada und Marugg waren ganz Ohr.

»Sie hat Käthy am letzten Freitag zusammen mit Rösalirot gesehen!«

»Ach was!«, entfuhr es Caminada. »Potzblitz nomol! Und wo?«

»Vor der Kaserne, bei der Markthalle. Sie saßen etwas abseits von der Kasernenstrasse auf einer Bank. Ich habe mir vorhin erlaubt, Frau Meierhans einzuvernehmen. Sie wollte entweder nur mit Ihnen reden oder halt mit mir, aber sie mochte nicht warten. Der Sonntagsbraten.«

»Gut gemacht. Also? Was hat sie berichtet?«

»Rösalirot sei sehr aufgebracht gewesen, irgendwas war zwischen den beiden im Gange, sagte Frau Meierhans, die am Freitagmorgen dort draußen warten musste, bis jemand von der alten Fuhrhalterei sie abholen kam, denn sie musste nach Ems. Deshalb hatte sie das alles mitgekriegt. Am Ende habe das alte Käthy das Rösalirot tröstend in den Arm genommen, dann hätten sich die Wege der beiden getrennt.«

»Sehr gute Arbeit, Landjägerin Rosemarie«, lobte Caminada.

Marugg nickte und sagte: »Wir sind soeben daran, das Fräulein Rösalirot zu verhören. Diese Neuigkeit kommt daher wie bestellt.«

»Und dass das Käthy sie am Ende getröstet hat, passt ins Bild, das ich vom Käthy habe«, hob Caminada erleichtert hervor.

Wieder zurück in der kleinen Kammer konfrontierte Caminada Rösalirot mit der neuen Tatsache. Sie brach nur noch heftiger in Tränen aus, sodass es sie regelrecht schüttelte. Dabei blieb der Hals steif wie ein versteinerter Baumstrunk.

Erst nach und nach sickerten die Worte aus ihrem Mund. Es stellte sich heraus, dass sie dem Käthy ihren Liebeskummer geklagt hatte, als sie sich zufällig begegnet waren. Käthy habe sie in ihrer Großmütigkeit, für die sie ja bekannt war, getröstet und ihr wieder auf den Weg geholfen.

»Und sonst hat das Käthy nichts gesagt?«

Rösalirot schluchzte noch immer. »Nein. Sie war auf dem Weg in die Stadt, mehr hat sie nicht gesagt.«

Leider brachte sie diese Einvernahme mit Rösalirot auch nicht weiter. Käthy hatte nichts zu ihr gesagt, was auf das spätere Verbrechen im Schönegg rückschließen ließe.

Es war nun an der Zeit, Regula ins Zimmer zu bitten.

Diese betonte aber nur nochmals, dass das Vrenali ihr gegenüber behauptet habe, dass ihr Max blond sei, dafür könne sie ja nichts. Mehr habe sie nicht zu sagen. Caminada entließ sie daher nach wenigen Minuten. So kamen sie hier einfach nicht recht weiter.

Der Regen war stärker geworden, als sie am Nachmittag wieder hinunter ins Landjägerkorps fuhren. Marugg war nachdenklich und verschwand sofort in seinem Büro. Noch war der Notar mit den Wertsachen nicht aufgetaucht, als Marugg Caminada wenig später zu sich vor die Tafel bat.

Der junge Leutnant hatte alle Ereignisse mit Datum und Zeitangabe auf die Tafel geschrieben. Auch Vorkommnisse, die nicht direkt mit dem Fall zu tun hatten, waren säuberlich notiert, so etwa der Monat und das Jahr, als der Förster gemütskrank wurde. Dies fiel in die Zeit, als Rösalirots Mutter Lina Rot verschwand. Es war einige Wochen später. Zufall? Um solche Zufälligkeiten hatte Marugg einen Kreis gezogen. So auch um die Information, dass im Jahr zuvor, 1938, beide, Franz Simmen und Lina Rot, während einiger Monate in Davos wegen Tuberkulose in der Kur waren. Zufall?

»Walter, kann es sein, dass die beiden sich gekannt haben? Du warst ja damals schon Landjäger und magst dich an den Fall erinnern.«

»Ob sie sich gekannt haben, weiß ich nicht, aber es scheint, dass Franz Simmen nach Lina Rots Verschwinden in seine Schwermut gefallen ist. Leider können wir ihn dazu ja nicht mehr befragen und Lina Rot auch nicht.«

»Vielleicht hatten die beiden eine Liebschaft in Davos entwickelt? Aber wie ich aus den Akten vernahm, hatte sich Lina Rot sehr gefreut, wieder zu Hause zu sein. Und dann verschwand sie nur etwas mehr als eine Woche später, als hätte der Erdboden sie verschluckt. Seither gab es nie wieder ein Lebenszeichen von ihr. Sag, weißt du, wo ihr Mann, der Vater vom Rösalirot, ist? Dazu steht nämlich nichts in den Akten, nur, dass er damals wegen Trunksucht eingeliefert werden musste, in die Nervenheilanstalt.«

»Der hockt noch immer in der Spinnwinde«, gab Caminada kurz und bündig zur Antwort.

»In der Nervenheilanstalt Waldhaus? Vielleicht ist er damals, wenn es eine Liebschaft zwischen Franz Simmen und Lina Rot gegeben haben sollte, den beiden auf die Spur gekommen und hat seine Frau aus Eifersucht verschwinden lassen und zerbrach anschließend an seinen Schuldgefühlen?«, orakelte Marugg.

»Peter, ich war damals nicht für den Fall zuständig, aber das wurde sicher überprüft. Ein Mann gerät doch immer sofort ins Visier, wenn eine Ehefrau oder Geliebte verschwindet. Ich weiß nur, dass er vor Kummer dem Alkohol verfiel und dann dem Wahnsinn.«

»Oder eben den Schuldgefühlen?«

»Möglich, man sah ihm jedenfalls an, dass er wie ein Hund litt.«

Es klopfte an der Tür. Die spitze Nase von Fräulein Rosemarie lugte herein. »Der Herr Freienberg war hier und hat diese Schachtel für Sie beide abgegeben.«

Sie trat ins Büro und legte die Schachtel auf den Schreibtisch, außerdem ein dickes Couvert. Es war zugeklebt und darauf stand: *Nach meinem Tod verbrennen*. Das erregte sofort die Aufmerksamkeit der beiden Landjäger.

Marugg öffnete den Umschlag, und darin fanden sie einen Briefwechsel zwischen Lina Rot und Franz Simmen. Dieser dauerte auf den ersten Blick vom Januar 1939 bis im April 1939. Die Briefe steckten in Umschlägen, die an Käthy Brunner adressiert waren. Der Grund lag auf der Hand: Simmen war verheiratet, und so musste er wohl mit Käthy übereingekommen sein, dass die ebenfalls verheiratete Lina die Briefe auf diesem Weg ihm, ihrem Geliebten, zukommen lassen konnte. Sie waren also tatsächlich in Davos zu einem Liebespaar geworden.

Marugg las nur zwei Seiten, dann hob er den Kopf. »Sie hatten sich in der Kur verliebt, und das Hals über Kopf. Sie planten sogar, und das steht hier schwarz auf weiß, heimlich Anfang Sommer 1939 gemeinsam fortzugehen.«

»Heinomol!« Caminada war vor den Kopf gestoßen. »Niemand hatte damals so was geahnt. Aber was kam dazwischen? Ging nur sie fort, und er überlegte es sich doch noch mal anders? Rührte daher diese Schwermut? Jetzt wissen wir jedenfalls, was er so dringend im Schönegg gesucht hatte, nämlich diese Briefe, die Käthy für ihn aufbewahrt hatte. Hmm, aber wieso brachte das Käthy diese Briefe kurz vor ihrem Tod nach Chur? Und wieso enterbte sie ihn gleichzeitig? Das macht keinen Sinn.«

Marugg antwortete: »Walter, wir machen immer wieder einen Schritt nach vorne und kommen doch nicht entscheidend weiter. Es tauchen nur immer neue Fragen auf wie: Was geschah damals mit Lina Rot wirklich? Wo ist sie jetzt? Wurde sie gar umgebracht? Und noch mehr …«

Marugg trat an die Tafel, die im Landjägerkorps von den meisten belächelt wurde, nicht aber von Caminada, obwohl er der Einzige war, der das darauf Geschriebene nicht lesen konnte.

»Peter?« Man hörte Caminadas Stimme an, dass er tief in Gedanken versunken war. »Steht hier irgendwo, wann Meierhans auf der Kasernenstrasse auf Rösalirot und Käthy gestoßen ist? Wann sie die beiden genau gesehen hatte?«

»Ich rufe schnell Fräulein Rosemarie wieder herein, sie hat Frau Meierhans doch für uns einvernommen.«

Caminada nickte und war noch immer tief in Gedanken versunken, sodass er es kaum merkte, als Fräulein Rosemarie das Büro mit Marugg betrat.

»Ich hätte Sie beide schon noch genauer informiert und

alles von Frau Meierhans berichtet. Aber vor der Villa Clement wollte ich nur das Wichtigste loswerden, und nun kann ich ja den Rest nachholen.«

Sie erzählte, dass Frau Meierhans Rösalirot und das Käthy um 9 Uhr gesehen haben will.

»Aber der Brief an Franz Simmen wurde erst um 15:03 Uhr in Chur aufgegeben.« Caminada legte die Stirn in Falten. »Und wann war das Käthy noch mal beim Notar, diesem Freienberg? Wissen wir das?«

»Er hat doch gesagt Anfang Nachmittag …« Marugg blätterte im Notizbuch. »Um 13:45 Uhr.«

Caminada schwieg. Er hielt seine rauchende Villiger-Krumme in der Hand und dachte angestrengt nach. Dann fragte er leise: »Warum ist das Käthy erst so spät nach dem Gespräch mit Rösalirot zum Freienberg gegangen? Musste sie etwas für Rösalirot erledigen, oder was tat sie in den Stunden?« Er winkte ab. »Ich muss nachhirnen.«

Marugg nickte und zeigte auf den Stapel Briefe, die sich Franz Simmen und Lina Rot geschrieben hatten. »Ich werde noch eine Weile damit beschäftigt sein. Du weißt ja, wo du mich findest. Vielleicht kommt sogar nach so vielen Jahren noch Licht ins Dunkel um das Verschwinden von Lina Rot.«

Caminada nickte und nahm seinen Tschopa, den Hut und den langen Regenmantel. Er musste nach draußen.

Die Gassen waren nass, der Regen fiel aus einem grauen konturlosen Himmel, Regentropfen kringelten die Pfützen. Wäre es schönes Wetter gewesen, hätte man Paare in den Straßen flanieren gesehen, doch die wenigen Leute, denen er an diesem Sonntag im Regen begegnete, eilten geduckt an ihm vorbei.

Als er beim Schaufenster des Modegeschäfts Weber vorbeikam, blieb er einen Moment vor der Auslage stehen.

Eine Schneiderpuppe stand im Schaufenster, und an der Tür hing ein Schild: *Montag und Dienstag geschlossen – Todesfall!*

Das gab ihm einen Stich ins Herz, er wollte sich abwenden, als er ein kleines rotes Handtäschchen sah, das die Puppe umgehängt trug. Es war feuerrot!

Als hätte er einen Einfränkler in einen Zigarettenautomaten geworfen, machte es in ihm Klick. Er drehte noch auf dem Absatz um und betrat nass, wie er war, Fässlers Arbeitszimmer, ohne vorher mit irgendjemandem zu reden.

»Ferdinand, schnall deine Waffe um, wir gehen in den Einsatz! Wir beide, so wie früher.«

Der Major war im ersten Moment irritiert, doch er gehorchte. Das Feuer von früher brannte plötzlich in seinen Augen.

Sie gingen um 13 Uhr zu Fuß zum Bahnhof, während Caminada Fässler kurz erklärte, was er vorhatte. Da der Chevy noch immer defekt war, stiegen sie in ein Taxi und ließen sich aus der Stadt kutschieren, nach Halbmil. Dort baten sie den Taxifahrer zu warten.

Caminada klopfte an der Tür des Bauernhauses. Der Bauer öffnete, aber kam gar nicht zu Wort.

»Wir müssen die Kammer des Knechts durchsuchen, sofort«, kam Caminada direkt auf den Punkt.

Der Bauer war überrascht. Er sagte diesmal nichts, blickte nur auf den kräftigen Ferdinand Fässler, der neben Caminada stand, und ging voran die steile Holzstiege hoch, direkt unter den Giebel. Er öffnete die knarzende Kammertür. »Er ist nicht da, er ist schon wieder im Stall.«

»Macht nichts. Und Sie warten ganz patschifig unten in der Stube.«

Caminada und Fässler begannen, die Kammer zu durchsuchen. Keine zwei Minuten später fanden sie unter der Rosshaarmatratze die rote Handtasche von Fräulein Weber, mit dem gerissenen Bändel.

»Verreckte Siach …«, sagte Fässler. »Walti, du hast recht gehabt. Jetzt holen wir den Knecht auf den Posten und die Bäuerin gleich mit. Sie soll aber vorne im Taxi sitzen, wir hinten, und zwischen uns der Knecht Saluz.«

Als der Knecht Fässler und Caminada auf den Stall zukommen sah, rannte er sofort davon. Fässler legte gleich los, lief in einem Bogen links hinterher und schnitt ihm den Weg ab. Mit der Kraft eines Stieres bodigte er den Knecht, sodass dem das Sehen und Hören verging.

Heftig schnaufend legte er ihn anschließend in Handschellen und schob ihn zum Taxi. Caminada hatte Fässler seit Jahren nicht mehr so lebendig gesehen und führte seinerseits die Bäuerin zum Taxi. Sie stieg ohne Gegenwehr und wortlos vorne in den Wagen ein.

Sie hatten beschlossen, erst die Bäuerin ins Kreuzverhör zu nehmen, danach den Knecht. Und Caminada wusste auch schon, wie er vorgehen wollte. Menga hatte es mal auf den Punkt gebracht. Sie hatte während ihres Studiums zur Ärztin einen Herrn Professor gehabt, der musste mal einem Mann den kleinen Finger amputieren. Doch er wusste, sein Patient würde ein Mordsgeschrei veranstalten, so große Angst hatte dieser vor der Operation. Also ging der Professor hin und sagte zu ihm, dass das Geschwulst am kleinen Finger die ganze Hand beträfe, ja, sich sogar möglicherweise bis zum Unterarm ausgebreitet hätte. Es sähe also ganz so aus, als werde er in Zukunft ohne Unterarm leben müssen. Er ließ den Mann zwei Tage lang im Glauben, seinen Arm zu verlieren, ehe er ihm eröffnete: »Sie haben großes Glück, es ist tatsächlich nur der kleine Finger betroffen.« Die Erleichterung beim Mann war so groß, dass er diese Operation fast als Gnade Gottes annahm.

Caminada fing daher so an: »Sie sitzen hier wegen dringendem Mordverdacht, gemeinsam mit Res Saluz, Ihrem Knecht. Wir glauben, dass Sie beide das Fräulein Carmen Weber heimtückisch umgebracht haben.«

»Was?« Die Gesichtszüge der Bäuerin entgleisten. »Nein, das stimmt ganz und gar nicht!«

»Und wieso haben Sie uns dann so brandschwarz angelogen? Sie beide liefen an dem Dienstagabend gar nicht zurück ins Haus ...«

Die Bäuerin schnappte nach Luft. »Es ist so ... oh mein Gott, wo soll ich bloß anfangen? Ich bin keine Mörderin!« Angst spiegelte sich in ihren Augen.

»Am besten fangen Sie mit der Wahrheit an«, half ihr Caminada auf die Sprünge.

»Es stimmt, ich habe den Knecht nicht hinter mir herkommen sehen, er war ja so aufgebracht, weil er ... Sie wissen schon, frühzeitig aufhören musste. Aber ich wollte auf keinen Fall, dass er in Verdacht gerät, denn er kann sehr wohl sprechen und hätte bestimmt unser schönes Geheimnis verraten.« Dann hielt sie die Hand vor den Mund. »Dass er das Fräulein in seinem Triebrausch gleich umbringt ... Herr im Himmel, wer hätte denn das auch ahnen können? Wie darüber reden?!«

»Moment mal, Frau Gmehlin. Eins nach dem andern. Wieso wissen Sie denn so genau, dass er es war, wenn Sie doch davongelaufen sind? In dem Moment war ja auch noch der andere Mann im Wald.«

»Das war so: Als ich auf die andere Straßenseite geflüchtet war, wartete ich einen Moment, ob der Res auch kommen würde, doch ich sah nur den anderen Mann ins Auto steigen und wie er mit lautem Motorengeheul davonfuhr …« Sie verschränkte ihre von der Arbeit gezeichneten Hände. Ein seltsames Bild, so eine Bäuerin im Verhörzimmer, dachte Caminada kurz, ehe sie sagte: »Dann hörte ich ihren Schrei.« Sie hielt sich plötzlich die Ohren zu, ihr Blick war wässrig. »Es war ein langer, lauter Schrei … furchtbar …« Sie hielt die Hand wieder vor den Mund. »Ganz furchtbar!«

»Und was geschah dann?«

Es schien, als würde sie gleich losweinen, doch nun wurde ihr Blick ganz starr. »Ich eilte zurück in den Wald, hörte leise Geräusche und folgte denen, dann sah ich ihn über ihr …« Nun blickte sie drein, als wäre sie nochmals in der Dunkelheit im Wald. »Er hatte die Hose offen, sie lag da, bewegungslos … ich wusste, dass sie bereits tot war … dann fiel ich in Ohnmacht. Als ich erwachte, trug er mich zurück auf den Hof, in den Stall.« Erst jetzt hob sie ihren verklärten Blick zu Caminada. »Das ist die ganze Wahrheit.«

»Und was ist mit der roten Handtasche?«

»Davon weiß ich nichts. Ich habe ihm gesagt, dass wir einfach behaupten werden, dass wir nichts wüssten, und dann könne uns niemand etwas anhaben. Er soll wie sonst auch immer den Schweigenden spielen. Aber bitte, Herr Landjäger, ich bin keine Mörderin.«

Caminada nickte. »Das glaube ich Ihnen sogar. Aber Sie haben versucht, uns hinters Licht zu führen. Sie warten hier im Verhörraum. Wir werden nun mit dem Knecht reden.«

Nun war Res Saluz an der Reihe. Er wartete mit nach vorne gebeugtem Oberkörper auf einem Stuhl in der Ecke des anderen Verhörraumes. Er war sehr kräftig von der vielen Arbeit, und er wirkte seltsam gelassen. Vom Kampf mit Ferdinand trug er einige Blessuren davon.

Caminada stand vor ihn hin. »Res?«

Langsam hob dieser seinen Kopf.

»Du hast das Fräulein Carmen umgebracht. Wir haben die Handtasche in deiner Kammer gefunden.«

»Hab die im Wald gefunden. Ist kein Verbrechen«, sagte er lapidar und mit beinahe tonloser Stimme.

»So? Du hast aber gesehen, wie das Fräulein in den Wald geflüchtet ist, und bist ihr hinterher, hast sie gepackt, wolltest sie vergewaltigen.«

»Nein, das war der Mann mit dem Automobil. Ich habe nur die Handtasche gefunden. Habe sie behalten, weil sie so schön ist und nach dem Fräulein duftet.«

Caminada trat noch einen Schritt näher. »Ich weiß, dass du lügst, denn die Bäuerin sah den Wagen des Mannes wegfahren. Als sie noch nicht mal den Hof erreicht hatte, da hörte sie plötzlich Carmens Schrei! Sie ist dir dann hinterher und hat dich über der Leiche gesehen. Sie hat uns soeben alles gebeichtet!«

Res senkte wieder den Kopf. Es schien ihm alles Einerlei. »Wollte das Fräulein doch gar nicht töten, ging aus Neugierde hinterher, sehen wollte ich sie. Doch sie hat so geschrien, da habe ich ihr meine Faust an den Kopf geschlagen und sie dann mit den Händen zum Schweigen gebracht.« Er hob seinen Blick, der weder Schuld noch Reue zeigte. »Geschrien hat das Fräulein ja ganz verruckt, den ganzen Wald hat sie damit zunderobsi gebracht. Wenn der Bauer das gehört hätte …«

»Und die Handtasche?«

»Die habe ich am nächsten Tag im Wald geholt, als ich das Fräulein noch weiter hoch in den Wald getragen und die Spuren auf dem Boden verwischt habe, genau so, wie die Bäuerin es mir aufgetragen hatte.«

»Res, du wirst jetzt wegen Mordes verhaftet und in die Nervenheilanstalt eingeliefert. Steh auf und dreh dich mit dem Rücken zu mir«, befahl Caminada, doch in dem Moment ging der Knecht wie ein tollwütiger Hund auf ihn los, versuchte ihn mit einem Faustschlag zu bodigen. Doch Caminada war darauf gefasst, wich aus, und es kam zu einer heftigen Rangelei, die aber nicht lange dauerte, denn von dem Gepolter und Maruggs Rufen alarmiert, stürmte eine Horde Landjäger ins Zimmer.

Caminada hatte nur ein paar Blessuren abgekriegt, und sein Hemd war zerrissen. Das war nichts Schlimmes, er hatte immer ein zweites hier im Schrank gelagert.

Es dauerte einen Moment, ehe sich die Stimmung im Landjägerkorps etwas beruhigt hatte, der Knecht abgeführt wurde und die Bäuerin, nachdem sie das von Marugg getippte Protokoll unterschrieben hatte, nach Hause durfte. Sie würde sich was einfallen lassen, um das Schlimmste vor dem Bauern verbergen zu können, da war sich Caminada sicher.

Caminada aß einen Schniffel Käse und etwas Brot, Fräulein Rosemarie hatte wieder mal gut vorgesorgt, die gute Seele. Er trank den letzten Schluck seiner großen Tasse mit brandschwarzem Kaffee, als Marugg auf ihn zukam.

»Walter, jetzt bin ich mit den Briefen von Franz und Lina durch. Einen muss ich dir dringend vorlesen. Denn ich weiß nun, wohin Lina Rot an jenem Montag ging, als sie spurlos verschwand. Du wirst es nicht glauben!«

21

Ende April 1939

Lina hatte sich tatsächlich sehr gefreut, endlich aus Davos wieder hinunter nach Chur zu kommen. Eine reiche Patientin aus Deutschland hatte ihr noch vor wenigen Tagen bei deren Entlassung einen wunderschönen roten Mantel geschenkt. Lina schwebte im siebten Himmel, erst recht, weil sie endlich wieder gesund und außerdem frisch verliebt war!

In Davos hatte sie Franz Simmen kennengelernt, einen ruhigen, gut aussehenden Mann, einen stolzen Förster. Es war gegenseitige Liebe auf den ersten Blick gewesen. Gemeinsam waren sie krank, gemeinsam fanden sie zurück ins Leben. Wann immer sie konnten, spazierten sie miteinander im glitzernden Schnee, so lange, wie es ihre Kräfte halt zuließen; der Himmel tiefblau, das Licht gleißend, die Berge erhaben. Seine Nähe gab ihr wieder Kraft, und sie vertrauten einander, wie es nur Liebende können, die gemeinsam auf der Kippe zum Tod gestanden hatten.

Irgendwann schmiedeten sie Zukunftspläne, und sie fühlten es sofort: Wenn sie ihre Liebe leben wollten, und das wollten sie unbedingt, dann mussten sie gemeinsam fort – alles hinter sich lassen.

Das Einzige, was Lina zurückhielt, war Rösalirot, aber sicher niemals ihr Mann Paul. Sie sprachen viel über die Zukunft, bis Franz als Erster bereits im Januar entlassen wurde. Er gab ihr eine Adresse, an die sie ihm schreiben dürfe, denn er sei es, der dieses Postfach leere. Sie solle jeweils einen Brief im Brief schreiben, so würden ihre Worte sicher bei ihm ankommen.

Eines Tages schrieb er ihr nach Davos, was er geplant habe, um mit ihr gemeinsam zu verschwinden. Er kenne jemanden in Österreich, bei dem sie fürs Erste unterkommen könnten. Europa sei unruhig, man wisse nie so genau, was dieser Hitler denn als Nächstes mache, aber in Österreich, da würden Waldarbeiter wie er immer gebraucht. Sie müssten schnell gehen, bevor die Grenzen irgendwann geschlossen würden, falls denn der Krieg tatsächlich käme. Er fragte Lina, ob sie mit seinem Plan einverstanden sei. Und das war sie! Sie konnte es kaum erwarten.

Deshalb wartete sie an jenem Montagmorgen Ende April, wie mit Franz abgesprochen, bis Rösalirot in die Schule gegangen war. Sie hatte die letzten zehn Tage nicht mal vorspielen müssen, dass es ihr gut ging, denn die Vorfreude, endlich mit Franz in der Fremde ein neues Leben zu beginnen, überstrahlte alles; das dunkle Loch, die Wohnung am Arcas und den einfach gestrickten Paul, der so hell im Kopf war wie ein Sack Kohle in einem fensterlosen Keller. Und Rösalirot? Sie war eine Liebe, aber sie würde sie für immer am Hals haben, denn ihre Tochter würde wohl nie ein eigenständiges Leben führen können.

Sie wartete fast eine Dreiviertelstunde, nachdem Rösalirot gegangen war. Dann, als die nahe Martinskirche 8:30 Uhr schlug, schlich sie nach draußen. Dort stand ein Einspänner mit geschlossenem Verdeck direkt vor dem Hauseingang. Sie konnte ungesehen von hinten in diesen hineinschlüpfen, und schon trabte das flotte Rößlein mit ihr hinaus aus dem Städtli. Den Kutscherhut hatte Franz dabei tief ins Gesicht gezogen.

Erst draußen, nach der Armenanstalt Plankis, brachte er den Wagen zum Stehen, auf einem schmalen Weg hinter Büschen. Wie mit Käthy vereinbart, führte er Lina hoch zum Schönegg. Er ging immer voraus, und falls jemand kam, gab er einen lauten Pfiff von sich, sodass sich Lina eilig verstecken konnte.

Leider hatte er das alte Käthy anlügen müssen und ihr erzählt, dass Lina grauenhaft von ihrem Mann geschlagen würde und nach der schweren Erkrankung nur noch fortwolle. Mit ihm, denn die Liebe habe ihn gepackt. Das war auch das Einzige, was an dieser Geschichte der Wahrheit entsprach. Drei Wochen sollte sich Lina dort oben beim Käthy verstecken, damit es nicht auffiel, wenn Franz später ebenfalls verschwand. Von ihm würde man annehmen, dass er irgendwo im Bergwald zu Tode gestürzt sei.

Doch es kam völlig anders …

22

Chur, Sonntag, 12. April 1953

Nachdem Marugg den Brief vorgelesen hatte, und der Landjäger somit über den Plan der beiden Ausreißer Bescheid wusste, sagte er: »Jetzt ergibt fast alles einen Sinn, aber eben nur fast. Vielleicht hat die Witwe Simmen oder Paul Rot von diesem abgekarteten Spiel erfahren, und sie haben es nun einzeln oder gemeinsam dem Käthy all die Jahre später noch heimgezahlt. Sie war ja quasi Fluchthelferin. Wer weiß … Aber irgendetwas muss ja schiefgelaufen sein, denn Franz war immer noch hier, und er soll, und da hattest du recht, Peter, seit genau jenem Mai, so hat es dir ja seine Witwe gesagt, so schwermütig gewesen sein. Ist Lina am Ende alleine durchgebrannt, hatte sie ihn nur benutzt?« Er nahm einen langen Atemzug und blickte zeitgleich auf seine Uhr. »Es ist jetzt 15:10 Uhr. Lass uns die Witwe Simmen dazu befragen. Vielleicht kommt da noch was zum Vorschein.«

Elfi Simmen saß mit ihrer Schwester zu Hause im Täli im alten Holzhaus. Es goss wie aus Kübeln, als die beiden Landjäger dort auf Velo und Töffli ankamen. Ihre langen Regenmäntel glänzten vor Nässe.

In der dunklen Stube hockten nebst den beiden Schwestern auch das Unfassbare und die Trauer und füllten das Haus. Jetzt dieses Thema anzusprechen, das mochte Caminada ganz und gar nicht, doch es musste leider sein.

Frau Simmen wehrte auch sogleich ab. »Nein, der Franz war kein Wiiberi, und dass seine Schwermut mit dem Verschwinden von dieser Lina Rot zusammenfiel, das ist doch ein Zufall. Herr Landjäger, man soll doch die Toten ruhen lassen. Bitte!«

Caminada wusste, sie war gar nicht imstande, in diesen schweren Stunden über so etwas auch nur nachzudenken, es für möglich zu halten, auch wenn sie ihr die Briefe gezeigt hätten, sodass er und Marugg sich gleich wieder auf den Weg machten. Die Frau wusste tatsächlich nicht, was ihr Mann hinter ihrem Rücken getrieben hatte, und sie brauchten es ihr nun nicht unbedingt unter die Nase zu reiben. Sie behielten den Briefinhalt also vorerst für sich. Sie hatte mit dem Verschwinden von Lina Rot und dem Tod vom Käthy wohl nichts zu tun, oder sie war eine gute Schauspielerin.

»Verreckta Saich, heute regnet's auch nur einmal«, murrte Caminada, als sie danach durch die Stadt und über die Loëstrasse, an seinem Häuschen vorbei, zur Nervenheilanstalt fuhren. Sie wollten Paul Rot befragen, falls sein Verstand dies zuließ.

Es zeigte sich, dass Paul Rot nach dem Verschwinden seiner Frau tatsächlich dem Wahnsinn anheimgefallen war. Sie fanden ihn in einem großen Aufenthaltsraum, wo die Geisteskranken herumschlurften oder stoisch auf Stühlen saßen und eine Wand anstarrten, als wäre es der wundersamste Ausblick.

Caminada dünkte es, dass Paul sich in einer ganz anderen Welt als der ihrigen befand. Als hätte er seinen Geist weit in sich hineingezogen, ihn von allem und jedem traurigen Gedanken versteckt, bemerkte er sie nicht mal. Sie brachten daher tatsächlich nicht ein Wort aus ihm heraus. Er reagierte auch nicht auf den Namen seiner verschwundenen Frau oder seiner Tochter, und sie verließen die riesige Spinnwinde, wie Caminada diese hin und wieder nannte.

Da das Waisenhaus weiter außerhalb des Städtlis lag, aber nicht mehr als wenige Minuten mit dem Fahrrad von der Spinnwinde entfernt, fuhren die beiden anschließend dorthin, um mit dem Heimleiter über Rösalirot und Vrenali zu sprechen.

Der Heimleiter, Herr Fröhlich, saß an diesem verregneten Sonntagnachmittag mit allen Kindern, der Hausmutter und zwei Erzieherinnen im großen Aufenthaltsraum. Sie sangen fröhliche Volkslieder, und jemand spielte Handorgel, als Caminada mit Marugg hereinplatzte und alle Augen auf sich zog.

Dann, in Fröhlichs kleinem Amtszimmer, sagte dieser: »Ja, ich habe auch gehört, was dem armen Vrenali und auch den anderen zwei Frauen widerfahren ist. Ganz truurig. Das Vrenali und das Rösalirot waren ehemalige Waisenhauskinder von uns.«

»Das wissen wir, darum sind wir hier. Sagen Sie, das Rösalirot kam hier zu Ihnen, nachdem ihre Mutter scheinbar spurlos verschwunden ist. Haben Sie da irgendwann was gehört, vielleicht auch vom Vater, dem Paul Rot? Irgendwas?«

»Nein, nie kam jemals einer der Eltern das Rösalirot besuchen. Außerdem hat sie sich bei uns gut eingelebt, war immer ein braves und fleißiges Mädchen, wie ja heute noch als Ausläuferin, wie man hört.«

»Wir suchen auch nach Gründen, warum das Vrenali umgebracht wurde. Offen gesagt ist ein Mordfall geklärt, zwei aber noch nicht. Waren denn Vrenali und Rösalirot schon immer so dicke Freundinnen?«, fragte Caminada, der seinen klitschnassen Regenmantel wie Marugg beim Eingang an einem der Haken aufgehängt hatte.

»Ist es wegen des Knechts, der damals bei uns geschafft hat und der heute von Ihnen verhaftet wurde?«

»Wieso wissen Sie denn das bereits?« Caminada war verwundert.

»Sie haben ihn ja ins Irrenhaus einliefern lassen. Der alte Dr. Berenstil hat mich angerufen und es mir erzählt. Wir haben ihn damals ja auch aufgrund von Dr. Berenstils Rat nach Halbmil schicken müssen.«

»Ja sagen Sie, wir sprechen hier doch nicht vom Res Saluz?«

»Doch, genau den meine ich.«

»Aber unser Fräulein Rosemarie hat extra in der Heilanstalt angerufen, gefragt, ob er dort bekannt sei. Die wussten von nichts.«

»Ja, das ist so: Es gab damals, das ist schon über zehn Jahre her, Gerüchte, dass er sich an unseren Mädchen vergehe. Er ist ursprünglich als Waisenknabe zu uns gekommen, da war er erst drei Jahre alt, und dann ist er später nirgends untergekommen. So blieb er Knecht. Als wir uns nach den Vorwürfen sicher waren, dass mit ihm etwas nicht stimmt, habe ich Herrn Dr. Berenstil hergerufen. Er fand, dass es das Beste wäre, wenn er zu den Gmehlins auf den Hof Halbmil geht. Weg von allen jungen Leuten. Danach kehrte hier tatsächlich wieder Ruhe ein.«

»Und weiß man, wer seine Opfer waren?«

»Nein, es gab aber immer wieder Gerüchte, auch dass er nicht alleine Täter war. Wir fanden nie Beweise, aber er musste dennoch fort, war gescheiter so.«

»Und warum wissen wir nichts davon?«, knurrte Caminada. »Und seine Helfer, gibt's da Gerüchte?«, schob Marugg als Frage sogleich hinterher.

»Zur ersten Frage: Weil wir uns nicht sicher waren und

einfach wollten, dass wieder Ruhe einkehrt. Leider kann man nicht verhindern, dass solche Dinge passieren. Wir warnen daher auch immer die neuen Mädchen, dass sie den Knechten und den großen Buben aus dem Weg gehen sollen. Doch dass er jetzt zum Mörder geworden sein soll … das kann ich mir eigentlich nicht vorstellen.« Er fuhr mit der Hand durch seine braungrauen Locken. »Und zur zweiten Frage; wer ihm genau dabei half und so Mittäter wurde, auch das blieb ein Gerücht.«

»Könnten Vrenali oder Rösalirot ihm damals zum Opfer gefallen sein? Gab's dahingehend einen Verdacht?«, hakte Caminada nach.

»Ja, wegen Rösalirot wurden wir ja erst so richtig aufmerksam. Sie war erst ein paar Monate hier, und in ihrer Unterwäsche fand man Blut, aber, wie sich rausstellte, war sie noch nicht so weit für die Monatsblutung. Frau Meister hat sie deshalb darauf angesprochen, ob sie sich verletzt hätte, kann ja auch beim Arbeiten im Stall mal passieren, doch sie verweigerte jede Auskunft, verneinte alles. Die Gerüchte im Vorfeld und dieser Fall haben mich letztlich dazu bewogen, den Res hinunter nach Halbmil zu schicken. Im Nachhinein hätte ich die Polizei rufen sollen, ich weiß.«

In Caminada stieg Wut und Traurigkeit hoch. Er musste sich beherrschen, nicht einen Fluch auszustoßen, und sagte stattdessen: »Danke für die Auskunft, Herr Fröhlich, wir gehen jetzt wieder.«

Der Weg führte sie zurück in die Nervenheilanstalt. Caminada kochte vor Wut, als sie im strömenden Regen dort ankamen. Die riesige Irrenanstalt mit den vielen Fenstern, einer Burg ähnlich über Chur thronend, wirkte in diesem trüben Wetter noch abweisender als sonst schon. Während man sie erneut durch die langen Flure, diesmal zu Res Saluz, führte, waren immer wieder Schreie zu hören, es roch nach Seifenlauge und Gekochtem. Es war beelendend, fand Caminada, doch er wusste, die armen Chaiba mussten ja auch irgendwo leben.

Saluz trug bereits die blaugraue Anstaltskleidung, als sie in einer kleinen Zelle im Trakt für geisteskranke Triebtäter auf ihn trafen. Caminada machte ihm klar, was sie nun wussten, und verlangte den Namen seines Helfers von damals.

»Ich komme hier sowieso nicht mehr raus«, sagte Saluz, »Sie können mir nichts mehr anhaben. Warum sollte ich also noch reden?«

»Ich weiß«, sagte Caminada und griff in seinen Tschopasack, »aber so was wie das hier, bekommst du nicht so schnell wieder. Wie gesagt, hier kommst du nicht mehr raus, also wird es auch nicht mehr schlimmer, wenn du nun endlich die Wahrheit sagst.« Er streckte ihm ein Pack Zigaretten hin.

»Zwei Pack.«

»Ich habe nur das eine hier, aber ich gebe dir mein Wort, dass du morgen das nächste von mir persönlich in die Hand gedrückt bekommst.«

Saluz nickte. »Ihr Wort genügt mir.«

Was er dann erzählte, ließ den hartgesottenen und gleichzeitig so warmherzigen Caminada erschaudern. Saluz erzählte mit klaren und kalten Worten, sodass einem das Blut in den Adern gefror. Marugg, der sich Notizen machen wollte, hatte aufgehört zu schreiben, hörte mit versteinerter Miene zu. Sie konnten es beide nicht fassen!

Als sie wieder ins Grüne vor der Nervenheilanstalt traten, hatte der Regen aufgehört. Nebelschwaden umhüllten die Berge, das Land triefte, es schien Caminada, als weine die Natur über das eben Gehörte.

»Walter, ich verstehe noch nicht alles, aber ich denke, wir müssen dringend mit ihr reden«, sagte Marugg.

Caminada nickte bloß. »Und wir müssen mit ihr zu Fuß hinunter in die Stadt, da wir nicht mal ein Fahrzeug haben. Das wird mir ein komischer Gang werden.«

Mit Rösalirot in ihrer Mitte marschierten sie keine Viertelstunde später im Grau dieses Sonntagnachmittags von der Villa Clement hinunter zum Kommando.

Als sie Rösalirot abgeholt hatten, hatte sie kaum eine Regung gezeigt, als hätte sie schon damit gerechnet, und sie schwieg auch auf dem gesamten Weg.

Caminada setzte sich im Verhörraum vor sie hin. Zugegen waren auch Fräulein Rosemarie und Marugg. »Wann und wie hast du erfahren, dass deine ehemals beste Freundin das Helferlein vom Saluz war, der damals im Stall über dich hergefallen ist? Das nimmt uns in der Tat wunder.«

Rösalirot schwieg.

»Für einen Schleckstängel hat sie dich damals alleine im Stall zurückgelassen, sagte, sie käme gleich wieder, hat uns der Saluz gebeichtet. Da muss einem ja das Herz bluten, wenn man später davon erfährt und geglaubt hat, eine gute, treue Freundin an der Seite zu haben. Also, wie bist du dahintergekommen?«

Rösalirot blickte weder trotzig noch traurig, sondern eher abwesend vor sich hin. Sie dachte zurück an den Moment am Freitag vor einer Woche, als sie, in den roten Mantel ihrer Mutter eingehüllt, in den Tod springen wollte. Warum hatte sie sich davor gescheut? Heute wusste sie es.

Caminadas Stimme war warm, als er sagte: »Rösalirot, manchen Menschen widerfährt so viel Grauenhaftes, dass man meinen könnte, das Schicksal habe es nur auf sie abgesehen. Was wir dir aber auch noch sagen wollen, ist dies: Wir wissen, was mit deiner Mutter damals passierte, zumindest, warum sie verschwand.«

Nun kam Bewegung in ihr Gesicht. »Meine Mutter war genauso ein Scheusal wie mein Vater, wie Vrenali, wie Max … wie Carmen … wie mein verdammter Hals, wie alles auf dieser Welt … wäre ich doch bloß in den Tod gesprungen …«

Obwohl Caminada ahnte, was er gleich zu hören bekäme, war sein Mitgefühl groß. Er redete ihr gut zu. »Erzähl uns alles, damit wir dich besser verstehen können. Also, wie konntest du wissen, was das Vrenali dir damals angetan hatte? Und dann hatte sie dir auch noch den Max …«

»Es war nicht mein Max!«, fuhr sie dazwischen, und Caminada hatte sie da, wo er sie wollte. »Mein Max, ich wollte ihn nur für mich.« Nun drohten ihre Dämme zu brechen. Er reichte ihr ein Taschentuch, und sie begann zu erzählen.

»Nie hatte ich im Leben etwas für mich allein. Meine Mutter ging, mein Vater verlor den Verstand, und im Waisenhaus war dieser böse Knecht. Und da war dieser Junge im Waisenhaus, den ich sehr mochte. Auch den nahm eine andere mir fort.« Ihr Blick war traurig und leer. »Als meine Mutter verschwand, ging meine Sonne unter, als auch noch Vater ging, meine gesamte Welt. Doch ich habe alles irgendwie überlebt, bis dieser Max auftauchte. Erst dachte ich, dass das Leben mich endlich doch einmal beschenkte, es so etwas wie Gerechtigkeit gab. Ich habe ja davon erzählt, wie ich ihn traf, und das war nicht gelogen. Doch es war eigentlich zu schön, um wahr zu sein. Es war, als hätte er alle meine dunklen Stunden in Licht verwandelt.« Sie blickte durch tränengefüllte Augen und fragte mit erstickter Stimme: »Verstehen Sie das denn nicht?«

Und Caminada log nicht, als er Ja sagte, denn auch Menga war in solch einem Moment in sein Leben gekommen oder er in ihres, wie man's nahm.

»Doch plötzlich hörte ich von Regula, die kann ja nie ihren Mund halten, dass Vrenali auch einen Max habe, meinen Max, wie ich dann herausfand. Jaaa, meinen Max! Und auch ihr schenkte er eine große Schachtel Schokolade mit so einem roten Band drumherum, das so gemacht ist, dass man sich auch damit schmücken kann. Mir hatte er kein Band gegeben, nur die Schokolade, ich denke wegen meines Halses.« Sie starrte zu Boden. »Als ich mit ihr reden wollte, Vrenali klarmachen wollte, dass es mein Max sei, sagte sie nur, dass ihrer blond wäre. Doch ich weiß, dass das gelogen war. Ich habe die beiden nämlich zusammen im Stall gesehen!«

Fräulein Rosemarie reichte ihr ein Glas Wasser, das sie langsam fast zur Hälfte trank.

»Ich war so am Boden zerstört, dass ich mich eine Felswand hinunterstürzen wollte. Das war am Freitag vor einer Woche gewesen, da war ich dazu bereit. Doch auf dem Weg dahin traf ich auf das Käthy, das mir mein Leid ansah. Ich weinte bittere Tränen, klagte ihr auch, dass ich mich schon all die Jahre frage, wo wohl meine Mutter ist.« Sie blickte nun auf. »Und da begann sie, mir etwas, wie soll ich es sagen, ganz Verrücktes zu berichten …«

Freitag, 3. April 1953, 9 Uhr, Kasernenstrasse:

»Ja, Rösalirot, deine Mutter kam vor vielen Jahren zu mir hoch, eben wegen dieser Liebesgeschichte, von der ich dir soeben erzählt habe. Das war Ende April 1939. Ich habe damals wirklich geglaubt, dass dein Vater ein böser Trunkenbold sei und dass du, wenn sie fortging, zu ihrer Schwester kämest, wo du es sehr gut haben würdest ... Man hat mich schändlich belogen, wie ich nun hören muss!«

»Meine Mutter hat doch gar keine Schwester.« Rösalirot konnte es kaum glauben.

»Das tut mir sehr leid. Franz hatte es mir so berichtet, und ich habe felsenfest an seine Worte geglaubt. Franz hilft mir schon seit vielen Jahren, musst du wissen. Er ist wie ein Bruder für mich.«

»Wohin ist denn meine Mutter verschwunden? Weißt du das?«

Das alte Käthy nahm einen langen Atemzug. »Ja, das weiß ich leider nur allzu gut. Und es tut mir sehr leid ... Es geschah Wochen nachdem sie sich oben bei mir versteckt hatte, nur einen Tag bevor sie mit Franz für immer wegwollte. Damals war es sehr heiß im Mai, und ein Gewitter zog auf. Deine Mutter wollte nach draußen, denn niemand würde bei einem nahenden Gewitter zu uns hochkommen und sie dabei entdecken. Weißt du, sie saß in diesen Tagen so oft in der Hütte, dass ihr die Decke auf den Kopf fiel. Sie mochte den Regen und die Gerüche. Sie lief am Waldrand durch die Weide, als plötzlich der Blitz direkt neben ihr in einen Baum einschlug und sie zu Boden warf. Deine Mutter hatte danach nicht mal einen Kratzer, aber sie war auf der Stelle tot.«

Käthy erzählte Rösalirot auch, wie Franz und sie Lina am nächsten Tag, als er hochkam, um mit ihr fortzugehen, stattdessen alleine beerdigen mussten, weil sie es ja niemandem sagen konnten. Und sie erzählte, wie Franz danach in eine dunkle Umnachtung fiel.

Rösalirot blickte nun Caminada direkt an. »Landjäger Caminada, das war alles zu viel auf einmal für mich«, sagte sie. »Ich ging also erst recht den Berg hoch und war bereit, mich umzubringen, als die Trauer plötzlich in Hass und Wut umschlug. All die Jahre habe ich meine Mutter gesucht, denn da war dieses Loch in mir. Also beschloss ich am übernächsten Tag, am Sonntag, zum Schönegg hochzulaufen, wollte wissen, wo sie beerdigt ist. Käthy Brunner hat mir den Baum gezeigt und wo das Grab liegt.« Sie stockte. »Es war so traurig. Doch als ich das Schönegg verließ, hörte ich plötzlich ihr Schwyzerörgeli. Ich konnte es kaum fassen, wie jemand so kaltherzig sein konnte, nun zu spielen, und das auch noch so lange und munter. Ich kehrte in einem großen Bogen zurück, und als Käthy es dann zur Seite legte, da habe ich mich von hinten an die Hütte geschlichen und ihr mit einem dicken Buchenscheit ohne zu überlegen auf den Kopf geschlagen … es kam einfach so über mich. Dann bin ich weggelaufen.«

Stille.

»Und warum starb am folgenden Freitag das Vrenali?«, fragte Caminada nach einem langen Atemzug.

»Die brauchte sich auch nicht zu wundern, dass ich sie mit aller Kraft erwürgt habe. Sie«, Rösalirot schrie es nun regelrecht heraus, »Sie hat mir, als ich ihr, wir waren an dem Mittag um kurz vor 13 Uhr alleine in der Villa Clement, an den Kopf geworfen habe, dass ich sie mit ihrem Max, meinem Max gesehen habe …« Sie winkte ab. »Ich muss es anders sagen. Ich mache sonst ein Durcheinander. Wir waren nach dem Mittagessen alleine in der Villa Clement und gerieten in einen heftigen Streit wegen Max. Ich drohte ihr, sie solle die Finger von ihm lassen, und wir kriegten uns in die Haare. Da hat sie hämisch gemeint, dass ich nicht mehr wert sei als der Lolli, den sie vom Knecht im Waisenhaus damals bekommen habe, um mich in den Stall zu locken.« Rösalirot ballte die Fäuste. »Ahhhh! Ich konnte es erst gar nicht glauben, was sie da sagte. So kaltschnäuzig warf sie mir das an den Kopf, so beiläufig und mit Genuss.« Sie schüttelte den Kopf. »Dann ging ich. Doch die Wut blieb und wuchs mit jeder Sekunde. Ich ging also zurück in die Villa, sah sie im Garten, holte im alten Schopf die Stricke mit den Holzgriffen, die man früher den Kälbern bei der Geburt um die Vorderläufe gebunden hatte, um sie aus der Mutter zu ziehen. Die verliehen mir die nötige Kraft, um sie sofort und sicher zu erwürgen. Dann ging ich in ihre Kammer, holte das rote Band und band es ihr um den Hals. Das Band, das sie von ihm geschenkt bekommen hatte.« Sie blickte in die Runde. »So war das. Und damit Sie nicht so schnell auf mich kommen, habe ich ihr anschließend die Bluse geöffnet und den Rock etwas hochgeschoben, wie es der Vergewaltiger bei Carmen getan hatte. Das stand zumal in der *Neuen Bündner Zeitung*. Man hat ja so einiges zum Fall der Carmen gehört, die ich auf diese Weise unverhofft loswurde. Es sollte wie gesagt so aussehen, als ob derselbe Kerl wieder am Werk gewesen wäre, wer auch immer das gewesen sein mag. Ich denke, es war der Res, es gibt keinen schlimmeren Teufel in Halbmil als ihn. Und eben, was das Käthy betrifft«, sie schnaubte verächtlich, »die war eine scheinheilige alte Frau. Mein Vater hat wegen ihr gelitten wie ein abgestochenes Schwein. Sie ist schuld, dass ich meine beiden Eltern verloren habe. Sie waren, neben Max, die einzigen Menschen, die je gut zu mir gewesen sind!« Ihre Augen blickten verloren und kalt ins Leere.

Noch am selben Tag brachte man auch Rösalirot in die Nervenheilanstalt, in die Abteilung für geisteskranke

Triebtäterinnen, nur einen Trakt neben dem von ihrem Peiniger, dem Knecht Res Saluz, und im selben Gebäude wie ihr Vater Paul Rot.

Major Fässler war an diesem Sonntagabend erleichtert und lobte Caminada, Marugg und Fräulein Rosemarie für ihre gute Arbeit. Er hatte soeben mit dem Regierungsrat Cavelty telefoniert. Er betastete nun die kleine Beule an seinem Wangenknochen von der Rauferei mit dem Knecht und fühlte sich gut dabei – er lehnte sich zurück und stopfte genüsslich seine Pfeife. Seine Landjäger hatten die Fälle gelöst, glaubte er zu wissen.

23

Als Marugg einige Tage später, am Donnerstag, zum Abschluss seiner Ausbildung mit dem Zug nach Zürich reiste, freute er sich darauf, mit Oberstleutnant Bättig, dem erfahrensten Kriminalbeamten der Polizei, dort zwei Tage lang arbeiten zu können. Außerdem freute er sich auf die schöne Stadt an der Limmat, in die er sich schon lange verliebt hatte. Er mochte diese Weltoffenheit, dieses Moderne.

Er trug auch seine Mappe mit sich, mit allen Unterlagen zu den gelösten Fällen, die er gerne auch kurz mit dem Oberstleutnant Bättig besprechen wollte.

Bättig, ein grauhaariger Mann mit klaren blauen Augen, hieß in herzlich willkommen. Die beiden verstanden sich, und niemand anderes saugte das, was er erzählte, so auf wie dieser ehrgeizige junge Bündner, fand Bättig.

So berichtete er Marugg gerne, dass sie am letzten Sonntag, bevor der Regen kam, einen schlimmen Fall von Fahrerflucht zu verzeichnen hatten. In der Früh seien bei einem Spaziergang zwei Männer und eine Frau angefahren worden. Die beiden Herren seien auf der Stelle tot gewesen, die Frau nur leicht verletzt. Sie habe sich mit einem Sprung in die Limmat retten können.

Der Unfallwagen sei wahrscheinlich ein Kleinlaster gewesen von der Schokoladenfabrik Kilchberg, so hätten es einige Zeugen gesagt. Dieser wiederum sei ein paar Tage zuvor als gestohlen gemeldet worden und seither verschwunden gewesen.

Bättig sagte, er mache sich gleich auf den Weg, um noch mal den Inhaber der Fabrik, Robert Käch, zu befragen. Immerhin könne nicht ausgeschlossen werden, dass jemand vom Personal den Wagen gestohlen und damit diesen Unfall mit Fahrerflucht verursacht habe. Die Opfer, das sagte er nebenbei auf der Fahrt nach Kilchberg, das seien die Bäcker Sommer gewesen, Vater und Sohn. Die Schwiegertochter respektive Ehefrau, Daniela Sommer, habe als Einzige überlebt, sozusagen unverletzt. Da der Wagen aber von hinten gekommen war, habe auch sie den Fahrer nicht erkennen können.

Marugg trat mit Oberstleutnant Bättig in das große Arbeitszimmer von Robert Käch. Am Tisch saßen bereits der Anwalt der Familie und Käch selbst.

»Darf ich vorstellen, das ist Leutnant Marugg vom Landjägerkommando in Chur. Er ist für zwei Tage zwecks Fallweiterbildung hier bei uns«, erklärte Bättig.

Käch reichte Marugg die Hand und stellte sich vor. Sein Anwalt tat es ihm gleich. »Max Walthert, guten Tag.«

Marugg war völlig irritiert, und das war ihm anzusehen. Bättig fragte: »Peter, was ist? Noch nie einen Anwalt gesehen?«

»Sind Sie aus Zürich?«

»Ja«, antwortete Walthert.

»Wohnen Sie an der Bergstrasse 2?«

»Ja, warum?«

Nun waren es die anderen, die erstaunt dreinblickten.

»Weil wir Sie am letzten Sonntag, nein Samstag natürlich, kurzfristig in Chur festgenommen haben.«

»Mich?« Walthert schien völlig verwirrt.

Marugg klappte seine Aktentasche auf und legte das Foto von Waltherts Ausweis auf den Tisch.

Auch Käch beugte sich darüber und rief: »Herrschaftszeiten, das gibt es ja nicht! Das hier, das ist mein Ex-Schwiegersohn, der Fredy Frei!« Robert Käch war völlig irritiert. »Wie kommt das?«

Marugg erklärte die Umstände und fragte dann den echten Anwalt Max Walthert: »Haben Sie vielleicht eine Ahnung, wieso er ausgerechnet Sie für seine falsche Identität als Zürcher Casanova ausgesucht hat?«

Käch und Walthert warfen sich kurz einen Blick zu, sodass Marugg klar wurde, dass es hier sehr wohl einen Zusammenhang geben musste. Durch hartnäckiges Nachfragen erfuhr er schließlich, dass Walthert früher mal der Liebhaber von Fredy Freis damaliger Frau Gisela Käch gewesen war. Er war sich sicher, diese unschöne Sache rückten die beiden nur heraus, weil er es sowieso früher oder später von Fredy Frei erfahren hätte, den er auch befragen wollte.

Käch war noch immer ganz entrüstet, Max Walthert schien überfordert, er jammerte um sein Ansehen, wenn das rauskäme.

Als Nächstes kamen sie auf den Diebstahl des Fahrzeugs zu sprechen, das noch immer verschwunden war. Käch habe sich das Personal persönlich vorgenommen, könne aber keine Namen nennen, sagte er zu Oberstleutnant Bättig. »Das müssen dreiste Diebe von auswärts gewesen sein«, schloss er. »Und Sie beide sorgen gefälligst dafür, dass der Fredy für sein unehrenhaftes Verhalten zur Rechenschaft gezogen wird! Ich gebe euch nur allzu gerne die Adresse seines neuen Arbeitgebers.«

Und wieder saß Marugg in einem dieser modernen Polizeiwagen und hörte gebannt dem Funk zu, während sie dem schönen Zürichseeufer entlang in die große Stadt zurückfuhren.

Vor dem Möbelhaus Bernegger hielten sie und betraten das Geschäft.

»So sehen wir uns wieder, Herr Frei«, sagte Marugg, als Fredy ihm mit großen Augen gegenüberstand.

Er hob seine Hände, als würde er sich ergeben. »Erwischt!«

Bättig sagte mit seiner tiefen Stimme: »Wir müssen reden. Mitkommen!«

Fredy folgte den beiden, und sie fuhren mit dem schönen Polizeiwagen zur großen Polizeikaserne und nahmen in einem der Verhörräume Platz.

»Es geschah alles wirklich nur aus überschüssiger Liebe. Ich habe ja niemandem was Böses getan. Meine Herren, die Fräuleins haben sich nicht beklagt, und mir hat es gutgetan«, erklärte sich Fredy Frei. »Es war doch einfach eine Art Liebe und ich ungebunden … es war aufregend. Ja, ich spielte halt eine Rolle, diesen Anwalt, der damals meiner Frau Gisela ein Kind hätte schenken sollen, weil ich es ja nicht zustande brachte, wie man mir weißmachen wollte. Aber sie ist bis heute nicht schwanger geworden, wie meine Mutter mir vor Kurzem sagte. Also lag's wohl nie an mir. Ich gebe zu, dass ich den Ausweis gefälscht habe und mir den Wagen des früheren Inhabers des Möbelhauses für die Fahrten nach Chur ausgeliehen habe. Ich werde das alles auch ganz genau so unterschreiben.«

»Na gut, es wird bestimmt eine saftige Buße geben, möglicherweise sogar eine bedingte Gefängnisstrafe«, sagte Bättig, als die Protokolle unterzeichnet waren und er seine Mappe zuschlug.

»Ich werde es ganz sicher nie wieder tun. Es war mir eine Lehre«, sagte Fredy, als er den beiden die Hand vor dem Verlassen der Polizeikaserne schüttelte. »Und wie sie nun auch wissen, hatte ich mit den Verbrechen in Chur rein gar nichts zu tun.«

»Kaffee?«, fragte Bättig, und Marugg nickte. Sie setzten sich in Bättigs großzügiges Büro. Der Oberstleutnant schob ihm einen Papiersack mit Gebäck hin. »Sind fein, vom Chnuschpereggä. Dem Betrieb, dessen Inhaber am letzten Sonntag leider totgefahren wurden. Jetzt bleibt nur noch Daniela Sommer als Alleinerbin zurück. Aber offen gesagt ist das das einzig Gute an der Sache. Die hatte es nämlich schwer gehabt. Man wusste schon lange, dass der Alte und sein Sohn sie öfters mal geschlagen haben. Ja sogar ihr Kind habe sie damals, vor einigen Jahren, deswegen verloren und nie wieder eines bekommen. Aber eben, die Sommers steckten in den Zünften und in der Politik. Du siehst, Peter, bei uns ist es auch alles andere als eine heile Welt, auch wenn wir gut, sehr gut ausgerüstet sind.«

Fredy war mittlerweile hinaus in den sonnigen Tag getreten, in die Stadt, die er so liebte. Daniela würde er erst in einigen Wochen wieder treffen, um ja kein Misstrauen aufkommen zu lassen. Doch er hatte sie heute Morgen ganz kurz gesehen, alleine, heimlich bei ihr zu Hause. Sie war noch ganz durcheinander, aber als er wieder ging, hatte sie ihn umarmt und sanft auf die Wange geküsst. Er brauchte also nur noch ein wenig zu warten.

Daniela wusste ja nicht, dass er die beiden Herren Sommer ausgespäht hatte, von deren obligatem Sonntagmorgenspaziergang an der Limmat längst wusste. Er hatte sich so nach Daniela verzehrt, dass er sich in Chur auf diese Fräuleins einlassen musste, um geduldig bleiben zu können. Mit ihnen hatte er sich wie damals mit Gisela zu Daniela hinträumen können, er wurde dadurch ruhiger. Dass alles in Chur so ausarten würde, hätte er im Leben nie gedacht. Das hätte beinahe alles zunichtegemacht, doch es gab ihm dadurch erst recht ein Alibi als Ungebundener.

Den Kleinlastwagen würden sie so schnell nicht finden, es sei denn der Zürichsee trocknete bald aus, aber selbst dann gab es keine Beweise dafür, dass er diesen gefahren hatte. Er hatte seine große Liebe befreit, und dafür war ein Opfer gefordert worden, besser gesagt zwei. Doch für sie hätte er noch mehr getan!

Zur selben Zeit trug Caminada das schöne Schwyzerörgeli vom Käthy hoch ins Schönegg und setzte sich in die Weide. Das Käthy hatte damals nichts von Franz Simmens und Lina Rots Lügen gewusst, sagte er sich, denn sie war eine gute Frau gewesen, die helfen wollte. Dafür hatte sie mit ihrem Leben bezahlen müssen. Erst durch Rösalirot hatte sie erfahren, was damals wirklich geschehen war. Sie musste ihr geglaubt und nicht lange überlegt haben. Sie nahm an diesem Morgen, nach dem Gespräch mit Rösalirot den weiten Weg hoch zum Schönegg nochmals auf sich, holte die Schachtel mit den verwahrten Briefen und kam kurz nach dem Mittag damit beim Notar an. Das erklärte die Zeitlücke zwischen dem Gespräch mit Rösalirot und dem Treffen mit dem Notar. Die Liebesbriefe hatte sie bestimmt für Franz aufbewahren müssen, doch nun brachte sie sie zur weiteren Aufbewahrung zum Notar, mit der Bedingung, dass sie nach ihrem Tod verbrannt werden sollten. Vielleicht war sie noch am Überlegen, ob sie ihm, Walter, alles beichten sollte, und bewahrte sie auf diese Weise auf, dachte der Landjäger. Sie hatte ja nur helfen wollen. Auf jeden Fall hatte sie Franz Simmen noch zur Rede stellen wollen, darum gab sie den Brief auf, nachdem sie beim Notar gewesen war.

»Danke, Käthy, für alles«, sagte Caminada in Gedanken versunken und begann auf dem schönen Örgeli zu spielen, bis sich alle Traurigkeit für den Moment in beschwingte Musik verwandelt hatte.

Schönegg lag in der Sonne. Er blickte hinunter ins Tal, aufs Städtli. Die Fälle waren gelöst, und er freute sich auf seine Liebsten!

KAMPA VERLAG

Philipp Gurt

Graubündner Morgengrauen

Landjäger Caminada und die blinde Schäferin

Kriminalroman

Es ist das in der Dunkelheit Verborgene,
das einen unstillbaren Hunger in sich trägt.
Eine Gier, alles zu verschlingen, was Licht in sich birgt.

Chur zu Beginn der 1950er-Jahre. Die ganze Gegend ist in heller Aufruhr, nachdem der rotbärtige Zoltan aus der Nervenheilanstalt ausgebrochen ist. Keine zwei Tage später, im Morgengrauen eines Maitages, müssen Landjäger Caminada und sein Freund Leutnant Marugg ausrücken: Ein unbekannter Anrufer hat dem Polizeiposten gemeldet, dass auf der Schafsweide am Rand von Chur ein grausames Verbrechen geschehen sei. Die beiden Schäferinnen, es sind Schwestern, lägen tot im kniehohen Gras – aber da sei noch mehr … Dann hat er aufgelegt. Der Tatort zeugt von Schrecklichem. Unter Hochdruck wird weiter nach dem mächtigen Zoltan gefahndet, denn das Verbrechen passt zu einem, das er 14 Jahre zuvor im Schanfigg begangen hat. Eine andere Spur führt Caminada und Marugg in die Taverne Zum wilden Mann, eine Spelunke voller zwielichtiger Gestalten.

»Inmitten seiner beliebten Ermittlerinnen und Ermittler
ist Philipp Gurt selbst die größte Erfolgsgeschichte.«
Fabian Kern / Coopzeitung

KAMPA VERLAG

Philipp Gurt
Todesengel

Ein Fall für Giulia de Medici

Kriminalroman

Diese Zeit weist jedem Influencer
seinen Thron, jedem Clown seinen Zirkus,
und ich weise jedem seinen Tod!

Ein rätselhafter und verstörender Mord an einer 29-jährigen Frau in Chur erschüttert nicht nur Graubünden. Das Opfer wurde am Waldrand auf einer Parkbank drapiert, als lebe es noch. Die Tote trägt eine Bluse mit Schulterpolstern und einen Walkman. Giulia de Medici, die erfahrene Chefermittlerin der Kantonspolizei Graubünden, übernimmt den Fall. An ihrer Seite steht wie immer Nadia Caminada, ihre beste Freundin und eine renommierte Profilerin. Gemeinsam nehmen sie die Ermittlungen auf und stoßen auf eine schaurige Parallele: Im Sommer 1983, während des berüchtigten Emmentaler Blutsommers, wurde eine der damals getöteten Frauen auf exakt die gleiche Weise inszeniert. Könnte derselbe Mörder am Werk gewesen sein, oder haben sie es mit einem Nachahmungstäter zu tun? Während Giulia und Nadia händeringend nach Spuren und Verbindungen suchen, wird der malerische, in herbstlichen Farben leuchtende Crestasee zum Schauplatz eines weiteren Verbrechens.

»Philipp Gurt versteht es meisterlich,
Fährten zu legen, die in die Irre führen.«
Olivier Berger / Südostschweiz